A
PASSAGE
TO
INDIA

EX-LIBRIS

插图珍藏版

A PASSAGE TO INDIA

印度之旅

〔英〕E.M.福斯特 著
〔日〕吉田博 绘
李斯毅 译

九州出版社
JIUZHOUPRESS

象

桑奇大塔

德里的贾玛清真寺

埃洛拉岩洞

阿旃陀岩洞

马杜赖大庙

凯拉萨神庙

法塔赫布尔西格里

法塔赫布尔西格里

乌代布尔

沙利马尔花园

阿杰梅尔的高门

阿杰梅尔城门

泰姬陵

泰姬陵

郊外

阿格拉郊外

瓦拉纳西

耍蛇人

阿姆利则金庙

乌代布尔

乌代布尔的宫殿

大吉岭

勒克瑙的清真寺

目 录

第一部　清真寺

第一章

昌迪拉布尔除了位于二十英里[1]外的马拉巴岩洞之外，没有其他值得夸耀的名胜。这座城市只是碰巧位于恒河岸边，它的发展起源与恒河没有任何关联。昌迪拉布尔的外缘顺着蜿蜒的恒河河岸延伸，长达好几英里。由于城里的居民经常随意丢弃垃圾，倘若从远方望向昌迪拉布尔，很难分辨这里究竟是城市还是垃圾场。昌迪拉布尔的居民不认为恒河是一条圣河，所以他们没有在河边打造可供人走进河里沐浴净身的台阶。事实上，这座城市甚至没有规划可以眺望恒河美景的滨河区，任凭杂乱不堪的市集遮住幅员辽阔且样貌多变的恒河风光。昌迪拉布尔的街道简陋，寺庙也不吸引人，有几间漂亮的大宅邸，但是都藏身于绿荫浓密的庭院深处，或者坐落于狭小污秽的巷弄中。那些肮脏的巷弄令人望之却步，除非受邀做客，一般人根本不想走进小巷。虽然整体规模不够宏大，风光景致也不算优美，然而在两百年前，这座城市曾经是上印度区（当时皇城的所在地）通往海边的必经之地。这里的豪宅，都是那个时期兴

1　1英里约合1.6千米。——编者注

建的。从十八世纪开始，印度贵族对于室内装潢的热情开始消退，而一般的市井小民本来就没有闲钱可以装潢自己家，因此现在市集里没有人卖画，也很少有人贩售雕饰品。树木看起来像是泥巴做成的，人们如同泥巴国的居民。人们放眼望去所能看见的一切，尽是卑微且单调的事物。当恒河流经这座城市时，居民都期盼河水能够冲走城里的赘物，让那些东西回归大地。恒河淹没昌迪拉布尔时，房屋都遭冲垮，不少居民也因此被淹死，变成一具具腐尸。但这座城市大部分的外观都还保留。幸存者后来扩建了某些区域，并缩小了某些区域，让昌迪拉布尔历劫重生，如同那些杀不死的低等生物。

内陆地区的景致也有不少变化，现在多了一座椭圆形的广场和一间灰黄色的医院。欧亚混血人集中居住在火车站旁的高地上。越过那些与恒河平行铺设的铁轨之后，地势开始往下倾斜，接着又往上急升，坡度极为陡峭。在第二个坡峰处，有一片小小的官署驻地，从官署驻地俯瞰昌迪拉布尔，能够看见一种全然不同的景致——这个城市仿佛变成一座花园、一片零星点缀着几间小屋的森林，而不再是城市。这里变成了一座热带游乐园，由高贵的恒河冲刷而成。在平地上被市集遮蔽的棕榈树、印度楝树、芒果树、菩提树，从高处得以一览无遗，甚至反过来遮住了市集。这些树木散布在城市外围地区以及无人参拜的寺庙附近，通过多年来积存在土壤中的水分维生。它们需要阳光和空气，大自然的养分比人工照护更能赋予它们所需的力量。这些身形高大的树木，昂首于地面那些低矮生物的上方，它们以枝叶在空中互打招呼，并成为鸟类栖息的园地。尤其一到雨季，它们浓密的枝叶还能庇荫树下的人、事、物。就算在枝干枯黄、树叶凋落的季节，这些树木仍是居住在高地上的英国人最爱的风景。甫从英国到昌迪拉布尔定居的英国人，在初见这片美丽树林之时，往往无法相信昌迪拉布尔是人们口中形容的那座贫乏之城，非得等到他们亲自到城里走一趟，心里那种不切实际的幻想才会就此破灭。官署驻地建筑物的外观平淡无奇，既不吸引人，也不至于让人嫌恶[1]。这里的整体设计还算合宜：住宅区前方有一间以红砖砌成的俱乐部，往后走则是杂货店和墓园。每一栋平房都附有小小的阳台，家家户户沿着垂直相交的道路整齐排列，看起来不算丑陋，但也绝对称不上美丽。官署驻地唯一迷人之处，就是视野相当辽阔。英国人的官署驻地基本上不属于昌迪拉布尔的一部分，它们彼此之间的联结，只有覆盖着大地的天空。

　　天空也随着时间而产生变化，但是变化的幅度不像地面上的树木或河流那么明显。时不时有云朵出现在天空中，将苍穹点缀得色彩缤纷，然而天空主要的色彩还是蓝色。白天的时候，蓝色天空在越接近地面之处，颜色就变得越苍白，最后与白色地面紧密相接。等到太阳下山时，天空又呈现出另外一种

1　这是作者在本书中第一个模仿《圣经》经文的字句。本句原文为："It charms not, neither does it repel."《圣经·马太福音》第六章第二十八节："They toil not, neither do they spin."（它们既不劳苦，也不纺线。）——译者注（后同。本书注释除特殊标注外均为译者注）

面貌——接近地面之处是一片橘红，然后往上延伸变成柔和的紫色，不过原本的蓝色还在，就连晚上也不曾褪去。夜幕降临之后，星星就像一盏又一盏的小灯，悬挂在无边无际的天上。地面与星空之间的距离，远远比不上浩瀚宇宙的辽阔。再往更远处的夜空望去，虽然已经看不见任何色彩，但起码终于摆脱了蓝色。

天空可以主宰一切——不光是决定气候与季节，还能左右大地何时变得美丽。大地顶多只能让百花绽放，其他的一切都得靠天空——天空能决定要不要下雨，将昌迪拉布尔的市集清洗干净，或者让各地得到雨露的滋润。天空具备这项本领，因为它既强大又宽阔。这种力量来自太阳，太阳每天在天上散发出光和热，照耀的面积超过整个地球。山脉无法阻挡太阳的光芒，地面上的平原一片接着一片，徜徉在阳光底下，偶尔会有突起的小丘陵，然后又接续其他的平原。昌迪拉布尔高高低低的山脉全部都在南边，阻断原本一望无际的平坦地形。那些山脉就是知名的马拉巴山，而景致非凡的马拉巴岩洞，就位于这些山脉当中。

第二章

年轻人匆匆忙忙丢下他的自行车，飞快跑到阳台上。仆役来不及伸手扶住自行车，车子因此应声倒地。这个年轻人精神饱满，大声喊着："哈米杜拉，哈米杜拉！我是不是迟到了？"

"你不需要道歉。"邀请年轻人前来做客的主人回答，"反正你每一次都迟到。"

"请你不要对我这么苛刻，好好回答我的问题。我到底有没有迟到？马哈茂德·阿里是不是已经把饭菜都吃光了？如果饭菜都被他吃光了的话，我就要去别的地方觅食了。马哈茂德·阿里先生，你好吗？"

"谢谢你的问候，阿齐兹医生，我就快要死了。"

"你不能先吃完晚餐再死吗？噢，可怜的马哈茂德·阿里！"

"坐在这里的哈米杜拉，其实也已经死了。当你骑上自行车准备到这儿来的时候，哈米杜拉就已经死了。"

"是的，马哈茂德·阿里说得没错。"哈米杜拉接着表示，"请你想象一下，我和马哈茂德·阿里现在其实是从另一个更快乐的世界向你打招呼。"

"你们那个更快乐的世界里也有水烟壶吗？"

"阿齐兹，请不要转移话题，我们正在谈论悲伤的话题。"

水烟壶里的烟草被压得太过紧密，但哈米杜拉就是习惯这样。壶里的水烟不断冒着泡泡，看起来郁郁寡欢。阿齐兹将水烟壶内的烟草松开，用鼻子吸了一口水烟，让烟窜进他的肺腔，并且呼出他刚才骑自行车经过市集时吸入的废气——人们燃烧牛粪所产生的气体。水烟的味道相当甘美，阿齐兹陷入昏昏欲睡的恍惚，但是感觉很舒服也很健康，于是他顺势躺了下来。在半梦半醒的状态下，阿齐兹认为哈米杜拉和马哈茂德·阿里原本的对话一点也不令人悲伤。哈米杜拉和马哈茂德·阿里谈论的话题，是关于印度人与英国人结为朋友的可能性。马哈茂德·阿里认为两者不可能变成朋友，哈米杜拉虽然不同意这种说法，但是语带保留，并未直接反驳马哈茂德·阿里，所以两人谈话的气氛还算融洽，没有发生争吵。阿齐兹悠哉地躺在宽敞的阳台上，一面欣赏高挂在天空中的月亮，一面等待哈米杜拉的仆役准备晚餐，没有任何令人烦心的事情发生。

"你想想我今天早上碰到的那件事！"

"我只是认为，倘若在英国，英国人确实可能与印度人交朋友。"哈米杜拉回答。他在多年前曾经去过英国，并且在剑桥受到英国人的热情款待。

"但是在印度，这种事情根本不可能发生。"马哈茂德·阿里气愤地表示，"阿齐兹，你听我说，今天那个红鼻子的英国年轻人又在法庭上羞辱我。我不怪他，因为是别的英国人一直教导他应该贬抑印度人。不久之前，他还是一个相当友善的青年，然而其他的英国人改变了他的态度。"

"对，这就是我想表达的——英国人在这里没有选择。他们刚来到印度时，原本都是有教养的绅士，但是别人不断对他们洗脑，告诉他们在印度绝对不能当绅士。你看看，一开始是莱斯利先生变了样，然后是布莱基斯顿先生。现在还有你的红鼻子年轻人。我敢说，接下来就连菲尔丁先生也会随波逐流。为什么他们全变了呢？我还记得特顿先生刚从英国到印度时的亲切模样，一开始他被派驻本邦的其他城市。你们绝对不会相信，当时特顿先生还邀请我一起搭乘他的马车——特顿先生！噢，我说的全是真的！我和特顿先生曾经是很要好的朋友，他甚至让我欣赏他的集邮册。"

"我敢说，特顿先生现在不仅不会让你欣赏他的集邮册，还可能会怀疑你意图偷窃他的东西。特顿先生就是这种人。"马哈茂德·阿里说，"不过，那个红鼻子的年轻人将来绝对会比特顿先生更加可恶。"

"我不觉得。"哈米杜拉表示，"我认为英国人只会变成同一种样子——没有人会变得特别可恶，但也没有人特别友善。每个英国人到这里来之后，不出两年的时间就会变成另一副嘴脸，无论是特顿先生或是柏顿先生，没有人例外。至于那些英国女性，只要短短六个月的时间，她们就会变得和英国男性一样恶劣。你们同意我的说法吗？"

"我不同意。"马哈茂德·阿里语带嘲弄地回答。自己所说出的每一字每一句，都让他觉得苦中带乐。"根据我的观察，这些英国人身上有相当明显的差异：那个红鼻子年轻人说话含糊不清，但特顿先生说话则字正腔圆；特顿夫人喜欢别人送礼物巴结她，但红鼻子年轻人的太太不受贿也不能受贿，因为红鼻子年轻人目前单身，根本没有太太。"

"特顿夫人喜欢别人送礼物巴结她？"

"你没听说过吗？当初特顿先生被派到印度中部去监督运河施工，某个印度邦主送了特顿夫人一架纯金打造的缝纫机，希望那条运河可以流经他负责管理的地区。"

"结果呢？"

"运河没有改道。这就是特顿夫人高明的地方。我们这些穷酸的印度人如果受贿，一定会乖乖按照行贿者的意思办事，所以最后就会被司法机关发现。但是那些英国人可就不同了，他们收了好处却什么都不做，没有人抓得到他们的把柄。我非常佩服他们这一点。"

"我们都很佩服英国人。阿齐兹，可以麻烦你把水烟壶递给我吗？"

"噢，再等一下，我抽得正开心呢！"

"你真是一个自私自利的家伙！"哈米杜拉说话的声音突然提高，转身催促仆役快准备晚餐。仆役随即大声回复晚餐早已备妥，随时可以开饭。但其实仆役的意思是他们也希望晚餐早已备妥，实际却不然。哈米杜拉等三人都明白他们的真意，所以依旧待在原地不动，没有站起身子。哈米杜拉继续刚才未完的话题，但是他转换了一种口气，并且显露出自己的真情。

"但是我还想分享另外一个例子——关于年轻的修·班尼斯特。修是我好朋友的儿子，他的父母亲班尼斯特牧师以及班尼斯特夫人都已经过世了。我在英国期间，班尼斯特牧师和班尼斯特夫人非常照顾我，他们对我的恩情绝非三言两语就说得完，我永生难忘。牧师和夫人就像我的父母一样，我可以自在地与他们谈天说地，就像我们现在这样。每次一到休假日，他们就会邀请我去他们的牧师寓所过夜，要我把那儿当成自己家，放心地让我与他们的孩子接触——我经常带小修出去外面走动，甚至还带他去参观维多利亚女王的葬礼——我将小修高高抱起，好让他从人群上方看清楚葬礼举行的过程。"

"维多利亚女王是一位很不一样的领导者，她对印度人很友善。"马哈茂德·阿里喃喃自语地说。

"我听说小修现在在坎普尔做些皮货买卖的生意，你们应该不难想象我非常想见他一面，我愿意支付他的旅费，请他来我这儿做客，把我家当成他自己的家。但是我的好意都没用，因为那些长期定居于印度的英国人[1]老早就已经控制他的想法，让他认为我对他别有企图。我没有办法接受老朋友的儿子对我有这种误解。噢，我想问问你，马哈茂德·阿里律师，为什么这个国家的一切全都走样了呢？"

这时阿齐兹突然凑过来，说："你们为什么要一直聊英国

1　长期定居于印度的英国人：原文为 Anglo-Indians，英国政府于 1911 年正式以该词取代 Eurasian（欧亚混血儿）。

人的事？真是够了！你们为什么不能随性一点，想和英国人当朋友就去当朋友，不想当朋友就不要当朋友？我们不要在意那些英国人了，好好享受开心的气氛吧！在英国人当中，维多利亚女王和班尼斯特牧师夫妇是少数愿意善待印度人的特例，只可惜他们都已经过世了。"

"不，不，我不同意你最后这句话。我还遇到过其他友善的英国人。"

"我也遇到过。"马哈茂德·阿里突然一改先前的态度，"并不是每个英国女人都是坏人。"由于马哈茂德·阿里的转变，这场对话的氛围也跟着改变，大伙儿开始分享一些关于英国人良善与体贴的事迹。"那位女士以非常自然亲切的语气对我说：'非常感谢你。'""灰尘让我的喉咙发痒，还好有一个英国女人给我一颗止咳药。"哈米杜拉可以轻易回想起许多如同天使一般的英国人向他伸出援手，但因为马哈茂德·阿里只认识住在印度的英国人，所以他必须绞尽脑汁，才能勉强举出一两个例子，而且他在分享故事之后仍不忘得出以下结论："当然，这些善良的英国人只是非常少数的特例，不能代表全体的英国人。大部分的英国女性都和特顿夫人一样。阿齐兹，你应该很清楚特顿夫人的为人。"虽然阿齐兹根本不知道特顿夫人是谁，他还是假装自己知道。阿齐兹根据自己以往的经验，也归纳出一个结论——受人统治的族群，对统治者不可能有太好的印象。虽然阿齐兹知道一定有些英国女性是亲切善良的，但是他依然同意"所有的英国女性都是态度高傲、贪赃枉法的坏女人"。这三个好友聊天的高潮过了之后，气氛开始变得越来越冷。

　　一名仆役走过来宣布晚餐已经准备好了，但是没有人理会他。三人当中年纪较长的哈米杜拉和马哈茂德·阿里开始讨论他们永不嫌烦的政治话题，阿齐兹则偷偷溜进花园里，闻闻黄兰树上绿色花朵的芳香，脑中突然浮现出几段波斯诗句。晚餐！晚餐！晚餐……仆役持续提醒阿齐兹开饭了，于是他又走回屋内。接着轮到马哈茂德·阿里开溜，跑去找马夫说话。"进来看看我太太，陪她聊聊天吧！"哈米杜拉对阿齐兹说。他们走进哈米杜拉夫人的闺房里，聊天聊了二十分钟。哈米杜拉夫人是阿齐兹的远房姑妈，也是他在昌迪拉布尔唯一的女性亲戚。哈米杜拉夫人想利用这个机会与阿齐兹聊聊他们家族日前举办的一场割礼仪式——那场仪式虽然盛大华丽，但是不够完美。阿齐兹没有办法逃避这段无趣的对话，因为哈米杜拉夫人的用餐时间排在男人吃完晚餐之后，所以她刻意不断找话题聊天，以免让男性认为她迫不及待想要吃饭。哈米杜拉夫人批评完那场割礼仪式之后，突然想起自己身为阿齐兹的长辈，于是便询问阿齐兹是否有意再婚。

　　阿齐兹虽然不喜欢这个话题，但还是恭敬地回答哈米杜拉夫人："我结过一次婚就已经足够了。"

　　"是啊！反正阿齐兹尽完他的人生义务了。"哈米杜拉接话，"不要再逗他了，他已经生了两个儿子和一个女儿。"

　　"姑姑，我的孩子现在与我妻子的母亲同住，日子过得很舒服。我妻子生前也住在那里。我随时可以去探望我的孩子，他们的年纪都还很小，真的很小。"

"阿齐兹把所有的薪水都寄给他们，自己过着有如低阶职员的生活，却没有告诉任何人真相。他做得已经够多了，你还希望他多做些什么？"哈米杜拉又补充一句。

然而哈米杜拉夫人提出问题的用意，根本不是想指责阿齐兹不照顾子女，所以她只好客气地转换话题，继续聊了一会儿，然后重新解释先前未能清楚表达的意思。她说："如果每个男人都不肯结婚，每户人家的女儿要把终身大事托付给谁？她们到最后只能下嫁给那些社会地位配不上她们的男人，或者当一个嫁不出去的老小姐——"哈米杜拉夫人接着又提到一个大家经常拿来闲聊的故事：某位具有皇族血统的女孩，因为在贵族圈里找不到足以匹配她身份地位的男人成亲，只好一直维持着单身状态，如今已经三十岁了，这辈子可能到死都嫁不出去，因为没有人想娶这种老小姐。当哈米杜拉夫人还滔滔不绝地述说这个故事时，她的丈夫与阿齐兹却都暗忖这分明是印度社会造成的悲剧。大部分的印度人都觉得一夫多妻或一妻多夫的现象，远比女人一辈子嫁不出去来得好，因为结婚是神明赐给女性的喜乐。婚姻生活、生儿育女、打理家中大大小小的事务——女人生下来就应该做这些事，不然还能做什么？如果男人不肯帮助女人享受这些天职，等到他们离开人间的时候，不仅没有脸面对女人的神明，也没有脸面对他们自己的神明。阿齐兹决定找个借口告退。"或许没错……但我们下次再谈这个问题吧……"——每次只要有人建议他再婚，他总是这样回答。

　　"只要你认为是正确的事，就不要心存迟疑，尽管去做就对了。"哈米杜拉告诉阿齐兹，"印度人做事总是喜欢拖拖拉拉，这个国家才会一直处于现在这种困境。"然而他看阿齐兹还是一脸苦闷，于是又说了一些安慰的话语，好帮助阿齐兹忘掉哈米杜拉夫人刚才的话。

　　当阿齐兹和哈米杜拉夫妇在闺房里聊天时，马哈茂德·阿里已经搭着他的马车离开，并留言表示自己五分钟后就会回来，请大家可以先开动，不必等他。于是他们坐下来吃饭，席间还有一位名叫穆罕默德·拉蒂夫的远房亲戚。穆罕默德·拉蒂夫一直住在哈米杜拉家，他不能与哈米杜拉夫妇平起平坐，但是他也不像仆役那样帮忙做家务。平常除非有人找他说话，否则他从不主动开口，也因为没有人和他交谈，他就一直保持着沉默，不觉得有任何不妥。穆罕默德·拉蒂夫用餐时会经常打饱嗝，仿佛赞美菜肴的美味丰盛。他是一个温和、乐天但不太诚实的老先生，这辈子从来没有工作过，反正他的亲戚哈米杜拉有房子，他不怕没地方可住，再说哈米杜拉家大业大，不可能破产。他的妻子也以同样的方式在远方亲戚家白吃白住——穆罕默德·拉蒂夫从来不曾去探望妻子，因为搭火车要花钱。现在阿齐兹正在开他的玩笑，仆役们也跟着逗他、闹他。然后阿齐兹开始引述一些诗句，包括波斯诗、乌尔都诗和一些阿拉伯诗。阿齐兹的记忆力很好，以他这样的年纪来说，他阅读过的书籍相当多。阿齐兹尤其偏爱讲述伊斯兰衰败的历

15

史故事，以及短篇的爱情故事。大伙儿开开心心地聆听阿齐兹读诗。印度人喜欢以大众化的观点去欣赏诗句，不像英国人总喜欢从个人化的角度去钻研。印度人热爱聆听诗句，任何语言的诗句都好。他们喜欢在沁凉的夜晚聆听诗句，而且不需要读诗的人中途停下来为他们解析，因为哈菲兹、哈利、伊克巴尔[1]等诗人的大名，就已经是质量保证，无须任何人多加阐析。许多印度人喜欢在室外的月光下轻声读诗，因为只有在这种宁静的时刻，印度人才能活得像自己。他们通过聆听关于过去的哀歌而重拾以往的荣耀，因为被提醒青春易逝而再次感到年轻。突然有一个穿着鲜红色服装的仆役打断阿齐兹的朗读。这名仆役来替英国驻印医生卡伦德少校传话，将一张小小的信笺交到阿齐兹手中。

"卡伦德少校那个老家伙叫我去他家找他。"阿齐兹读完之后表示，然而他并没有马上起身出发的意思，"他起码应该说明一下原因吧？这不是基本礼仪吗？"

"我猜他可能有急事吧？"

"我不认为。我敢说他根本没事！他知道现在是我们的晚餐时间，故意打扰我们，如此而已。他总是选在这种时间来找我，只为彰显自己权力够大，可以为所欲为。"

"虽然他常常这样，但说不定这一次是真的有事，我们无

---

1 哈菲兹、哈利、伊克巴尔（Hafiz、Hali、Iqbal）：哈菲兹是最伟大的波斯诗人之一，哈利以乌尔都语写诗，伊克巴尔则能用乌尔都语、波斯语和旁遮普语创作诗句。

从得知。"哈米杜拉说。他希望阿齐兹遵从卡伦德少校的命令，到卡伦德少校家跑一趟。"而且你刚吃过东西，要不要先刷牙再去见他呢？"

"如果还要我先刷牙才能去见他，那么我就不去了。我是印度人，印度人才不管这么多，英国驻印医生必须忍受这一点。穆罕默德·拉蒂夫，请帮我把自行车推过来，谢谢。"

贫穷的穆罕默德·拉蒂夫站起身来。因为他专注聆听着哈米杜拉和阿齐兹说话，只把手放在自行车的坐垫上，其余什么都没做，最后还是由一名仆役将阿齐兹的自行车推过来，两人在接手过程中还不小心让自行车碾过地上的锡钉。阿齐兹用水壶里的水洗手并擦干双手之后，戴上他的绿色毡帽，然后以惊人的速度骑着自行车离开哈米杜拉家。

"阿齐兹，阿齐兹，你这个年轻人永远那么鲁莽轻率……"哈米杜拉嘴里还在咕哝着，但阿齐兹早就已经飞速抵达市集。阿齐兹的自行车没有车灯与车铃，也没有刹车器。反正这些配备也没有什么用处，况且现在是晚餐时间，路上没有什么人。阿齐兹的自行车刚刚碾过锡钉，因此车胎不断漏气，他只好跳下自行车，改叫马车代步。

阿齐兹一开始叫不到车，所以先把自行车暂放在朋友家，接着又因为刷牙而耽搁了一些时间，最后才加快速度赶往官署驻地。当阿齐兹进入这个干净整齐的地区时，心里突然萌生一种失落感。这个地区的道路都是以领军胜战的英国将军命名，而且每一条路彼此垂直相交，看起来就像一张由英国人撒放在印度的网。阿齐兹觉得自己已经为这张网所困。他抵达卡伦德少校的家，勉为其难地跳下马车，慢慢走到门前。阿齐兹之所以听命于卡伦德少校，并非因为他有一个喜欢被人奴役的灵魂，而是他的认知迫使他被奴役——他害怕如果自己不乖乖听命于英国人，就会招来一顿严厉的斥骂。去年曾经发生过一件事：有一位印度绅士搭马车前往英国官员的家，结果被英国官员的仆役挡在门外，要求他改以更谦逊的方式登门造访——事实上，这位绅士的经历只是个例，却碰巧被传开来了。阿齐兹担心同样的事情会发生在自己身上，心中有点畏缩，最后决定向现实屈服，请车夫将马车停放在卡伦德少校家阳台灯光照射不到的地方，自己再以步行方式走到门前。

没想到，卡伦德少校竟然不在家。

"请问卡伦德少校有没有留话给我？"阿齐兹问。

应门的仆役冷冷回答一句"没有"，让阿齐兹深感失望。他觉得卡伦德少校一定留了什么讯息给他，但因为他刚才忘记先打赏应门的仆役，所以仆役故意不传话，以此报复。偏偏现在为时已晚，有其他人出现在门廊上，阿齐兹不方便塞钱给那名仆役。阿齐兹与应门的仆役说话时，有人从屋里走了出来，两位都是女性，阿齐兹脱下帽子向她们致意。第一位女士身穿晚礼服，她看了阿齐兹一眼，然后便出于本能地转身避开他。

"莱斯利夫人，那里有一辆马车！"这位女性大声地说。

"这辆马车是来接我们的吗？"第二位女性问。她这时也看见了阿齐兹，但同样立刻撇过头去，不理会阿齐兹。

"就把这辆马车当成是上帝送给我们的礼物吧！"第一个女子尖声表示，然后两人就毫不客气地坐上阿齐兹的马车。"噢，车夫，我们要去俱乐部，去俱乐部！你这个笨蛋，为什么不赶快启程呢？"

马车车夫有点为难，于是阿齐兹便对车夫说："你载她们去吧，我明天再付钱给你。"他又谦恭地对马车上的两位英国女士说："女士们，请不要客气。"但是她们根本没有理睬阿齐兹，两人只顾着聊天。

马哈茂德·阿里说得没错，这就是典型的旅印英国女性，现在阿齐兹终于遇上了。她们的态度傲慢冷淡——无论阿齐兹表现得再怎么谦卑，她们都视若无睹，而且还毫不客气地抢走他的马车。阿齐兹本来应该心情更糟，但有一件事让他稍稍感到安慰：卡伦德夫人与莱斯利夫人的身材都很肥胖，胖到那辆马车几乎跑不快。倘若这两位英国女士貌美如花，肯定会让阿齐兹更加不开心。等那两位英国女士离开之后，阿齐兹才转身给了应门的仆役几枚卢比，并再次询问对方卡伦德少校是否留了讯息给他。那名仆役的态度变得很有礼貌，但答案还是不变：卡伦德少校没有留话。

仆役还告诉阿齐兹，卡伦德少校早在半个小时之前就已经搭车离开。

"卡伦德少校真的什么话都没说吗？"阿齐兹问。

其实卡伦德少校说了一句话："那个该死的阿齐兹——"那名仆役只听得懂这个部分，但是不好意思对阿齐兹据实以告。有时候，打赏别人的小费不够多，可能会有麻烦，但是打赏得太多，也不见得是好事。没有人能精确衡量打赏多少小费才能听见完整的真话。

"那么，请让我留一封信给卡伦德少校。"那名仆役请阿齐兹进屋，但是阿齐兹自尊心作祟，不肯进去。于是仆役便把信纸和墨水拿到门口，让阿齐兹在阳台上写信。"亲爱的卡伦德少校：由于您命令我马上来找您，所以身为下属的我就匆匆忙忙赶来了——"然而阿齐兹写到这儿就决定停笔。"请你转告卡伦德少校，说我已经来过了，我想这样就足够了。"阿齐兹对那名仆役说，并且将原本想写的那封抗议书撕掉。

"这是我的名片，麻烦你替我叫一辆马车。"

"先生，附近所有的马车都已经载客前往俱乐部了。"

"那就替我打电话叫一辆火车站那边的马车。"那名仆役准备去打电话时，阿齐兹又说："算了，算了，我还是走路吧。"他向仆役要了一支火柴，点燃一根香烟。这名仆役对他的礼遇，虽然是他塞了小费之后才换来的，但仍能抚慰他的心情，反正只要他身上还有卢比，就能买到仆役对他的尊重，这点对他而言就够了。然而，为了彻底甩开英国人带来的晦气、远离英国人居住的地区，阿齐兹随即快步离开，这是他难得的运动机会。

身材瘦小的阿齐兹很喜欢运动，他看似瘦弱，其实身体很强壮。不过，走路还是让他疲惫不堪。在印度这个国家，每个人都不喜欢走路，只有那些初次来到印度的英国人才喜欢走路。因为这片土地仿佛和行人有仇，有些地面松软不已，轻轻一踩就让人陷入泥沼；有些地面则坚硬锐利，让人觉得像是踩在石头或玻璃上，走起路来寸步难行。五花八门的路面状况令人筋疲力竭，而且阿齐兹穿着一双破鞋，无论在哪个国家行走都会很吃力。当他好不容易走到官署驻地的外围时，决定先绕路前往旁边的清真寺休息片刻。

阿齐兹一直很喜欢这座清真寺，因为这个地方感觉很优雅，陈设也让他觉得赏心悦目。清真寺的庭院——穿过生锈的大门会先来到庭院——有一个让信徒沐浴净身的水池，池子里的水新鲜清澈，而且永远保持流动的状态。这个水池其实是昌迪拉布尔用水来源的一部分。庭院里铺着破裂的木头地板，而且屋檐的深度比一般清真寺来得更深，看起来就像是一间被拆掉一面墙的英国教堂。阿齐兹在庭院里坐下，从他的位置可以看见清真寺的三道拱廊，阴暗的拱廊被一盏小小的吊灯及天上的月光微微照亮。拱廊的表面——在月亮的照耀下——铺着大理石，上面还刻写着九十九个神明的名字。虽然四周黑暗，但是那九十九个白色的名字在夜色中清晰可见。阿齐兹喜欢这种黑白对比的感觉，也喜欢笼罩清真寺的暗影，忍不住想把这一切当成是宗教真理或神明之爱的表征。他喜爱的清真寺总能帮助他激发无限的想象力，但其他如印度教、基督教或希腊教的圣殿却只令他感到无趣，完全无法唤醒他对美的认知。这个地方是伊斯兰教的土地，是他的国家，因此他对于清真寺的喜好不光是出于宗教信仰，也不只是一种口号，而是包含着更多更深厚的感情……伊斯兰教对生命的态度既细腻又恒久，让阿齐兹的身心灵都有回家的归属感。

阿齐兹坐在庭院左侧的矮墙下，望着朝城市倾斜而去的下坡地面，黑暗中的城市看起来就像隐约的树影。由于周围一片安静，阿齐兹连非常细微的声音也可以听得清清楚楚。英国人俱乐部发出的业余管弦乐演奏声从庭院的右侧传进来，另外某处也飘来印度教的击鼓声——阿齐兹知道那种鼓声来自印度教，因为他不喜欢那种旋律。另外还有人因为亲友过世而痛哭——他也知道是哪个人过世了，因为他下午才替死者出具死亡证明。除了这些声音之外，还有猫头鹰的叫声，以及旁遮普列车行驶而过的声响……官署驻地的花园飘来阵阵甜美的花香。虽然黑夜里有这么多种声音和气味让阿齐兹分神，他仍然把所有的注意力集中在清真寺上，因为清真寺本身具有独特的意义，而阿齐兹又自行为这里添加建造者当初未曾赋予它的意义。阿齐兹将来也想要盖一间清真寺，虽然规模会比这座清真寺小一点，但是品位一定要相当完美，好让每一个路过的人都能感受到他此刻的幸福与喜悦。他的坟墓要置放在他的小型清真寺旁边，墓碑上以波斯语刻写下列铭文：

> 啊！几千年后就算没有我的存在
> 玫瑰依旧会绽放，春天依旧会降临
> 但是那些默默明了我心意的人们
> 一定会到我的坟前来探望我

阿齐兹曾经在某任德干王的墓碑上读到这首四行诗，认为这首诗充满深奥的哲学意味——他也认为人生中的苦难非常深奥。"那些默默明了我心意的人！"阿齐兹复诵着这句诗，眼眶不自觉地盈满泪水。透过含泪的双眼，他隐约觉得清真寺的某根廊柱仿佛开始晃动，甚至在黑暗中脱离了清真寺的建筑结构。虽然阿齐兹相信世界上真的有鬼，但是他依然毫无惧色地坐着不动。接着又有一根廊柱脱离清真寺，然后第三根也随之脱离。阿齐兹看见一名英国女子出现在月光下，突然火气上升，忍不住愤怒地大喊："夫人，夫人，夫人！"

"噢，噢！"那个女人被阿齐兹的叫喊声吓了一跳。

"夫人！这里是清真寺，你不可以进来。而且你应该要先脱掉鞋子。这里是穆斯林的神圣场所。"

"我已经脱掉鞋子了。"

"你已经脱掉鞋子了？"

"我把鞋子放在入口处。"

"对不起，我刚才太鲁莽了。"

这名英国女子依然惊魂未定，因此慢慢往后退，与阿齐兹中间隔着那个可供信徒沐浴净身的水池。阿齐兹叫住她，并且再次向她表示歉意："我真的很抱歉刚才对你说话无礼。"

"是的，你应该道歉，因为我没有做错事，对不对？只要我先在门口脱掉鞋子，就可以进入清真寺，不是吗？"

"当然。但是大部分的女性通常不愿脱鞋，尤其是在这种

23

以为没有人会看见的时间。"

"即使不会让人看见，但神明始终在这个地方。"

"夫人！"

"我要离开了，请你让我离开。"

"有没有什么我能为你效劳的？现在或者任何时间都行。"
阿齐兹问。

"没有。谢谢你，我什么都不需要——晚安！"

"我可以请教您的名字吗？"

这位英国女子站在门廊的阴影中，所以阿齐兹无法看见她
的容貌，但是她可以清清楚楚地看见阿齐兹的长相。这时，英
国女子说话的口气才变得比较温和，她告诉阿齐兹："我是摩
尔夫人。"

"摩尔夫人——"阿齐兹往前走了一步，发现这位女子其
实是个老妇人。阿齐兹相当意外，但他不确定自己应该高兴还
是难过。这个英国女人比哈米杜拉夫人更加年长，虽然脸颊依
然红润，但是头发都已经灰白。由于她的声音听起来很年轻，
所以阿齐兹刚才没有察觉她是一位年迈的女性。

"摩尔夫人，我刚才吓坏您了，真的很不好意思。但我会
告诉大家——告诉我所有的朋友——您刚才说的那句话。您
说'神明始终在这个地方'，这句话说得很好，真的很好。我
猜您才刚到印度不久吧？"

"是的——但你怎么会知道？"

"因为您对我说话的方式很客气。但是这不重要。您要不

24

要我为您叫一辆马车？"

"我才刚刚从俱乐部那儿走过来。俱乐部今晚上演一出戏，但是我在伦敦已经看过了。俱乐部里很热，所以我才出来走走。"

"那出戏的剧名是什么？"

"《凯特表妹》[1]。"

"我想您不应该在夜间独自行走，摩尔夫人，因为附近有坏人，而且马拉巴山上的野豹也可能跑到这里来，有时候还会有蛇出没。"

摩尔夫人闻言发出一声惊呼，因为她根本忘了路上可能有蛇。

"另外还有可怕的六斑甲虫。"阿齐兹补充，"如果遇到六斑甲虫，它只要轻轻咬您一口，您就会中毒身亡。"

"但你也是自己一个人在夜里独自行走啊！"

"噢，因为我已经习惯这儿的一切了。"

"你也习惯看见蛇吗？"

摩尔夫人一说完这句话，他们两人就不约而同笑了出来。"我是医生，所以蛇不敢咬我。"阿齐兹笑着表示。他们两人并肩坐在清真寺的入门处，并且穿上各自的鞋子。"我可以请教您一个问题吗？您为什么选在这个时间点到印度来？印度的凉季现在正要结束。"

---

1 《凯特表妹》(*Cousin Kate*)：喜剧，作者为戴维斯（H. H. Davies）。

"我本来也想早一点来，但被一些避不开的事情耽搁了。"

"接下来的天气可能会热得让您受不了。再说，您为什么要到昌迪拉布尔来呢？"

"我来探望我儿子。他是这里的地方法官。"

"噢，不会吧？不好意思，这怎么可能呢？我们的地方法官是希斯洛普先生，我和他很熟。"

"希斯洛普是我的儿子没错。"摩尔夫人回答，脸上带着笑容。

"可是，摩尔夫人，您和他的姓氏不同，怎么可能是母子？"

"我后来又结了一次婚，所以现在已经不姓希斯洛普了。"

"我明白了。您的第一任丈夫过世之后，您改嫁给摩尔先生。"

"是的，我的第一任丈夫过世了，而且我的第二任丈夫也过世了。"

"我们的处境相同。"阿齐兹意有所指地表示，但没有明讲自己是鳏夫，"希斯洛普先生是您唯一的亲人吗？"

"不，我还有两个年纪比较小的孩子，拉尔夫和史黛拉——都在英国。"

"我猜，希斯洛普先生是拉尔夫与史黛拉同母异父的兄长吧？"

"是的。"

"摩尔夫人，这真的太巧了，我也同样有两个儿子和一个女儿。我们的相似之处又多了一项。"

"你的三个孩子叫什么名字？该不会也叫作罗尼、拉尔夫和史黛拉吧？不会真的这么凑巧吧？"摩尔夫人的幽默感把阿齐兹逗笑了。"不，没有这么巧合。如果真的这么巧，那可就好玩了。他们的名字和您三个孩子的名字很不相同，也许您会因为他们的名字而感到相当惊讶呢！请让我把他们的名字告诉您：我的大儿子叫作艾哈迈德，二儿子叫作卡里姆，至于我的女儿——她是三个孩子当中的老大——叫作贾米拉。我觉得三个孩子就够了，您同意我的看法吗？"

"我同意。"

接下来阿齐兹和摩尔夫人都沉默了一会儿，他们各自想念着自己的家人。摩尔夫人叹了一口气，站起身准备离开。

"您改天有没有兴趣利用早晨去参观明托医院？"阿齐兹问摩尔夫人，"我在昌迪拉布尔大概只能招待您参观明托医院。"

"谢谢你的好意，但我已经去过了，否则我一定非常乐意接受你的招待。"

"我猜是英国驻印医生卡伦德少校带您去的。"

"是的，卡伦德少校和卡伦德夫人带我去参观了明托医院。"

这时阿齐兹的脸色突然沉了下来。"啊，卡伦德夫人还真是一位讨人喜欢的女士呢。"

"但或许要等到认识她久一点，才会觉得她讨人喜欢吧？"

"什么意思？什么意思？难道您不喜欢卡伦德夫人？"

"虽然她刻意表现得很友善，但是我一点都不觉得她讨人喜欢。"

这时阿齐兹终于忍不住吐实："卡伦德夫人没有经过我的同意，就强行坐上我叫来的马车——您觉得这么做是讨人喜欢的行为吗？——至于卡伦德少校，他总是一次又一次打断我与朋友共进晚餐的欢乐时刻，我必须停止这种最令我开心的活动，马上动身前往卡伦德少校家，然而卡伦德少校根本不在家，也没有留下只言片语说明召唤我或放我鸽子的理由。请您告诉我，这样的行为讨人喜欢吗？我是否应该祷告，请神明帮助我？但是我怎么做都没有用，因为我是卡伦德少校的属下，只能乖乖听话。我的私人时间一点都不重要，而且让印度人站在阳台上等英国人，已经算是对印度人相当客气了。反正英国人心里都认为：很好，很好，就让他站在那边等吧！所以卡伦德夫人就大摇大摆地坐上我的马车，但是连看都不看我一眼。"摩尔夫人静静听着。

阿齐兹的情绪相当激动，一部分的原因是他遭受不公平的待遇，但主要还是因为他发现摩尔夫人十分同情他，这点促使他不断重述自己的委屈，夸张事情的经过，并辩驳自己的立场。摩尔夫人为了让阿齐兹明白她与他站在同一边，便开始批评和她同样来自英国的卡伦德夫人。其实即便她没有这么做，阿齐兹也已经感受到她的心意。阿齐兹心中燃起一把烈火，平常他就算看见美丽的事物，情绪也不会如此激动。不过，尽管他口头上还不停抱怨着，其实心情已经不知不觉平静下来。他已通过言语将心中所有的怒意宣泄出来。

"您明白我的委屈！您清楚我的感受。噢，要是每个英国人都能像您一样就好了。"

摩尔夫人听了这句话之后有点吃惊，便回答："我不觉得自己善于了解别人。我只知道自己欣不欣赏别人的行为举止。"

"那么您应该是个东方人吧？"阿齐兹笑说。

摩尔夫人答应让阿齐兹护送她走回俱乐部。他们抵达俱乐部门口时，摩尔夫人对阿齐兹说，如果她是俱乐部的会员，她就可以邀请他进去坐一会儿，可惜她没有这个资格。"印度人不可以进入昌迪拉布尔的英国人俱乐部，就算受到英国人的邀请也不行。"阿齐兹简单地向摩尔夫人说明。他现在的心情很好，因此没有再提到他遭受过的不公平待遇。阿齐兹与摩尔夫人道别后，独自在月光下漫步下山。当他再度看见那座美丽的清真寺时，突然觉得自己像是这片土地的主人，就算他明知软弱的印度教徒比他更早来到这里，而且这个地方现在已经被冷酷的英国人所统治，也无法改变此刻他心中的感觉。

第三章

摩尔夫人回到俱乐部时,《凯特表妹》第三幕正在顺利演出中。参与演出的夫人们怕仆役看见自己演戏的模样,所以把窗户全关起来,以致俱乐部里变得相当闷热,室内只有一台老旧的电风扇吃力地转动着,宛如一只受伤的小鸟。另外一台电风扇已经坏掉。摩尔夫人不想回观众席看戏,所以便前往台球间。她在那里遇见阿黛拉·奎斯特德。奎斯特德小姐一看见摩尔夫人就说:"我想见识一下真正的印度!"这句话把摩尔夫人的心思又拉回到日常生活。阿黛拉·奎斯特德是一位个性独特但小心谨慎的女孩,罗尼·希斯洛普请摩尔夫人陪着阿黛拉一起到印度旅游。罗尼是摩尔夫人的长子,个性也很小心谨慎。奎斯特德小姐很可能会嫁给罗尼,但目前还不是百分之百肯定。至于摩尔夫人自己,则已是一位年迈的老妇人。

"我也想见识一下真正的印度,希望我们有机会一探究竟。特顿夫妇下个星期二会替我们安排一些活动。"

"他们安排的活动,还不就是让我们骑骑大象。他们只会安排这种活动。您看今晚的节目,竟然是《凯特表妹》,真让人想不到!他们竟然叫我们来俱乐部观赏《凯特表妹》。对了,您刚才去哪里了？您有没有看见映照在恒河上的月影？"

奎斯特德小姐和摩尔夫人昨天晚上意外看到月亮映照在远方恒河上的倒影。由于水波的流动，河里的倒影看起来比天上的月亮更加硕大，也更为明亮，让她们两人惊喜不已。

"我去清真寺走了走，但没有特别留意恒河里的月影。"

"河中月影的角度，应该会变得不太一样，因为月亮会越升越高。"

"对，但可能还要再等几天才看得出不同。"摩尔夫人打了一个呵欠。她今天晚上走了很长的路，此刻相当疲惫。"让我想想看——就算我们现在身处印度，也无法看见月亮的另一面。一点办法也没有。"

"别这么想，而且印度也没有那么糟糕。"突然有个愉悦的声音接话，"你们可以这样想：就算无法看见月亮的另一面，起码我们此刻在地球的另一面。但我们都只能看见原本那个月亮。"

摩尔夫人和奎斯特德小姐都不知道这个说话的人是谁，后来也没有机会一探究竟，因为对方以友善的态度说完这句话之后，就消失在红砖廊柱后方的黑暗中。

"让我们深感遗憾的是，我们也还没有机会见识这所谓的地球另一面。"阿黛拉表示。摩尔夫人同意阿黛拉的看法，因为到目前为止，她们在印度的日子简直无聊透顶，摩尔夫人相当失望。她们横渡地中海，穿越埃及沙漠，行经孟买港口，整个旅途过程非常浪漫，结果到了印度却只能看见一间间无趣的平房。然而摩尔夫人失望的程度不若阿黛拉那么严重，因为她比阿黛拉年长四十岁，知道人生就是这个样子：当我们非常渴求某件事物的时候，总是无法顺利获得；我们最后一定会体验到刺激的冒险经历，但那不一定会在我们最期待的时间点发生。于是摩尔夫人再度表示，希望特顿夫妇下星期二能安排一些有趣的活动。

"喝杯酒吧！"这时又有另外一个愉悦的声音说，"摩尔夫人、奎斯特德小姐，请喝杯酒吧，想喝两杯也可以。"这次她们知道说话者是谁——曾经与她们一起用餐的税务官兼行政长官特顿先生。特顿先生和这两位女士一样，他也觉得《凯特表妹》的演出空间太闷热了。特顿先生告诉两位女士，罗尼是这出戏的舞台总监，原本总监是由卡伦德少校担任，但因为他的印度部属办事不力，所以改由罗尼担任。罗尼接手后的表现非常优异。特顿先生又以平静且坚定的语调大大赞赏罗尼其他方面的优点，但似乎有点过度吹捧。虽然罗尼在体能运动或语言表达方面不算特别出色，在执法判决方面也没有杰出的见解，但是——这个"但是"很重要——他是一个高贵的好人。

听完特顿先生对罗尼的赞美，摩尔夫人深感意外，因为对一位母亲而言，自己的儿子被人赞誉为"高贵的好人"，并不能算是特别值得高兴的事。奎斯特德小姐闻言则感到些许焦虑，因为她不确定自己是否欣赏被称为"高贵的好人"的男性。她本来想与特顿先生讨论罗尼这项特质，但是特顿先生幽默地伸出手来，示意奎斯特德小姐别急着开口，让他继续把话说完。

"总而言之，希斯洛普先生是崇高的大人物，他是我们需要的人才，他是我们英国人的表率。"这时，某个倚在台球桌旁听他们说话的英国人也点头表示："没错，没错。"于是大家就这么认定罗尼是高贵的好人。特顿先生说完这番话之后就离开了，因为他还有别的事情要忙。

《凯特表妹》这个时候也落幕了，负责伴奏的业余管弦乐团开始演奏英国国歌，原本正在聊天或打台球的人全都停止动作，表情严肃地聆听国歌演奏。这首国歌是占领军的颂歌，俱乐部里的男男女女都因为这首曲子而想起自己是在异乡流浪的英国人，进而勾起淡淡的乡愁，同时也更加坚定自己的意志。国歌微弱的音调及大伙儿向耶和华祈愿的默祷声，融合成一种在英国本土不曾听闻的祷告文。这种祷告文虽然无法帮助旅居印度的英国人完整表达对祖国的忠诚或是对信仰的坚贞，但确实可以给予他们继续在印度过日子的力量。国歌结束后，这些人开始喝酒并互相干杯。

"阿黛拉，这杯酒给你。母亲，这杯给你。"罗尼说。

但是两位女士都婉拒了罗尼的好意——因为她们现在不想喝酒——然后向来有话直说的奎斯特德小姐重申自己渴望看见真正的印度。

罗尼的心情正好，因此他觉得阿黛拉的要求很有趣。他转头询问一位碰巧走过他们身旁的男士："菲尔丁先生，请问我们如何才能看见真正的印度？"

"去认识印度人啊！"那人回答之后就走开了。

"那个人是谁？"奎斯特德小姐问。

"菲尔丁先生是校长——政府大学的校长。"

"我们每天都会见到印度人，想避都避不开。"莱斯利夫人叹了一口气。

"我根本没有机会见到印度人，除了我的仆役之外。"奎斯特德小姐说，"自从来到印度之后，我几乎没有和印度人说过话。"

"噢，你真是太幸运了。"

"但是我很想认识印度人。"

奎斯特德小姐的言论，使她成为在场被逗乐的女士们的中心。有人说："你居然想认识印度人？这真是一件新鲜事！"另一个人说："你想认识印度人？为什么呢？多么奇怪！"第三个人比较严肃，说："让我告诉你一件事：那些印度人认识你之后，就不会再尊敬你了。你懂吗？"

"这种情况只会发生在双方认识很久之后吧？"接话的人是一个头脑愚蠢但态度友善的女士，她接着又说，"我的意思是，我在结婚之前是护士，接触过很多印度人，所以我了解他们，我真的非常了解印度人的本性。我当时在印度担任护士，但这份工作真的不适合英国女性，我只能在工作时尽量表现出冷漠的一面。"

"你对自己负责照顾的病患也很冷漠吗？"

"这有什么不对？我们对那些印度人最大的善举，就是让他们快死去。"卡伦德夫人插话进来。

"如果印度人也进了天堂，你可以接受吗？"摩尔夫人故意笑着问卡伦德夫人。

"只要印度人不靠近我，无论他们要上天堂或下地狱都不关我的事。一想到印度人，我就全身起鸡皮疙瘩。"

"事实上，我确实想过你刚才提到的印度人上天堂这件事。"以前担任护士的女士表示，"所以我反对传教士在这里宣扬基督教。我赞同这里要有礼拜堂的牧师，但坚决反对传教士有存在的必要性。请容我解释我的看法。"

她还来不及说明，担任行政长官的特顿先生就走过来打断了这段谈话。

"奎斯特德小姐，你想认识雅利安兄弟吗？我可以替你安排，这很简单，然而我不认为你会喜欢他们。"特顿先生思索了一会儿，然后又说，"基本上，你想见什么样的印度人都可以，我认识一些在政府部门上班的印度人，还有一些印度地主。希斯洛普先生认识一些印度律师。如果你想认识从事教育工作的印度人，可以请菲尔丁先生帮你介绍。"

"我不想再认识那些光鲜亮丽的大人物。"奎斯特德小姐回答，"刚刚抵达印度时，我很开心能认识那些有成就的印度人，但是那种肤浅的光环一下子就消退了。"然而特顿先生一点也不在乎奎斯特德小姐真正的意愿，他只希望自己能够替她规划一次难忘的印度之旅。说不定她会喜欢"搭桥派对"呢？于是特顿先生向奎斯特德小姐解释，所谓的"搭桥派对"并不是大伙儿一起玩桥牌的派对，而是让东方人与西方人建立友谊桥梁的派对。他故意将这种派对取名为"搭桥"，许多人听了之后都认为他很有创意。

"我只想认识平常与你们往来的印度人——我是指你们的印度朋友。"

"呃，我们平常不与印度人往来。"特顿先生回答，并且忍不住哈哈大笑，"他们讲究各种道德规范，但是那些道德规范与我们无关。现在已经是晚上十一点半了，我没有时间解释所有的理由。"

特顿先生与特顿夫人驱车返家途中，特顿夫人忍不住向丈夫抱怨："奎斯特德小姐真是喜欢找麻烦。"她一点也不欣赏刚来到印度不久的阿黛拉·奎斯特德，她认为这位小姐行为举止不够优雅，而且好奇心过度旺盛。特顿夫人希望奎斯特德小姐这趟印度之旅的目的不是嫁给优秀的希斯洛普先生，但现在从表面上看来，这确实是摩尔夫人带奎斯特德小姐到这里来的原因。特顿先生虽然心里同意他太太的看法，不过除非必要，他绝对不开口批评任何英国女性。因此他只轻描淡写地表示：即使奎斯特德小姐举止不够得体也无可厚非。然后他又补充一句："印度这个地方会影响一个人的理智，尤其是天气炎热的时候。基本上，菲尔丁先生就已经大受天气的影响。"特顿夫人一听见她丈夫提到菲尔丁先生的名字，就不以为然地闭上眼睛。她认为菲尔丁先生不是上等人，或许他才应该娶奎斯特德小姐，因为奎斯特德小姐也不配被称为上等人。聊着聊着，特顿夫妇就到家了。他们家是一栋占地宽广的低矮平房，也是整个官署驻地里最老旧也最不舒适的一户，屋外的草坪像是凹陷的汤盘。特顿夫妇进门之后又喝了一点大麦汁，然后就上床休息了。他们提早从俱乐部离开，破坏了当晚愉悦的气氛。这场聚会和其他派对一样，多多少少带有公务应酬的色彩，目的是表达对印度总督的敬意。这些旅印英国人深信，英国皇室的神性可以转移到殖民地的总督身上，因此大家必须尊敬担任总督的政府官员。在昌迪拉布尔这个小地方，特顿夫妇的地位就等于神。但是不久之后，特顿先生就要退休，这对夫妇会搬到郊区生活，等他们过世时，恐怕不会有人记得他们曾拥有这种充满光彩的岁月。

"承蒙特顿先生这么给我们面子。"罗尼表示。他很感激特顿先生如此看重他从英国邀来做客的阿黛拉。"你们知道吗？特顿先生从来没有为任何客人举办'搭桥派对'。他顶多只请客人吃吃晚餐，如此而已。我当然希望能够亲自为你们安排活动，但是等你们认识印度人之后，你们就会明了这种事情还是要由高级长官出面安排比较恰当，因为印度人都认识特顿先生，也知道不能随便得罪他——毕竟与特顿先生相比，我在印度人眼中只不过是一个小小的新手。除非在这个国家待了二十年，否则谁都没有资格说自己了解这片土地——嘿，母亲！您的斗篷在这里——呃，比方说，我曾经犯下一个错误。我刚来到这个地方的时候，曾经邀请某个印度律师和我一起抽烟——请注意，只是一起抽根烟罢了。但是我后来发现，那个印度律师事后竟然派人在市集到处宣扬这件事——那些人对每个诉讼当事人说：'噢，你们应该把案件委托给马哈茂德·阿里律师——因为他和地方法官是好朋友。'从那个时候开始，每当我在法庭遇见马哈茂德·阿里，一定不给他好脸色看。我从这件事学到了教训，希望他也学到了教训。"

"你应该邀请每一位律师都和你一起抽烟。或许这才是你学到的教训吧？"

"这种说法或许也没错，但是我没有那么多时间和每一个律师抽烟，而且抽那么多烟对身体健康很不好。再说，我比较喜欢在俱乐部里和我们自己的人一起抽烟。"

"你为什么不邀请印度律师到俱乐部呢？"奎斯特德小姐追问。

"我没办法。俱乐部规定印度人不得进入。"希斯洛普先生依旧态度愉悦，而且充满耐性地回答她。然而这个问题让他终于明白，奎斯特德小姐完全不了解这里的一切。所以他语带暗示地告诉她，自己刚到印度时，也曾经和她一样什么都不懂，但是不久之后就明白这里的种种规矩。希斯洛普先生说完之后便走到阳台上，对着天上的月亮大喊一声，他的车夫马上回应他的呼唤。

希斯洛普先生没有低头看车夫一眼，直接命令对方立刻将马车驶来。

在俱乐部里昏昏欲睡的摩尔夫人，一来到室外就马上清醒了。她看着月亮，月光将其周围的夜空染成带点浅黄色的紫

38

色。在英国的时候，月亮看起来总是死气沉沉又充满距离感，但是在印度这个地方，摩尔夫人却被夜色、大地与星空深深吸引，有一种与世间万物结合为一的感动，仿佛与天体产生了亲密关系。这种强烈的感受涌入她心中，甚至满溢而出，就像不断灌入蓄水池的水，把陈腐的部分挤出水池，留下新鲜的水。摩尔夫人并不讨厌《凯特表妹》，也不讨厌国歌，但比起这些她早已熟悉的事物，新奇的事物更吸引她，例如看不见踪影却闻得到香气的花朵，而非俱乐部里的鸡尾酒和香烟味。当那座没有圆顶的狭长形清真寺出现在马车前方道路的转角处时，摩尔夫人脱口而出："噢！没错——这就是我刚才去的地方——这就是我刚才去过的清真寺。"

"您什么时候去的？"她的儿子问。

"今天晚上《凯特表妹》演出的时候。"

"母亲，您不可以独自一人随便乱走。"

"为什么不可以？"摩尔夫人回答。

"不可以，在这个国家真的不可以自己一个人随处走动，也没有人会这么做。别的不说，光是路上可能有蛇这件事，就足以造成危险。蛇最喜欢在晚上出没。"

"噢，没错！那个年轻人也是这么说。"

"我觉得自己一个人跑去清真寺相当浪漫。"奎斯特德小姐说。她很喜欢摩尔夫人，因此很高兴摩尔夫人做了大胆的尝试。"您在清真寺里遇见一个年轻人，竟然没有告诉我。"

"阿黛拉，我本来要告诉你，但好像还来不及说，就被某件事情打断了。我现在也想不起来是什么事，我的记性越来越差了。"

"那个年轻人是好人吗？"

摩尔夫人思考了一会儿，然后才以坚定的语气说："他是一个非常好的人。"

"那个年轻人是谁？"罗尼也感到好奇。

"他是一个医生，但我不知道他叫什么名字。"

"医生？就我所知，昌迪拉布尔没有年轻的医生。这太奇怪了。他长什么样子？"

"他的身材瘦小，留着稀疏的八字胡，眼神很灵活。我从暗处走进清真寺时被他叫住——他提醒我脱掉鞋子。我们就是因为这样才开始聊天的。他本来以为我穿着鞋走进寺内，但幸好我知道清真寺的规定。他还聊到他的孩子。后来他陪我走回俱乐部。他说他认识你。"

"我真希望您刚才在俱乐部里就告诉我他是哪一位，因为我实在猜不出他是谁。"

"他不能进俱乐部。他说这是规定。"这下子罗尼才恍然大悟。他大声惊呼："噢，我的天啊！他该不会是穆斯林吧？您已经和印度人说过话了，怎么不早一点告诉我？难怪我一直猜不到这个人是谁。"

"穆斯林！这真是太美妙了。"奎斯特德小姐充满羡慕，"罗尼，你母亲就是这么棒的女性！当我们还在讨论如何认识印度人的时候，她已经自己先跑去认识了一个，而且丝毫不觉得这是了不起的事。"

　　然而罗尼不太高兴。一开始，当摩尔夫人提到这名男子的时候，罗尼还以为是某个住在恒河畔的英国年轻人，所以他心里怀着同胞之情。没想到他完全猜错了。他母亲分享这段经历时，为什么不早一点通过说话的语调让他知道对方是印度人？气愤且高傲的罗尼开始追问他的母亲："他在清真寺里叫住您，是吗？他说话的口气如何？是不是很没有礼貌？他为什么三更半夜躲在清真寺？"——罗尼又转头回答奎斯特德小姐提出的问题："不是，这种时间不是印度人祷告的时间。"——奎斯特德小姐对印度人的一切充满兴趣。罗尼接着又问摩尔夫人："如果他以您没有脱鞋的理由叫住您，那实在是相当无礼的借口。印度人总是用这招。您当时真该穿着鞋走进清真寺。"

　　"我承认他的态度确实有点失礼，但你说印度人总是用这招，我不觉得他想借此对我做任何事。"摩尔夫人回答，"他那时的情绪很紧绷——我从他说话的声音可以感觉得出来。当我告诉他我已经脱掉鞋子，他的态度马上就变得非常客气。"

　　"您根本不应该理他。"

　　"罗尼，我不同意你的说法。"喜欢逻辑思考的奎斯特德小姐表示，"如果有个穆斯林戴帽子走进教堂，你叫他把帽子脱掉，你应该会希望对方回应你的要求吧？"

　　"这怎能相提并论？情况根本不同，你不明白。"

　　"我知道自己不太明白这里的一切，但是我想弄明白。请你告诉我，为什么这两种情况不能相提并论？"

罗尼希望阿黛拉不要插手管这件事。其实他的母亲遇见什么人根本不重要——因为摩尔夫人经常到处旅行，遇到过形形色色的人。而且摩尔夫人这次到印度来，目的只是陪伴阿黛拉同行，短暂停留之后就会回英国，所以无论她在印度看见什么或认识谁都无所谓。然而阿黛拉可就不同了，因为阿黛拉可能会在印度定居下来，因此她的交友对象相当重要。假如她一直询问与印度人有关的奇怪问题，恐怕不是什么好现象。于是罗尼转移话题，命令车夫停车，对奎斯特德小姐说："你想欣赏的恒河就在那边。"

他们一行人朝着罗尼所指的方向望去，下方不远处出现一片光亮，但是那既不属于河水也非来自月光，只是在阴暗的田野上静静发光。罗尼告诉两位女士，那个发光处是正逐渐形成的新沙岸，上面黑漆漆的部分就是沙堆。有时候，有些尸体会从贝拿勒斯一路漂流下来——如果那些尸体在途中没有被鳄鱼吞噬。"那些漂到昌迪拉布尔的尸块都已经残破不堪，根本称不上是尸体。"

"恒河里有鳄鱼，太可怕了。"摩尔夫人喃喃自语地说，让罗尼和阿黛拉两人忍不住相视而笑。每当这位老妇人因为一些稀松平常的事情而大惊小怪时，他们就觉得有趣。这对年轻男女间的不愉快，此刻终于烟消云散。摩尔夫人又说："这真是一条可怕的河流，也是一条美好的河流。"然后轻叹一口气。黑暗中的光束已经开始变化，不知道是受到月亮还是沙滩的影响。光束再过一会儿就会消失，最后剩下一个会变形的小光圈在空气中发亮。摩尔夫人和奎斯特德小姐正想讨论是否要留下来观察那个小光圈的变化，马儿就已经发出一声长嘶，打破黑暗中的宁静，拖着马车往前奔去。马儿一分钟都不想多等，直接载主人返回住处。奎斯特德小姐回房间休息，摩尔夫人则继续和她的儿子聊天。

罗尼想追问清真寺里那个医生的身份，因为举发可疑人士是他的职责。他原以为那人或许声名狼藉，或许是从市集来的伊斯兰医生，等到摩尔夫人告诉他那个医生在明托医院服务时，他才放下心中的大石头。罗尼告诉他的母亲，那个医生应该是阿齐兹，他觉得阿齐兹这个人没有什么问题，他不讨厌阿齐兹。

"阿齐兹。这个名字真好听。"

"既然您和阿齐兹说过话了，您对他有好感吗？"

摩尔夫人没有察觉罗尼问这个问题的用意，坦白地回答："是的，我觉得他相当不错，除了一开始他叫我脱鞋时口气很差之外。"

"我的意思是，整体而言，他是否能接受英国人的种种作为？——他觉得英国人是残忍的霸主或冷血的官僚吗？他对英国人有没有任何负面评价？"

"噢，我想他只对卡伦德少校和卡伦德夫人有所埋怨，对其他英国人没有意见。他不欣赏卡伦德先生和卡伦德夫人。"

"噢，这是他亲口对您说的吗？是这样吗？我猜卡伦德少校一定很乐意听见这个消息。为什么阿齐兹要告诉您这种事？"

"罗尼，罗尼！你绝对不可以把这件事转述给卡伦德少校听。"

"我会。事实上，我必须这么做。"

"可是，亲爱的儿子——"

"假如卡伦德少校获悉我的印度部属对我不满，我也希望他马上让我知道。"

"可是，亲爱的儿子——那是我和阿齐兹之间私底下的对话。"

"在印度没有所谓的隐秘，阿齐兹在和您说话时，一定也明白这一点，所以您不必担心。他敢说出那些话，一定别有用意。我个人认为，他说那些话根本不是出自真心。"

"不是出自真心？"

"他诋毁卡伦德少校，只为了博取您对他的好印象。"

"亲爱的，我不懂你的意思。"

"受过教育的印度人，最近喜欢玩这种花招。以前印度人对英国人毕恭毕敬，但是新生代的印度人想表现独立自主的男子气概，以为这种态度可以让巡回议员对他们印象深刻。但无论印度人表现自信或畏缩，他们所说的每一句话肯定都别有用心，绝对隐藏着其他的含义。倘若他那番话真的没有弦外之音，恐怕也是为了自抬身价——换句话说，就是想博取您对他的好感。当然，有时候也有例外的情况。"

"以前在英国，你从来不曾这样评判他人。"

"印度和英国不同。"罗尼马上反驳，口气有点无礼。为了改变摩尔夫人的观念，罗尼把他从资深前辈那里学来的说辞全都搬出来套用，但其实他根本不确定那些话到底是什么意思。他刚才说的那句"当然，有时候也有例外的情况"，其实是引述自特顿先生；而"恐怕也是为了自抬身价"，则是从卡伦德少校那里学来的。这些说辞很有用，在俱乐部里相当流行，然而摩尔夫人是一位非常聪明的老妇人，她一听就知道哪些话是罗尼自己的想法，哪些是他从别人那里听来的。她其实可以要求罗尼进一步举例说明。

不过，摩尔夫人只对罗尼说："我不否认你这套说辞听起来很合理，但关于阿齐兹医生私底下对我说的那些话，你绝对不能让卡伦德少校知道。"

虽然罗尼觉得这么做违反他在职场上的诚信义务，他还是答应了摩尔夫人。然而他又补上一句："我可以答应您，但请您不要在阿黛拉面前提到阿齐兹。"

"不在阿黛拉面前提到阿齐兹医生？为什么？"

"母亲，您又来了——很多事情我没有办法——说明清楚，总之我不希望阿黛拉想太多，这点千真万确。阿黛拉会一直担心英国人没有善待印度人，或者类似的无聊问题。"

"这本来就是她最在意的事情啊——她决定到印度来一趟，也是基于这个理由。我们搭船的时候，阿黛拉谈的都是这些事。我们在亚丁港上岸之后也聊了很多，她说只认识你休闲轻松的一面，但不知道你在工作时是什么模样，所以她觉得自己有必要到印度来一趟，以了解你的另一面，进而决定是不是

45

要和你结婚——当然，也方便让你做出决定。她是一个处事态度非常公平公正的女孩。"

"这点我明白。"罗尼垂头丧气地说。

罗尼焦虑的语调，让摩尔夫人突然觉得他还是一个没长大的小男孩，只要是他喜欢的，就非得到不可。摩尔夫人答应罗尼绝对不会在阿黛拉面前提到阿齐兹医生，然后便与他亲吻互道晚安。然而罗尼并没有阻止摩尔夫人去想阿齐兹，因此她一回到房间就开始想着这个印度医生。根据她儿子的评论，她重新回想发生在清真寺的一切，想要弄清楚谁的想法才是正确的。没错，当时确实可能会演变为极不愉快的场面——那位印度医生一开始先以凶恶的口吻威吓她不可以穿鞋进入清真寺，然后又虚情假意地在她面前赞许卡伦德夫人——等到他发现自己可以在她面前说真心话之后，才开始倾诉满腹委屈。那名印度医生不断奉承她，而且同样一句话重复好几次，也许是担心自己不被信赖，也许是因为个性爱钻牛角尖，或者是出于自负的虚荣心。但是摩尔夫人相信自己的判断，她认为阿齐兹是个好人，罗尼对那位印度医生的评价实在错得离谱，扼杀了他最基本的人格。

摩尔夫人准备挂起斗篷时，发现衣架末端上停着一只小小的黄蜂。她在白天的时候也看到过黄蜂，可能就是眼前这一只，也可能是它的亲戚。印度的黄蜂和英国的黄蜂不太一样，这儿的黄蜂在飞行时会将黄色的长腿垂在身后。或许这只黄蜂错把衣架当成树枝了——印度的动物不熟悉人类放在室内的摆设品，所以经常有蝙蝠、老鼠、鸟类和昆虫在人类的屋内筑巢，以为室内和大自然一样。对这些动物而言，它们习惯整个世界就是一座丛林，但如今这座丛林内除了树木之外，还有许多人类的房子。或者说，到处都是人类的房子。摩尔夫人发现这只黄蜂在衣架上睡着了，远方则传来平原上的狼嚎声及人类敲打的鼓声。

"可爱的小亲亲。"摩尔夫人对这只黄蜂说。黄蜂没有被她吵醒，她的声音飘出窗外，融入这个不安静的夜晚。

第四章

　　行政长官特顿先生信守对奎斯特德小姐的承诺，隔天就寄出邀请函给多位住在邻近地区的印度绅士。邀请函上言明他将于下星期二的晚上五点至七点宴客，地点在英国人俱乐部的花园，并欢迎这些印度绅士携伴参加，特顿夫人将会招待鲜少走出闺房的印度女士。特顿先生的邀请函随即引起各界热烈的讨论，受邀人士都感到相当兴奋。

　　"这一定是副总督[1]的命令。"马哈茂德·阿里说，"除非被上司逼迫，否则特顿先生才不可能这么做。那些高高在上的大官和特顿先生那些人不一样——大官们比较同情印度人。总督大人就很同情我们，对我们比较客气，但是他们全都住得很远，平常很少到这里来。除此之外……"

　　"就是因为住得远，才比较容易产生同情心。"一位蓄着胡子的老绅士表示，"比起那些远在天边的大官，我反而更感念特顿先生这些人对我们表达的善意。无论背后的原因是什么，特顿先生现在已经踏出第一步了。他对我们示好，我们就应该

1　副总督（Lieutenant-Governor）：简称 L. G.，英国负责管理殖民地的总督副手。

接受，我不认为还有什么问题需要多加讨论。"老绅士说完之后又引述一些《古兰经》经文。

"纳瓦卜大人，我们不像你有善良的本性，我们的学识也不像你那么丰富。"

"虽然副总督是我的好朋友，但是我也从来不给他添麻烦，我们顶多寒暄几句——'纳瓦卜大人，你好吗？''我非常好，谢谢你，吉尔伯特副总督。你也好吗？'——我们的互动大概就是这样。但如果副总督询问我是否接受特顿先生的邀约，我只要在副总督面前随便说几句坏话，特顿先生就会倒大霉。虽然我必须将某些事务往后顺延才能接受邀约，但我还是会特别从迪尔库沙赶回来，参加特顿先生的派对。"

"如果你为了接受邀请而把自己重要的事情搁置一旁，无异于自贬身价。"一个肤色黝黑、身材矮小的男人突然插话进来。

许多人不赞同他的意见。这个没教养的暴发户是谁？竟然敢批评本地最重要的地主。马哈茂德·阿里虽然同意他的观点，但仍然觉得自己应该站出来纠正他的态度。"拉姆·昌德先生。"马哈茂德·阿里开口时双手插在腰上，将僵硬的身子微微往前倾。

"马哈茂德·阿里先生。"

"拉姆·昌德先生，我想，纳瓦卜大人可以分辨什么是自贬身价的行为，轮不到我们来评断。"

"我不认为接受特顿先生的邀请是自贬身价的行为。"纳瓦卜大人对拉姆·昌德先生说，而且口气非常愉悦。他觉得这个人很没礼貌，希望让对方闭上嘴。纳瓦卜大人原本想回答他："我当然知道这么做会自贬身价。"但是他决定换一种比较有礼貌的方式来应对。"我不觉得接受邀约等于自贬身价。我一点都不觉得我们会自贬身价，因为特顿先生的邀请函写得非常客气。"说到这儿，纳瓦卜大人已经想不出还有什么话能讲，便叫他那个气质高贵的孙子去把车子开过来。纳瓦卜大人的孙子今天陪着他出席这场聚会。车子开来之后，纳瓦卜大人重申自己刚才所说的话，而且这次表达得更详尽。他在结尾时还丢下一句："绅士们，那么我们星期二再见了。希望到时候可以在英国人俱乐部的花园见到大家。"

纳瓦卜大人的话有很大的影响力，因为他是大地主，也是大慈善家。他不仅是仁慈的绅士，更是做事果决的男人，在印度人的圈子里深具分量。如果与他为友，他肯定是忠实可靠的朋友；如果与他为敌，他也会是坦率直接的对手。纳瓦卜大人的好客众所周知，他最常挂在嘴上的一句话，就是"能分享的就分享，不要一心留给自己或家人，也不要老惦记着谁应该感谢你"。他觉得人死的时候留下万贯家财是一件可耻的事。他已经决定要驱车二十五英里路去参加行政长官特顿先生的派对，大家当然相信他一定言出必行。纳瓦卜大人和某些地位显赫的大人物不同，那些人经常告诉别人自己乐于赴约，但是到了最后一刻又无故爽约，让邀请他们的市井小民心焦不已。纳瓦卜大人既然表明接受邀约，就一定会准时现身，绝对不会欺骗那些支持他的人。刚才听了纳瓦卜大人长篇大论的印度绅士们，尽管心中都认为纳瓦卜大人的决定有点草率，还是开始催促彼此接受特顿先生的邀约。

刚才纳瓦卜大人和这些印度绅士都聚集在法院旁的小屋里。印度律师通常会在这间小屋里等待他们的当事人，至于那些想找律师的诉讼当事人，则会坐在小屋外面的空地上。坐在屋外的人，都没有资格接到行政长官的邀请函。除了小屋里面与外面的人之外，还有地位更卑下的印度人——他们身上只围着腰布，有些人甚至连腰布都没有，靠在街上卖艺糊口——印度的社会阶级将人们区分成不同的等级，就连教育也没有办法弥补阶级之间的鸿沟，那些人当然什么样的邀请函都拿不到。

人与人之间的阶级差异，或许要等到蒙主宠召时才能弭平。人们想要靠自己的力量彼此团结，也许只是徒劳无功。人们确实努力过，但是努力之后反而拉大阶级间的距离。两位虔诚的传教士试图在这片土地上帮助印度人，年长的传教士是格雷斯福德先生，年轻的那位则是索利先生。他们住在屠宰场的旁边，总是搭乘火车的三等车厢到处传教，从来不曾踏进英国人俱乐部一步。他们认为上帝的国度里有华美的豪宅，不仅欢迎各色各样的人，而且能抚慰每个人的心灵。没有人会在阳台上被无礼的仆役驱赶，无论有色人种或者白人。任何人只要心中有爱，就不会被上帝拒于门外，因此当然应该在印度这片土地上继续宣扬上帝的博爱精神。想想看，倘若猴子也懂得崇拜上帝，是不是同样有资格进入上帝的国度？年长的格雷斯福德先生说不行，但是年轻的索利先生思想比较前卫，认为当然可以。索利先生认为没有理由不让猴子接受上帝的祝福。他曾经满怀同情心与信奉印度教的朋友讨论这个问题。对方问他：胡狼也可以进入上帝的国度吗？索利先生坦言，他没有想过胡狼是否应该受上帝祝福，但是他认为上帝的爱没有极限，因此任何哺乳类动物都能被上帝祝福。那么黄蜂呢？当印度教友人问到黄蜂时，索利先生开始变得不太自在，试着改变话题。后来对方又提到橘子、仙人掌、水晶和泥巴，甚至他身体里的细菌。不行，不行，索利先生连忙表示对方离题太远了，因此宣布日后举行小组聚会时，喜欢天马行空乱发问的人不得参加，否则时间全浪费在偏颇的问题上，什么重要的议题都无法讨论。

第五章

举行"搭桥派对"的结果不算成功——起码对摩尔夫人和奎斯特德小姐来说，这场派对与她们印象中的成功派对相差甚远。由于特顿先生是为了她们才举办这场派对，所以当晚她们提早到场，以表重视。但没想到大部分的印度宾客来得更早，而且全都挤在网球场另一边的草坪上，不肯过来寒暄。

"现在才五点钟。"特顿夫人抱怨着，"我丈夫待会儿才会从办公室直接过来，替这场派对揭开序幕。但我现在根本不知道应该做什么，因为这是我们头一次在俱乐部里举办这种派对。希斯洛普先生，等我和我丈夫过世之后，你会不会也在俱乐部里举行这种宴会呢？以前那些伟大的官员，如果看见今天这种场面，大概会气得从坟墓里爬出来。"

罗尼·希斯洛普恭敬地对特顿夫人笑了一下，然后转头对奎斯特德小姐说："你想见识真正的印度人，我们就让你看看他们是什么模样。你觉得那个头上戴着礼拜帽的雅利安兄弟如何？"奎斯特德小姐和摩尔夫人都没有回答罗尼的问题，她们只是一脸哀伤地望着网球场草坪的另一头。是的，眼前的景象一点也不光鲜亮丽。东方失去了世俗的华丽外表，仿佛沉入一座深不见底的山谷。

"最重要的一点，就是记得这些印度人都不是什么了不起的人物。因为真正了不起的印度人都没来。特顿夫人，我说得对不对？"

"完全正确。"尊贵的特顿夫人一边说，一边将身子微微往后靠。她表示自己正在"养精蓄锐"——但不是为了这场派对，或者这个星期接下来的活动，而是为了将来某个不确定的场合，也许会有高级官员来访，到时候她就必须拿出全副精力来招待贵宾。每次特顿夫人出现在公众场所时，都呈现这种正在储备体力的慵懒姿态。

在获得特顿夫人的附和之后，罗尼又接着表示："如果英国和印度之间发生任何争端，那些受过教育的印度人对我们一点好处都没有，所以我们实在没有必要向他们示好。基于这个理由，我认为他们全都不是什么重要人物。此刻在你们面前的那些人，大多数都企图叛乱，其余的那些家伙，则喜欢打小报告出卖自己人。那个农夫——他也有一些毛病。至于那个住在印度西北边的帕坦人，如果你们想认识本地人的话，他是不错的选择。然而这两个人——你们可别搞错了，他们都不是印度人。"罗尼指指网球场另一头那些肤色黝黑的人——那些人不时轻轻推扶他们的夹鼻眼镜，或者局促不安地挪动脚步，仿佛意识到希斯洛普先生正在说鄙视他们的坏话。他们身穿浅色系的欧洲服饰，在深色肌肤衬托下宛如生了麻风病。他们之中完全欧化的很少，但没有人全然未受影响。罗尼说完这些话之后就没有再开口，而且不光是英国人这边变得沉默，网球场那头的印度来宾们也安静下来。这时有一些英国女士抵达派对会场，但是她们简单寒暄几句之后就无话可说了。俱乐部花园的上空飘飞着一些风筝，无论是英国人这边或印度人那边都有，相当公平。一只大秃鹰飞过风筝上方，而更高处则是最超然公正的天空。天空的颜色淡得几近透明，散发出光亮。然而人们的上方不可能只有这些东西，天空的上方一定还有更高且更公正的事物包覆住天空，然后再上面一定也还有……

接着他们聊到《凯特表妹》。借由这出戏，英国人在舞台上表现出自己对人生的态度，并比照英国中产阶级人士的穿着打扮粉墨登场。明年他们打算演出《垮勒堤街》或《护卫队的侍从》[1]。除了一年一度的戏剧公演之外，旅居印度的英国人平常都不接触文学作品，因为男性都忙于公务，而女性只想做一些能与男性产生共同话题的活动。他们忽视艺文活动的态度众所周知，反正他们也不在意让别人知道自己对艺术缺乏兴趣。英国公立学校的教育态度就是如此，但是这种现象在印度远比在英国严重，因为这些旅印英国人认为印度人的艺术水平也相当差劲。当摩尔夫人问罗尼在印度还练不练中提琴时，罗尼阻止她继续问下去，因为在公开场合提及中提琴之类的乐器不太恰当，甚至可说是相当失礼。摩尔夫人发现罗尼变得刻意迎合

---

1 《垮勒堤街》(*Quality Street*) 作者为贝瑞 (J. M. Barrie)，《护卫队的侍从》(*The Yeomen of the Guard*) 作者为吉尔伯特和沙利文 (Gilbert & Sullivan)，这两出戏剧与《凯特表妹》都是驻印英国人最喜爱的戏剧。

世俗的观点，对许多事物的看法也比以前包容。他们母子俩曾经在伦敦一起观赏过《凯特表妹》，当时罗尼相当瞧不起这出戏，但如今大大赞许它是一部出色的作品，只因为不想让别人不开心。印度本土报纸曾经发表过一篇"不太友善的报道"批评这出戏，莱斯利夫人读完报道之后，认为"白人绝对不会写出如此刻薄的批评"。《凯特表妹》在英国人的圈子里大受好评，无论是幕前的演员或是幕后的制作都赢得肯定，但是那篇报道中却有以下恶评："虽然德瑞克小姐扮演的角色充满魅力，但是她缺乏演出经验，而且时不时忘词。"那篇短短的剧评当然得罪人了，只不过得罪的对象并非个性强悍的德瑞克小姐，而是德瑞克小姐的朋友们。德瑞克小姐根本不住在昌迪拉布尔，她到这里拜访担任警察局长的麦克布莱德先生及其夫人，停留两个星期，临时受邀登台演出，友好地补上了演员的空缺。德瑞克小姐离开时，理应带走当地热情好客的美好印象。

"快去招呼客人，玛丽，快去招呼客人。"行政长官特顿先生走过来轻拍特顿夫人的肩膀。特顿夫人笨拙地站起身子。"你希望我做什么？噢，对，招待那些难得走出闺房的印度女人。我没想到她们真的会来参加。噢，天啊。"

一小群印度女性聚在凉亭旁边，其中胆子比较小的就躲在凉亭里面，其余的人则背对着英国人，面向灌木丛。这些印度女性的男伴就站在距离她们不远处，观察着这场派对的情况。这个景象很特别：这些人仿佛置身于一个即将被潮水淹没的小岛。

"我觉得她们应该主动过来打招呼。"

"你先过去吧。玛丽，别那么斤斤计较。"

"我绝对不和印度男人握手，除了纳瓦卜大人之外。"

"现在有哪些人到场了？"特顿先生朝那群印度来宾看了一眼，"嗯，嗯，和我预期的差不多。我们都知道这些人为什么而来，我想——那个人是为了合约——那个家伙则是为了穆哈兰姆月节而来，想拉拢我支持他的立场。另外那个占星学家打算规避市政建筑法规，还有一个人是拜火教徒，那个人则是——嘿！你们快看——他开车碾坏我们种的蜀葵了。明明应该右转的时候，他却把车子转向左边。印度人总是这样。"

"我们根本不应该允许印度人开车到俱乐部来，开车对他们不是好事。"特顿夫人说。她现在终于慢慢走向凉亭，陪伴她同行的包括摩尔夫人、奎斯特德小姐，以及一只小猎犬。"我真搞不懂她们怎么都跑来了，她们明明和我们一样不喜欢参加这种'搭桥派对'。你们去问麦克布莱德夫人就知道，她丈夫总是叫她举办闺房派对，邀请那些喜欢躲在闺房里的印度女人喝茶，最后让她忍不住发飙。"

"但今天不是专门为印度妇女举办的闺房派对。"奎斯特德小姐纠正特顿夫人。

"噢，是吗？"特顿夫人高傲地回答。

"你可以告诉我这些女士是谁吗？"摩尔夫人问。

"不必管她们是谁。反正你只要记得一件事：你比她们优越。你比全印度人的地位都高，除了一两位女邦主或邦主夫人之外。但是你绝对可以和那些女邦主或邦主夫人平起平坐。"

特顿夫人说完之后就往前走去，与那些印度妇女握手寒暄，并用乌尔都语说了几句欢迎词。特顿夫人学过一点点乌尔都语，但是通常只用来和仆役沟通，所以她的用语都不太礼貌，只会使用动词命令式。她转头询问摩尔夫人和奎斯特德小姐："这就是你们希望的，对吧？"

"请你转告这些女士，我们真希望自己会说她们的语言，但因为我们才刚到这个国家不久，还没有机会学习。"

"我们会说一点点英文。"其中一个印度女人说。

"真没想到，她们竟然听得懂英文。"特顿夫人相当惊讶。

"伊斯特本、皮卡迪利广场、海德公园角。"另一个印度女人也开口说了几个英国地名。

"噢，没错。她们会说英文。"

"这下子我们可以聊天了，太棒了。"阿黛拉开心地大喊，脸上洋溢着喜悦的光彩。

"她也知道巴黎。"一位站在角落旁观的印度男子表示。

"她们可能都去过巴黎。"特顿夫人的口吻像是在描述一群候鸟的飞行路径。自从她发现那些印度女人当中有人通晓英文之后，态度就开始变得更疏离，担心对方摸透她的一切。

"那个比较矮的女人，是我太太巴塔恰亚夫人。"刚才那位旁观男子向特顿夫人等人说明，"那个比较高的女人是我妹妹达斯夫人。"

那一高一矮的两位印度妇人优雅地拉整自己身上的纱丽，

脸上露出微笑，但是她们的动作显现出一种不自在的怪异感，仿佛试图在东方与西方社交礼仪之外发展出一种新的模式。当巴塔恰亚夫人的丈夫说话时，她刻意转头不盯着他看，但是她不介意看着其他的男性。事实上，每一位来参加"搭桥派对"的印度女性都显得有些不太自在，一下子表现得畏缩，一下子又落落大方，而且她们时不时低声窃笑，说话时还会做出一些小手势来表达歉疚或失望。她们当中有人去逗弄特顿夫人的小猎犬，也有人因为怕狗而躲得远远的。这是奎斯特德小姐梦寐以求的机会：一群友善的印度人就站在她面前。她想让这些印度女性多开口说话，但是徒劳无功——无论她怎么努力，这些有礼貌的印度女性都像回音墙一样，不肯主动多说些话。不管奎斯特德小姐说了什么，这些印度女士都只敢喃喃自语般地含糊应声，要不然就是在奎斯特德小姐不小心掉落手帕时发出小声的关切之意。于是奎斯特德小姐故意不说话，结果这些印度女性也不说话。摩尔夫人遇上同样的情况，特顿夫人则一脸冷漠地看着她们，因为她从一开始就知道会有这种结果。

当特顿夫人准备带摩尔夫人和奎斯特德小姐离开时，摩尔夫人突然心生一股冲动。因为她喜欢巴塔恰亚夫人的容貌，于是便对巴塔恰亚夫人说："你愿不愿意让我们改天去拜访你？"

"好啊。你们打算什么时候来？"巴塔恰亚夫人身子微微向前倾，以一种迷人的姿态问摩尔夫人。

"看你哪一天方便。"

"每天都方便。"

"星期四可以吗?"

"当然没问题。"

"真荣幸,到时候我们一定会很开心。什么时间方便?"

"任何时间都方便。"

"请告诉我们,你喜欢客人什么时间造访。因为我们对贵国还很陌生,所以不清楚你们通常在什么时间待客。"奎斯特德小姐表示。

巴塔恰亚夫人也不清楚什么时间比较适合,但是她表示每个星期四从一大早开始,这两位英国女士可以随意挑时间去拜访她,她一定会待在家里等她们。而且无论她们打算什么时间去,她都会很高兴,一点都不会觉得惊讶。不过,巴塔恰亚夫人最后却补了一句:"我们今天要去加尔各答。"

"噢,真的吗?"阿黛拉说。她一开始没有会意,但过了一会儿便恍然大悟,惊呼:"噢!如果你们要去加尔各答,我们就不能去拜访了。"

巴塔恰亚夫人没有再多说什么,然而她的丈夫在不远处接话:"没有问题,没有问题,你们星期四可以来拜访我们。"

"但是你们要去加尔各答。"

"不,不,我们不去了。"他转过头,以孟加拉语对他的妻子简短说了几句话,然后又对阿黛拉说:"我们期待你们星期四大驾光临。"

"星期四。"巴塔恰亚夫人重述一次。

"你们绝不能为了我们而延后前往加尔各答的行程,这样我们就太失礼了。"摩尔夫人大喊。

"不，当然不会。我们不会那么做。"巴塔恰亚先生笑着说。

"可是你们确实打算为了我们延后行程。噢，请不要这么做——这会让我们的良心受到言语无法形容的折磨。"

那些印度人全都开始哈哈大笑，但不是嘲笑摩尔夫人和奎斯特德小姐做错事。接着大伙儿又随意闲聊，特顿夫人则趁机面带笑容离开。最后的结论是：两位英国女士将于星期四一大早前往巴塔恰亚家简短拜访，以尽量不耽误主人出发去加尔各答的时间。巴塔恰亚先生会派马车迎接摩尔夫人与奎斯特德小姐，车上还会有仆役随行，为客人带路。巴塔恰亚先生知道摩尔夫人她们住在哪里吗？他表示自己当然知道，说完后又笑了起来。两位英国女士在恭维声与笑声中准备离开，这时突然有三名刚才未参与谈话的印度女子从凉亭里跑出来向她们致意，姿态有如亮丽缤纷的彩燕。

行政长官特顿先生在旁边忙着招呼男性印度来宾。他向客人问候，不时说笑话逗大家开心，赢得大家热烈的掌声。特顿先生对这些印度来宾都有一定程度的了解，知道他们做过哪些不名誉的事，因此他的热情招呼只是表面功夫，并非真心欢迎这些客人。特顿先生知道这些印度男性会欺骗别人、吸大麻、玩女人或做其他坏事，甚至有人打算从他身上贪图一点好处。但是他相信举办这场"搭桥派对"的好处多于坏处，否则他不可能举办。尽管如此，他对这场宴会所能带来的实际助益并不抱持太多幻想，因此与印度宾客寒暄片刻之后，他就走回英国人那一边。与印度人互动之后，特顿先生心里百感交集。那些身份较低且不懂英文的印度人，都真心感谢行政长官的邀请，因为受到英国高官的款待，将是他们一生难忘的荣耀。那些人一点都不在乎必须一直站着，也不在乎这场宴会无聊透顶，更不在乎晚上七点钟就必须离开。其他的印度来宾虽然也表示感恩，但他们只是基于礼貌或其他目的。纳瓦卜大人不在乎自己是否受邀，也不在乎自己在宴会上受到什么样的礼遇，他纯粹只是受到感动，既然行政长官有心邀请印度人参加宴会，他说什么也要情义相挺，因为他明白特顿先生举办这场"搭桥派对"并不容易。哈米杜拉也肯定行政长官举行这场宴会的心意，但是马哈茂德·阿里等人则以嘲讽的态度看待这件事：他们坚信行政长官是受到上级长官的压力，不得已才举办这场活动。这些人心里怀着怨气，结果原本以正面心态看待这场派对的人，后来也受到他们的影响。尽管如此，就连马哈茂德·阿里也很高兴自己能来参加这场宴会，因为这个属于英国人的神圣场所一直令人向往，印度人平常根本没有机会进入，他回家之后又可以向亲友大肆吹嘘了。

除了行政长官特顿先生之外，宴会中最尽力待客的人就是菲尔丁先生。菲尔丁先生是政府大学的校长，他对这个国家不熟，对印度人的态度也比较友善，因此完全不以贬抑的眼光看待这场派对的客人。菲尔丁先生兴致勃勃且满脸笑容地到处打招呼，但也因此在无意间犯了不少小错，幸好他学生的家长替他收拾善后，因为学生和家长都很欣赏菲尔丁先生。到了享用点心的时间，菲尔丁先生没有回到英国人那一边，反而与印度来宾一起大啖鹰嘴豆。他和每位印度宾客都能谈天说地，而且什么样的食物都愿意尝试。在这些印度宾客当中，菲尔丁先生发现了那两位刚来到印度不久的英国女士。她们显然与印度女客互动良好，而且她们向巴塔恰亚夫人表达访问之意时态度非常客气，不仅赢得巴塔恰亚夫人的好感，也让在场每位印度客人对她们产生了良好的印象。菲尔丁先生看在眼里相当高兴，虽然他不太认识那两位英国女士，但还是决定稍后要过去告诉她们：她们亲切友善的态度让每个人都很愉快。

菲尔丁先生找到了比较年轻的那位女士，她正通过仙人掌围篱的缺口瞭望远方的马拉巴山。每到太阳下山的时候，马拉巴山看起来会比较接近。如果夕阳下山的时间拖得够长，说不定整座马拉巴山就会跑到城里来了。但因为这里位于热带，所以夕阳总是一下子就不见了。菲尔丁先生把自己的感受告诉奎斯特德小姐，并且邀请她和摩尔夫人改天一起喝下午茶。奎斯特德小姐十分感谢菲尔丁先生的热情邀约。

"我很乐意一起喝下午茶。我知道摩尔夫人一定也会乐意受邀。"

"你知道吗？其实我大部分的时间都独来独往。"

"在这个地方，或许独来独往是件好事。"

"而且因为工作的关系，我很少到俱乐部来。"

"我懂，我懂。我们和你相反，我们很少接触到俱乐部以

63

外的人。我真羡慕你可以和印度人打成一片。"

"你想认识一两位印度朋友吗？"

"非常想，那正是我最想要的。这场派对让我觉得气愤又难过，我觉得英国人简直疯了，明明邀请客人来，却不好好招待他们。我只看见你和特顿先生向这些印度朋友表现出主人该有的礼仪，也许麦克布莱德先生也帮忙招呼了客人，但其他人的态度简直让我感到羞愧，而且情况好像越来越严重。"

事实确实是如此。就算英国男性想表现出该有的礼节，但他们的夫人不让他们这么做，因为女士们要求他们不断提供服务，替她们斟茶或分享养狗的建议。当派对进展到网球比赛的活动时，英印双方的隔阂变得更加严重。当初规划网球比赛，是希望英国人和印度人可以进行几场东西方友谊赛，没想到英国人完全忘了这种良善的初衷，经常一起打球的英国球伴马上占据了网球场，将印度宾客晾在一旁。菲尔丁先生看见这一幕也相当不高兴，但是他没有对奎斯特德小姐说什么，因为从刚才的交谈中，他觉得奎斯特德小姐似乎对音乐很感兴趣，于是便表示政府大学里有一位年长的印度老师喜欢唱歌。

"噢，我们非常想听印度音乐呢。对了，你认识阿齐兹医生吗？"奎斯特德小姐问。

"我听过许多与他有关的事，但是我不认识他本人。你希望我邀请他一起来喝下午茶吗？"

"摩尔夫人说，阿齐兹医生是个很好的人。"

"没问题，那么我就邀他一起过来。奎斯特德小姐，如果我安排星期四喝下午茶，不知道你们方不方便？"

"时间上没有问题。星期四早上我们要去拜访巴塔恰亚夫人。真没想到所有的好事都发生在星期四。"

"我不想麻烦希斯洛普先生载你们赴约，因为我想他到时候可能正忙着办公。"

"是的，罗尼工作非常认真。"奎斯特德小姐回答时，目光投向远处的马拉巴山。这些山脉突然看起来迷人又可爱，可惜她无法触摸。这时她眼前像是快门一闪，展现出未来婚姻生活的场景：她和罗尼可能每天晚上都得到俱乐部应酬，就像今天这样，然后才开车回家休息；他们会经常与莱斯利夫妇、卡伦德夫妇、特顿夫妇、柏顿夫妇往来，邀请这些人到家里吃饭，并且受邀到对方家里做客。日子将会这样一天一天过去，而她始终没有机会了解真正的印度。她将每天看见印度的各种色彩——早晨飞过天空的鸟儿、人们棕色的长袍、白色的头巾和红蓝色的神像——也将每天看见印度的脉动，只要市集里的印度人还在，在水池沐浴净身的信徒也还在。她只需要坐在马车里，就可以轻易看见这一切，然而形成这些色彩与脉动的力量，将会离她越来越遥远。到时候她只能看见印度的表象，看不见印度的精神。奎斯特德小姐认为摩尔夫人日前在清真寺所体验到的就是印度的精神。

过了几分钟之后，奎斯特德小姐与希斯洛普先生搭车离开俱乐部，他们先回家换衣服，然后等待德瑞克小姐与麦克布莱德夫妇前来共进晚餐。晚餐菜单包括：用瓶装豌豆煮成的什锦菜汤、类似乡村口味的面包、某种用来替代比目鱼的多刺鱼料理、炸肉片佐瓶装豌豆、英式查佛蛋糕，以及沙丁鱼吐司。这份菜单混合了英国与印度的料理风格。根据用餐者的官阶高低，菜单上的品项会有所增减，就连在料理中使用的豌豆多寡也会不同，并选用来自不同食品公司的进口沙丁鱼和苦艾酒。但无论菜式内容如何变化，该有的传统一定存在——毕竟这些是让英国异乡游子怀念无穷的家乡口味料理，只不过掌厨者变成了不懂这些菜肴的印度仆役。阿黛拉想起那些比她早离开英国并来到印度的年轻男女——半岛东方邮轮公司[1]载着一船又一船的英国人到这里来。那些人抵达之后，或许和她吃着同样的食物，也和她存有一致的想法，并同样遭受表面看似幽默的冷落对待，一直等到他们习惯这里的一切，然后轮到他们以同样的方式去冷落其他人。"我不想变成那种样子。"奎斯特德小姐心想。她觉得自己还年轻，应该要改变这一切。但是她也知道，自己所要对抗的对象既阴险又强悍，她需要有人与她同一阵线。她必须先在昌迪拉布尔找到与她理念相同的人。奎斯特德小姐很高兴自己认识了菲尔丁先生，以及那位名字很难发音的印度女士。然而此刻的一切都只是起点，接下来的两天，她应该会更清楚自己处于什么样的环境。

吃晚餐时，话题都在德瑞克小姐身上打转——她的工作是陪伴印度远方某邦的邦主夫人。个性亲切活泼的德瑞克小姐

---

[1] 半岛东方邮轮公司（The Peninsular and Oriental Steam Navigation Company）：简称 P & O，当时英国的大型航运公司。

分享自己即将休假的理由时，把每个人逗得哈哈大笑。她说自己休假是因为她觉得自己有权为自己做决定，而不是因为那位邦主夫人说她可以休。德瑞克小姐还准备在休假时开走那个邦主的汽车。那位邦主已经乘车前往德里参加邦主会议，但是接下来会利用火车把汽车运回家。德瑞克小姐准备在火车站将车子偷偷开走。德瑞克小姐也觉得"搭桥派对"很可笑——事实上，她觉得印度半岛的一切就像一出滑稽的闹剧。"如果你们看不出这些印度人非常可笑，你们就太离谱了。"德瑞克小姐表示。麦克布莱德夫人——也就是那个以前担任过护士的女士——强忍住开怀大笑的冲动，故作优雅地说："噢，南希，说得好。噢，南希，你说得太妙了。我真希望自己也能够拥有和你一样的眼光来看待一切。"至于麦克布莱德先生则不太多话，但他看起来是个好人。

客人离开之后，阿黛拉上床休息，摩尔夫人与罗尼·希斯洛普又进行了一次母子间的对话。罗尼想要寻求母亲的建议与支持——但是又不希望母亲对他有任何干涉。"阿黛拉有没有和您聊到什么？"罗尼问摩尔夫人，"虽然我想多陪陪她，但是我的工作实在太忙。我希望她目前觉得这里的一切还算舒适。"

"亲爱的，阿黛拉和我聊天的内容，都与印度这片土地有关。但既然你提起这件事，我觉得你的想法没错——你确实应该多花一点时间与阿黛拉独处。"

"是的，然而这么一来，别人可能会开始说长道短。"

"嗯，人们总是喜欢聊八卦。如果他们想说闲话，就随他们去说吧。"

"这里的人很怪，和英国家乡的那些人不同——就像某位官员说过：在这里生活，一举一动都会成为别人讨论的话题。举个愚蠢的例子来说：今天阿黛拉离开俱乐部的时候，菲尔丁先生紧跟在她身后。我发现卡伦德夫人也看见这一幕。那些人会偷偷注意你们两人的一举一动，除非他们确定你们和他们是一路人。"

"我想阿黛拉永远不会变成他们那一路的——她喜欢自己一个人独来独往。"

"我知道，这也是她格外引人注意的地方。"罗尼若有所思地表示。摩尔夫人觉得罗尼担心的事情太多了。摩尔夫人向来习惯伦敦居民对他人隐私的尊重，所以她不明白印度这个神秘国度为何完全无视人们的隐私权，反而是社会的传统规范具有更强大的影响力。"但是我猜阿黛拉一点都不在意这种事。"罗尼接着说。

"我亲爱的儿子，你去问问她吧。你应该去问问她本人。"

"或许她听说过印度的夏天很热。但是她不必担心，每年一到四月，我一定会把她送到山上去避暑——我不是那种会让妻子留在平原经受炙烤的男人。"

"噢，你们也可以聊聊天气以外的话题啊。"

"但是除了天气之外，印度没有什么话题好聊的，亲爱的母亲。每个人聊来聊去，总跳脱不出天气炎热这个话题。"

"是的，麦克布莱德先生也这么说。但是我觉得让阿黛拉不开心的原因，应该是这些旅印英国人，而不是印度炎热的天气。阿黛拉觉得这些旅印英国人对印度人的态度相当不友善。"

"我不是已经告诉过您不要和阿黛拉聊印度人的事吗？"罗尼突然情绪失控地大喊，"我上个星期就知道她对这件事的感觉了。噢，为什么你们女人要在意这种无关紧要的小事呢？"摩尔夫人被罗尼这句话吓了一跳，顿时忘了他们讨论的话题是阿黛拉。"为什么我们要在意这种无关紧要的小事？这种无关紧要的小事？"摩尔夫人重复着罗尼的用词，"为什么你认为这是无关紧要的小事？"

"我们英国人到印度来，本来就不是为了要对印度人友善。"

"你这句话是什么意思？"

"我是说，英国人到这里来，是为了主持司法正义，维持秩序和平。这就是我的想法。我们不应该把印度当成自己家一样。"

"你的想法太傲慢，仿佛把自己当成上帝了。"摩尔夫人静静地回答，但是真正让摩尔夫人不高兴的原因，是罗尼此刻的态度，而非他的想法。

罗尼试着缓和自己的情绪。他说："反正印度人喜欢神明。"

"英国人喜欢把自己当成印度的神明。"摩尔夫人接口。

"我们实在没有必要为了这种事情吵架。我们总是因为印度的问题而意见不合，但现在应该停止了。无论英国人是不是印度的神明，总之印度人必须乖乖听英国人的话。"罗尼表示。

然后他突然语气一转，可怜兮兮地问："您和阿黛拉到底希望我怎么做？难道你们要我与我的同事作对？要我和每一个住在印度的英国人作对？要我与我所尊敬的前辈作对？难道就因为我对印度人的态度不够友善，你们就希望我砸掉自己的饭碗？我所做的一切都是为了这个国家好。你们根本不明白我的工作内容，所以才会在这里眼泪汪汪地替印度人说话。我实在不想用这种态度和您说话，但有时候我不得不强势。您和阿黛拉今天在俱乐部的表现实在很不恰当——也不想想行政长官为了满足你们的愿望怎么大费周章地安排这场派对。我到这里来是为了工作，请您记得这一点——我的工作是以公权力治理这个悲惨的国家，我不是传教士，也不是英国工党成员，更不是充满同情心又多愁善感的文人。我是英国政府的官员，这是您当初希望我选择的工作。事实就是如此，英国人在这个地方本来就不可能受印度人欢迎，而且我们也不奢望能受印度人欢迎，因为我们的心思必须放在更重要的工作上。"

罗尼的这番话说得相当中肯。他每天在法院里工作，努力从各怀鬼胎的双方当事人之中找出比较老实的那一个，并且大无畏地伸张正义、保护弱小、对抗强权。他必须在充满谎言与阿谀奉承的环境下，帮助有口难言的弱者，对抗口若悬河的恶势力。这天早上，罗尼裁定某个铁路职员溢收旅客支付的票价，以及某个帕坦人强暴未遂。他不期待别人感激他，也不期待自己的公平公正受到表扬，而且他知道那名铁路职员和那个帕坦人一定会上诉，想办法花钱贿赂证人以干预司法，好让判

70

决结果大逆转。但这就是他的工作，他希望初访印度的摩尔夫人和阿黛拉可以明白他的难处，更期盼其他英国人都能够多站在他的立场想一想。他原本一点都不想参加"搭桥派对"，工作结束之后，他只想到网球场上和球伴打几场球，不然就是躺在长椅上好好休息片刻。

虽然罗尼的这些话听起来非常真诚，但摩尔夫人并不希望罗尼表现得如此自鸣得意。罗尼做的事情明明是错的，他却表现出理直气壮的态度。他强调自己到印度来工作本来就不是要当大好人，于是便可以借故欺压印度人，还因此获得正面的满足感。罗尼此刻的嘴脸让摩尔夫人怀念起他读小学时的模样。当年的罗尼还是一个充满爱心的小男孩，而如今他心里的人道关爱都已荡然无存，他已经变成一个头脑聪明但是心中充满怨恨的男子。倘若摩尔夫人没有听见罗尼说话时的语调，而只接收到他所表达的字句，或许会被这套说辞打动。但是当摩尔夫人听见罗尼那种自得其乐的口吻，并看着罗尼红鼻子下方的嘴唇自满地说出这一切时，她只觉得罗尼说的每一句话都不合逻辑，希望这些话语不是印度最终的命运。摩尔夫人认为罗尼应该要学习自我检讨——不是表面上虚情假意的检讨，而是发自内心的检讨——在自我检讨之后，罗尼才能真正改头换面，大英帝国也才能有所进步，成为不一样的国家。

"对于你刚才所说的一切，我有不同的看法。事实上，我要命令你依照我的话去做。"摩尔夫人一面说，一面调整着手上的戒指，"我认为英国人到这片土地，就应该要与印度人好好相处。"

"母亲，您为什么这么认为？"罗尼又改回原本温和的口吻，因为他对自己刚才情绪失控感到惭愧。

"因为印度也是地球的一部分。上帝让我们在地球上生存，就是希望每个人都能与别人好好相处。上帝……就是……爱！"摩尔夫人突然有些迟疑，因为她看得出罗尼并不想和她起争执，但她最后还是决定把自己的想法说出来："上帝让我们在地球上生存，就是要我们去爱别人，并且展现我们的爱。上帝无所不在，所以他也在印度这片土地上，正看着我们如何表现。"

罗尼一脸郁闷，似乎有点焦虑。他知道自己的母亲有非常坚定的信仰，但是这种虔诚的表现好像有点过头了，恐怕不是身心健康的征兆。自从罗尼的继父过世之后，他母亲对于信仰就变得越来越执着。他心中暗忖："母亲年纪大了，我不应该和她针锋相对，惹她不高兴。"

"我们心存与他人和睦相处的意念，才能够让上帝感到满意……只要我们真心真意，就可以得到上帝的祝福。我想，每个人都不免有过失败的经验，但是失败有很多种，最重要的是心存善念，而且还要有更多更多的善念。我若能说万人的方言……"[1]罗尼静静地等摩尔夫人把话说完，然后才轻声地表示："我明白您的意思。但我现在必须去处理一些公务，您也

---

1 "我若能说万人的方言"引自《圣经·哥林多前书》第十三章第一节。

该上床休息了。"

"我想也是。你说得对。"但是他们两人又安静地坐了几分钟。自从摩尔夫人提到上帝之后，这对母子的对话就开始超脱现实了。罗尼认为，如果宗教认同他的国家，他就认同宗教；但如果宗教影响他的生活，他就不认同宗教。他又以恭敬且坚定的口吻表示："我不觉得讨论宗教有什么意义，因为每个人都有自己笃信的宗教，有不同的教义要遵循。"他相信任何人都会认同他这句话。

摩尔夫人觉得自己不应该把上帝扯进来，但随着年纪越来越大，她发现自己只要一开口就免不了提到上帝，而且自从她来到印度之后，就会时不时想起上帝。不过，就算她整天想着上帝，心中获得的满足却越来越少。摩尔夫人必须不断把上帝挂在嘴边，因为上帝对她来说是最伟大的，而且最能有效地带给她慰藉。这个世界充满未知，永远有人类无法探索的境界，所以她需要依靠上帝来获得心灵上的安慰。和罗尼结束对话之后，摩尔夫人突然心生懊悔，责怪自己忘了这次来印度的主要目的——替罗尼与阿黛拉牵红线。她目前还无法确定这两个年轻人到底会不会顺利订婚，然后步入礼堂。

第六章

　　阿齐兹没有参加"搭桥派对"。他和摩尔夫人在清真寺相遇之后，随即忙于其他事务。他替几位病人开刀，日子过得非常忙碌。他已经摆脱印度贱民[1]的身份，当初选择去医学院念书而不当诗人，是个让他开心的决定。他脑子里想的都是与外科手术有关的细节，并且一天到晚与朋友分享。阿齐兹的职业有时候会让他心醉神迷，他原本就希望从事刺激有趣的工作，只不过开刀的过程靠的是他灵巧的双手，而不是他的头脑。阿齐兹喜欢替病人开刀，他开刀的技术很好。除此之外，他也喜欢替病人抽血。然而印度的社会体制与环境卫生令他难以忍受：每次他替老百姓打完肠病毒预防针，那些人离开之后又会继续饮用未经过滤的脏水。"印度人的卫生习惯太糟糕了。"态度严厉的卡伦德少校总爱这样批评，"阿齐兹这个人也是粗枝大叶又胆小如鼠。"但卡伦德少校心知肚明，去年如果是由阿齐兹替格雷斯福德夫人切除盲肠，而不是由他自己操刀，那个

1　贱民（outcaste）：印度种姓制度将人划分成四个阶层，依高低顺序分别为婆罗门（Brahmin）、刹帝利（Kshatriya）、吠舍（Vaishya）与首陀罗（Shudra）。不属于这四个阶层的人就是贱民。

可怜的老太太恐怕还能活得好好的。尽管如此，他对于阿齐兹这位印度部属的态度始终恶劣。

阿齐兹与摩尔夫人在清真寺相遇的隔天早晨，阿齐兹和卡伦德少校吵了一架——他们两人经常发生争吵。卡伦德少校表示，当晚他一直等阿齐兹来找他，直到三更半夜都等不到人，因此要阿齐兹好好说明理由，为什么接到通知却不听从命令。

"少校，很抱歉，当晚我确实去找您了。我本来想骑自行车去，没想到自行车在母牛医院前方爆胎，所以我只好改搭马车。"

"在母牛医院前方爆胎？是这样吗？你没事跑去母牛医院做什么？"

"什么意思？"

"我的老天，我的老天！这么简单的问题还要我解释？"卡伦德少校气得用脚踢踢地面上的小石头，"我住在这里，你住在那里，从你家到我家不超过十分钟路程，但是母牛医院远在你家的另外一侧——在那个地方！为什么你到我家的途中会经过母牛医院？你能不能想清楚再回答我？"

卡伦德少校不等阿齐兹说明理由，就气冲冲地走掉了。但其实阿齐兹的理由相当充分——因为他是从哈米杜拉家出发的，而母牛医院就位于哈米杜拉和卡伦德少校家的中间，所以他当然会经过母牛医院。卡伦德少校不知道受过教育的印度人经常互相拜访，建立属于他们自己的社交网络——无论建立社交网络的过程有多么困难，因为种姓制度或是"某种类似的观念"会阻碍印度人发展社交网络。虽然卡伦德少校已经在印度待了二十年，他仍然不清楚受过教育的印度人多么努力改变现况，因为从来没有人告诉他真相。

阿齐兹幸灾乐祸地看着卡伦德少校离开。心情好的时候，阿齐兹会觉得英国人很有趣，所以就算被英国人误解，他也完全不介意。但是这种愉快的情绪与感受，可能会因为突发事件或时间流逝而荡然无存，不像他与值得信赖的印度朋友相处时那种踏实又恒久的欢乐。阿齐兹突然想到一个针对卡伦德夫人的刻薄比喻。"我要把这件事情告诉马哈茂德·阿里。他一定会觉得相当可笑。"阿齐兹心想，然后他就开始工作了。阿齐兹很有能力，明托医院少不了他，这点他自己也很清楚。

他专注地工作，展现他的专业技能，然后就把卡伦德夫人的事情完全抛诸脑后了。

在这种愉快又忙碌的日子里，阿齐兹隐约听说行政长官特顿先生要举办一场派对，而且纳瓦卜大人要求大家都去参加。阿齐兹的同事潘纳·拉尔医生听到这个消息之后相当兴奋，提议他们两人可以一同搭乘潘纳·拉尔的新马车出席。这个主意对他们两人都有好处，因为这么一来，阿齐兹就不需要狼狈地骑自行车，也省得花钱雇用马车；年纪大且胆子小的潘纳·拉尔医生也不需要自行驾驶马车，由阿齐兹负责就行了。潘纳·拉尔医生虽然懂得如何驾驶马车，但是他害怕路上会碰到汽车，也担心自己驾驶马车会因为转弯时弄错方向而迷路。"世事难料。"他客气地说，"就算我们回不来，起码也一定可以安全抵达英国人的俱乐部。"然后他又补上一句比较符合逻辑的话:"如果两个医生同时抵达派对现场,应该会给人留下不错的印象。"

但是等到派对当天,阿齐兹突然对出席派对这件事情心生反感,临时决定不去参加。一来是因为他最近刚结束值班,好不容易可以有正常的生活作息,想好好休息一下;二来则是因为那天正好是他妻子的忌日,让他无心参加派对。在阿齐兹的妻子过世之前不久,他才真正爱上了她。他们结婚的时候,阿齐兹其实不爱他的妻子。由于受到西方思潮的影响,阿齐兹一点也不想和这个他从没见过面的女人结婚,更别说当他第一次看见她的时候,心里有多么失望。他们的第一个孩子,纯粹来自动物本能,而非爱的结晶。然而在孩子诞生之后,阿齐兹开始被他妻子付出的情意所感动。他妻子对他所表现出来的一切,不仅是对丈夫的顺服,更是爱情坚贞的象征。她努力地自我教育,破除印度妇女必须守在闺房的陋规。女人不可走出闺房的那种过时规范,如果在他们这一代还没有办法改变,起码希望在下一代可以彻底摒除。她是一个聪明的女性,而且保有传统的优雅气质。阿齐兹心里原本对家人乱点鸳鸯谱充满怨怼,但后来也慢慢释怀了;那种感官上的享受——嗯,虽然一开始是如此,但是过了一年之后也改变了。

阿齐兹心中开始对妻子萌生情感,而且随着他们一起生活的时间越长,这份感情也变得越深厚。后来她为他生下第二胎,这次是个儿子……然而,当她生产第二个儿子时,不幸因难产过世。那时阿齐兹才深深明白自己失去了挚爱，这辈子再也没有别的女人能够取代她的地位。阿齐兹宁可和朋友交心相处，也不愿意寻觅第二个春天。对阿齐兹而言，爱妻离开人间之后，世界上已经没有任何女性能像她一样好。她在他心中所占有的独特性，如果不是真爱，还能做何解释？阿齐兹会自己找寻生活中的乐趣，有时候会暂时忘却丧妻之痛，但有时候又对她念念不忘，认为她的离世带走了世界上的美好与欢乐，令他痛苦得想自杀。但是他无法确定，假如自己也死去，是不是就一定能与爱妻重逢？除了坟墓之外，他还能够在什么地方见爱妻一面？他是正统的穆斯林，但并不知道这个问题的答案。神明的唯一性不容置疑，而且已经向世人宣告，但在其他的问题上，他就像一般的基督徒一样摇摆不定。他对来生的信念变成一种希望，但是希望一会儿消失，一会儿又重新浮现；有时候可以用文字来阐述，有时候只能无言地任凭心脏狂跳，让他的血液决定他该不该继续活下去，以及在这个世界上活多久。他的想法就是这样：没有任何事物会永远存在，也没有任何事物在离开之后永不回头，生命必须不断轮回，才能够常葆青春。后来阿齐兹就很少悼念妻子，但每次悼念时都怀着万分诚挚的心意。

其实阿齐兹只需要简简单单地告诉潘纳·拉尔医生，他改变心意，不想去参加派对了，但是他直到最后一刻才明白自己心意已转。更正确的说法，应该是阿齐兹其实并没有改变心意，是他的心意自行转变。一想到卡伦德夫人和莱斯利夫人——那些讨人厌的家伙，阿齐兹实在不愿意在妻子忌日当天还去面对她们，绝对不行！他会不由自主地用厌恶的眼神看着那些英国女人——她们当然也会察觉到阿齐兹奇怪的眼光，然后在丈夫面前说长道短。阿齐兹在应该出发前往派对的时间跑去邮局，发了一通电报给他的三个孩子。等到他回家去等潘纳·拉尔医生时，久候多时的拉尔医生早已因为等不及而自行前往派对。嗯，就让他自己一个人去吧！反正这很像个性莽撞的拉尔医生会做的事。至于阿齐兹则已经准备好哀悼亡妻。

他打开上锁的抽屉，拿出妻子的遗照，然后就看着照片掉眼泪。阿齐兹心想："我真的很不快乐。"他是真的不快乐，在自怜之余又勾起其他的感伤情绪。他想要回忆亡妻的种种，却怎么也想不起。为什么他只记得那些他不喜欢的人？那些无关紧要的人清清楚楚浮现在他脑中，然而他越努力盯着妻子的照片，对妻子的回忆就越模糊。他觉得爱妻自从过世之后就一直逃避他，虽然他明白自己再也没有机会触摸她或看见她，但他一直以为她会永远活在他心里。没想到，死亡这个残酷的事实，会让心爱的人慢慢消失无踪，我们越想念这些已逝的亲友，他们就会越离我们远去。一块墓碑和三个孩子——就是阿齐兹的妻子在世界上留下的一切。一想到这里，阿齐兹悲伤得无法自已。他忍不住再度心想："我真的很不快乐。"但他决定打起精神，吸了一口这片东方土地上死气沉沉的空气，然后缓缓吐出。他还年轻，不会那么快死。"我大概永远都无法摆脱这种悲伤的心情。"阿齐兹对自己说，"目前最确定的是，我的工作已经变得一团糟，我的三个孩子也没有办法受到良好的照顾。"既然这些都已是确定的局面，再多想也没有意义，于是他开始阅读自己对某个病例所写的笔记。也许将来的某一天，会有某个有钱人需要接受这种手术，他可以因此赚一大笔钱。笔记内容对阿齐兹而言非常有趣，所以他把妻子的照片收回抽屉里，并且将抽屉上锁。哀悼的时间已经结束，他不再继续想念她了。

喝过下午茶之后，阿齐兹觉得精神好多了，所以他去找哈米杜拉。哈米杜拉去参加英国人的派对了，但是把马儿留在家里，因此阿齐兹就借用哈米杜拉的马匹、马裤和马球球具。阿齐兹骑着马到广场去，广场颇为荒凉，有一些住在市集附近的年轻人正在广场边缘区进行训练。这些年轻人为了什么目的而进行训练，其实他们自己也说不上来，反正旁观者都说他们是在训练。他们绕着圈子跑步，瘦弱的身子和笨拙的动作让人觉得印度人的身体好像都弱不禁风。他们脸上的表情称不上是意志坚定，顶多只能说是下定决心要表现出意志坚定的样子。"伟大的统治者，祝你一切平安。"阿齐兹开玩笑地大喊。那些进行训练的年轻人因此停下脚步，哈哈大笑起来。他劝告那些年轻人别太勉强自己，他们回答一定量力而为，然后又继续进行他们的训练。

阿齐兹骑着马儿到广场中央，开始玩起马球。其实他并不会打马球，但是他所骑乘的马匹很熟悉这项运动，所以他就放松自己，随着马儿玩球，并且从这样的过程中学习。当他骑着马儿跑过广场中央的棕色圆环时，心里已经忘却人生中那些不愉快的遭遇。晚风拂过他的额头，广场周围的绿树也抚慰着他的心灵。阿齐兹把马球打向一个也正在练习马球的英国陆军中尉，那个陆军中尉把球打回给阿齐兹，并对着他大喊："你再把球打回来给我！"

"好！"

阿齐兹的这位球友显然很会打马球，但是他的马儿并不熟悉这项运动，因此双方战力不相上下。在两人一起玩球的过程中，他们对彼此都产生了不错的印象，休息时不禁朝对方投以友善的笑容。阿齐兹一向对军人抱有好感——因为军人都很直接，喜欢你就喜欢你，不喜欢你就咒骂你，比起傲慢的文官好太多了。至于对这位英国陆军中尉而言，凡是会骑马的人，都能让他产生好感。

"你经常打马球吗？"中尉问阿齐兹。

"我从来没打过。"

"我们再来玩一局吧。"

陆军中尉击球时，他的马匹突然猛烈地弯背而跳，让他整个人跌到地上。他哀号了一声："噢，我的天啊！"但是他随即又坐回到马儿身上。"你从马身上跌下来过吗？"他问阿齐兹。

"我经常摔马。"

"不会吧？"

他们又休息了一会儿，闲聊时彼此都已经把对方视为好朋友，但是这种友好的感觉没有表现在肢体动作上，毕竟运动员之间萌生的友情都只是暂时的。在种族隔阂问题毁灭这两人的友谊之前，他们就彼此鞠躬告辞了。"如果那些异邦人都像他一样好，那就太棒了。"这两人心里都有同样的想法。

现在太阳下山了，一些和阿齐兹有着同样信仰的人陆续来到广场上，面对着麦加所在的方向开始祈祷。一头婆罗门圣牛走向那群人。虽然阿齐兹自己并不打算祈祷，但也不希望那些虔诚的祈祷者被这头愚蠢的圣牛干扰，所以便用他的马球球具戳戳这头婆罗门圣牛。这个时候突然从马路另一头传来一个呼唤他的声音，他转头一看，是潘纳·拉尔医生。潘纳·拉尔医生刚从行政长官的派对回来，看起来心情不太好。

"阿齐兹医生，阿齐兹医生！你跑到哪里去了？我在你家等了整整十分钟，最后才不得已自行出发。"

"真的很抱歉——我当时必须去邮局一趟。"

一般人听见阿齐兹医生的回答，马上就会明白他改变心意，不打算去参加派对，这种情况并不罕见，所以也不需要多加苛责。但潘纳·拉尔医生出身低微，因此个性较为敏感，不确定阿齐兹是否有意羞辱他。他看见阿齐兹拿着马球球具戳弄婆罗门圣牛，心里的怒火烧得更旺。"去邮局一趟？你为什么不叫仆役替你跑腿呢？"

"我没有几个仆役可供差遣——我手头不太宽裕。"

"我和你的仆役说过话。我知道你明明有仆人。"

"不过，潘纳·拉尔医生，我那个时候没办法派仆役去邮局啊。如果你来接我去参加派对，然后我的仆役去了邮局，这么一来我家里就没人了。等到我的仆役从邮局回来时，我家里所有的东西恐怕早就被宵小搬光了。我想你应该也不希望这种事情发生吧？我家的厨师是个聋子——所以我没办法仰赖他，另外那个小僮还只是一个什么都不会的小男孩，所以我和我的仆役哈桑不能同时离开家，绝对不行。这是我的原则。"阿齐兹恭敬有礼地说了这些，希望能借此让潘纳·拉尔医生有台阶可下。这些纯粹只是社交场合的客套话，不需要针对其真实性斤斤计较，但是潘纳·拉尔医生却不留情面地拆穿阿齐兹——这种行为相当任性，而且有失礼仪。"就算你说的话全是真的，你为什么不留张字条，让我知道你去了邮局？"潘纳·拉尔医生开始不停抱怨，阿齐兹平常最痛恨别人无礼的言行举止，所以他故意让自己骑乘的小马开始蹦跳。"退远一点，否则我的马儿也会开始狂跳！"潘纳·拉尔医生急得对阿齐兹大叫，完全表露出他心中的愤怒。"我的马儿今天下午很不听话，一点都不受我的控制，还踩坏英国人俱乐部花园里最贵重的花，最后动员四名大汉才拉住它。那些英国女人和绅士都在旁边看呆了，行政长官也亲自把这场骚动记录下来。但是，阿齐兹医生，我就不再多说了，因为我不打算浪费你的时间，我知道你对这些事情一点都不感兴趣，毕竟你有好多事情要忙，还要到邮局去发好多电报，而我只是一个可怜的老医生，别人叫我做什么或去哪里，我就会乖乖照办，以表达我对他人的尊重。对了，请容我提醒：今天你没去参加派对，引起很多人的闲言闲语。"

"他们爱说什么就说什么。"

"年轻真好，可以什么都不在乎。噢，年轻真好。我根本不应该责怪你这种年轻人。"

"要不要参加派对，本来就应该由我自己决定。"

"可是你答应我在先，后来又杜撰这个电报的假故事骗我，实在非常恶劣。斑斑，我们走！"潘纳·拉尔医生骑着斑斑离开之后，阿齐兹突然有一个疯狂的念头：他想与这个老医生一辈子为敌。要跟潘纳·拉尔医生翻脸相当容易，只要快马加鞭追上去就可以。阿齐兹果真策马而去，让潘纳·拉尔医生的马儿斑斑受到惊吓而狂奔。然后阿齐兹又骑着快马返回广场，趁着刚才与英国中尉打马球的兴致尚未完全消退，他继续玩了起来，直到满身大汗，才把马匹骑回哈米杜拉的马厩。他本来觉得自己没有做错任何事，但是等到走出哈米杜拉家，心里就立刻萌生一波接一波的隐忧：如今那些英国权贵是否已经把他列入黑名单？他会不会因为缺席这场派对而得罪行政长官？虽然潘纳·拉尔医生不是什么重要人物，但是和他发生冲突是否不太明智？然后，阿齐兹的忧虑从人情方面转移到政治方面：他担心的不再是"自己能否与别人和睦相处"，而是"对方的地位和势力是否高过自己"。在现今的社会上，每个人都应该优先考量这个现实问题。

阿齐兹家里有一封短笺正等着他，短笺上面还盖了政府官印。那封短笺放在他的桌上，感觉就像一枚深具震撼力的炸弹，仿佛只要轻轻一碰，就会把阿齐兹这间单薄的平房炸得粉碎。阿齐兹原本以为，因为自己没有参加英国人的派对，所以明托医院准备将他革职。没想到，等他打开短笺之后，才发现根本不是这么一回事，而是政府大学的校长菲尔丁先生邀请他后天去喝下午茶，于是阿齐兹又重新振作起精神来。他可以在任何情况下重新打起精神，因为他拥有能吃苦又不轻易窒息的灵魂，帮助他在瞬息万变的情绪中平静过日子。这封邀请函让阿齐兹产生一种特殊的喜悦，因为菲尔丁先生一个月前也曾邀请他喝下午茶，但是他完完全全忘了这回事——不仅忘了回复，也忘了赴约，把一切忘得干干净净。没想到菲尔丁先生现在再度邀约，而且短笺里完全没有责备他上次的疏忽，甚至根本没有提及。这才是真挚的礼仪——以彬彬有礼的言行表达出善意——于是阿齐兹马上提笔写了一封热情的回信接受邀约，然后就跑到哈米杜拉家分享这个消息。阿齐兹从来没有见过这位政府大学的校长，但他相信自己与英国人之间的鸿沟即将就此被填平。他想进一步了解这位了不起的英国男性——包括他的收入、嗜好、经历，以及如何博取他的欢心。可惜哈米杜拉还没有回到家，马哈茂德·阿里虽然在哈米杜拉家，但只顾着用愚蠢粗鄙的言词嘲讽英国人举办的派对，根本不想听阿齐兹说话。

第七章

比起其他人，菲尔丁先生来到印度并爱上这片土地的时间晚了一些。年过四十之后，他才初次搭船抵达孟买，穿过维多利亚火车站那道外观奇特的大门，搭乘火车进入印度。他贿赂了一名负责查票的英国人，才得以拖着行李，展开他的热带列车初体验。[1] 那趟旅行在菲尔丁先生心中深具意义。当时还有两位旅客和菲尔丁先生坐在同一个车厢内：比较年轻的那名旅客，与菲尔丁先生一样对东方全然陌生；另外一名年龄与菲尔丁先生相仿的男士，则是资深的旅印英国人。菲尔丁先生觉得自己与这两位乘客之间有一道鸿沟：他曾经去过许多城市，也看过形形色色的人，因此不像那名年轻人那么青涩，但是他也比不上那个已经对印度相当熟悉的旅印英国人。他脑中塞满印度带给他的新感受，但是这些新的感受又不像一般的新体验，因为他以往的经历会影响这些新的认知，以致他对印度的体认有自己的预设立场。比方说，他觉得印度人和意大利人很相似，这种误解不太寻常，但也称不上致命的错误。对于印度

---

[1] 作者于 1912 年 10 月 23 日在孟买火车站的维多利亚站亲眼看见一名英国查票员收受贿赂。

半岛和伸展于地中海的意大利半岛，菲尔丁先生也经常相提并论，但其实意大利半岛的面积较为狭小，形状也更加独特。

菲尔丁先生一直在学校工作，担任过各种不同的职务，其中不乏令他不开心或悔恨的经历。如今，步入中年的他已经锻炼出强悍的性格与包容的脾气，脑筋也比年轻时更加聪明。他对教育怀抱"有教无类"的信仰，无论公立学校的学生、精神状况有问题的病患，或是身为人民公仆的警察，他全部都教过，他不介意到印度的学校任教。通过朋友的帮忙，菲尔丁先生来到昌迪拉布尔，担任一所小型大学的校长。他喜欢这个工作，也觉得自己相当称职。他确实很会教导学生，但是当年他在火车上所意识到的鸿沟，却在他与他的英国同胞之间不断扩大，让他感到相当苦恼。一开始他不明白这是怎么一回事，因为他并不是不爱国的人，而且他在英国时也都与英国人来往，他的好朋友全是英国人，为什么他到印度之后一切都变了样？菲尔丁先生的外形高大粗犷、体毛浓密，双手双脚都很修长，还有一双蓝色眼眸，因此在他还没有开口之前，人们会认为他充满自信。但是等到他开始与对方交谈之后，他的谈吐和举止会让人心生疑惑，无法消除对他的不信任感，这种不信任感正是他的职业自然产生的。这一切都是因为菲尔丁先生主张印度人也应该具备知识和技能，而他的英国同胞认为没有必要，甚至怪罪他助长印度知识分子人数增加。英国人渐渐觉得菲尔丁先生是造成分裂的力量。但更正确的说法，应该是：菲尔丁先生的观念对印度社会的种姓制度具有毁灭性的影响力。菲尔丁先生以一种深具影响性的方式来发扬自己的观念——英国人与印度人应该通过互换立场的方式来了解彼此。虽然菲尔丁先生不是传教士也不是学生，但是当他与人们私下聊天时，总能在交流过程中借着分享与学习获得莫大的乐趣。他深信在世界上，每个地球人都希望彼此接触并产生联结，而达成这项目标的最佳管道，就是人人以善意为出发点，再加上彼此文化与智力的交流——可惜这套方法在昌迪拉布尔行不通。菲尔丁先生领悟得太晚，来不及在这里改用其他方法。菲尔丁先生没有种族歧视——这不代表他比别的英国人优越，只能说人各有所长，他在这方面的认知刚好比其他英国人成熟，其他的英国人对于种族平等的观念还不够健全。菲尔丁先生曾经在俱乐部里说了一句话，让他饱受抨击。他说：所谓的"白种人"，其实根本就是"偏粉红色的灰种人"。菲尔丁先生当初说这句话的时候只是想逗大家发笑，他不明白"白种人"对俱乐部里的人而言不光只是肤色，还代表着上帝对于英国人的厚爱，不应该随随便便拿来当成说笑的题材。当菲尔丁先生发现俱乐部里那些"偏粉红色的灰种人"显然被他激怒了，才意识到自己说错话而感到不安，赶紧向大家解释他并无恶意。

后来大伙儿还是包容了菲尔丁先生，因为他的心地善良，而且体格强壮。然而英国女士们认为他称不上是绅士，所以不欣赏他。菲尔丁先生一点也不在意那些女人的意见。虽然这在女性主义高涨的英国不会招来任何非议，但是在旅印英国人的小圈子里，大家认为男性应该主动积极为女性服务，所以人们开始嫌恶菲尔丁先生。菲尔丁先生从不主动向别人提供关于养狗或养马的意见，也不喜欢和别人一起用餐，或利用中午时间去拜访他人。圣诞节的时候，他从不去帮别人家的孩子装饰圣诞树。虽然他会出现在俱乐部里，但只是为了去打网球或台球，打完了球就回家去。菲尔丁先生就是这样一个我行我素的男人。菲尔丁先生发现：同时与印度人和英国男性成为好朋友，并非不可能的任务；但如果打算与英国女士建立良好的关系，就一定得放弃和印度人做朋友，无法同时拥有两边的友谊。这种情况怪罪哪一方都没有用，而且责备他们彼此不合也没有用，反正事实就是如此，人们必须作出选择，而大部分的英国男性当然选择和英国女士在一起。来到印度的英国女性越来越多，因此在印度这片土地上重现英国生活风貌的可能性也一年比一年高。菲尔丁先生和大家不同，他认为与印度人交朋友比较方便也比较愉快，然而他必须为此付出代价。现在已经没有任何英国女性愿意走进菲尔丁先生担任校长的大学，除非是为了接洽公务。菲尔丁先生之所以邀请到摩尔夫人和奎斯特德小姐共进下午茶，是因为她们才刚到印度不久，目前还愿意以平等的眼光看待印度的一切（即便只是表面上），而且她们不会以装腔作势的语调对印度人说话。

政府大学以前曾经受到公共建设局的打压，但是校园里面仍然保有一座古代花园和一间花园洋房。菲尔丁先生一年之中大部分的时间都住在校园里的花园洋房内。当仆役通知菲尔丁先生阿齐兹医生来访时，他才刚洗完澡，正在穿衣服。他在卧室里高声喊着："阿齐兹医生，请把这儿当成自己的家，不要拘束。"这句话并不是他预先想好的台词，而是一如他平时的言谈，想到什么就说什么。

对阿齐兹而言，菲尔丁先生的这句话深具意义。"我真的可以把这儿当成自己家吗？菲尔丁先生，您人真好。"阿齐兹回答，"我最喜欢这种打破传统的感觉了。"他整个人顿时精神抖擞，开始环顾菲尔丁先生家的起居室。这个地方看起来颇为豪华，但是凌乱不堪——尽管如此，贫穷的印度人对于乱七八糟的住家环境早就习以为常，因此阿齐兹一点也不感觉惊讶。这间起居室很漂亮，穿过三道高高的木造拱门，就是宽敞的花园。"其实我早就想认识您了。"阿齐兹又开口说，"我从纳瓦卜大人那里听说过许多关于您热心公益的作为。但是在昌迪拉布尔这么邈邈的地方，好像也找不到适合与您见面的地方。"他一面说，一面走到门口。"说了不怕您生气：以前我年轻不懂事，曾经希望您可以生一场病，住进我服务的医院，这样我就有机会在医院见到您。"阿齐兹说完之后，他和菲尔丁先生两人都笑了出来。由于目前两人的对话还算顺利，让阿齐兹多了一些勇气和自信，所以他又接着表示："我那时候常常自言自语：'不知道菲尔丁先生今天早上的气色如何？他是否脸色苍白？如果卡伦德少校碰巧也身体不舒服，甚至浑身发抖，就没有办法照顾菲尔丁先生了。'这么一来，我就有机会被医院派来这儿照顾您，然后我们会聊得非常愉快，因为我知道您学过波斯诗，而且非常有名。"

"这么说来，你以前曾经见过我了？"

"当然，当然。您认识我吗？"

"我经常听见人们提及你的名字。"

"我来到昌迪拉布尔还不够久，而且大部分的时间都待在市集里，难怪您从来没有见过我。我甚至不知道您怎么会听见别人提到我的名字。"阿齐兹说，"对了，菲尔丁先生。"

"怎么了吗？"

"我们来玩个游戏吧。在您走出卧室之前，请先猜猜我长什么样子。"

"你的身高大约一百七十五厘米。"菲尔丁先生透过卧房的玻璃门推测。

"太好了。然后呢？我有没有蓄着值得尊敬的白胡须？"

"真该死！"

"发生什么事了吗？"

"我不小心踩坏了我最后一颗领扣。"

"那就用我的吧！您可以用我的领扣。"

"你手边有多余的领扣吗？"

"有的，我有。请等我一下，我拿给您。"

"如果是你目前使用中的领扣，就不必刻意拿下来借我。"

"不，不是，我口袋里正好有一个多余的领扣。"阿齐兹一边说，一边走到一旁，以免菲尔丁先生看见他的动作。他翻开衣领，取下衬衫后侧的领扣。那是一颗金色的领扣，是他的妹夫从欧洲带回来送他的。他的妹夫送了他一整套，这是其中的一颗。

"领扣在这里。"阿齐兹朝着卧房大声说。

"如果你不介意违反传统的社交礼仪,请你直接把领扣拿进我房间吧。"

"好,请再等我一下。"阿齐兹把衣领整理好,并在心里默祷待会儿喝下午茶时衣领不要翘起来。协助菲尔丁先生更衣的仆役这时也将卧室的门打开。

"谢谢。"阿齐兹与菲尔丁先生两人面带微笑地握手,然后阿齐兹便环顾卧房四周,心情就像和某个老朋友相处时那么自在愉快。菲尔丁先生对于他们两人迅速成为好朋友并不意外,因为对于情感丰富的人来说,如果不是一认识就马上变得亲密,将来大概也不会有机会了。菲尔丁先生和阿齐兹因为听说过彼此的优点,所以可以省略对彼此认知的摸索期。

"我还以为英国人的房间都打扫得很干净,没想到并非如此。这么一来,我就不觉得那么惭愧了。"阿齐兹开心地坐在菲尔丁先生的床上,浑然忘我地将双腿盘起来。"我也以为英国人的物品一定全都被冷冷地摆放在柜子里——对了,菲尔丁先生,领扣还合用吗?"

"I hae ma doots."[1]

"可否请您告诉我这句话是什么意思?不知道您愿不愿意教我一些新的词汇,以提升我的英文能力?"

1　苏格兰语,意为"我不确定"。

菲尔丁先生不太确定阿齐兹刚才说的"冷冷地摆放在柜子里"那句话，是否应该加以改正。年轻人五花八门的英文用语经常让他大感惊讶，因为年轻人总喜欢自己乱改词组，但他们能够迅速陈述自己想表达的意思。英国人俱乐部里那些地位崇高的绅士可就没有这么灵光。俱乐部仍然保有食古不化的观念，目前只准许少数穆斯林与英国人同桌吃饭，完全禁止印度教徒有这种权利。但印度人也很传统，规定所有的印度女性必须待在闺房里。虽然每个人都知道这些守旧的观念已经过时，但是俱乐部的规定就是不肯修改。

　　"我来替你扣好吧。让我瞧瞧……衬衫后面的纽扣洞口比较小，万一把洞口扯破就可惜了。"

　　"我们到底为什么要穿有领子的衬衫啊？"菲尔丁先生忍不住抱怨。

　　"就印度人而言，我们穿衬衫是为了通过警察的检查。"

　　"什么意思？"

　　"我骑自行车的时候，如果身上穿着英国服装——包括衣领浆直的衬衫以及有沟纹的帽子——警察就不会找我麻烦。但如果我头上戴着土耳其毡帽，他们就会叫住我，挑剔我的车灯没亮之类的小问题。寇松大人当年提倡印度人保存传统服饰时，根本没有想过会有这种情况——好极了！终于扣好了——有时候我会闭上双眼，想象自己穿着华美的衣饰，跟在莫卧儿帝国的阿拉姆皇帝[1]身后，骑马奔向战场。菲尔丁先生，在莫卧儿帝国的全盛时期，阿拉姆皇帝在德里坐稳孔雀王位期间，印度的一切肯定相当美好吧？"

"阿齐兹医生，有两位英国女士想见见你，与你共进下午茶——我猜你应该认识她们。"

"见我？我不认识什么英国女士。"

"你不认识摩尔夫人和奎斯特德小姐？"

"噢，我认识摩尔夫人——我记得她。"阿齐兹想起了在清真寺与摩尔夫人相识的那一幕，"摩尔夫人是一位年长的女士。但我不知道您说的另外一位女士，请您再告诉我一次她的名字好吗？"

"奎斯特德小姐。"

"我不介意与她们共进下午茶，端看您的安排。"阿齐兹表示。其实他感到相当失望，因为他想和菲尔丁先生这个新朋友单独相处，不希望其他人加入。

"如果你喜欢的话，可以和奎斯特德小姐聊聊孔雀王位的故事——人们说她对艺术很有天赋。"

"她偏好后印象派[2]的艺术作品吗？"

"后印象派的艺术作品？当然。来，我们喝茶吧。我越来

1　莫卧儿帝国第六任皇帝奥朗则布又称阿拉姆吉尔。

2　后印象派（Post-Impressionism）：在1910年至1912年期间，艺评家Roger Fry在伦敦为几位法国画家举办特展，并为他们冠上了"后印象派"的名号，自此有了这样的派别称谓。

越不懂这个世界了。"

这句话让阿齐兹觉得自己被冒犯了。因为他认为菲尔丁先生的这句话意味着阿齐兹只不过是一个卑微的印度人,没有资格和英国人聊什么后印象派的艺术作品——这种话题只保留给身为统治者的英国人,属于英国人的特权。阿齐兹口气僵硬地说:"我不认为摩尔夫人算是我的朋友,毕竟我只是在偶然的机会下与她在清真寺相遇。"然后他又补充一句:"单纯只见过一面,没有办法马上成为朋友。"但是他话还没说完,心里那种尴尬的感觉就消失了,因为他意识到菲尔丁先生真诚的心意。于是阿齐兹也尽量表现出自己的诚意,尽管他心里的情绪仍然起伏不定。那种起起落落的情绪波动让他一会儿平心静气,一会儿又心烦意乱。但阿齐兹确定自己相当安全——如同住在岸边的居民,既明白自己的处境安稳无恙,也明白每一艘船都有机会遭遇海难,因为他的感知能力超越那些住在岸边的人家。事实上,与其认为阿齐兹是热情之人,倒不如说他是一个极为敏感之人,因为无论别人说了什么,他都可以从别人的话语中推敲出弦外之音,尽管那不见得是说话者的本意。虽然阿齐兹的生活充满乐趣,但大部分的时候他都活在自己的想象之中。比方说,菲尔丁先生根本不认为印度人卑微,他之所以重述一次"后印象派的艺术作品",是因为他自己不懂"后印象派"到底是什么东西。"搭桥派对"当天,特顿夫人发现某些印度人会说英语时大感意外,确实带有挖苦贬抑对方的偏见,但菲尔丁先生并无此意。菲尔丁先生察觉到阿齐兹的态度

95

有点不对劲，后来发现阿齐兹好像又没事了。菲尔丁先生并未因此而感到坐立不安，因为他是一个天性乐观的人，而且他深信自己和阿齐兹已经建立起良好的友谊，所以便顺着刚才的话题往下聊。

"除了这两位英国女士之外，我的助手——纳拉扬·戈德博尔教授也会和我们一起喝茶。"

"噢，德干高原婆罗门[1]。"

"戈德博尔也喜欢以前的年代，但是他并没有特别偏好阿拉姆皇帝。"

"我不认为他喜欢以前的年代。您知道德干高原婆罗门说过什么吗？他们说，英国人是从他们手中抢走了印度——请注意，是从他们手中，而不是莫卧儿帝国手中。您不觉得这些婆罗门相当厚颜无耻吗？他们甚至通过贿赂的方式，让这个扭曲的事实出现在教科书里，因为他们不仅狡猾而且富有。但是我相信戈德博尔教授和其他德干高原婆罗门不同，根据我以前听闻的消息，他是一个相当真诚的人。"

"阿齐兹，你们印度人为什么不在昌迪拉布尔组织一个俱乐部呢？"

"也许——也许有一天会吧……我看见摩尔夫人和那位小姐走过来了——我又忘了她叫什么名字。"由于这场下午茶并非"传统式"的聚会，所以不必在意那些沦为俗套的礼节。因

---

1 戈德博尔家族属于德干高原婆罗门（Deccani Brahman）的一支。

为这个理由，阿齐兹觉得和这两位英国女士聊起天来轻松又自在，互动时甚至可以把她们当成男性。女性的美貌通常会让阿齐兹不知所措，因为美女会让他心动，然而摩尔夫人已经很老，奎斯特德小姐的容貌也平凡无奇，所以阿齐兹完全不必担心这方面的问题。奎斯特德小姐纤瘦的身材以及脸上的雀斑，在阿齐兹眼中都是相当糟糕的缺点，他不明白上帝怎么能够对一个女性如此残忍，竟让她拥有这种外貌。但也正因为阿齐兹不觉得阿黛拉迷人，所以他可以对她畅所欲言，没有顾忌。

"阿齐兹医生，我想请教你一件事。"奎斯特德小姐问，"我听摩尔夫人说，你在清真寺的时候帮了她许多忙，这点让我觉得相当有趣。她说，虽然我们已经在印度待了三个星期，但是她对印度的了解，还不如和你简短交谈几分钟来得多。"

"噢，那不过是小事罢了，何足挂齿？你们还想知道这个国家的什么事情？我可以尽我所能地与你们分享。"

"我想请你说明一下今天早上我们碰到的一件令人失望的事。我想可能我们还不懂印度人的礼仪。"

"坦白说，印度人根本不注重任何礼仪。"阿齐兹回答，"我们天生就是最不受礼仪拘束的民族。"

"那我们恐怕犯了什么严重的大错，冒犯了别人。"摩尔夫人接着说。

"这就更不可能了。能不能让我知道发生了什么事？"

"一位印度女士和她的丈夫原本说今天早上九点钟要派马车来接我们，结果等了半天都没来。我们等了又等，不明白到底哪里出了问题。"

"应该只是误会一场吧？"菲尔丁先生连忙表示。他认为这件事情还是不要追根究底比较恰当。

"不，我不觉得是误会。"奎斯特德小姐坚定地说，"为了招待我们，这对夫妇甚至还把他们前往加尔各答旅行的计划延后。我们肯定犯了什么愚蠢的错误。我和摩尔夫人都这样认为。"

"你们不要胡思乱想。"

"希斯洛普先生也是这么说。"奎斯特德小姐接话。她的脸颊因为情绪激动而微微涨红。"但如果我们什么都不想，如何明了问题出在什么地方？"

菲尔丁先生原本想转换话题，但阿齐兹热情地接着表达意见，然后才获悉那对未依约派马车出现的夫妻是印度教徒。

"印度教徒都比较懒散——而且缺乏一般人具备的社会共识。"阿齐兹说，"由于我们医院里某位医生也是印度教徒，所以我对他们相当了解。他们懒散又不守时，你们没能到他们家拜访，或许是一件好事，因为如果你们去了，恐怕会让你们对印度留下错误的印象，觉得印度人的家里都不注重卫生。我个人认为，或许他们知道自己家里乱七八糟、见不得人，所以不好意思依约派马车去接你们。"

"这个想法倒是很有趣。"菲尔丁先生说。

"但是我讨厌这种不把话说清楚的感觉。"阿黛拉表示。

"我们英国人都讨厌故弄玄虚。"

"我不喜欢他们故作神秘，并非因为我是英国人。这纯粹只是我个人的好恶罢了。"阿黛拉补充道。

"我喜欢神秘的感觉，但是我不喜欢一头雾水的感觉。"摩尔夫人说。

"但故作神秘就是会让人一头雾水。"

"噢，菲尔丁先生，你真的这么认为吗？"

"故作神秘本来就会让人一头雾水，只不过以一种听起来比较高级的词汇来包装。故作神秘和让人一头雾水都不是好事，然而阿齐兹和我一样清楚，印度本来就充满这种乱象。"

"印度充满这种乱象——噢，这真是令人警惕的消息。"

"但如果各位有意来我家做客，我保证不会搞这种名堂。"阿齐兹一时兴奋过头，开了一张自己难以兑现的支票，"摩尔夫人以及在座的每一位——我邀请你们都来我家做客。噢，请接受我的邀约。"

年长的摩尔夫人当场接受了：她仍然认为阿齐兹医生是个非常好的年轻人，而且她一方面厌倦了早上被放鸽子的感觉，一方面现在聊天聊得相当愉快，所以决定接受阿齐兹的邀约。喜欢冒险尝试新事物的阿黛拉·奎斯特德也接受了邀请。她也很欣赏阿齐兹医生，并且深信自己可以从阿齐兹那儿了解更多与印度有关的事。阿黛拉很高兴阿齐兹邀请她前往做客，因此马上向阿齐兹要了地址。

阿齐兹这时才突然想起自己居住的那间平房既寒酸又破败，而且地点位于市集的低地处。他家严格来说只有一个房间，而且房间里有许多黑色的小苍蝇。"噢，但我们现在先来聊点别的事吧。"阿齐兹急忙转换话题，"我真希望自己住在这里，你们看看这间漂亮的起居室，我们一起来欣赏欣赏。看看那些拱门下缘的曲线，雕工多么精致啊，这简直是完美的建筑！摩尔夫人，你现在身处之地就是印度，我绝对没有开玩笑，印度本来就有这么美的地方。"这个房间启发了阿齐兹的灵感：这里原本是一间在十八世纪时为了某位高级官员而兴建的演讲厅，虽然建材都是木头，却能让菲尔丁先生回忆起意大利佛罗伦萨的佣兵凉廊[1]。演讲厅两侧的小房间都已经以欧式风格重新装潢，位于中间的走廊则没有加装玻璃或窗纸，好让花园的空气可以自由在屋内流通。坐在开放式的走廊上——感觉就像化身为橱窗的展览品——可以面对整座花园，清楚看见朝着鸟儿大吼大叫的园丁，以及为了栽种荸荠而租下菲尔丁先生家池塘的男子。由于菲尔丁先生把芒果树也租了出去，所以几乎任何人都可以进出他家的花园——他必须派仆役早晚坐镇于台阶上，以便吓阻宵小之徒。阿齐兹觉得这个地方真的很棒，而且菲尔丁先生没有糟蹋这么棒的环境。假如阿齐兹住在这儿，他可能会挂上英国画家莫德·古德曼的画作，好让屋内的一切看起来更加西化。但他也只能在脑子里想想而已，毕竟这间房子并不属于阿齐兹……

"我一直在这里主持公道。有个被抢劫的可怜寡妇来找我，

1　佣兵凉廊：一座开放式的圆拱形回廊。

我给了她五十卢比。我还给了某个穷人一百卢比。这种事情会经常发生，但我非常喜欢帮助那些需要帮忙的人。"阿齐兹表示。

摩尔夫人面带微笑，心里想着自己的儿子和阿齐兹的差异：罗尼是以现代化的方式主持正义，而不像阿齐兹只是给钱。

"给他们钱，恐怕不是长久之计。"摩尔夫人表示。

"但是我的钱会很持久，因为如果我经常给别人钱，神明就会给我更多。就像纳瓦卜大人那样，我的父亲也经常帮助别人，即便他过世的时候一贫如洗。"阿齐兹另外又提到一些印度的公职人员与官员，那些人都很有爱心，因为他们都活在很久之前那个美好的年代。"我们应该要尽量给予他人帮助——而且我们应该坐在地毯上与别人分享，而不是坐在椅子上独享。这是古代和现代最大的差别。但是时代的变迁没有办法归咎于任何人。"两位英国女士纷纷点头表示同意。

"犯错的人很可怜，我们应该再给他一次机会，因为把他关进监狱里，只会让他变得更加糟糕、更加堕落。"阿齐兹脸上的表情相当温柔——但是他太天真，不明白如果放走可怜的犯人，那个犯人只会继续抢劫真正可怜的寡妇。

阿齐兹对每一个人都很温柔，除了少数几个与他家人作对的仇敌。他觉得那些家伙已经不具有人性，因此他甚至想狠狠教训那些敌人。阿齐兹对英国人的态度也很温和，因为他心里明白，那些英国人是不由自主地对印度人冷漠苛刻，宛如一条流过印度国土的无情冰河。"总之，我们不该处罚任何人，不该处罚任何人。"阿齐兹重复，"等到这个社会拥有正义的一天，我们会在夜晚举行一场有印度舞蹈的大型宴会，水池的每一侧都会有可爱的女孩手持烟火将周围照亮，每一个来参加宴会的人都可以尽情大吃大喝，开开心心地玩到第二天。在这之前，我会一直捐钱给需要的人——五十卢比、一百卢比、一千卢比都无所谓——直到和平的日子来临。啊，为什么我们不是生长在和平的年代呢？——你们羡慕菲尔丁先生的房子吗？请仔细看看这些漆成蓝色的柱子，还有附带遮雨棚的走廊和凉亭——你们怎么称呼这种凉亭？——这些在我们头顶上的遮雨棚内侧也是蓝色的。你们看看凉亭上的雕刻，想想那些雕刻要耗费多少时间。小小的遮雨棚还雕琢成竹子的模样，看起来美极了。而真正的竹子则在外面的池塘边摇曳生姿。摩尔夫人，摩尔夫人，你还记得吗？"

"记得什么？"摩尔夫人笑着问。

"你还记得那座清真寺旁边的那条河流吗？河水流下来之后填满了池塘，那可是古时候莫卧儿皇帝的精巧设计。莫卧儿皇帝在前往孟加拉之前，曾在这个地方稍作停留。历代皇帝都喜欢水，无论他们去到什么地方，都喜欢在当地建造水泉、花园和浴场。我刚才还告诉菲尔丁先生，我愿意放弃一切，回到那个年代去服侍莫卧儿皇帝。"

关于水流这件事，阿齐兹说错了，因为无论莫卧儿皇帝多么有本事，都无法让河水逆流而上。除了聊到清真寺和菲尔丁先生的家之外，阿齐兹又谈了一些与昌迪拉布尔有关的沉重话题。如果罗尼在场，一定会阻止他发言；如果特顿先生在场，也可能会想阻止他开口，但是特顿先生会压抑自己这股不礼貌的冲动。菲尔丁先生不在乎阿齐兹说些什么，因为菲尔丁先生追求言谈真实性的欲望已经变得迟钝，他现在只在意人们心中是否有真诚的意念。至于奎斯特德小姐，则认为阿齐兹所说的一切都是真的。她对于印度一无所知，因此认定阿齐兹就代表印度的一切，一点也不怀疑阿齐兹的视野是否不够宽阔、论述是否不够正确，更没想过任何一个人都无法代表整个印度。

阿齐兹此刻的情绪相当激昂，不仅唠唠叨叨说个没完，甚至在语无伦次的时候开口咒骂。他告诉大家他在工作上所经历的种种，包括他看过或亲手主刀的手术。但是那些太过详细的陈述，让摩尔夫人感到害怕。奎斯特德小姐却误认为这正是阿齐兹心胸开阔的证明，因为她以前在英国的学术界也曾听过某些学者畅所欲言。她已经认定阿齐兹是一个灵魂解放且品行可靠的人，因此将他想象成顶尖的人物，远远超出他实际的水平。阿齐兹此刻的表现确实很不错，但是他绝对不算什么顶尖人物。假如阿齐兹展开双翅，就可以继续往上高飞；要是他缩起翅膀，便会往下坠落。

戈德博尔教授的到来，才让阿齐兹稍稍安静了一些，但他整个下午还是不停说话。戈德博尔教授神秘又有礼貌，没有打断阿齐兹滔滔不绝的发言，甚至还不断赞扬阿齐兹。他坐在距离阿齐兹稍远的位置喝茶，把茶杯放在自己身后的茶几上。他转过身，面对茶几伸伸懒腰，假装不经意地发现茶几上有食物，然后便开始大吃起来。大家都刻意不去注意戈德博尔教授的一举一动。教授的年纪很大，外形干瘦，脸上有灰色的胡须，眼睛则是蓝灰色。他的皮肤看起来和欧洲人一样白。他的头上绑着一条头巾，看起来像是淡紫色的假发，身上则穿着外套、背心、印度传统服饰与花纹袜。由于袜子上的花纹和头巾很相配，教授整个人的打扮看起来相当协调，宛如东方与西方和谐交流、心灵与身体彼此契合，而且浑然一体。两位英国女士对戈德博尔教授很感兴趣，希望他能多分享一些在宗教方面的话题，以补充阿齐兹医生谈话内容的不足，但是教授只是不停地吃着食物，一口接一口，并且面带笑容看着大家。他伸手拿食物时，眼睛甚至不需要看着自己的手。

聊完了莫卧儿皇帝，阿齐兹把话题转向一件不会让人感到无趣的事：芒果成熟的季节。他还告诉大家自己在童年时期曾经在大雨中跑到一座属于叔父的芒果园里，偷吃了一大堆芒果。"我吃完之后跑回家，全身湿漉漉的，而且肚子隐隐胀痛，但是我一点都不在意，因为我的朋友们都和我一样肚子痛。印度有句俗语说：'如果每个人都一样不快乐，谁还会介意自己不快乐？'当时我的脑海里马上浮现这句话。奎斯特德小姐，请你务必先尝过芒果的美味才回英国。再说，你为什么不干脆在印度定居下来呢？"

"我恐怕无法这么做。"阿黛拉回答。她回答的时候并没有想太多，因为无论对她还是对在场的三位男士而言，这句话只不过是他们整个下午闲聊时一句随意的回答。但是过了几分钟——事实上，是半个小时之后——阿黛拉才突然意识到这是一句相当重要的话，她在回答之前应该先和罗尼讨论一下才对。

"这里不常有你们这样的访客。"

"确实很少。"戈德博尔教授也表示，"这里很少有像你们这么亲切的英国女士，可是我们这儿是穷乡僻壤，好像也没有任何优点能够吸引亲切的女士驻留。"

"可以用芒果啊！芒果！"大伙儿笑了起来。

"其实现在就连英国也吃得到芒果了。"菲尔丁先生插话进来，"商人把芒果装进船上的冷冻柜，载回英国卖。人们可以把印度的东西带进英国，正如他们可以把英国的东西带来印度一样。"

"但是这两种情况的花费都很高。"奎斯特德小姐表示。

"是的，没错。"

"而且这种改变让人觉得不舒服。"

菲尔丁先生不想让气氛变得太沉重，于是他转头看看摩尔夫人。摩尔夫人看起来有点心不在焉——菲尔丁先生不明白是什么原因——于是他询问摩尔夫人是不是有什么想做的事。她告诉菲尔丁先生，她想参观一下这所大学的校园。于是大家都站起身来，准备与摩尔夫人同行，只有戈德博尔教授依旧坐着，嘴里还吃着香蕉。

"阿黛拉，你不必陪我一起去，我知道你不喜欢参观教育机构。"

"您说得对。"奎斯特德小姐点点头，然后又坐下。

阿齐兹原本有点疑惑，不知道自己应该怎么做，因为他的听众顿时一分为二：他比较熟识的菲尔丁先生和摩尔夫人即将离开，但是比较专注听他说话的奎斯特德小姐与戈德博尔教授还留着。然后他的心念一转：既然这是一场"非传统"的下午茶聚会，他根本不需要想太多，反正一切随性。

于是留下来的阿齐兹、奎斯特德小姐和戈德博尔教授三人继续聊天。"有没有人故意拿还没成熟的芒果给客人吃？""我以医生的身份回答：我绝对不会这么做。"戈德博尔教授则说："我想要送一些健康美味的甜点给女士们。我想享受送礼的乐趣。"

"奎斯特德小姐，戈德博尔教授的甜品很棒。"阿齐兹略带悲伤地说，因为他也想送甜点给阿黛拉和摩尔夫人，但是他没有妻子可以替他准备甜点。"戈德博尔教授的甜点会让你们尝到真正的印度美食。噢，但因为我的处境可怜，我没有办法送你们任何东西。"

"你为什么这么说呢？你肯让我们去你家拜访，已经非常大方了。"

这下子阿齐兹又想到了他那间破烂的平房，心中再度感到恐惧。真糟糕。这个愚蠢的英国女孩把他的话当真了，他该怎么办才好？"是的，就这么决定了。"阿齐兹大声地说，"改天我请各位和我一起去马拉巴岩洞。"

"我非常乐意。"阿黛拉回答。

"比起我那微不足道的甜点，这才是最棒的款待。不过，奎斯特德小姐还没有去过我们这里最知名的岩洞吗？"

"没有，我甚至听都没听说过。"

"没有听说过？"戈德博尔教授和阿齐兹闻言都大吃一惊，"你没有听说过马拉巴山的马拉巴岩洞？"

"我们在俱乐部里没办法听见什么有趣的事情，大伙儿聊的都是网球和一些可笑的八卦。"

戈德博尔教授没有搭腔，或许他认为奎斯特德小姐批评自己的同胞是很不得体的行为，也或许只是认为自己此刻不宜接话，以免奎斯特德小姐向英国人报告他有不忠诚的言行。不过阿齐兹没有想太多，立刻接话说："我明白你的意思。"

"请告诉我关于马拉巴山和马拉巴岩洞的一切，否则我永远没有机会了解印度。你们说的马拉巴山，是不是我经常在夜里看见的山？那么马拉巴岩洞又是什么？"

阿齐兹想要向奎斯特德小姐介绍说明，但他自己其实也没去过马拉巴岩洞。他一直很想去，然而总是被工作或私事耽搁，而且马拉巴岩洞相当遥远。戈德博尔教授见状，便开玩笑地说："年轻的阿齐兹医生，你听过'五十步笑百步'这句俗谚吗？"

"马拉巴岩洞是巨大的山洞吗？"奎斯特德小姐问。

"不，不大。"

"戈德博尔教授，可否请您描述一下？"

"荣幸之至。"戈德博尔教授把椅子拉近，脸上的表情有点紧张。奎斯特德小姐拿起香烟盒，递给戈德博尔教授和阿齐兹，然后自己也点了一根烟。沉默片刻之后，戈德博尔教授说："岩石中有一个入口，可以让人走进去。穿过入口之后，就是山洞。"

"那儿是和象岛石窟[1]一样的山洞吗？"

"噢，不，完全不一样。象岛石窟有湿婆和雪山神女的雕像，但是马拉巴岩洞里面没有雕像。"

"但马拉巴岩洞仍然是非常神圣的地方，这点不容置疑。"阿齐兹帮忙补充。

"噢，当然。噢，当然。"

"岩洞里有任何雕饰吗？"

"没有。"

"那么，为什么马拉巴岩洞如此有名？为什么人们要一直讨论这个山洞？我们是不是夸大了这个岩洞的价值？"阿齐兹又问。

"不，我可不这么认为。"

"那么，请您描述马拉巴岩洞给奎斯特德小姐听听，好吗？"

"我非常乐意。"但是戈德博尔教授的表情变得不太开心，阿齐兹看得出戈德博尔教授语带保留，他明白这一点，因为他

1　象岛石窟：象岛（Elephanta）位于孟买附近，岛上的石窟里有印度神明湿婆（Siva）及其新娘雪山神女（Parvati）的石雕。

也经常受到一些无形的限制，无法畅所欲言。有时候他为了激怒卡伦德少校，刻意略过话题里的相关事项，反而扯一些无关紧要的琐事。卡伦德少校指责他说话不够坦率，但这样的指责只能说大致正确。只是大致正确，而非完全正确，因为阿齐兹觉得有一股他无法控制的力量，迫使他选择沉默。戈德博尔教授这个时候也沉默不语，显然亦非出于自愿。戈德博尔教授似乎想要隐瞒什么。如果他的说话方式够巧妙，或许可以掩饰一切，例如赶紧告诉阿黛拉马拉巴岩洞里面有钟乳石——也许里面真的有。阿齐兹想把话题引导到这方面，但事实上马拉巴岩洞里并非阿齐兹所猜测的模样。

表面上对话的气氛还是轻松友善，因此阿黛拉没有想到其实暗潮汹涌。她完全不知道眼前这两个教徒之间的互动正陷入深邃的黑夜。阿齐兹正打算玩一个刺激的游戏：他试图操控戈德博尔教授这个拒绝活动的木偶——这就是阿齐兹此刻的感觉。如果木偶动一动，对他或对戈德博尔教授都有好处，无奈这个让阿齐兹觉得有趣的想法，只是一个无法具体实践的抽象意念。阿齐兹继续开口追问，他的对手却将他步步击退，什么都不肯多谈，而且一直装傻，就是故意不让阿齐兹明白马拉巴岩洞的特殊之处。

这个时候，罗尼·希斯洛普突然出现在菲尔丁先生家门口。

希斯洛普先生完全不想隐藏自己心中的不悦，直接站在花园里大喊："菲尔丁先生人呢？我母亲到哪里去了？"

"晚上好。"奎斯特德小姐冷冷地向罗尼打招呼。

"请你和我母亲马上跟我离开这里,我要带你们去看马球比赛。"

"我不知道你今天打算带我们去看马球比赛。"

"计划有点改变。有一些军人来这里进行马球比赛。总之我们先离开这里,我待会儿再告诉你是怎么一回事。"

"先生,你的母亲稍后就会回去的。"戈德博尔教授说。他已经恭敬地站起身来。"因为我们这所寒酸的大学没有什么好参观的。"

罗尼根本不理会戈德博尔教授在说什么,继续对着阿黛拉说话。他特意提早离开工作岗位,想带阿黛拉去观赏马球比赛,因为他以为这么做会让阿黛拉开心。罗尼无意对两位印度男士失礼,但是他平常与印度人的互动仅限于工作领域的往来,眼前这两人都不是他的属下,他不认识他们,因此不自觉地把他们当成路人,全然忽视他们的存在。

不过,阿齐兹并不想就这样被人忽略。刚才那一个小时过得相当愉快,所以阿齐兹不愿意放弃好不容易建立起来的交心氛围。阿齐兹没有和戈德博尔教授一起站起身,他继续坐在椅子上,以一种友善但略带冒犯的口吻对罗尼说:"希斯洛普先生,过来和我们一起聊天吧,可以先坐下来等你母亲回来。"

罗尼没有搭腔,反而命令菲尔丁先生的某个仆役马上去找菲尔丁先生回来。

"我猜他可能听不懂英文,请容我帮你转达——"阿齐兹对罗尼说。然后他便对那位仆役重述了一次罗尼的要求。

罗尼很想拒绝阿齐兹的虚情假意，因为他知道阿齐兹这种人的个性。罗尼可以看穿各式各样的人，他觉得阿齐兹只是一个没有礼貌的西化印度人，然而他并不打算与阿齐兹起冲突，因为罗尼有身为政府官员的自觉：他有责任避免任何不必要的"意外纷争"。所以他什么都没说，也不去理会阿齐兹。阿齐兹的谈吐充满挑衅，他口中说出的每一字每一句都很不礼貌，听起来像胡言乱语。阿齐兹知道自己失态了，但他不愿意让希斯洛普先生看扁他。其实他无意对希斯洛普先生无礼，毕竟希斯洛普先生从来没有做过任何伤害他的事。然而希斯洛普先生终究是旅印英国人，凡事总喜欢摆架子、占上风。阿齐兹也不想太信任奎斯特德小姐，纯粹只希望拉拢她对印度人的支持。阿齐兹更不想在戈德博尔教授面前失礼，让他看笑话。此刻这四个人尴尬地对峙着——阿齐兹低着头眨眼睛；奎斯特德小姐对于突发的僵局感到手足无措；罗尼压抑着满腔怒气；戈德博尔教授双手交叉于胸前，静静观察着另外三人，但是他的目光朝下，装出一副不感兴趣的模样。接获仆役通知而赶回来的菲尔丁先生，在花园另一头的蓝色廊柱旁看见这一幕，心中暗忖："好戏上演了。"

罗尼转头看见摩尔夫人，便朝着她大喊："母亲，不必走过来，因为我们该离开了。"他说完后就匆匆跑到菲尔丁先生的身旁，把他拉到一旁，装出诚恳的模样说："我说啊，亲爱的老朋友，请你原谅我的无礼，但我认为你不应该把奎斯特德小姐独自一人留在这里和两个印度男人独处。”

“真对不起，刚才这儿发生什么事情了吗？”菲尔丁先生回答。他也尽力表现出温和的态度。

“呃……虽然我已经被太阳晒昏头了，但我仍然不想看见一个英国女孩单独与两个印度男人一起抽烟的画面。”

“亲爱的老朋友，一切都是奎斯特德小姐自己的意愿：她选择留下、她想和他们抽烟。”

“是的，这种事情如果发生在英国的话，完全不成问题。”

“我不觉得这发生在印度就会有什么不妥。”

“倘若你不明白有什么不妥，我说什么你也不会懂……你看不出来那个家伙是个鄙俗之人吗？”

阿齐兹正以一种浮夸的姿态招呼摩尔夫人。

“他不是鄙俗之人。”菲尔丁先生反驳，“他只是有点紧张，如此而已。”

“他为什么要紧张？”

“我不知道。我和你母亲离开的时候，他还好端端的。”

“好吧，当我没说。”罗尼这下子才稍稍放松，“其实我根本没有和他交谈过。”

“噢，好吧。现在请跟我来，把你的母亲和奎斯特德小姐带回去吧！这场灾难可以到此结束了。”

“菲尔丁先生……请不要误解我的意思，或以为我的话有其他含义……但我猜你大概不想和我们一起去观赏马球吧？如果你肯来，我们都会感到相当开心。”

"我恐怕没有办法奉陪，但还是谢谢你的邀请。我知道你觉得我做事太过草率，关于这一点我很抱歉，但我绝非有心如此。"

客人们开始准备离开，每个人看起来都不太高兴，而且也都累了，仿佛有怒气从土壤里渗透出来。菲尔丁先生不禁暗忖：住在苏格兰沼泽地或意大利高山上的人也会这么心胸狭窄吗？印度这个国家仿佛没有一丝平静的空气可让人呼吸。倘若不是缺乏平静的空气，就是周遭的一切被平静的空气吞噬，例如戈德博尔教授刚才表现出来的模样。阿齐兹虚伪低俗而且令人讨厌，摩尔夫人和奎斯特德小姐则愚蠢至极。至于他自己和希斯洛普先生，表面虽然表现得彬彬有礼，但实际上也很惹人嫌弃，而且互相厌恶对方。

"再见，菲尔丁先生。谢谢招待……这间学校的建筑真漂亮！"

"再见，摩尔夫人。"

"再见，菲尔丁先生。今天下午真的很愉快……"

"再见，奎斯特德小姐。"

"再见，阿齐兹医生。"

"再见，摩尔夫人。"

"再见，阿齐兹医生。"

"再见，奎斯特德小姐。"阿齐兹和奎斯特德小姐握握手，想表现自己的大方自在，"你到时候一定会喜欢那些岩洞。一定会的。我会尽快把一切事宜安排妥当。"

"谢谢你……"

阿齐兹突然有股冲动，于是又补上一句："如果你太早离开印度，将会非常可惜，请你再考虑考虑，你应该留下来。"

"再见，戈德博尔教授。"奎斯特德小姐转过身去向戈德博尔教授道别，因为阿齐兹的这句话让她感到不太开心，"我们很遗憾没有机会听到你唱歌。"

"我可以现在唱给你们听。"戈德博尔教授回答，并且随即唱了起来。

他用微弱的歌声一句一句唱着，有时候听起来颇有节奏感，有时候甚至带点西方歌曲的感觉，但听久之后会让人的耳朵变得麻木，仿佛置身于噪音形成的迷宫里，虽然不刺耳也不算难听，但是让人无法理解。戈德博尔教授演唱的歌曲，仿佛来自一只不知名的鸟儿，只有仆役们听过这样的旋律。大伙儿开始窃窃私语，原本在池塘里收割荸荠的男人更是全身赤裸地从池塘里走出来，因为这首歌曲让他相当欢愉，所以他忘情地张大嘴巴，甚至伸出红色的舌头。戈德博尔教授的歌声一会儿继续，一会儿停止，一如它开始的方式那么随性。不知不觉中，戈德博尔教授已经唱完了半首歌，停在一个次属音上。

"非常谢谢你。请问这是什么歌？"菲尔丁先生问。

"请容我详细解释：这是一首宗教歌曲，我把自己想象成一个挤牛奶的少女，并且对瑜伽之神克利须那说：'来吧！请你只到我这边来。'但是这位神明不肯来。于是我改用谦卑的态度，说：'请你不只到我一个人的身边。请你分身为一百个克利须那，分别到我一百位朋友身边。但是，宇宙之王啊！请你其中一个分身到我的身边来。'可是他依然拒绝。这首歌曲就这样重复好几次。这首歌曲的旋律很适合目前这样的黄昏时刻。"

"我希望这个神明在其他歌曲里最后会出现。"摩尔夫人轻声地说。

"噢，不，他最后还是拒绝出现。"戈德博尔教授回答。他可能不太明白摩尔夫人的问题。"我对他说：'来，来，来，来，来，来！'但是他不肯来。"

罗尼已经转身走远，就连脚步声都听不见了。突然有那么一刻，四周陷入了全然的寂静，水池里没有起伏的涟漪，就连树上的叶子也都静止不动。

第八章

虽然阿黛拉·奎斯特德在英国时就已经与罗尼·希斯洛普熟识，但是她认为与罗尼结婚前先来印度一趟是正确的决定，因为印度这个国家让罗尼的个性变了很多，让阿黛拉不太欣赏：包括他的自鸣得意、吹毛求疵、粗枝大叶。罗尼的这些毛病在热带天空下展露无遗。相较于以往，罗尼变得一点也不关心部属的感受，他觉得自己对部属的看法都是正确的，就算实际上是他弄错了，他也不以为意。倘若有人指出他的错误，他会立刻勃然大怒。罗尼经常暗示阿黛拉，要她不必费心证明他是否做错什么，因为阿黛拉的观点一点都不重要，就算她能正确无误地反驳他，也不会有任何意义。罗尼一再提醒阿黛拉：他拥有专业的知识，但是她没有。而且罗尼在印度工作的这段日子经历过许多事，那些经验都是阿黛拉完全无法理解的。罗尼高中念的是公立学校，并且拥有伦敦大学的文凭。大学毕业后，又在补习班上课一年，然后成为公职人员，在印度担任过好几种不同的职务。他曾经从马背上摔下来，也曾经因为水土不服而发高烧，这些经验只有印度本地人以及住在印度的英国人才会懂。换言之，阿黛拉只能尽量试着去体谅罗尼的言行。

当然，罗尼并不是最资深的印度专家，在他之上还有人对印度更加熟悉：卡伦德夫妇与特顿夫妇在这个国家待了不止一年，而是二十年！他们拥有超人般的本领。罗尼从来不多谈自己的工作，但是阿黛拉希望他偶尔可以与她分享。她觉得罗尼表现得像是一个缺乏经验的官员，总是谦虚地说："我做得还不够好……"这点让阿黛拉无法接受。

不过，阿黛拉也觉得罗尼刚才在菲尔丁先生家的表现非常失礼——毁了大家聊天的兴致，又在戈德博尔教授迷人的歌声中独自离开。当罗尼驾着马车载摩尔夫人和阿黛拉回家时，阿黛拉几乎无法压抑心中的怒意，但是她不知道这些怒气其实大部分是冲着自己而来。阿黛拉早就渴望能够对罗尼大发雷霆，而罗尼现在正好火气也大，加上两人都在印度，可以有话直说，于是他们大吵一架的时机终于来临。他们的马车一离开大学校园，阿黛拉就听见罗尼对着与他坐在前座的摩尔夫人说："刚才有人提到了马拉巴岩洞，能不能告诉我是怎么一回事？"阿黛拉闻言忍不住开炮。

"摩尔夫人，您很欣赏的那位阿齐兹医生决定举办一次野餐，而不是去他家开派对。到时候，大家直接去马拉巴岩洞那儿碰面——受邀的人包括您、我、菲尔丁先生和戈德博尔教授——恰好就是我们原班人马。"

"在什么地方野餐？"罗尼问。

"马拉巴岩洞。"

"好，我了解了。"罗尼沉默了一会儿，然后又低声问：

"那个阿齐兹有没有提到野餐的细节？"

"他还没有提到细节。但如果你刚才肯和他聊聊天的话，或许现在一切都已经安排好了。"罗尼摇摇头，然后哈哈大笑。

"我说了什么可笑的事情吗？"

"我只是突然想到，那位高尚的医生，衣领总是翘起来。"

"我以为你想了解去岩洞野餐的事。"

"我是想了解去岩洞野餐的事。但那个阿齐兹打扮得衣冠楚楚，从领带夹到鞋罩全都打点得整齐又精致，却没有把衣领后方的领扣扣上。他就像其他的印度人一样，一点也不注重细节，完完全全暴露出这个种族的缺点：个性懒散。另外，他真的说要直接在'马拉巴岩洞'碰面？你以为马拉巴岩洞像查令十字街上的钟楼一样，是个交通便利的场所吗？马拉巴岩洞距离车站有好几英里远，而且每一个岩洞彼此之间的距离也非常遥远。"

"你去过马拉巴岩洞？"

"虽然没去过，但是我很清楚那里是什么模样，因为这是基本常识。"

"噢！基本的常识！"

"母亲，您也答应了要去马拉巴岩洞野餐吗？"

"我没有答应任何事，"摩尔夫人的答案出人意料，"而且我也没答应要去看什么马球比赛。请你先驾马车回家，我想在家门口下车，可以吗？我要休息了。"

"回到家时也请让我下车，"阿黛拉马上接着表示，"因为我也不想去看马球比赛。真的。"

"那我直接取消去看马球比赛的行程好了。"罗尼说。他既疲倦又失望，因此情绪开始有点失控。他以说教的语气宣布："我希望你们不要再和印度人来往了。如果你们想去参观马拉巴岩洞，只能由英国人带你们去参观。"

"我从来没有听说过那些岩洞，我既不知道马拉巴岩洞长什么样子，也不知道它们在什么地方。"摩尔夫人一边说，一边拍拍身旁的坐垫，"但我已经受够你们的争吵了。我累坏了。"

听了摩尔夫人的抗议，罗尼和阿黛拉觉得很不好意思，于是他们让摩尔夫人在家门口下车，然后两人继续搭着马车前往马球比赛的会场。为了让摩尔夫人开心一点，他们觉得自己应该这么做才对。虽然罗尼和阿黛拉间不再剑拔弩张，但气氛还是非常紧绷，毕竟情绪不可能说变就变，一如雷雨过后不可能马上艳阳高照。奎斯特德小姐默默检讨自己的一言一行，结果她一点也不欣赏自己的表现：她从来不曾仔细衡量自己与罗尼的关系，从而得出关于婚事的理智结论，反而在一次关于芒果的谈话中偶然对一群人说出她不想在印度定居。这也意味着她不会与罗尼结婚。通过这种方式来看清自己的心意，实在非常可笑。像她这样受过良好教育的女孩，根本不该有这种行为举止。阿黛拉想向罗尼解释这一切，但又好像没有什么值得解释。依照阿黛拉的个性，他们早该"彻底详谈"一番，不过现在似乎为时已晚，早就错过恰当的时机。这个时间点不适合再与罗尼发生争吵，也不宜多加批评罗尼的个性，毕竟都已经来到黄昏时分了……马球比赛在靠近昌迪拉布尔入口处的广场举行。此时太阳已经西下，树木长长的影子仿佛暗示着夜晚即将到来。罗尼和阿黛拉走到远离人群的座位，阿黛拉认为这是他们两人把话说清楚的好时机，所以就脱口而出："罗尼，我们恐怕得好好谈一谈。"

"我知道自己的脾气变得很差，我向你道歉。"罗尼马上开口道歉，"我无意指使你和我母亲做任何事，但是今天早上那些孟加拉人放你们鸽子的事，让我觉得非常生气，我不希望这种情况再次发生。"

"我想谈的事情，和那些孟加拉人没有关系。我……"

"我知道没有关系，但是现在阿齐兹又提议要去马拉巴岩洞野餐，我相信到时候也会搞得一团糟。他并非出自真心想邀请你们，我从他说话的口气就可以听得出来。他只是一时兴起，随口说说罢了。"

"我想和你谈的是另外一件事，和马拉巴岩洞的野餐无关。"阿黛拉的目光望向前方那片干枯的野草，"亲爱的罗尼，我决定不和你结婚了。"这个消息大大伤了罗尼的心。虽然他已经从阿齐兹那儿听说阿黛拉不想待在印度，但是他没有仔细思考这句话背后的含义。罗尼更从来没有想过，阿齐兹这个印度人竟然成为他和阿黛拉之间的沟通管道。

罗尼压抑住自己的情绪，以心平气和的口气说："亲爱的阿黛拉，反正你以前也从来没有清楚表明要与我结婚，你从来没有用婚约来束缚你自己或我——总之，别让这件事情烦扰你。"

罗尼的回答让阿黛拉感到相当羞愧。罗尼是多么正派优雅的人啊。尽管他经常强迫她接受他的意见，但是从来不曾强迫她与他"履行婚约"，因为罗尼和她自己一样，深信人与人之间那种崇高圣洁的关系。当初他们在英国景致优美的湖区相识时，就是这种崇高圣洁的关系将两人紧紧相系。现在，阿黛拉的苦难结束了。这次的考验原本应该会更痛苦也更长久，但现在都已经结束了，阿黛拉不与罗尼结婚了，过往的一切就像梦境般消失无踪。她对罗尼说："我们可不可以好好讨论一下？这真的很重要，因为我们不能做错任何决定。接下来我想听听你对我有什么看法——你的看法可能对我们两人都有帮助。"

罗尼心里不太高兴，所以不愿意敞开心胸。"我不觉得讨论这些有什么好处——再说，我为了穆哈兰姆月节的活动已经累得要命，请你体谅我没有力气多说什么。"

"我希望我们能够厘清我们两人之间的关系，假如你对我的言行举止有任何疑问，我也想趁这个机会好好回答你。"

"我对你的言行举止没有任何疑问。你有权利做自己想做的事。我觉得你这次从英国到印度来看我，是非常明智的计划。无论如何，现在再讨论什么都已经没有用了——我们应该打起精神往前看。"罗尼既气愤又伤心，但是他的个性太高傲，不肯低头挽回阿黛拉的心。然而他并不认为她的言行举止有什么恶劣之处。比起其他的英国人，罗尼的心肠显然宽厚许多。

"如果你真的没有问题，我也没有别的事情想讨论了。但是我给你和你母亲添了不少麻烦，真的很不好意思。"奎斯特德小姐语气沉重地表示。她皱着眉，抬头望向他们头顶上的树枝，发现有一只绿色的小鸟正在树上望着他们。这只鸟儿的羽毛鲜艳明亮，看起来干干净净的，仿佛是鸟店里的商品。但是这只印度野鸟一发现奎斯特德小姐的目光，就马上闭起眼睛、跳了几步，准备睡觉去。"嗯，我没有别的事情想讨论了。"阿黛拉又重复了一次。她觉得自己或者他们双方都该说一些有深度且富有热情的话语。"我们对这件事的处理方式太英国化了，不过，我想大概也无妨吧？"

"既然我们是英国人，我想这样应该无妨。"

"再怎么说，罗尼，起码我们没有吵架。"

"噢，如果我们吵架的话，那就太荒谬了。我们何必争吵呢？"

"我觉得我们应该继续当朋友。"

"我知道我们一定可以继续当朋友。"

"没错。"

罗尼和阿黛拉对彼此许下这个承诺之后，两人都有解脱的感觉。这种解脱感化为一抹温柔，回流至他们心中。因为他们诚实面对彼此，所以情绪也就慢慢缓和下来。这时，他们开始领悟到自己的孤单与不智。他们分手的理由，是对事情的体验不同，而非彼此个性不合——如果就个性的角度来看，他们其实很相似。这是真的。如果与其他旅印英国人或印度人相比，罗尼和阿黛拉的个性几乎完全相同。无论是替英国官员照顾马儿的比尔人、替纳瓦卜大人开车的欧亚混血司机，甚至纳瓦卜大人本人和他那个行为不检的孙子，都没有办法像罗尼与阿黛拉这样坦率又冷静地面对问题；他们处理问题的态度，让问题变得没那么严重，因此他们当然可以继续做朋友，而且友谊长长久久。"你知道我们头顶上的鸟是什么鸟吗？"阿黛拉轻靠在罗尼的肩膀旁问。

"大概是蜂虎鸟吧？"

"噢，罗尼，这不是蜂虎鸟。这只鸟的翅膀上有红色的条纹。"

"那么就是鹦鹉。"罗尼随口乱扯。

"噢，拜托！这也不是鹦鹉。"

他们讨论的那只鸟儿，此时跳进了树丛里。它是哪一种鸟，其实根本不重要，但是他们很想知道它的品种，因为这有助于舒缓他们的情绪。然而他们对印度的事物一窍不通，随便提出任何一个问题，到最后都只能不了了之，或者衍生出其他的问题。

"我对鸟类不熟，但是我知道麦克布莱德先生有一本鸟类图鉴。"罗尼沮丧地说，"事实上，除了我的工作之外，其他领域的事情我根本一窍不通。我真是一个可悲的家伙。"

"我也是。我更没用，我甚至什么都不懂。"

"我有没有听错？"不远处突然传来纳瓦卜大人的声音。他刻意扯着嗓门大喊，让罗尼和阿黛拉吓了一大跳。"我刚刚是不是听见什么不可思议的话？一个英国小姐说自己没用？不行，不行，不行！"纳瓦卜大人亲切地对罗尼和阿黛拉露出笑容，但是当然没有逾越印度人和英国人互动时该有的礼仪。

"嘿，纳瓦卜大人。您又来看马球比赛啊？"罗尼敷衍地向纳瓦卜大人打招呼。

"是的，先生。我又来了。""您好吗？"阿黛拉也问候纳瓦卜大人。她趁机打起精神，并伸手欲与纳瓦卜大人握手。从阿黛拉这种肆无忌惮的举动，纳瓦卜大人推断她一定刚来到印度不久，但是他不动声色。那些大方展现自己真面目的女性，在纳瓦卜大人的眼中都显得非常神秘，因此纳瓦卜大人不以印度人的价值观去评断，反而以英国男性的角度去看待这样的女子。或许女性表现大方并非不道德的举动，而且无论是非对错，都不关他的事。纳瓦卜大人只不过偶然在黄昏时刻看见地方法官希斯洛普先生和一位年轻女子同行，所以才热情地走来向他们打招呼。纳瓦卜大人有一辆新买的小车，他表示愿意载地方法官和这位小姐去兜兜风，当然，地方法官可以决定接不接受邀约。

罗尼此时正因为自己刚才对阿齐兹医生与戈德博尔教授的傲慢无礼而感到羞愧，眼前的机会可以让他弥补过错，让他对值得善待的印度人表现出体贴有礼的态度。于是罗尼问阿黛拉："如果我们去兜风半个小时，会让你觉得开心一点吗？"他的口吻就像刚才讨论小鸟的时候那么和蔼友善。

"我们是不是应该回家了？"

"为什么要这么早回家？"罗尼惊讶地看着阿黛拉。

"我觉得我应该早点回去，和你母亲讨论下一步的计划。"

"你想做什么都好，但不必急于一时半刻吧？"

"我们先去兜兜风，然后我就会载你们回去。"纳瓦卜大人对他们大声地说，并且走到车子旁。

"纳瓦卜大人可能会带我们去见识这个国家的某些景点，是我没办法带你去参观的。他是一位对英国相当忠实的老先生，你可以放心。你也希望生活有些变化，不是吗？"

阿黛拉不想再让罗尼为难，因此点头答应，其实她心里渴望了解印度的想法已经没有那么强烈了，她最后答应去兜风，有一部分是出于勉强。

他们应该如何分配座位呢？首先，因为位置不够，所以纳瓦卜大人那个高雅的孙子无法同行。纳瓦卜大人主动坐到前座去，因为他不想和英国女性并肩而坐。"虽然我已经年纪一大把了，但我决定要学开车。"纳瓦卜大人表示，"只要乐于尝试，每个人都可以学习任何技能。"但是当他发现开车不是那么容易的事时，马上又改口说："不过，我不想实际操控方向盘，我只想坐在司机旁边，通过发问来学习开车的各种原理，等我先学会原理，再来实际操作练习。只要以这种方式严谨地学习，就能避免日前发生在英国人俱乐部的那种荒谬意外了。我们的潘纳·拉尔医生驾驶马车不当，以致马匹踏坏了俱乐部的花。先生，我真希望这件事不曾发生。那么我们就开车去甘加瓦第路那边兜兜风吧。往前走半里格路！[1]"纳瓦卜大人对司机说完之后就睡着了。

　　但是罗尼要司机改走马拉巴路，不要走甘加瓦第路，因为甘加瓦第路正在整修。然后他就静静坐在刚才与他分手的阿黛拉身边。汽车发出嘎嘎声，沿着快车道疾行而去。快车道铺设于堤岸上，堤岸则位于苍郁的田野间。路旁有一些枝叶稀疏的树木，沿途风景乏善可陈，显示这个广漠的乡下地方没有任何可取之处。就算路旁的景物不断呼喊着"来啊！来啊！"好让人们多看它们一眼，但终究只是徒劳无功，就连众神明也鲜少来到这里。罗尼和阿黛拉轻声交谈着，两人都觉得眼前的辽阔视野让他们变得渺小，也变得一点都不重要。黑夜渐渐降临，夜色仿佛从干枯的草木间涌现，从两侧覆盖住整片田野，最后延伸至快车道上。罗尼的脸色变得暗沉——阿黛拉凝视着罗尼的脸庞，心里对他又增添了几分敬意。由于汽车晃得厉害，阿黛拉的手不小心碰到罗尼的手，当下两人心中都萌生一股悸动，仿佛刚才闹分手只不过是情人之间的小争吵。罗尼和阿黛拉的个性都太高傲，所以都不想再给对方压力，但是也不想让此刻的悸动告终，因此两人就维持这种和谐的气氛。这种和谐的氛围仿佛萤火虫的光亮，微小而且短暂，过一会儿就会消失，但是也可能会再度出现。唯一不变的是黑夜。深邃的黑暗

1　原文为 Half one league onwards，引述自英国诗人丁尼生的作品《轻骑兵进击》（*The Charge of the Light Brigade*）。文中的里格（league）是长度单位，1 里格等于 4.8千米。

持续环绕于他们四周，乍看之下似乎绝对不会有变化，然而也可能只是假象，不久之后就会被从地表边缘浮现的日光以及点点星光所改变。

罗尼和阿黛拉紧握彼此的手……车子则一路颠簸前进。突然一个急转弯，车子的两个轮胎从地面高高跃起。司机紧急刹车，不过车子还是撞上堤岸边的一棵大树，才停了下来。这是一场意外，一场小小的意外，幸好没有人受伤。纳瓦卜大人苏醒过来，先以阿拉伯语大喊一声，并用力拉拉胡子。

罗尼沉默了片刻，想弄清楚到底发生了什么事情，然后开口问司机："车子有没有受损？"那个容易紧张的欧亚混血司机努力稳住自己的声音，以英国人说话的腔调回答："请给我五分钟时间检查一下，然后我就可以继续载你们去你们想去的地方。"

"阿黛拉，你是不是吓坏了？"罗尼松开阿黛拉的手。

"我一点都不怕。"

"只有傻子才不会被这么可怕的意外吓到吧？"纳瓦卜大人粗鲁地大喊。

"反正都已经发生了，这个时候就算痛哭流涕也没用。"罗尼一面说，一面下车，"我们还算好运，撞到了这棵树。"

"反正发生的已经发生了……噢，也对，既然危险的一刻已经过去了，我们就来抽根烟吧！想做什么就做什么，噢，没错……我们应该放松一下——感谢老天爷……"纳瓦卜大人说着说着，又开始说起阿拉伯语。

"我们是不是在桥上打滑？"

"不，我们没有打滑。"阿黛拉回答。她目睹了这场意外的经过，而且她以为其他人也看见了。"我们撞到一只动物。"

纳瓦卜大人闻言惊吓得大叫。他受惊的模样相当夸张，令人忍不住发笑。

"撞到一只动物？"

"一只大型动物从右边的暗处冲出来，结果撞到我们。"

"哎呀，阿黛拉说得没错！"罗尼惊呼，"车身的油漆掉了一大片。"

"哎呀，大人，这位小姐说得没错。"欧亚混血的司机也跟着附和。车门轴链旁被撞出一道凹痕，车门变得很难打开。

"我当然没错。我清楚看见那只动物的背上长满了毛。"

"阿黛拉，到底什么动物撞到我们？"

"我对动物的了解，大概就如同我对鸟类的了解一样贫乏。但我想应该不是山羊——因为山羊没有那么大。"

"山羊没有那么大……"纳瓦卜大人重复着阿黛拉的话。

罗尼说："我们来调查一下，看看这只动物有没有留下什么蛛丝马迹。"

"好。我拿手电筒给你。"

罗尼和阿黛拉转身走进暗处，他们手牵着手，神情相当愉悦。由于他们都还很年轻，而且家教良好，他们没有因为这场意外而不开心。他们顺着刹车痕追查那只动物的真面目，由于痕迹从桥头开始，因此那只动物可能是从河边跑出来的。车子一开始走得很平稳，轮胎在路面留下清楚的带状痕迹，但后来就变得混乱，显然受到外力的影响而有了改变。但由于这条公路已经使用多年，路面上早已残留各种痕迹，因此很难辨别出哪一条才是他们留下的胎痕。罗尼的手电筒投射出强光，光线外则是一片漆黑，这种太亮和太暗并存的情况让他们什么都看不清楚。阿黛拉甚至兴奋过头，整个人跪到地上，不停翻动着裙子，仿佛她就是那只撞击汽车的动物。这场突如其来的意外，让罗尼和阿黛拉都稍稍松了一口气，因为他们可以先把分手的问题暂放一旁，带着冒险精神一同走在这条尘土飞扬的快车道上。

"我认为是一头水牛。"奎斯特德小姐对着纳瓦卜大人喊着。纳瓦卜大人留在原地，没有和他们一起走过来追查动物的下落。

"应该是水牛没错。"

"不然就是土狼。"

罗尼也觉得是土狼。他认为土狼原本在河边觅食，被汽车的车头灯照得一时眼花，所以开始乱跑。

"很好，应该就是土狼没错！"纳瓦卜大人气呼呼地说，并且激动得朝黑夜挥舞拳头，"哈里斯先生，你听见了吗？"

"请先等一等，再给我十分钟的时间。"

"法官先生说撞车的动物可能是土狼。"

"先别打扰哈里斯先生，纳瓦卜大人。"罗尼说，"多亏他刹住车子，没让车子撞毁。哈里斯先生，你做得很好。"

"先生，如果哈里斯听我的话走甘加瓦第路，而不是马拉巴路，这场意外根本不会发生。"

"是我不好，是我叫他走这条路——因为这条路比较好走。莱斯利先生将这条路整修得还不错，可以一路通往山上。"

"啊，这样我就明白了。"纳瓦卜大人说。他似乎恢复该有的镇定，然后为这场意外向罗尼和阿黛拉道歉。罗尼低声回答："没有关系。"但其实他心里想着："纳瓦卜大人本来就应该道歉，而且早就应该道歉。就算我们英国人遇上这种意外时表现镇定，不代表主人就可以怠于向我们致歉。"罗尼觉得纳瓦卜大人在这方面的应对进退不够得体。

这个时候有一辆大车子从另一头驶来。罗尼走到道路中央，以具有权威性的声音和手势要求对方停车。车子的引擎盖上印着"穆库尔"，亲切活泼的德瑞克小姐坐在车上。

"希斯洛普先生，奎斯特德小姐，你们为什么要拦下我这无辜的女子？"

"我们的车子坏了。"

"真不幸啊！"

"我们撞到一只土狼。"

"你们真是太倒霉了。"

"你能不能让我们搭便车？"

"当然可以。"

"也载我一起走吧！"纳瓦卜大人说。

"嘿！那我怎么办？"哈里斯先生大喊。

"现在到底是怎么回事？我的车又不是公共汽车！"德瑞克小姐语气坚定地表示，"我的车上还有一架簧风琴以及两只狗。如果你们哪个人愿意坐在前座并且抱住我的哈巴狗，我可以让三个人搭便车，但最多就三个人，不能再多了。"

"我坐前座。"纳瓦卜大人表示。

"那么就上车吧！但是我不知道你是谁。"

"嘿，别这样！那我要怎么吃晚餐？我不能整晚留在这个地方！"哈里斯先生赶紧装出欧洲人的模样，积极地插嘴表示意见。虽然天色很暗，但是他头上依旧戴着帽子。他可怜兮兮地从帽缘下方露出脸来，让人看见他的一口烂牙，仿佛不满地抱怨："这是什么情况？你们这些印度人和白人都不管我的死活了吗？我和你们一样被困在这该死的印度，你们应该也要替我设想才对啊！"

"我会派人骑自行车替你送一份像样的晚餐过来。"纳瓦卜大人说，他现在已经恢复了平常该有的尊严，"我会尽快派人过来，你等待晚餐的时候，赶紧把我的车子修好。"

大伙儿就这样坐上德瑞克小姐的车子走了。哈里斯先生怨恨地瞪着他们离去的背影，然后默默蹲下来修车。每当有英国人和印度人同时在场，他就会变得不知所措，因为他不知道自己属于英国人还是印度人。他因为自己体内的两种血液而感到困惑。这两种血液混合为一，害他既不属于英国人也不属于印度人，他只属于他自己。

德瑞克小姐此时的情绪相当高涨，因为这辆车是她从穆库尔邦主那里偷来的，邦主肯定很生气，但是她一点也不在意，就算邦主要赶她走也无所谓。"我才不相信那些人会对我怎么样。"德瑞克小姐说。"如果我不放胆去争取一点东西，我就什么都没有了。那个愚蠢的邦主根本不需要这辆车。而且，如果我开着这辆车在昌迪拉布尔到处晃，人们会看见'穆库尔'的字样，邦主反而该感谢我替他打知名度。不管怎么说，他都应该谢谢我才对。但是邦主夫人和邦主不同——邦主夫人是个很好的人，她养的那两条狗反而像小恶魔一样，所以我离开的时候顺便把那两只狗带出来，假装要带着它们去陪邦主参加会议。或许这个理由听起来就像载着邦主去参加会议一样合理。"德瑞克小姐发出尖锐的笑声，"至于那架簧风琴——带着那架簧风琴是错误的决定，一个小小的错误。那些人差点就因为那架簧风琴而逮到我。我本来打算把它留在火车上。噢，老天啊！"

罗尼拘谨地笑了一笑。他不喜欢英国人替印度的政府官员工作。英国人替印度的政府官员工作虽然可以在本地赢得一些影响力，但是有失英国人的身份。罗尼无法适时表现出他的幽默感，只能严肃地告诫德瑞克小姐：如果她做得再过分一些，就会比那些不老实的印度人更为可恶。

"在我做出更过火的事情之前，那些印度人就会先炒我鱿鱼了。然后我再去找其他的工作，反正整个印度都有急着找我这种人才的邦主夫人、千金小姐和贵妇人。"

"真的吗？这方面我就不清楚了。"

"希斯洛普先生，这方面你当然不清楚。"德瑞克小姐表示，"奎斯特德小姐，他怎么可能会了解那些印度贵妇人的需求？他根本一无所知。至少，我希望他一无所知。"

"我听说那些印度大官都很无趣。"阿黛拉小声地回答。她不太喜欢德瑞克小姐说话的态度。她在黑暗中伸手摸摸罗尼的手，之前两人肢体触碰时所产生的悸动，此刻又增添了一种意见相合的默契。

"奎斯特德小姐，你这句话可就说错了。那些印度大官都很有趣，甚至有趣到荒唐的地步。"

"我可不觉得奎斯特德小姐哪里说错了。"独自坐在前座的纳瓦卜大人突然打岔，因为他觉得这些英国人冷落了他。"统治印度任何土邦的邦主，他的夫人一定都是最优秀的女性，因此我接下来要说的这番话，绝对不是在暗示穆库尔邦的邦主夫人品格不够好，但是我猜她应该没有受过什么教育，所以可能是个迷信的女人。没错，我想她应该就是一个没有受过教育又迷信的女人。她没有机会接受教育。噢，迷信很可怕，非常可怕！迷信是我们印度人的一大缺点。"——正当纳瓦卜大人发表他的评论时，官署驻地的灯光已经出现在他们右前方。纳瓦卜大人越说越起劲，他接着又表示："噢，我觉得每一个公民都有责任摒除迷信。虽然我对于印度的各个土邦不熟，尤其对这个叫作穆库尔的土邦不熟，但是我猜想穆库尔的邦主在行礼致意时只会发射十一发礼炮——所以我不觉得穆库尔的治理像那些已经英国化的土邦一样成功。那些已经英国化的土邦在各方面的管理都充满理性与秩序，一派健康向上的景象。"

德瑞克小姐惊呼："我的老天！"纳瓦卜大人不理会德瑞克小姐的感叹，继续滔滔不绝地往下说。他既然已经打开了话匣子，就打算把心里的话全说出来。他非常赞同奎斯特德小姐刚才说印度大官都很无趣的意见。虽然纳瓦卜大人的地位比许多土邦的邦主还高，但这个时候他并不打算提醒奎斯特德小姐这个事实，以免让奎斯特德小姐觉得自己说了失礼的话。他觉得这是他发言时应该注意的底线。他由衷感谢德瑞克小姐让他搭便车，所以他心甘情愿抱着那只讨厌的小狗。他也对于今晚发生的意外事故感到万分抱歉。纳瓦卜大人打算在市区附近下车，先去干洗店拿衣服，再去看看他的宝贝孙子是否又闯了什么祸。他一边思索着这些事情，一边担心他的听众觉得他说话无趣。他觉得地方法官正躲在簧风琴后方偷偷与奎斯特德小姐或德瑞克小姐聊天，完全没注意他在说些什么。然而纳瓦卜大人所受的良好教育迫使他继续往下说，就算听众觉得无聊，他也无所谓，因为他根本不懂什么叫作无聊。倘若坐在后座的那几个英国人卿卿我我，纳瓦卜大人也不介意，因为他明白神明在创造万物时，让各个种族有不同的行事风格。反正这场意外的车祸已经结束，他的人生还是一样快乐、优越且充满意义，与意外发生之前没有任何不同。于是他继续开口分享自己的意见，并且在遣词造句上格外小心。

纳瓦卜大人下车之后，罗尼没有发表任何意见，只是轻声聊着与马球比赛有关的事。特顿先生曾经提醒过罗尼，最好不要在别人离开后马上开始品头论足，所以他打算等到晚上再批评纳瓦卜大人的品格。罗尼与纳瓦卜大人握手道别时，松开了原本握着阿黛拉的手，但是等纳瓦卜大人离开后，他又伸手牵住阿黛拉。阿黛拉用另一只手轻轻抚摸罗尼的手背，罗尼则紧握阿黛拉的手作为回应。十指交扣的两人，彼此心中仍保有一定的情愫。当车子抵达罗尼家时，罗尼和阿黛拉互看彼此一眼，因为摩尔夫人正在屋内等着他们，他们应该先厘清两人的关系之后再走进屋里。奎斯特德小姐觉得自己好像应该说些什么，于是紧张地表示："罗尼，我想收回稍早在广场上所说的话。"罗尼同意当作一切都没发生，于是这对男女又恢复原本准备结婚的未婚夫妇身份。

他们之前都没有预料到会有这种结果。阿黛拉原本一心想要从这段充满不确定性的感情中找回自我，但没想到在最重要的时刻又瞬间反转，一切都不在阿黛拉的掌控中。她不像那只绿色的鸟儿或背上长毛的动物那么自由自在，因为她身上已经被贴上一个标签："地方法官的未婚妻"。一想到这件事，她又开始觉得不舒服，因为她最讨厌被贴标签。阿黛拉觉得她和罗尼此刻应该身处另一个不同的情境中：一个比较浪漫或是不需匆匆忙忙的情境中。至于罗尼，他现在只觉得开心，一点烦恼都没有。虽然他对今晚戏剧性的转折大感意外，但是没有话想说，因为他不知道在这种情况下应该说什么。要不要结婚才是最重要的问题，而他们两人都对结婚有了肯定的共识。

"来吧，我们一起去告诉母亲这件事。"——罗尼推开那扇用来防止蚊虫飞进屋内的金属门，开门声惊醒了屋内的摩尔夫人。摩尔夫人原本在睡觉，而且还梦见她远在英国的另外两个孩子：拉尔夫和史黛拉。她好久没有想到他们了，一时之间不知道该如何面对他们——而且，因为在印度待久了，摩尔夫人已经开始习惯出于体贴而凡事缓慢而行，因此等到梦境结束时，她才惊觉自己什么话都没有对那两个孩子说。

罗尼和阿黛拉告诉摩尔夫人他们决定结婚了。宣布完这件好事之后，罗尼突然亲切且发自真心地说："如果你们想到处看看印度是什么样子，就照着自己的意思去做吧！——我知道我在菲尔丁先生家的表现很失态，但……现在我的想法不同了，或许我那个时候还很缺乏自信吧？"

"我这次来印度的目的已经达成了，所以我不想参观印度了，我该回英国去了。"摩尔夫人也说出自己的想法。她听见这两个年轻人的好消息之后，不禁回想起自己那两段幸福的婚姻——罗尼正是其中一段的爱情结晶。她知道阿黛拉的双亲也拥有非常美好的婚姻关系，能看见下一代延续上一代的幸福，她感到格外开心。希望幸福能够就这样一代一代传承下去。随着教育普及化，人人不仅拥有更高远的理想，性格也更加坚定，因此携手迈向幸福的伴侣也会越来越多。摩尔夫人参观完政府大学之后感到相当疲倦，她的双脚疼痛，因为菲尔丁先生走得太快太急，而且在返家的马车上，罗尼和阿黛拉的争吵也让她心烦意乱，她原本还以为这两个年轻人会分手。虽然罗尼与阿黛拉现在又和好了，但是摩尔夫人已经无法再像从前那样热心地与他们谈论婚事如何安排。既然罗尼的婚姻大事已经尘埃落定，摩尔夫人觉得自己也该回去帮那两个年纪较小的孩子物色对象，但前提是他们不嫌她啰唆。摩尔夫人早已过了想再婚的年纪，甚至连"为了结婚而结婚"都让她兴趣缺缺。如今她只想帮别人牵牵红线，倘若能因此让人称赞她富有爱心，她就觉得一切都值得，毕竟老妇人不该奢望太多。

罗尼和阿黛拉单独用餐，在这种情况下讨论两人的未来，气氛显得更愉快也更热烈。过了一会儿，他们又聊到今天发生的种种，罗尼便从自己的角度来回顾这些事。他的感受和阿黛拉及摩尔夫人的感受大不相同，因为她们两人玩得很开心，或者说，罗尼觉得她们玩得很开心，但是罗尼自己忙了一整天。穆哈兰姆月节即将到来，因此一如以往，昌迪拉布尔的穆斯林都忙着打造纸塔。那些纸塔的尺寸大到无法通过菩提树下。穆斯林将那些巨大的纸塔搬运过菩提树下时，会被树枝卡住，所以他们只好先爬到菩提树上，将树枝砍断，但这种行为引起印度教徒的不满，甚至引发宗教暴动。天晓得接下来还会发生什么事情，也许到最后还得出动军队弭平纷争。之前昌迪拉布尔曾因为这种宗教纷争导致日常运作全面停摆，特顿先生只好召集调停委员会，让双方代表进行协商。今年搬运纸塔的路径可以避开菩提树吗？穆斯林可以把纸塔做得矮一些吗？穆斯林表示他们今年愿意换一条路走，但是印度教徒要求穆斯林一定得缩短纸塔。行政长官比较偏袒印度教徒，但他也怀疑印度教徒故意把菩提树的树枝拉弯，让树枝比较贴近地面。印度教徒辩称菩提树的树枝是自然下垂的，于是罗尼只好派人去丈量菩提树的高度，并且规划穆斯林搬运纸塔的路线。其实罗尼并不讨厌做这些事情，因为这一切都代表着印度必须靠英国人管理。倘若没有英国人，印度肯定一天到晚发生流血冲突事件。说着说着，罗尼的语气又开始变得充满自负。罗尼说，他在印度的任务不是与印度人和睦相处，而是负责维持这个地方的秩序。既然阿黛拉已经答应要嫁给罗尼，她必须明白这一点。"关于这件事，与我们同车的那位印度老绅士怎么说呢？"阿黛拉问。她这种漫不经心的态度，正是罗尼所希望的。

"那位老绅士很乐于帮忙，他对于公共事务总是不遗余力。你在特顿先生举办的派对上应该见过他。"

"我真的见过他吗？"

"是的。你没想到吧？像纳瓦卜大人这么优秀的印度人，顶多也只有这种水平。所有的印度人都一样，迟早会表现出粗心大意的一面。你今天就见识到三种不一样的印度人了——巴塔恰亚夫妇、阿齐兹、纳瓦卜大人。这三种人都让你失望透顶，我想应该不是巧合。"

"我喜欢阿齐兹医生。阿齐兹是我真正的朋友。"摩尔夫人插话。

"当那只动物撞了我们的车子之后，纳瓦卜大人就失去理智了，他不但抛下那个可怜的司机，还硬要麻烦德瑞克小姐……虽然这些行为称不上罪大恶极，真的不是罪大恶极，但是白人绝对不可能这么做。"

"什么动物撞了你们的车?"摩尔夫人问。

"噢,我们在马拉巴路上发生了小车祸。阿黛拉觉得可能是土狼撞了我们的车。"

"车祸?"摩尔夫人惊呼。

"没什么,没有人受伤。招待我们兜风的那位主人从睡梦中惊醒后,好像认为是我们的错,嘴里一直念念有词。"

摩尔夫人突然浑身发抖。"你们该不会是撞鬼了吧?"她很少谈论这种超自然的奇怪想法,但是罗尼和阿黛拉都没有搭腔,因为他们脑子里都还想着自己的事情。摩尔夫人发现没有人支持她的看法,就没有再继续多说什么。或者说,摩尔夫人只能把这种想法默默放在心中,没有再次提及。

"是的,纳瓦卜大人的作为称不上什么罪大恶极的坏事。"罗尼得出结论,"但是他仍改不了印度人的天性,所以我们不让他进入俱乐部。我真不明白,像他这种印度人,怎么可以随随便便命令德瑞克小姐这么尊贵的小姐替他服务……我该去工作了。克利斯纳!"克利斯纳是罗尼的下属,原本应该要替罗尼把公文从办公室送到家里来,但是他没有出现,因此罗尼大发雷霆——他大呼小叫,看起来非常愤怒,只有那些资深仆役才看得出来,罗尼其实没有生气,也不是真的那么急着拿到公文,他只是故意表现出盛怒的模样,因为这已经是他的习惯。那些明白真相的仆役们慢慢跑过来,手里提着油灯,在罗尼身旁围成一圈,开始七嘴八舌地向罗尼解释克利斯纳为什么没有出现,一直到罗尼因为这些解释而稍微消气。最后罗尼罚了克利斯纳八安那币，然后才走到隔壁房间去处理他未完的工作。

"亲爱的阿黛拉，你可不可以陪你未来的婆婆玩牌？这么做会让你觉得无聊吗？"

"我很乐意——我现在的心情很平静，很高兴一切都没事了，而且我本来就无意造成任何巨大的转变。我们三人还是原本的模样。"

"你有这种想法非常好。"摩尔夫人一边发牌一边说，"鬼牌！"

"我也是这么觉得。"阿黛拉若有所思地表示。

"我们在菲尔丁先生家的时候，我还一直担心事情会朝着另一个方向发展……我的黑杰克要吃你的红皇后啰……"摩尔夫人和阿黛拉就这样一面玩牌，一面闲聊。

过了一会儿，阿黛拉说："您当时应该听见了我告诉阿齐兹和戈德博尔我不打算留在印度。其实那并非我的本意，我也不知道自己为什么会说出那个答案。我觉得自己回答时不够坦白，心思也不够专注。我得到的早就已经超乎我所应得的，您对我那么好，我们搭船来印度的时候，我原本也想表现得好一点，但是我却……摩尔夫人，如果做人不够诚实，哪有活在世上的意义呢？"

摩尔夫人继续发牌，她不知道自己应该说些什么，但她明白阿黛拉此刻的心情。她自己经历过两次婚姻，所以她明白订婚之后难免会心生悔意——对自己的决定感到怀疑。但罗尼与阿黛拉现在应该已经没事了——他们确定共结连理之后，所有的疑惑都会烟消云散。"我什么都不担心。"摩尔夫人表示，"我想，也许是因为这个陌生的环境，才让你搞不清楚自己的想法。我们一直参加各种琐碎的活动，让你忽略了最重要的事情。总之，我想我们就是人们口中所说的'新手'，被这儿的一切搞得晕头转向。"

"您的意思是，我的彷徨和犹豫都与印度有关？"

"毕竟印度是——"摩尔夫人话说一半就停了下来。

"您刚才为什么会觉得我们撞鬼了？"

"我说谁撞鬼？"

"我们的车子撞上一只动物。您刚才不是说我们撞鬼了吗？"

"我想不起自己刚才说了什么。"

"事实上，撞了我们的动物，可能是一只土狼。"

"哦，对，这很有可能。"

摩尔夫人与阿黛拉又继续玩牌，纳瓦卜大人则在昌迪拉布尔外继续等着他的车。他坐在他的别墅后方等待。这间别墅很小，而且屋内没有什么装潢与摆设，他很少到这间别墅来。纳瓦卜大人坐在小小的院子中央，院子外面不时有印度人经过，那些印度人的头巾就像黑夜的一部分，时不时就会从黑暗处出现在他眼前，然后又消失不见。纳瓦卜大人全神贯注地思考着：他觉得自己的遣词造句完全合乎宗教上的礼仪。九年前当他第一次拥有汽车时，曾经不小心开车撞死一个喝醉的男人，他觉得那个男人的冤魂至今仍纠缠着他。无论在神明或法律面前，纳瓦卜大人都问心无愧，而且他付了两倍的赔偿金给死者家属。但无论他怎么做都没有用，那个男人的鬼魂还是不发一语地纠缠他，尤其在靠近车祸现场的地方。那些旅印英国人都不知道纳瓦卜大人的这段往事，就连他的欧亚混血司机也不知道。这是专属于印度人的秘密，每一个印度人都心照不宣，没有人说出口。纳瓦卜大人此刻心里相当惶恐不安，因为他今天让别人遭遇危险，让两个无辜且尊贵的客人性命安全受到威胁。他不断重申："如果我出车祸死了，一点关系都没有，因为我总有一天必须面对死亡。但是那两个英国人信任我，所以才搭上我的车——"在场的人听了也忍不住发抖，纷纷感谢神明保佑，没有让任何憾事发生。只有阿齐兹的态度显得有点冷漠，因为他有不同于其他人的经验：由于他不怕鬼魂，所以才能够在清真寺里认识摩尔夫人。"努尔丁，你知道吗？"阿齐兹轻声地对纳瓦卜大人的孙子说话——纳瓦卜大人的孙子是一个带点阴柔气质的年轻人，阿齐兹不常见到他，但是很喜欢他，不过也总是忘记他——"亲爱的孩子，你知道吗？我们穆斯林一定要破除迷信，不然印度永远没有办法进步。英国人在马拉巴路上辱骂我们是野猪的日子，我不知道还要忍受多久。"努尔丁低着头，没有回答。阿齐兹又接着表示："虽然你的祖父是上个世代的人，但是我一向尊敬年长之人，也很喜欢他们，这点你也明白。我从不反驳长辈的话，除非他们说错了什么。因为我们还很年轻，所以要明辨是非。我希望你能答应我一件事——努尔丁，你听见我说的话了吗？——不要相信那些妖

142

魔鬼怪的说法。我的身体状况不好，万一我死了，请你教导我的三个孩子，叫他们不要相信那些妖魔鬼怪。"努尔丁对着阿齐兹露出微笑，并准备张开他迷人的嘴唇，给阿齐兹一个肯定的答复。但是在努尔丁开口之前，纳瓦卜大人的车子来了，因此他的祖父就带着他离开了。

摩尔夫人与奎斯特德小姐玩的牌戏仍在继续。摩尔夫人小声地说："我的红十对你的黑杰克。"奎斯特德小姐一面替摩尔夫人把牌放好，一面玩着这个错综复杂的牌戏，并闲聊今天发生的种种新鲜事：土狼撞上车子、她和罗尼决定订婚的经过、穆库尔的邦主、巴塔恰亚夫妇，以及一些日常生活的小事。奎斯特德小姐讲述得很详细，好让摩尔夫人弄清楚这些表面上听起来很枯燥的事情。这些琐事就如同从月球上看印度一样乏味无趣。牌戏结束后，摩尔夫人和奎斯特德小姐各自上床休息，时间已经很晚，有些地方人们已经起床。她们目前终究无法与印度人有任何情感方面的交流，而且英国人也依旧不在乎印度人。印度的夜晚总是不太安静，夜色也不够黑暗。黑夜逐渐退去，今晚有两三道强风吹来，和前几个晚上不太一样。这几道强风仿佛从天空垂直而降，然后又弹回天空，没有带来任何清新的感觉。夏季就要来了。

第九章

阿齐兹生病了——他觉得身体有点不太舒服。阿齐兹早就预知会有这样的结果。他在家里躺了三天，假装病得很严重。他确实有一点发烧，如果平常医院里还有重要的事情得忙，这种小病痛他根本不会在意。他不时发出几声哀号，感觉自己就快要死了，但是这个念头没有持续太久，因为有件小事让他转移了注意力。这一天是星期天，这个日子对印度人而言意义不明，但起码是个可以让他们偷懒的借口。阿齐兹在昏昏欲睡时听见教堂的钟声，声响同时来自官署驻地的教堂和远在屠宰场后方的传教士教堂——这两种钟声听起来不一样，目的也不相同：前者是召唤旅印英国人，后者则是无力地召唤包括英国人与印度人的每一个人。阿齐兹不排斥第一种钟声，但不想理会第二种钟声，因为他知道第二种钟声根本发挥不了任何作用。年迈的格雷斯福德先生与年轻的索利先生曾经在某次饥荒中发放食物给大家，促使许多印度人信教，然而一等到饥荒结束，印度人又不理会他们了。那两位传教士每次都因为印度人的现实和无情而感到错愕且愤愤不平，但似乎从来没有获得教训。"除了菲尔丁先生之外，似乎没有哪个英国人真正了解印度人。"阿齐兹心想，"但是我要如何才能再与菲尔丁先生见面呢？如果我邀请他来家里做客，这间破烂的平房会害我颜面尽失。"于是阿齐兹想叫仆役哈桑把家里打扫干净，但是哈桑正在阳台的楼梯上玩刚领取的铜板工资，因此对于他的呼叫声故意充耳不闻。哈桑应该听见了，但是假装没听见，以致阿齐兹虽然呼叫了哈桑，但结果和没有呼叫一样。"整个印度都是这个样子……和我们这种情况一样……瞧瞧我们这种懒散的模样……"阿齐兹想着想着，忍不住又开始打瞌睡，然而他在昏睡之前还一直思考着人生不同的表象。

不知不觉中，阿齐兹的思绪开始聚焦于某一点——欲望。根据传教士的说法，欲望是万恶的深渊，阿齐兹却认为欲望只像酒窝一样浅。是的，阿齐兹确实渴望能找个女孩共度良宵、一同欢唱，最后再发生肉体关系，为这种暧昧的欢乐气氛画上句点。是的，这就是他想要的。但是他应该怎么做才能满足这样的欲望呢？如果卡伦德少校是印度人，他一定会明白时下年轻人的感觉，并且毫不啰唆就允许阿齐兹请两三天假，让阿齐兹去加尔各答散散心。偏偏卡伦德少校以为他的部属都是冷酷坚硬的冰块，或者认为他的部属只要去逛逛昌迪拉布尔的市集就可以恢复元气——这两种想法都令人觉得很不舒服。只有菲尔丁先生才真正明白印度人的想法。

"哈桑！"阿齐兹又喊了一声。

仆役哈桑闻声急忙跑来。

"兄弟，你看看那些苍蝇！"阿齐兹指指停在天花板上那一大群可怕的苍蝇。天花板中央有一条电线，原本是屋内供电的主要管线，但其实那条电线根本没有任何电流通过，只有一大堆黑漆漆的苍蝇停在上头。

"主人，我知道天花板上有苍蝇。"

"很好，很好，天花板上有苍蝇，你注意到了，很好。但是你知道我为什么叫你来？"

"您要我把苍蝇赶走吗？"哈桑想了老半天，最后才一脸疑惑地问。

"如果你把苍蝇赶走，它们还是会飞回来。"

"主人，您希望我怎么做？"

"你必须想办法对付这些苍蝇，因为你是我的仆人。"阿齐兹以温和的口吻说。哈桑说，他可以叫小僮去马哈茂德·阿里家借梯子，并且叫厨师点燃炉火，煮一锅热水，然后再亲自提着热水爬上梯子，将天花板上那根电线浸入热水中。

"很好，你这些点子都很好。现在你知道应该怎么做了吧？"

"我会负责杀光苍蝇。"

"非常好，快动手吧！"

哈桑退下之后，他刚才想的计划几乎刻在了脑海里。他先去找小男仆，不料怎么找都找不到人，于是他又偷偷躲回阳台的阶梯处。这次他不敢玩铜板了，因为他怕阿齐兹会听见铜板的声响，发现他偷懒没做事。在星期天的教堂钟声中，印度这个地方似乎途经英国郊区重回东方世界，在致力于西化的过程中变得无比可笑。

阿齐兹的脑中继续想象着美女的身影。

阿齐兹的逻辑思考不算太严谨，一向直来直往，而且缺乏变通能力。在他所属的社会阶级的规范下，他在多年以前就已经明白自己必须遵守哪些事项。后来他进了医学院念书，学到了欧洲人对于性爱的迂腐观念与小题大做的态度，对此心生恶感。阿齐兹觉得科学总是搞不清楚问题的所在。阿齐兹认为，学校那本德国教材对于性爱的见解，与他的亲身体验大异其趣——父母教导他的、仆役告诉他的，都比那本德国教材更为实用，因此他经常把自己从父母与仆役那儿听来的内容与其他人分享。

然而阿齐兹不希望他的三个孩子学到任何错误且愚蠢的知识，因为他不希望他们被别人瞧不起。他自己本身是医生，就算卡伦德少校觉得他这个印度医生没有什么了不起，他终究不能辱没自己的专业。阿齐兹相当在意事情是否做得够得体，但是他在乎的原因与道德的光环无关，这一点和英国人大不相同。他的传统观念来自社会的压力。其实违反社会习俗并不是什么大问题，只要别人没有发现就好。唯有在社会察觉你违反习俗时，你才会惹上麻烦。社会不像朋友，也不像神，不会因为你的背叛而遭受伤害。阿齐兹知道这一点，因此他必须谨慎地想出一个请假前往加尔各答的好理由，并且找一个值得信任的人，替他将请假单送去给卡伦德少校。这个时候门外突然传来停车的声响，有人来探望阿齐兹了。阿齐兹一想到有人关心着自己，顿时感动得浑身发热，真诚地发出一声哀叹，急忙躲进被窝里。

"亲爱的阿齐兹，我们很担心你。"哈米杜拉的声音从门口传进来，然后总共有四个人走进阿齐兹的房间，在他的床缘坐下。

"连医生自己都病倒的时候，就表示情况非同小可了。"赛义德·穆罕默德说。赛义德是一位助理工程师。

"医生病倒和工程师病倒一样严重，没有谁更为重要。"担任警探的哈克先生说。

"是的，我们一样重要。这点从我们的薪水就可以看出来。"

"阿齐兹医生上个星期四和我们校长喝下午茶。"赛义德的侄子拉菲说，"那天戈德博尔教授也去了，结果他也病倒了。这好像不太寻常，你们说是不是？"

在场每个人听闻之后都一愣，心里产生些许疑惑。"胡说八道！"哈米杜拉马上以权威的口吻阻止他们胡思乱想。

"对，不要瞎说，这只是巧合罢了。"其他人也连忙表示，并对于自己刚才心生怀疑感到羞愧。淘气的拉菲没能掀起风波，悻悻然地走到墙边站着。

"戈德博尔教授真的也生病了吗？"阿齐兹忍不住探问，"真遗憾听见这个坏消息。"他从深红色的被子里探出头来，诚挚地向大家打招呼："赛义德·穆罕默德先生、哈克先生，你们好吗？谢谢你们来探望我。哈米杜拉，你好吗？没想到你带这个坏消息来看我。戈德博尔教授的情况还好吗？他生了什么病？"

"拉菲，你怎么不回答阿齐兹医生呢？你应该最清楚吧？"
赛义德问。

"对啊，拉菲最了不起。"哈米杜拉接口，"拉菲简直就是
昌迪拉布尔的福尔摩斯。拉菲，快回答啊！"

拉菲小声地说："戈德博尔教授拉肚子。"他的声音几乎比
蚊子还微弱，但是他说完之后又恢复了自信，起码这个答案证
明他没有信口雌黄。他的长辈们一听见这个答案，心里再度开
始感到不安，这次他们担心的事情与刚才不同，因为他们担心
拉肚子可能是霍乱的早期病征。

"如果你说的是真的，事情可能很严重。虽然现在还不到
三月底，但也许霍乱又要开始流行了。"阿齐兹大声地说，"为
什么没有人告诉我戈德博尔教授腹泻的事？"

"现在是由潘纳·拉尔医生负责照顾他。"拉菲回答。

"噢，也对，毕竟他们都是印度教徒。事情向来都是这样
安排的，印度教徒就像一群喜欢聚在一起的苍蝇，把一切搞得
乌烟瘴气。拉菲，过来这里坐下，并告诉我所有的细节。戈德
博尔教授除了腹泻之外，有没有呕吐的症状？"

"有，而且他说他的肚子很痛。"

"恐怕真的是霍乱。他二十四小时之内必死无疑。"

在场的每个人都愣住了，但因为戈德博尔教授总是与那些
印度教徒来往，在哈米杜拉他们眼中不太受欢迎，因此他可能
不久于人世的消息，听起来并没有那么令人悲伤。过了一会儿

之后，这些人甚至开始咒骂戈德博尔教授，认为他是传染病的根源。"所有的疾病都是来自印度教徒。"哈克先生表示。赛义德·穆罕默德以前曾经去阿拉哈巴德和乌贾因参加宗教市集，事后对那里的一切抱怨连连。阿拉哈巴德有一条自由流动的小河，可以冲走不干净的东西，所以卫生问题不算严重；但是乌贾因的希普拉河被堤坝围起来，上千名在河里沐浴净身的印度教徒把身上的细菌全部留在河里。赛义德不喜欢那里炙热的艳阳和随处可见的牛粪，也不喜欢遍地满开的金盏花，以及随地扎营的印度教圣人——有些印度教圣人会以全身赤裸之姿在街上乱晃。当大家追问赛义德谁是乌贾因最重要的印度教圣人时，他表示自己并不清楚，也不想知道，因为他不能浪费时间在这种无关紧要的琐事上。赛义德抱怨了好一会儿，情绪激动时甚至直接用旁遮普语开骂（因为他的老家位于旁遮普），谁也听不懂他到底在说些什么。

阿齐兹喜欢听人赞美他的宗教信仰，这能让他的心情受到抚慰，也让他认为自己的灵魂变得更美丽。助理工程师赛义德发表完他激烈的批判之后，阿齐兹悠悠地表示："这和我的看法相同。"他说话时还举起了手，手心向外，眼睛闪闪发亮，心里充满愉悦之情。他坐在被窝里，随即吟诵了一首迦利布[1]的诗。虽然这首诗与大伙儿刚才所聊的事情无关，但深深打动了每个人的心田。大家被诗句中所表达的悲苦所感动。大家都

---

[1] 迦利布（Ghalib）：乌尔都语诗人，本书作者的好朋友马苏德（Masood）非常欣赏迦利布。

同意：悲苦是艺术创作的最高特质。一首悲苦的诗，可以触动听众心中最软弱的部分，将人类比拟为娇弱的花朵。阿齐兹脏乱的房间里突然变得鸦雀无声。虽然大伙儿刚刚对拉菲暗示的阴谋论、哈克先生分享的八卦或是赛义德肤浅的抱怨都表现得冷淡且毫不在乎，但其实每一字每一句全都进了他们的耳里，并且被他们永远牢记在心中。这些话语的用意不是引战，而是让大家更平心静气地确信印度是一个完整的国家，也是一个专属于穆斯林的国家。这种信念一直存在于他们心里，直到英国人踏上这片土地。无论诗人迦利布心里有什么样的感受，他毕竟也住在印度，这个事实让阿齐兹他们更加坚定自己的信念。迦利布已经随着他的郁金香和玫瑰花而逝，但是郁金香和玫瑰花将会再度绽放。所有美丽的事物都令人感到悲伤，在阿齐兹悲伤的吟诵中，位于印度北方的盟国——阿拉伯、波斯、费尔干纳、土耳其斯坦——向每条街道、每幢房屋都自相分争的可笑的昌迪拉布尔伸出双手，告诉这座城市，它是一个完整且统一的个体。

在阿齐兹房间里的访客们，只有哈米杜拉了解这首诗的意义，其他人的脑袋没有足够的聪明才智，但他们还是愉快地聆听着，因为文学仍是这片土地的文明表征。就拿担任警探的哈克先生作为例子：他不觉得阿齐兹读这首诗会降低自己的身份，但他也没有像英国人那样在谈论美学时突然哈哈大笑的反应。他只是静静坐着，放空自己。等到他的思绪再度回到脑中时，他突然有一种愉悦的新鲜感受，但那些思绪尽是低俗的事物。阿齐兹所诵读的诗句对在座的每个人都没有实质益处，只能算是小小的提醒，仿佛从美神口中吐出的气息，也宛如在两个尘世之间独自吟唱的夜莺。虽然阿齐兹读诗时的声音比呼唤神明克利须那的声音微弱，但仍可倾诉出人们的孤单与疏离，以及对神明的渴求。尽管这个神明始终未曾到来，但是也没有人能够证明这个神明不存在。阿齐兹和探病的客人聊天，但心里又开始想女人。他想女人的方式变得不太一样：他脑中的影像变得比较模糊，不过渴望更为强烈。有时候诵读诗句会对阿齐兹产生这种效果，但有时候只会强化某部分的渴望。然而他无法预知什么时候会产生什么样的效果，一切没有规则可循，就像他的人生一样。

哈米杜拉是在前往参加会议之前，先过来探望阿齐兹的。哈米杜拉所参加的名人委员会具有民族主义性质，但是委员会的状况令人忧心。与会人士包括印度教徒、穆斯林、两名锡克教徒、两名袄教徒、一名耆那教徒，以及一名本地基督教徒。这些人试图和平相处，但是他们以一种不太自然的方式来达到这个目的：全体一起辱骂英国人。只要有人开口批评英国人，其他人就马上附和。然而他们只是谩骂，完全没有提出任何具有建设性的计划。倘若英国人离开了印度，这个委员会也将失去存在的意义。哈米杜拉很欣赏与他有亲属关系的阿齐兹，也很高兴阿齐兹对政治没有任何兴趣，因为政治会使人的性格崩坏、事业毁灭。不过，尽管政治如此险恶，凡事还是得通过政治来达到目的。哈米杜拉突然想起他在剑桥的那段岁月——心中不禁萌生一抹淡淡的哀愁。缅怀那段日子的感觉，就像一首动人的诗写到了尽头。二十年前，哈米杜拉在剑桥有过一段非常愉快的生活，当时他住在班尼斯特夫妇家，完全不需要担心与政治相关的问题，每天只要尽情工作、玩乐与社交。英国人都是这样过日子，但他们的国家基础完全不受影响。哈米杜拉回到印度之后，生活的一切都变了样：他在印度宛如一尊被线操控的傀儡，必须时时提高警觉。虽然哈米杜拉与赛义德·穆罕默德和哈克先生都很熟识——甚至邀请他们一同搭乘他的马车来探望阿齐兹，但是他不敢完全信任这两个人。至于赛义德的侄子拉菲，根本是一个心如蛇蝎的坏家伙。因此，哈米杜拉向阿齐兹道别时，特别弯下腰对他说："阿齐兹，阿齐兹，亲爱的孩子，我们必须离开了，因为我已经迟到了。请你快康复，如果我们的小圈子少了你，我真的不知道应该如何是好。"

"谢谢您，我一定不会忘记这句令人感动的话。"阿齐兹回答。

"我也祝你早日康复。"赛义德·穆罕默德说。

"谢谢您，赛义德·穆罕默德先生。我会尽快痊愈的。"

"我也献上祝福。""阿齐兹先生，还有我的祝福。"另外两人也跟着表示。每个人都希望通过祝福的力量帮助阿齐兹恢复健康，即便一点效用都没有，大伙儿礼貌上还是会这么做。虽说已经到了辞别的时间，访客依旧坐在阿齐兹的床缘不走，甚至还吃起甘蔗来。甘蔗是哈桑特别跑去市集买回来的。阿齐兹则喝了一杯添加香料的牛奶。这时屋外又传来马车的声音，原来是潘纳·拉尔医生来了。替他驾驶马车的人，是讨人厌的拉姆·昌德先生。阿齐兹连忙又装出病恹恹的模样，并且躲进被子里。

"各位，不好意思，我奉卡伦德少校之命，特别前来探视阿齐兹医生的病情。"潘纳·拉尔医生表示。身为印度教徒的他，发现一群穆斯林坐在阿齐兹的房间里，不禁心生好奇。

"阿齐兹在被子里。"哈米杜拉指指蜷在被子底下的阿齐兹。

"阿齐兹医生，阿齐兹医生，让我替你检查一下吧。"

阿齐兹面无表情地从被子里探出头来，张口含住体温计。

"麻烦你伸出手来。"潘纳·拉尔医生又说。他执起阿齐兹的手，眼睛望向天花板上的苍蝇。过了一会儿，拉尔医生才表示："确实有一点发烧。"

"我看好像没什么大碍。"拉姆·昌德先生语带挑拨地说。

"有一点发烧。"潘纳·拉尔医生重申，"最好躺在床上多休息。"他说完后便甩甩体温计，好让水银刻度下降，所以任何人都没看见阿齐兹的体温。

自从上次那场风波之后，潘纳·拉尔医生就一直很讨厌这个年轻的阿齐兹医生。原本他打算写一份报告给卡伦德少校，举发阿齐兹装病的真相，但是他突然念头一转，觉得自己哪天也可以这样装病，在家休息一下。除了这个理由之外，他还想到一件事：虽然卡伦德少校认定每个印度人都是喜欢偷懒的坏蛋，但是从不采信印度人互相打小报告的内容，因此潘纳·拉尔医生认为，如果这个时候对阿齐兹表达些许同情之意，对自己或许比较有利。"你的肚子会痛吗？"他问阿齐兹，"头会不会痛？"潘纳·拉尔医生瞥见旁边的空牛奶杯，便建议阿齐兹可以多喝牛奶。

"医生大人，多亏有您来看阿齐兹。这下子我们就放心多了。"哈米杜拉趁机恭维潘纳·拉尔医生。

"这是我的职责。"

"我们都知道您非常忙碌，谢谢您百忙中抽空过来。"

"是的，我确实很忙。"

"这城里有太多人生病了。"

这句话让潘纳·拉尔医生心生警戒，担心哈米杜拉的话里暗藏陷阱。无论他承认这城里有很多病人，抑或表示城里没有什么人生病，两种答案都可能让他身陷麻烦。"永远都会有人生病，这是无法避免的。"潘纳·拉尔医生小心翼翼地回答，"所以我永远有忙不完的事——这是医生的职责所在。"

"潘纳·拉尔医生没有一分钟的空闲，他现在还得赶去政府大学。"拉姆·昌德插话进来。

"您是不是要去政府大学探望戈德博尔教授？"

潘纳·拉尔医生以一脸专业的表情看着哈米杜拉，但是没有回答。

"我们都希望他的腹泻能早日痊愈。"

"他的病况已经有起色了，但是他并没有腹泻的症状。"

"我们都很替他担心——因为他是阿齐兹医生的好朋友。

如果您能够让我们知道他的病因，我们一定会非常感激您。"

潘纳·拉尔医生沉默了片刻，然后才说："戈德博尔教授长了痔疮。"

"原来是痔疮。拉菲，你竟然骗我们说戈德博尔教授得了霍乱！"阿齐兹忍不住叫道。

"霍乱？霍乱？竟然有这种谣言？接下来你们还要告诉我什么荒唐事？"潘纳·拉尔医生生气地大喊，"到底是谁在散布这种谣言？"哈米杜拉伸手指向拉菲。

"有人说戈德博尔教授得了霍乱，有人说他得了鼠疫，什么样的谣言都有。我经常想，这种谣言要传到什么时候才会结束？城里到处充满不实的传言，我认为那些散播谣言的家伙一定要被揪出来，交由政府严加惩罚。"

"拉菲，你听见了没有？你为什么要说这种谎话欺骗我们？"

拉菲小声地说，是学校里某个男生告诉他的，并且推托因为政府强迫他们学英文，但学校的文法教得不好，害他们经常用错英文词汇，所以他才会说错话。

"这个理由不足以给潘纳·拉尔医生一个交代。"拉姆·昌德先生说。

"没错，没错。"哈米杜拉连声表示同意。他不希望此刻有任何不愉快发生，但争吵显然一触即发。赛义德·穆罕默德先生与哈克先生都皱起眉头，打算转身走人。"拉菲，我想你应该正式向大家道歉。我看得出来你叔叔也希望你这么做。"哈米杜拉说，"你因为自己的疏忽，造成戈德博尔教授的困扰，你还没有为此表达歉意。"

"算了，他只是个孩子。"潘纳·拉尔医生这时才软化了态度。

"就算只是个孩子，也应该学一点教训。"拉姆·昌德先生说。

"你别忘了，你儿子也恶名昭彰。"赛义德·穆罕默德突然开口。

"噢？是这样吗？噢，好吧，也许吧。毕竟我儿子没有长辈在印刷厂里当大官。"

"你最好也别想在法院里攀亲带故。"

他们越吵越烈，以一堆荒唐的理由攻击对方。哈米杜拉和潘纳·拉尔医生试图让他们冷静下来，但是徒劳无功。当赛义德·穆罕默德与拉姆·昌德争吵不休时，房间里突然有一个声音说："我想请问一下，阿齐兹到底是生病了还是没生病呢？"原来，菲尔丁先生早在大伙儿没注意的时候走进了阿齐兹的房间。大家一看见菲尔丁先生，连忙站起来致意。仆役哈桑为了表示对菲尔丁先生的礼遇，连忙拿起一根甘蔗挥打天花板上的苍蝇。

阿齐兹冷冷地对大家说："请各位坐下。"为什么各路人马全都跑来了呢？阿齐兹房间里简直一团乱：不堪入耳的难听言论、满是甘蔗屑的肮脏地板、沾了墨水痕的污秽墙面、以歪斜之姿随意挂放的壁画，而且没有电风扇。阿齐兹也不愿意住在这种鬼地方，或者与这些三流角色厮混，但是此刻的混乱中，阿齐兹心里只惦着拉菲那个无足轻重的年轻人。他刚才嘲笑了拉菲，也让拉菲被别人嘲笑。他觉得自己必须让这个男孩子开开心心地离开，否则身为主人的他就失礼了，让他有欠周到的待客方式再添一笔。

"谢谢尊贵的菲尔丁先生特别来探望我们的朋友。"担任警探的哈克先生表示，"您实在太仁慈了，让我们深深感动。"

"不要用这种方式和菲尔丁先生说话，他不喜欢。也别拿三张椅子给菲尔丁先生坐，他只有一个人，不是三个人。"阿齐兹急忙说。然后他转头望向那个年轻人。"拉菲，过来这里，你也和大家一起坐下。我很高兴你和哈米杜拉先生一起来看我，亲爱的孩子。因为你的关怀，我一定会康复得更快速。"

"请原谅我随便乱说话。"拉菲这时才终于鼓起勇气向大家道歉。

"呃，阿齐兹，你不是生病了吗？"菲尔丁先生又问了一次，"你到底有没有生病？"

"我猜卡伦德少校一定告诉您我故意装病，对不对？"

"那么你到底是不是装病啊？"

大伙儿忍不住笑了出来。房间里的气氛又变得和睦又愉快。大家心里都认为菲尔丁先生这个英国佬真是亲切的好人。

"问问潘纳·拉尔医生就知道了。"

"我临时跑来探望你，会不会让你不方便？"

"快别这么说，当然不会。反正我这个小房间里已经有六位客人了。如果您不介意我们不拘礼节，就请您再多坐一会儿。"阿齐兹回答。然后他又转头继续对拉菲说话。拉菲一看见校长菲尔丁先生来了，就吓得浑身发抖，因为他以前也散播过和菲尔丁先生有关的谣言。这个年轻人此刻迫不及待想离开这里。

"阿齐兹病了，但其实也没病。"哈米杜拉一面说，一面递香烟给菲尔丁先生，"我想，每个人应该都是如此吧？"

菲尔丁先生同意哈米杜拉的说法。他和这位亲切和蔼且温柔敏感的律师一拍即合，两人的互动变得亲密，而且愿意信任彼此。

"整个世界看起来就快要毁灭了，但其实并不会如此。所以我们应该相信，确实有一位充满慈爱的神明存在着。"哈米杜拉表示。

"噢，没错，这句话完全正确。"哈克警探说。他希望宗教被人们拿出来赞扬。

"菲尔丁先生认为这种说法正确吗？"

"什么说法？这个世界才不会毁灭！这点我很有把握。"

"不，不，我是说，关于神明存在的这件事。"

"呃，我不相信神明。"

"但为什么你相信上帝？"赛义德·穆罕默德问。

"我也不信上帝啊！"

在场的印度人纷纷交换眼神，仿佛说着："你们看吧，我早就说过了。"阿齐兹马上抬起头，不可置信地看着菲尔丁先生。"英国现在大部分的人都是无神论者，对吗？"哈米杜拉问。

"你是指受过教育、有自己想法的人吗？我想应该是吧。但是他们不喜欢被人称为'无神论者'。事实上，现代的西方人根本不在乎有没有信仰。五十年前，或者当我们大家年纪还小的时候，如果有人说自己不信上帝，肯定会引起相当大的骚动。"

"西方人的伦理道德也因此开始堕落吗？"

"端看你如何定义'伦理道德'——好吧，是的，伦理道德开始堕落了。"

"请原谅我问这种问题。但如果你说的都是事实，那么英国人有什么资格管理印度？"

又开始了！又开始讨论政治话题了。"这个问题不是我的智力所能回答的。"菲尔丁先生表示，"我之所以从英国来到印度，纯粹只是为了工作、混口饭吃。至于英国官员为什么要到印度来，以及英国官员有没有资格管理印度，这些我都没有办法回答，因为这些问题已经超越我的能力范围所及。"

"没想到，人品好的英国人还是得为五斗米折腰，到学校里教书讨生活。"

"我想每个人都得有一份工作糊口，不是吗？幸好我早一步抢到这份工作。"菲尔丁先生笑着回答。

"请再次原谅我，我又有一个失礼的问题——倘若某份职缺明明可以由适任的印度人填补，但是英国人硬把这份工作抢走，请问这是公平的吗？当然，我没有特别针对哪一份工作而言，而且我们都很欢迎你到印度来。今天与你开诚布公聊天，让我们受益良多。"

关于刚才的对话，其实只有一个标准答案："英国接管印度，是为了印度好。"但是菲尔丁先生不愿意如此回答，因为他想真诚地对待这些印度人。于是他说："谢谢，我也很高兴来到印度——这是我心里唯一的答案，亦是我在印度工作唯一的理由。我没有办法回答你这一切是否公平，我甚至觉得自己被生到这个世界来，就是一件不公平的事。我知道我抢走了印度人的工作机会，但无论我做什么工作，一定会有人因此失去得到这份工作的机会，不是吗？不管怎么说，我很高兴我接了这份工作，我也很高兴来到印度。无论一个肮脏鬼[1]有多么不卫生，只要他最后能获得快乐，他恶心的行径也就不算是那么糟糕的事情了。"

这句话让在场的每个印度人都感到困惑。他们虽然明白菲尔丁先生的思路，但他的遣词造句太高深也太艰涩，所以让人难以理解。除非英文句子里尽是赞美"正义"和"道德"的美善之词，否则印度人很难明白其文法与内容，最后的结果就是听也听不懂、想也想不透。印度人嘴巴上所说的话与他们心里所感受的想法通常并不相同（除非与感情有关）。印度人在精神层面有许多传统束缚，每当有外人嘲笑他们的传统束缚时，

1　肮脏鬼（badmash）：作者在他的旅印日记中记载，1913 年 3 月 12 日他听见有人称呼那些"直接用手擤鼻涕"的人为 badmash。

就会让他们感到不知所措。哈米杜拉在这些人当中最具包容力，他问："但是，那些不喜欢到印度来的英国人，他们继续留在印度的理由是什么？"

"不知道。我认为应该赶走那些人。"

"但是我们不知道哪些英国人不喜欢印度，所以很难把他们赶走。"哈米杜拉笑说。

"你错了，问题根本比难以赶走他们还糟。"拉姆·昌德先生说，"因为没有哪位印度绅士敢主张驱逐英国人，我们在这方面和其他国家不同，我们重视的是精神层面，不太重视行动层面。"

"没错，你说得完全正确。"哈克警探接话。

"哈克先生，真的是这样吗？我一点都不觉得我们重视精神层面。我们的问题在于无法彼此协调。我们不懂得如何彼此协调，问题就只有这一个。印度人向来无法遵守约定，甚至连搭火车都常赶不上出发时间，我想这大概就是所谓的印度精神吧？哈克先生，你和我应该出发去参加名人委员会了，不是吗？我们的朋友潘纳·拉尔医生也应该去探望他的病人了，不是吗？所以我们应该离开了。我想大家都应该离开了，再不走就来不及了。"

"别担心，因为现在的时间还不到十点半，哈哈！"潘纳·拉尔医生大声地表示。他整个人显得自信满满。"各位绅士们，请容我说句话。今天的对话非常有意思，而且我首先要感谢菲尔丁先生所分享的一切。菲尔丁先生的经验与判断力，足以教育我们的下一代，让我们的后代子孙大大受益——"

"潘纳·拉尔医生！"

"阿齐兹医生，怎么了？"

"你压到我的脚了。"

"真是不好意思。但我也可以说是你自己把脚伸过来的。"

"我们快离开吧！如果我们继续待在这儿，病人就没办法好好休息了。"菲尔丁先生表示。他说完之后便走出阿齐兹的房间。四个穆斯林、两个印度教徒和一个英国人全都向主人告辞。他们走出房间之后，先在走廊上站了一会儿，等候仆役将他们的交通工具从树荫下召过来。

"阿齐兹非常重视您。他因为生病不舒服，所以没有亲自向您说出口。"

"我明白。"菲尔丁先生回答。其实他对这次的探病行程感到相当失望，并且突然想起俱乐部里的人经常批评他的那句话："你一天到晚贬低自己的身份。"菲尔丁先生的心情非常沮丧，而且等了老半天，阿齐兹的仆役也一直没有把他的马牵过来。菲尔丁先生与阿齐兹医生第一次见面时对他留下很好的印象，原本希望能就此与阿齐兹发展出深厚的友谊，没想到第二次见面的感觉让人如此遗憾。

第十章

　　在过去的那个小时里，一股炎热的暑气朝着昌迪拉布尔袭来，因此街上看不到半个人影，仿佛在那段没有结论的对话中，发生了一场让全人类消失无踪的大灾难。在阿齐兹居住的平房对面，有一栋目前仍在兴建的大宅，屋主是一对兄弟，两人都是占星家。有一只松鼠正倒挂在那间大宅外侧，肚子贴在脚手架上，脏兮兮的尾巴不停晃动。目前似乎只有这只松鼠住在大宅里。它发出的细微叫声，与无垠的时空合拍[1]，但是除了其他的松鼠之外，没有人注意到它的叫声。一棵布满灰尘的树上也传出鼓噪声。几只棕色的鸟儿在树上一边鸣叫，一边动作笨拙地寻觅小虫。还有一只隐身在树木枝叶里的啄木鸟，也像铜匠般敲打出"咚！咚！"的声响。在生物界中仅占少数的人类，他们渴求或决定的一切，对其他大部分的生物而言，其实完全无关紧要。印度大部分的生物并不介意由谁来统治印度，就如同住在英国的低等动物也不介意英国由谁来当家。然而在位于热带的印度，这种冷漠的态度似乎更加明显。假如哪

1　与无垠的时空合拍（in tune with the infinite）：取自美国作家拉尔夫·沃尔多·特莱恩（Ralph Waldo Trine）于1897年出版的著作之名。

天人类感到厌倦了，那些不善言辞的生物随时会出面主导这个世界。

七名男性走出阿齐兹家。他们刚才在屋内虽然各持己见，但也都察觉到一种"山雨欲来"的潜在威胁，所以每个人都意识到大家有责任阻止一场风暴发生，否则一旦吵起架来，谁都无法承担后果，而且他们也不愿意为此付出代价。他们坐上马车之后，发现马车坐垫散发的热气穿透了他们的裤子，阳光也刺痛着他们的双眼。他们帽缘下方的汗珠不断累积，顺着他们的脸颊滑落。他们慵懒地互相道别，然后就各自回家，希望能够找回属于自己的尊严和地位。

城里的居民纷纷避暑去了。事实上，不光是城市，整个印度的居民都开始设法逃离炎热的夏季：有人躲进地窖，有人前往山上，有人坐在树下乘凉。每年四月一到，宛如恐怖使者的夏季就会来到印度。炙热的太阳再次回到这片由日不落国统治的土地，铆足力气散发热能，让人无法感受它的美好——散发热能是它最邪恶的一面。印度人都希望太阳是美好而非邪恶的，如果它是美丽的，或许人们还能忍受它散发的酷热。太阳散发过度的光与热，但没有人觉得它是赢家——在强烈的黄白色光线下，人们什么都看不清楚，明亮失去其该有的功能。太阳并非大家渴望的朋友，无论对人类、鸟类或是其他恒星来说都不是。太阳不会永远不变。在人们的认知中，太阳就是永恒，但是太阳和其他生物一样，并不具有特殊的荣耀。

第十一章

来探望阿齐兹的印度人都已经驾着马车离开，但是菲尔丁先生只能呆望着他的马站在院子角落的马棚下，因为没有人替他把马牵过来。等了老半天，菲尔丁先生最后决定靠自己。正当他准备走向马棚时，屋里的阿齐兹唤住了他。阿齐兹坐在床上，头发乱七八糟，脸上带着悲伤的表情。"请把这里当成您自己的家。"阿齐兹说。然后他又自嘲地表示："这个地方是全印度最热情款待客人的场所。您看看那些苍蝇，还有从墙壁上掉下来的泥屑，是不是相当美好呢？在您见识过印度人家里这些可怕的玩意儿之后，我猜您肯定更迫不及待想回家去了吧？"

"别想太多，你快去休息。"

"我可以休息一整天。这一切都得感谢潘纳·拉尔医生的帮忙。我想您一定也很清楚，潘纳·拉尔医生是卡伦德少校派来的间谍，但是这位间谍背叛了卡伦德少校，放任我因为轻微发烧就请假一整天。"

"卡伦德少校不信任任何人，无论对方是英国人还是印度人。他的个性就是如此。我真希望卡伦德少校不是你的上司，然而他是。人生大概就是这样吧？"

"我知道您急着离开，但是在您临走之前，可不可以先请您打开那个抽屉？您看见了抽屉里的棕色信封吗？"

"看见了。"

"请您将信封打开。"

"这个人是谁？"

"她是我的亡妻。您是第一位看见她照片的英国人。您看过照片之后，麻烦再把照片收回信封。"

菲尔丁先生相当讶异。这种感觉就好像是一个行走在沙漠中的旅人，突然在石头缝隙间发现了美丽的花朵。美丽的花朵其实一直都在那里，但是他现在才看见。菲尔丁先生再度仔细观看那张照片，照片中有一位身穿纱丽的印度女性面对着镜头，仿佛看着这个世界。菲尔丁先生轻声表示："坦白说，阿齐兹，我不明白你为什么愿意给我这么大的荣幸，不过我很感谢你如此重视我。"

"噢，这没什么。我的亡妻没有接受过什么教育，长得也不漂亮，但是请您把照片收好。倘若她还活着，我一定会介绍她给您认识，所以看看照片不算什么。"

"你愿意介绍她给我认识？"

"当然。虽然我认为女人应该待在闺房里，但是我会告诉她，您等于是我的兄弟，所以您可以见到她本人。哈米杜拉和我其他几位朋友都见过她。"

"她以为那些朋友都是你的兄弟吗？"

"当然不，但我都是这样告诉她的，因为这么一来比较方便。只要我说这些人是我的兄弟，她就可以见他们。所以，每一个表现得像我兄弟的朋友，都可以认识我的妻子。"

"如果全世界的人都表现得像你的兄弟一样，闺房是不是就没有存在的必要了？"

"我知道您一定会这么说，而且明白我的意思，所以我才放心让您看我亡妻的照片。"阿齐兹严肃地表示，"您的能力远远超过大部分的人，而且您的行为举止如此优雅，所以我愿意让您看她的照片。我的待客之道却这般拙劣，刚才我唤住您的时候，原本不期待您会因此留下，我甚至在心中暗忖：'菲尔丁先生一定已经忍无可忍，因为我这种招待方式让他觉得备受屈辱。'菲尔丁先生，您一定无法理解，我们印度人多么需要英国人对我们展现仁慈的一面——其实就连印度人自己也没有察觉这一点。然而，只要有人对我们仁慈，我们就能立刻体悟这个事实。别人对我们仁慈，我们就永志不忘，尽管别人会以为我们根本没放在心上。我们也会以仁慈来回报对方，而且以更多仁慈，甚至比更多还要再多的仁慈来回报对方。我可以向您保证，这是我们唯一所求。"阿齐兹说话的声音，听起来宛如从梦中觉醒。接着，他换了一种语调，但是声音依旧比平常说话时低沉。阿齐兹说："我们印度人只能凭着感觉来打造印度，没有其他的方法。有些人搞了一大堆改革方案[1]，或者为了

1　改革方案：指"莫利-明托改革方案"（Morley-Minto Reforms，即 1909 年印度政府法案中关于提高印度人对英属印度管理参与程度的改革方案）及"蒙塔古-切姆斯福德改革方案"（Montagu-Chelmsford Reforms，即 1909 年印度政府法案中关于印度逐步建立自治政府的改革方案）。

穆哈兰姆月节而特别成立调解委员会，真的有任何用处吗？我们究竟应该缩短纸塔的高度，还是干脆绕路而行呢？举办那些名人委员会，或者只会被英国人耻笑的官方派对，真的有任何意义吗？"

"所以你想说的是：英国人管理印度人的方式，从一开始就搞错了方向，是吗？我明白你的意思，但是政府与主管机构并不明白这一点。"菲尔丁先生又看了照片一眼。照片里的女子依照丈夫的意思看着镜头，也可能是出于她自己的意愿，然而当这个充满矛盾的世界回应她时，她又不禁深深感到迷惑。

"请放下我亡妻的照片，她已经不重要了，她已经死了。"阿齐兹客气地表示，"我之所以让您看她的照片，是因为我没有其他的东西可以与您分享。您瞧瞧我这间房子里几乎什么都没有。我没有别的秘密，我的三个孩子都与他们的外婆住在一起，在遥远的地方生活，如此而已。"菲尔丁先生在阿齐兹的床边坐下。阿齐兹如此信任他，让他受宠若惊，但同时也感到忧伤，因为他觉得自己已经老了。他多么希望自己也能像阿齐兹这般感情用事，想说什么就说什么。或许，等到下次他与阿齐兹再见面时，阿齐兹会变得谨慎又冷淡。他知道这种情况难免会发生，但也因为自己看透这一点而感到忧伤。然后他想到阿齐兹所说的仁慈、更多仁慈，以及比更多还要再多的仁慈——没问题，他当然可以仁慈地对待阿齐兹，但是这个奇怪的国家真的只需要别人仁慈相待吗？印度人难道不会偶尔萌生民族意识的情结吗？菲尔丁先生不知道自己到底做了什么，促使阿齐兹突然对他推心置腹，而且他不知道自己能拿什么来回报阿齐兹的信任。菲尔丁先生回首自己的一生，发现其中也有可悲的秘密。他人生中有些事情从来不曾告诉任何人，因为这些事情很无趣，不值得向别人倾诉。菲尔丁先生曾经坠入情网并且订下婚约，然而后来女方要求解除婚约。因为这位女性伤他太深，菲尔丁先生好长一段时间不愿再对其他女人敞开心房。后来他一度纵情享乐，然后又深感后悔，最后好不容易才在收放之间找到平衡点。但是除了好不容易重拾平衡之外，菲尔丁先生的生活根本乏善可陈，阿齐兹应该不会想听这些事情——菲尔丁先生宁可把这些往事静静地收藏在心底。

"我不应该与阿齐兹太亲近。"菲尔丁先生心想，"我根本不应该与任何人亲近。"这是他早就打定主意抱持的态度，他只需要表示自己不介意阿齐兹未能盛情款待他，并且告诉阿齐兹：只要别人不介意他帮忙，他非常乐于帮助别人；倘若别人不希望他帮忙，他就会安安静静地离开。人生的各种经历可以使人成长，菲尔丁先生在英国与欧洲所学得的体验，让他通晓许多事物，有助于他帮助他人。然而帮助他人这种慈善工作，却无法让他学到更多事物。

"你觉得上星期四那两位女士如何？"菲尔丁先生转换话题。

阿齐兹以不快的表情摇摇头。这个问题让他想起自己的轻率，他不该在谈到马拉巴岩洞时随口邀约大家。

"一般而言，你欣赏英国女性吗？"

"哈米杜拉说，英国女性在英国的时候人都很好，但是她们来到印度之后就变得相当讨人厌，所以我们印度人看都不看她们一眼。噢，糟糕，我们谈论这个话题时应该要小心一点。我们还是换一个话题好了。"

"哈米杜拉说得没错，我也觉得英国女性在英国时比较亲切和蔼。我猜她们在这个地方可能水土不服吧？"

阿齐兹沉默了一会儿，然后问："您为什么没有结婚？"

菲尔丁先生很高兴阿齐兹问了这个问题。"因为我已经习惯单身生活。"菲尔丁先生回答。

"我一直希望哪天可以找个机会与你分享我的故事，但我希望自己能够说得有趣一些，以免让你觉得乏味。我心仪的女子不肯嫁给我——这就是我至今单身的主要原因。不过，那已经是十五年前的事了，现在再提起这段往事，对我而言一点意义都没有。"

"可是这么一来，您就没有孩子了。"

"我确实没有孩子。"

"请恕我冒昧地问一句：您有没有私生子呢？"

"没有。如果我有，我会很乐意告诉你。"

"所以，等您过世之后，没有人可以继承您的姓氏。"

"没错。"

"呃，好吧。"阿齐兹摇摇头，"虽然您不在乎自己没有子女，但是这种冷漠的态度是我们东方人完全无法理解的。"

"反正我也不喜欢小孩子。"

"这跟喜欢或不喜欢小孩子无关。"阿齐兹不耐烦地表示。

"我一点都不觉得没有小孩是个缺憾，就算我有孩子，我也不希望他们在我死去的时候围在我床边哭哭啼啼，而且还得恭敬地缅怀我的一生。我知道一般人都希望如此，但我和别人不同。我死后只想在这个世界留下我的信念，而不是我的孩子。其他人想留下后代子孙，那是他们的自由。生小孩不是人类的义务，你看英国都已经人满为患，所以大伙儿只好纷纷跑到印度来找工作。"

"您为什么不娶奎斯特德小姐呢？"

"拜托，那位小姐是个道貌岸然的人。"

"道貌岸然？道貌岸然是什么意思，能不能请您好心地解释一下？道貌岸然有负面的含义吗？"

"噢，其实我根本不认识她，但我觉得她是西方教育制度底下所产出的可怜虫，她令我感到沮丧。"

"但是，菲尔丁先生，道貌岸然到底是什么意思？可以请您解释一下吗？"

"奎斯特德小姐一直不断重申自己非常想了解印度这片土地及印度人的生活，甚至还时不时做笔记——她以为自己在课堂听老师上课吗？"

"但我觉得她这种表现很友善也很真诚。"

"或许她确实很友善也很真诚。"菲尔丁先生突然意识到自己表现得有点失态，感到有点羞愧。每次只要有人谈到他应该结婚的事，身为单身汉的菲尔丁先生就会表现失常，不仅说话时言词夸张，情绪也会变得相当激动。"不过，就算我想娶奎斯特德小姐也没办法，因为她已经和地方法官订婚了。"

"她和地方法官订婚了？我真替她开心！"阿齐兹大喊，并且松了一口气，因为这么一来他就不需要陪奎斯特德小姐去马拉巴岩洞了。奎斯特德小姐婚后将会在印度定居，没有人会期待阿齐兹医生去招待一位旅印英国人参观马拉巴岩洞。

"一切都是地方法官的母亲安排的。她不放心她的宝贝儿子自己挑选老婆，所以特别带着奎斯特德小姐从英国到这里来，想办法要撮合这两个年轻人，让他们顺利成婚。"

"摩尔夫人没有告诉过我这件事。"

"不知到底是不是摩尔夫人一手促成，也许是我误会了——毕竟我和俱乐部的八卦圈不太熟。但无论如何，奎斯特德小姐与地方法官确实已经订婚，并且准备结婚。"

"那么，我可怜的朋友，你真的没有希望了。"阿齐兹微笑着说，"可怜的菲尔丁先生娶不到奎斯特德小姐了。不过，换个角度来看，反正她长得不漂亮，而且如果您仔细回想，还会发现她的胸部不够丰满。"

菲尔丁先生也勉强微笑以对，但他心里觉得阿齐兹这样批评女性的胸部相当粗俗。

"但重点是地方法官不介意，而且奎斯特德小姐也心仪他。"阿齐兹表示，"如果我替你介绍对象，一定会物色一位胸部大如芒果的女子。"

"噢，请不要替我物色对象。"

"我只是说说而已。再说，由于你的身份特殊，替你安排相亲其实是一件非常危险的事。"阿齐兹一面说着，心思却不自觉地从婚姻问题飘到加尔各答。他的脸色往下沉，猜想如果邀请菲尔丁先生陪他一同前往加尔各答，一定会让他惹上麻烦。于是阿齐兹的态度骤变，改以保护者的姿态对待他这位新朋友。阿齐兹明了印度的黑暗面，因此便向菲尔丁先生提出忠告："菲尔丁先生，您凡事都该小心谨慎。在这个该死的国家，总有一些心怀妒意的人躲在暗处，偷偷观察您的言行举止。有件事情可能会让您大吃一惊：刚才您来探望我的时候，我房间里那些人当中，至少有三个人是您应该提防的对象。因此当您提到自己对神明的看法时，我感到非常不安，因为那三个人肯定会去打小报告。"

"向谁打小报告？"

"反正他们就是会打小报告，因为您说了一些违反道德规范的话，而且您还表示自己来这里抢别人的工作。说这些话并不太明智，因为这儿是一个充满八卦与丑闻的地方，更遑论现场还有一个年轻人是您的学生。"

"谢谢你告诉我这些。你说得没错，我确实应该更加小心谨慎。每次我只要聊天聊得太开心，就会忘了自己的身份。不过，尽管我口无遮拦，却不曾因此出过任何问题。"

"但是，像这样直言不讳，最后一定会让您惹上麻烦。"

"我向来如此，也没出过什么事。"

"天啊，您一向如此？您最后可能会因此丢了饭碗。"

"如果我真的丢了饭碗，那也是我的命。我照样可以过我的日子，反正我这个人无牵无挂。"

"无牵无挂？你们英国人真奇怪。"阿齐兹说。他翻过身子，仿佛打算入睡，但又马上转过身来。"难道是受到天气的影响吗？还是有什么特殊的理由？"

"许多印度人也无牵无挂啊——例如一些宗教领域的圣人。这也是我非常喜欢印度的原因之一。任何人在娶妻生子前都可以无牵无挂，我之所以不想结婚，一定程度上正是基于这个理由。我是一个不神圣的圣人。你可以把这些话转达给那三个爱打小报告的同胞听，让他们到处宣传。"菲尔丁先生的话让阿齐兹深深着迷且感兴趣。阿齐兹的脑子里反复思索着这些新的想法。原来这就是菲尔丁先生以及某些人对任何事物都毫不在乎的理由——因为他们无牵无挂。然而阿齐兹没有办法做到这一点，因为他已经在社会体系及伊斯兰教义中落地生根，他已经完全被传统观念束缚，而且有三个孩子，他有义务养大他们、教育他们，让他们未来成为社会的中坚分子。尽管阿齐兹住在破破烂烂的平房里，每天过着乏善可陈的生活，但是他已经扎根了，安定了，不可能无牵无挂。

"不过，我绝对不会放弃我的工作，因为我的工作是教育。我的人生目标，是通过教育来帮助人们成为独立的个体，并且让他们彼此了解。这是我唯一深信的理念。目前我在政府大学里一面指导三角学课程，一面努力实践这个理念。但如果我成为圣人，我还会利用其他的方式来实现这个目标。"

菲尔丁先生发表完这番宣言之后，他与阿齐兹两人都沉默了好一会儿。房间里的苍蝇越来越嚣张，不但在他们眼前飞舞，甚至还爬进他们的耳朵里。菲尔丁先生疯狂拍打苍蝇，搞得浑身燥热，最后他决定放弃搏斗，准备打道回府。"可以请你的仆役把我的马牵过来吗？他好像听不懂我说的乌尔都语。"

"我知道您想离开了，但是我偷偷叫仆役先别把您的马牵过来。可怜的菲尔丁先生，真不好意思，我不该这样捉弄您。现在我愿意让您回去了。亲爱的好朋友，除了您和哈米杜拉之外，我在这里没有可以说话的对象。您也喜欢哈米杜拉，对不对？"

"非常喜欢。"

"倘若您遇上什么困难，您愿意马上来找我和哈米杜拉帮忙吗？"

"我永远不会遇到任何困难。"

"菲尔丁先生真是一个怪人。"阿齐兹暗忖，"我猜他绝对不会来找我诉苦。"他对菲尔丁先生的仰慕期已经结束，现在他希望自己成为可以扶持菲尔丁先生的好伙伴。既然菲尔丁先生已经毫无保留地向阿齐兹展现自我，阿齐兹当然很难继续对菲尔丁先生充满敬畏。他们彼此之间越来越熟悉，阿齐兹发现菲尔丁先生是一个非常热心的人，完全不拘泥于传统规范，但实在称不上聪明。菲尔丁先生在拉姆·昌德先生与拉菲等人面前所说的话虽然句句真诚，但是充满风险又不高贵，而且到头来没有一点意义。

菲尔丁先生和阿齐兹之间的情谊既像朋友又像兄弟，这点毋庸置疑。两人的契约是由阿齐兹妻子的照片订立的。他们彼此信任，在短时间内就建立起深厚的感情。在入睡前，阿齐兹又回想起刚才那两个小时的欢乐时光——包括诵读迦利布的诗句、想象女性的美好，还有哈米杜拉的亲切关怀、菲尔丁先生的善意问候，以及值得他为之自豪的亡妻和亲爱的孩子们。阿齐兹仿佛进入一个幻境，在这个幻境中，没有任何事物会夺走他的喜悦，因此他的喜悦可以在永恒花园里和谐地绽放，也可以在流水中尽情冲激有棱角的大理石，或者飘升至以黑字刻写真主的九十九个尊名的白色圆顶上。

第二部　马拉巴岩洞

第十二章

印度人深信恒河源自毗湿奴的脚底，并且流过湿婆的发梢，然而这条河其实并没有人们想象的那么古老。从地质学的角度来看，应该先有地壳变动，然后才有宗教信仰——曾经有一段时间，恒河与孕育这条河流的喜马拉雅山根本不存在，因为印度斯坦这片土地完全被海洋所覆盖。后来山脉渐渐隆起，碎裂的岩层将海洋填满，神明才降临于此，并且在陆地上创造河流，人们所熟知的印度就此形成。实际上，印度半岛在更早之前就已经存在。早在没有历史记载的海洋时代，印度半岛的南端便已形成，达罗毗荼也是从土地形成时就一直在那儿，见证了地壳的变化：在这一端，与非洲大陆相连的土地沉入海中；在另一端，喜马拉雅山从海底隆起。达罗毗荼高原比世界上任何事物都要古老，不曾被任何海水所淹没；在天空中照耀地球亿万年的太阳，迄今仍可通过地表轮廓辨识出哪些部分是从地球内部裂生而出。如果地球上有任何地方能让人触碰到太阳，大概就只有印度这片古老的高地。

不过，地表的一切还在不停变化。随着喜马拉雅一侧印度不断抬升，另一侧原始的印度不断下沉，并慢慢地重新成为地球曲面的一部分。说不定再过数亿年，海水将会淹没这里，面带微笑地吞噬这片由太阳而生的岩石高地。同时，因为大海的力量，恒河平原也慢慢侵蚀着岩石，使其沉淀到较新形成的土地下方。虽然这片土地大部分的区域不受影响，但是外围边缘处已经被恒河切割出深邃的凹痕，深度可达人们站立时的膝盖处，有些地方甚至可以深达人们的咽喉处。被恒河切割的外围地区，很难用言语来形容，因为世界上没有其他的地方像这里一样，让人看一眼就心醉神迷。这里的地势相当陡峭，别处荒野山丘地形该有的坡度比例，这里完全没有，因此相当罕见，让人连做梦都想象不到。有人用"神秘"来形容这片古老的高地，仿佛暗示这个地方有鬼神，但事实上这里比任何鬼神都更加古老。印度教徒在此处堆放一些石头当作神坛，但是很少人前来敬拜，仿佛就连那些渴求神迹的朝圣者，都觉得这个地方不寻常。有一些印度教圣徒曾经住进高地的岩洞里，但是驻留的时间不长。就连释迦牟尼也没有在这里修行或留下神迹——释迦牟尼在前往菩提伽耶时曾经路过这个地方。[1] 这个神秘的高地，就是马拉巴山。

马拉巴岩洞其实很容易描述：从岩洞的洞口进去之后，是一条长度为八英尺[2]、高度为五英尺、宽度为三英尺的隧道，隧道通往一个直径大约为二十英尺的圆形石室。马拉巴山上到处都是这种模样的岩洞，一个接着一个，就这么简单。这些岩洞

---

1 释迦牟尼在公元前 528 年左右于菩提伽耶的菩提树下修悟成佛。
2 1 英尺约合 30.5 厘米。——编者注

被称为马拉巴岩洞。不少游客特意到马拉巴山上观赏这些岩洞，但是等看过一个、两个、三个、四个、十四个甚至二十四个岩洞之后，这些游客在返回昌迪拉布尔时，已经无法分辨自己见识的景物到底算有趣还是无聊，也不确定自己究竟从这趟旅程获得了什么体验。他们会发现自己无法与别人讨论这些岩洞，也无法在脑中区分各个岩洞的差别，因为每一个岩洞看起来都一样，洞里的壁面没有被人刻上壁画，也没有暗藏蜂巢或蝙蝠能让人分辨不同。岩洞里面什么东西都没有，空无一物。

不过，就算游客无法详加形容这些岩洞也无妨，因为这个地方的名声不是靠游客口耳相传而来，而好像是因为周围的平原以及飞过的鸟儿大声赞誉这里"超凡绝伦"，这句赞美就这样一直存在于空气之中，人类在呼吸时就吸进了体内。

马拉巴岩洞里非常黑暗，就算洞口对着太阳，阳光还是难以穿过隧道，探进岩洞深处的圆形石室。岩洞里面没有什么可看之处，也没有人愿意多看几眼，游客抵达后顶多点根火柴随意看看，停留五分钟左右就会离开。游客点燃火柴之后，岩洞深处也会随即亮起另一道火光，而且变得越来越清楚，宛如一个被困在黑暗岩洞里的鬼魂。圆形石室的壁面光滑无比，游客手上的火光与岩洞深处的火光会渐渐彼此靠近，想要结合为一，但是没有办法，因为游客手上的火光必须靠氧气才能燃烧，另一道火光则离不开石壁。这两道有如爱侣的火光，中间隔着光滑如镜面的岩壁，看起来就像是精致的粉红色星星，在灰色壁面上映成美丽的星云，只不过颜色比彗星的尾巴或中午的月色还要淡柔一些。花岗岩上反射出逐渐消逝的生命，这种景象只有在这里能看见。如果人类用拳头或手指轻压这种高级的岩壁——也就是花岗岩的肌肤，会发现触感比任何动物的肌肤更加细致，也比平静无风时的水面更为光滑，而且比爱情更能令人意乱情迷。火柴发出的光芒逐渐增强，两道火光终于彼此碰触，亲吻，然后双双熄灭。岩洞里恢复原本的黑暗，就像其他的山洞一样。[1]

只有圆形石室的壁面是光滑的，隧道两旁的石壁表面都很粗糙，与岩洞深处石室里的完美壁面形成强烈对比。岩洞的洞口有存在的必要，因为人类得从洞口进入岩洞。然而在其他的花岗岩里面，是否有一些没有入口的花岗岩石室？是否有一些花岗岩石室从神明降临于此以来，就不曾被人发现？昌迪拉布尔当地的报道指出，这种封闭式的岩洞，数量比开放式的岩洞还多，正如死人的数量远比活人多——封闭式岩洞的数量可能超过四百个、四千个，甚至一百万个。那些封闭式的岩洞里同样没有任何东西，它们早在瘟疫诞生或财富被创造之前就已经封闭了，就算人类出于好奇而挖开这些岩洞，也不会发生任何好事或坏事。据说马拉巴山最高的山峰上有一颗圆形的大石头，那颗大石头里面有个像泡泡一样的圆形石室，既没有天花板也没有地板，在里面无论从哪个方向望去，都只是一片漆黑。假如那颗圆形的大石头从山峰上滚下来摔碎，里面的圆形

---

1 马拉巴岩洞的入口处原本都未经修饰，象征佛教唯心论的精神。现今在马拉巴岩洞外刻有碑文，据说是印度最伟大的皇帝阿育王所刻。

石室也会跟着粉碎——因为它就像复活节彩蛋一样，只是个空壳。那颗圆形大石头里面是空的，因此会随风摇晃，就连乌鸦停在上面休息的时候，整颗大石头也会轻轻晃动。当地人将那颗巨大的石头称为"大圆石"。

第十三章

在特定的光线和距离下，马拉巴山看起来带着一种浪漫的氛围。某天晚上，奎斯特德小姐从俱乐部楼上的阳台眺望马拉巴山时，情不自禁地对德瑞克小姐表示自己很想去马拉巴山看一看。虽然阿齐兹医生在菲尔丁先生家的时候曾经答应要为大家安排行程，但是印度人似乎很健忘。奎斯特德小姐的这番话正好被端着苦艾酒过来的仆役听见，这名仆役通晓英文，虽然无意偷听，但总是耳听八方。马哈茂德·阿里没有拿钱贿赂这名仆役，不过经常鼓励这名仆役有空常到他家，与他自己的仆役闲话家常，分享英国人俱乐部里的八卦消息。奎斯特德小姐想去马拉巴山的事情因此传开，引起小小的骚动。阿齐兹这下才知道奎斯特德小姐一直在等待他的邀请，久候至今已经开始心生不满。阿齐兹相当惶恐，因为他以为大家早忘了他当时随口许下的承诺。每个人的记忆都可分为两种，一种是短暂的记忆，一种是永恒的记忆，阿齐兹把马拉巴岩洞这件事存放在短暂记忆中，现在才赶紧从脑子里找出来，准备实践诺言。阿齐兹邀请奎斯特德小姐和摩尔夫人前往马拉巴岩洞野餐，纯粹只是不想让大伙儿到他家喝下午茶而提出的替代方案。阿齐兹马上联络菲尔丁先生与戈德博尔教授，拜托菲尔丁先生私底下去找摩尔夫人和奎斯特德小姐——避开两位女士的护花使者希斯洛普先生。菲尔丁先生并不想被阿齐兹扯进来，也不想帮阿齐兹跑腿，因为他很忙，而且他对于无聊的马拉巴岩洞一点兴趣都没有。他知道安排这种活动肯定会吃力又不讨好，但这是阿齐兹第一次拜托他，他不想拒绝阿齐兹，只好勉为其难答应了。两位女士也马上接受邀约，虽然奎斯特德小姐此刻正忙着订婚事宜，她与摩尔夫人还是希望能够去马拉巴岩洞看一看，然而前提是先征询希斯洛普先生的意见。罗尼没有反对，只要求菲尔丁先生必须负责照顾两位女士。罗尼不喜欢这个前往马拉巴岩洞野餐的点子，其实两位女士也已经兴致缺缺——根本没有人期待这趟野餐之旅。但无论如何，活动还是举行了。

阿齐兹心里相当担忧。这趟旅程其实不算太长——黎明破晓前，他们搭乘火车离开昌迪拉布尔；参观完马拉巴岩洞之后，再搭另一班火车回昌迪拉布尔吃午餐——但他只是一个小小的医生，生怕自己做出什么失礼的举动。他向卡伦德少校请半天假，然而因为他日前装病在家休息，卡伦德少校拒绝了他。阿齐兹大失所望，通过菲尔丁先生再次拜托卡伦德少校，最后卡伦德少校才在怒骂声中准许他请假。阿齐兹向马哈茂德·阿里借了野餐用具，但是没有邀请他一起参加。然后还有酒的问题：菲尔丁先生喜欢喝酒，两位女士或许也想小酌一番，因此阿齐兹必须准备威士忌和红葡萄酒。但是要提着酒从马拉巴火车站一路走到岩洞处，可能相当费事。另外还有戈德博尔教授与食物的问题：由于戈德博尔教授吃的食物与其他人不同，因此除了要准备大伙儿吃的食物之外，还要准备戈德博尔教授的食物——所以有两个问题，不止一个。戈德博尔教授不是非常严格的印度教徒——他可以喝茶、吃水果、喝汽水、吃甜点，而且无论食材由谁准备，他都不介意，其他婆罗门烹煮的蔬菜和米饭他也吃。但是他不吃肉，也不吃蛋糕，因为蛋糕里面有鸡蛋。戈德博尔教授不许任何人在他面前吃牛肉，就算在他远处摆放一小盘牛肉，也会让他不开心，所以只好让其他人改吃羊肉或火腿。然而阿齐兹的宗教信仰不能接受看见别人吃火腿。麻烦事一件接着一件找上阿齐兹，都怪他自己要向印度大地的神灵挑战，而印度大地的神灵试图将人类区分为不同的种类。

约定前往马拉巴岩洞的那天终于到了。阿齐兹的朋友都认为他很傻，竟然和英国女性往来。大伙儿都警告阿齐兹一定不能迟到，因为这个缘故，阿齐兹干脆前一晚就在火车站过夜。他的仆役们在月台上闲逛，但被他告诫不得乱跑，以免走失。阿齐兹和年迈的穆罕默德·拉蒂夫在月台上走来走去，穆罕默德·拉蒂夫在这趟旅行中担任仆役的总管。阿齐兹的心里相当不安，觉得这一切很不真实。一辆汽车慢慢驶向火车站，阿齐兹希望率先抵达的是菲尔丁先生，这么一来菲尔丁先生就可以安抚他紧张的情绪。然而下车的人却是摩尔夫人和奎斯特德小姐，以及她们来自果阿¹的仆役。阿齐兹急忙走上前去迎接两位女士，但他的心情也突然开朗起来。"噢，你们来了！谢谢你们接受我的邀请。"阿齐兹大声地说，"这真是我一生中最开心的时刻。"

两位英国女士很有礼貌，但这并不是她们最开心的时刻，因为她们两人一大早就得出发。她们希望这种不舒服的感觉消退之后，今天可以玩得非常尽兴。自从在菲尔丁先生家一起喝过下午茶之后，她们就没有再遇见阿齐兹，于是趁这个机会好好感谢了阿齐兹一番。

"搭火车去马拉巴岩洞不需要车票——请别让你们的仆役买票。马拉巴支线不收票，这是它的特色。请两位先到车厢内休息，等待菲尔丁先生到来。你们知道吗？你们的座位在女性专用的闺房包厢。你们喜欢这样的安排吗？"

两位英国女士皆表示这样的安排很好。火车进站之后，一大群旅客争先恐后地上车抢位置，看起来就像猴子一样。阿齐兹特别向朋友借了几个仆役过来帮忙，他自己的三名仆役也全数出动，没想到这些仆役现在竟然为了谁可以先上车而争执不休。两位英国女士的仆役则站得远远的，脸上露出不屑的表情。摩尔夫人和奎斯特德小姐从英国抵达孟买时，在当地雇用了这名仆役。每当摩尔夫人和奎斯特德小姐到饭店应酬或者与贤达之士往来时，这名仆役就会表现得非常优异，但如果摩尔

1　果阿（Goa）：印度面积最小的邦。果阿及其附近的领土，曾是葡萄牙的殖民地。

189

夫人和奎斯特德小姐与他瞧不起的次等人互动时，他就会不客气地摆出臭脸，让他的主人失礼。

虽然目前天色还很暗，但是不久之后黑夜就要结束了。火车站站长饲养的母鸡仍在鸡棚上休息，不过它们梦境的主角已经从猫头鹰变成了风筝。站长先把火车站里的灯火熄灭，省得待会儿开始忙碌之后还得抽空熄灯。位于黑暗处的三等车厢传出烟草味和吐痰声：那些三等乘客没有按照礼仪包头，而且随意拿小树枝剔牙。太阳即将升起还有另外一个铁证：一名年轻的站务员开始用力拉铃。铃声让那些仆役开始惊慌，急着大喊火车要开了，并且跑到火车头去找车长，请车长再等一会儿，因为还有很多行李要搬到女性专用的闺房包厢——包括一个铜饰镶边的箱子、一颗用毡帽罩住的甜瓜、一条包覆着番石榴的毛巾、一个矮梯，还有一把枪。两位英国女士没有给仆役添太多麻烦，因为她们没有种族歧视的心态——或许是因为摩尔夫人已经很老了，而奎斯特德小姐还太年轻——她们对待阿齐兹的态度相当亲切，将他和那些对她们友善的英国年轻人一视同仁，这点让阿齐兹深深感动。他原本期待两位英国女士会与菲尔丁先生一同抵达火车站，但是她们两人却自行前来，表示她们非常信任阿齐兹，不介意与他单独相处片刻。

"你们可以让你们的仆役回去休息。"阿齐兹向摩尔夫人和奎斯特德小姐建议，"其实我们不需要他帮忙。这么一来，同行的都是穆斯林，做事也比较方便。"

"好，反正这个仆役挺可怕的。"奎斯特德小姐不耐烦地表示，"安东尼 [1]，你可以回去了，我们不需要你跟着来。"

"但是主人要我一路陪着两位女士。"

"我也是你的主人，我叫你回去。"

"主人说，我整个早上都必须陪在两位女士身旁。"

"两位女士现在不需要你了。"奎斯特德小姐回答。然后她转头对阿齐兹说："阿齐兹医生，请帮我们赶他回去。"

"穆罕默德·拉蒂夫！"阿齐兹马上呼唤自己的老亲戚过来。

穆罕默德·拉蒂夫听见阿齐兹的叫唤，先把罩在甜瓜上的毡帽戴回自己头上，然后从车厢的窗户探出头来。他正在指挥车厢内的仆役做事。

"这位是我的堂兄，穆罕默德·拉蒂夫先生。噢，不需要和他握手，因为他是传统的老派印度人，他习惯以双手合十的方式向人打招呼。你看看，穆罕默德·拉蒂夫，我不是跟你说过了吗？你双手合十的姿势多好看啊！你们看看，他什么都不懂，他听不懂英文。"

"你说谎。"老先生以英文温和地反驳阿齐兹。

"我说谎？噢，真有趣。你们看看，他真是一个爱开玩笑的老先生，稍后他还会说更多有趣的笑话。他经常开一些有意思的小玩笑。他不像你们想象的那么笨，但是他真的很穷，还好我们是大家族，亲戚可以照应他。"阿齐兹说完之后，还伸

1　果阿人之中有不少基督徒。安东尼这个名字也暗示着该名仆役信奉基督教。

出一只手臂搭在穆罕默德·拉蒂夫的脖子上，"两位女士请先到车厢内休息吧，不要太拘束，对，你们如果想躺下来也可以。"尴尬的场面此刻终于告一段落。"不好意思，我现在必须去等待另外两位客人。"

阿齐兹又开始紧张起来，因为火车再过十分钟就要开了。不过，菲尔丁先生是英国人，英国人应该不会迟到。戈德博尔教授则是印度教徒，印度教徒本来就靠不住，所以阿齐兹也不期待他准时出现。这样的想法让阿齐兹稍微冷静了一点。火车开动的时间慢慢接近。穆罕默德·拉蒂夫偷偷塞了一点钱给安东尼，叫安东尼不要跟着来。阿齐兹和穆罕默德·拉蒂夫在月台上一边聊天，一边走来走去。他们觉得随行的仆役太多了，到时候应该把其中两三人留在马拉巴车站，不需要一路跟着到马拉巴岩洞。阿齐兹说，到了岩洞之后，他打算拿穆罕默德·拉蒂夫开几个无伤大雅的小玩笑——没有恶意，纯粹为了逗他的客人开心。年老的穆罕默德·拉蒂夫点头附和，但是心里不觉得这是个好主意。他不介意被人捉弄，只希望阿齐兹不要弃他于不顾。穆罕默德·拉蒂夫认为自己扮演着重要的角色，于是便开始说一个黄色笑话。

"兄弟，等我们改天有空的时候再说吧。我刚才已经告诉过你，我们现在必须要好好招待那些非穆斯林，包括三位英国人和一位印度教徒，你千万不能忘记这一点。而且我们必须特别关照戈德博尔教授，不能让他觉得自己不如另外三位客人。"

"我会和他讨论哲学问题。"

"你愿意这样做很好，但是你更重要的任务是管理仆役，我们绝对不能让这些客人觉得穆斯林很散漫。这应该不难办到，我希望你能够做到这一点……"这时火车的汽笛突然响了，火车就要开了。

"我的天啊！"穆罕默德·拉蒂夫大喊一声，连忙奔向火车，然后一跃而上。阿齐兹见状也照做。这个时候跳上火车还很容易，因为支线火车通常开得很慢，以显示其特殊的气派。"还好我们印度人的手脚都像猴子一样灵活，所以不必担心。"阿齐兹大声地说。他紧握扶手，哈哈大笑。然后他突然对着车厢外大喊："菲尔丁先生，菲尔丁先生！"菲尔丁先生和戈德博尔教授站在铁轨旁的马路上，没赶上火车。这真是天大的悲剧。平交道的栅栏今天关得比平常早，菲尔丁先生和戈德博尔教授刚刚跳下马车，焦急地朝阿齐兹挥动双手，但一切都已经来不及了。他们和阿齐兹之间的距离虽然很近，但又似乎相当遥远。当火车摇摇晃晃地行驶过他们面前时，他们只能懊恼万分地抱怨。

"完蛋了，完蛋了！你把我害惨了。"菲尔丁先生对戈德博尔说。然后他又对着阿齐兹大喊："都是戈德博尔教授祈祷太久，害我们迟到！"

戈德博尔教授不好意思地低下头，对于自己误事感到很羞愧。他错估了祈祷所需的时间，害得他们两人迟到。

"快跳上车，我需要你们两位同行！"阿齐兹急得大喊，整个人心慌意乱。

"好！快伸手拉我上去。"

"不行，他这么做会害死自己的。"摩尔夫人反对。菲尔丁先生奋力一跳，但是阿齐兹没有拉到他，他整个人跌回原地。火车从菲尔丁先生面前开走，他跟跄地站起身，在火车后方大喊："我没事，你们也不会有事的。别担心！"然后火车就行驶出他声音所能传递的范围了。

"摩尔夫人，奎斯特德小姐，我们这趟旅行毁了！"阿齐兹伫立在车厢门边摇摇晃晃，泫然欲泣。

"快进来，快进来，不然你会害死你自己，就和菲尔丁先生刚才的举动一样。我并不觉得这趟旅行毁了。"

"为什么呢？噢，请您快告诉我原因。"阿齐兹可怜兮兮地问，像个孩子一样。

"这么一来，同行的都是穆斯林，正如你刚才所说。"亲爱的摩尔夫人一如往常那么和蔼贴心，阿齐兹当初在清真寺对这位英国女士的好感度再度涌现，而且因为这段日子他几乎忘了摩尔夫人的好，所以此刻的感动更加鲜明。阿齐兹觉得自己可以为摩尔夫人赴汤蹈火，就算赔上自己的性命也要让她开心。

"阿齐兹医生，快进到车厢来，你站在那个地方，让我的头都昏了。"奎斯特德小姐也表示，"如果他们自己糊涂，错过了火车，那是他们的损失，与我们无关。"

"我应该要负起责任，因为这次的野餐是我主办的。"

"没这回事，快去你的车厢坐好。就算他们没办法与我们同行，我们也可以玩得很开心。"阿齐兹觉得奎斯特德小姐虽然不如摩尔夫人那么完美体贴，但也表现得相当诚恳且友善。这两位英国女士真的太好心了，两位都非常好。这两位客人给了他一段珍贵的早晨时光，也让他再次觉得自己是个重要又有用的人。对阿齐兹而言，虽然菲尔丁先生这位与他日渐亲密的友人无法同行相当可惜，但就算菲尔丁先生来了，阿齐兹还是得担任这趟野餐之旅的领导者，责无旁贷。英国官员最喜欢批评"印度人缺乏责任感"，有时候甚至连哈米杜拉也会这么说。阿齐兹决定要证明给这些悲观主义者瞧一瞧，让他们知道自己错了。于是他骄傲地扬起笑容，往车窗外望去。外面的天色还很暗，什么都看不清楚，只有模糊的阴影在黑暗中不断往后退去。他抬头看看天空，天蝎星座的光芒已经逐渐变淡。然后他转身往二等车厢走去。

"穆罕默德·拉蒂夫，顺便请问一下，你知道马拉巴岩洞里有什么东西吗？我们为什么要特别跑去看这些岩洞呢？"

贫穷的穆罕默德·拉蒂夫无法提供这个问题的解答，他只能告诉阿齐兹：神明知道答案，当地人也知道答案，而且当地人可能会很乐意担任他们的导游。

第十四章

大部分人的生活都很枯燥乏味，没有什么值得拿出来分享的。但是作家在写书或者人们在聊天时，为了让内容变得有趣，总会故意添油加醋，以便证明自己的存在。在工作与社会义务的压力下，人类的灵魂大部分的时间都处于休眠状态，默默记录着快乐与痛苦的不同感受，不像我们所表现的那么警觉清醒。在最令人兴奋的日子里，也可能会有什么事情都没发生的时刻。即便如此，我们仍旧会虚情假意地宣称"我真的很高兴"或者"我简直乐坏了"，只不过这些话不是出自真心。"我唯一的感觉，就是极度狂喜，开心得不知所措。"——事实并非如此，因为人类懂得顺应环境的变化，所以在这种情况下应该会保持沉默。

过去两个星期以来，摩尔夫人和奎斯特德小姐都没有什么特殊的感受，自从戈德博尔教授为她们演唱了那首怪怪的歌曲之后，她们就鲜少出门应酬，过着类似茧居族的生活。然而这两位女士心里各有不同的感受：年长的摩尔夫人喜欢这种平淡安静的日子，年轻的阿黛拉·奎斯特德小姐则觉得非常无聊。阿黛拉希望每天都有重大又好玩的事情发生，如果她开始觉得无聊，就会严厉责备自己，并且强迫自己一定要多说一些热情的话语，这是真诚的阿黛拉唯一不够真诚的表现，但这也是年轻的她在理智上所发出的小小抗议。阿黛拉现在非常苦恼，一来因为她身处印度这个陌生的国家，二来则是她已经订婚并且准备结婚。订婚和结婚这两件重要的大事，原本应该让一切美好得令人赞叹，但是阿黛拉没有这种感觉。

尽管主办这次活动的阿齐兹医生热情地招呼他的客人，印度这片土地在这个早晨依旧呈现一片死气沉沉的氛围。阿黛拉原本非常渴望前往马拉巴岩洞，如今美梦成真了，可惜为时已晚，她一点也不觉得阿齐兹医生安排这趟小旅行是件令人兴奋的事。不过，阿黛拉也没有不高兴或觉得生气，毕竟她可以借此见识到许多奇怪的东西——除了可笑的"闺房"车厢，还有阿齐兹带来的物品：成堆的地毯与枕垫、在车厢内滚来滚去的甜瓜、芬芳四溢的香油、梯子，以及附有铜饰的箱子。马哈茂德·阿里的管家突然从洗手间端着托盘走来，托盘上有茶和水波蛋——这点也让阿黛拉觉得新鲜有趣。阿黛拉虽然对眼前所见的一切表达出合乎礼仪的赞美，但其实她根本没有把这些东西放在心上。她现在只想把关注焦点全放在罗尼身上，并且从中获得心灵上的慰藉。

"这位仆役人真好，安东尼回去之后，换这位仆役服务我们，让我觉得舒坦多了。"

"但是我有点吃惊，因为在洗手间里煮茶好像有点奇怪。"摩尔夫人表示。她打算小憩一会儿。

"我早就想要开除安东尼了。他刚才在月台上的表现，更让我下定决心开除他。"

然而摩尔夫人觉得，等安东尼到了西姆拉之后，可能会表现得比较讨人喜欢。希斯洛普先生与奎斯特德小姐将在西姆拉完婚——阿黛拉有个堂哥住在西姆拉，这个堂哥在当地有一栋可以直接眺望西藏的洋房，他邀请准新人到西姆拉举行婚礼。

"无论如何，我们还是必须找个新仆役，因为您到西姆拉时会住在饭店里，我不觉得罗尼那个叫作巴尔迪欧的仆役会好好照顾您……"阿黛拉喜欢拟定各种计划。

"好吧，你去找个新仆役，但我还是把安东尼留下来好了，反正我已经习惯他那种令人反感的嘴脸了。他会在炎热的夏季里好好照顾我。"

"我一点都不相信这里的夏天会有多热。卡伦德少校他们一天到晚强调这里的夏天热得吓人，但我认为他只是想让我们觉得自己在印度还只是新人，让我们觉得自己既卑微又渺小，突显他们在这里已经生活了很久。他最喜欢说：'我在这个国家已经住了二十年。'"

"我相信这里的夏天会很热，然而我不认为天气会热到让我必须一直待在山上。"摩尔夫人说。由于罗尼和阿黛拉都是个性悠闲而且想法很多的人，他们决定等到五月才举办婚礼，因此摩尔夫人没有办法马上参加他们的婚宴，然后返回英国。她早就已经迫不及待想回家去了。印度一到五月，天气就热得像火烤，不仅整片国土都炎热难耐，就连邻海的温度也会跟着升高，到时候她只能待在喜马拉雅山上，等待地面降温之后才得以下山。

"我也不想一直待在山上。"奎斯特德小姐表示，"我才没有耐性陪那些抛下丈夫、自己躲在山上的女人共度整个夏天，她们根本只顾自己，不管丈夫在平地热得半死。麦克布莱德夫人结婚之后就一直住在山上，一年当中有一半的时间与她那个头脑相当聪明的丈夫分居两地，偏偏她又喜欢大惊小怪地说自己与丈夫经常失联。"

"你知道，她有小孩要照顾。"摩尔夫人提醒奎斯特德小姐。

"噢，也对，您说得没错。"奎斯特德小姐不好意思地说。

"当母亲的人，总会把小孩当成优先考量，一直要等到孩子长大了、结婚了，才能够安心放手。孩子们成家之后，当母亲的人才有资格再次为自己而活——随心所欲地选择在山上或平地过日子。"

"噢，是的，您说的一点都没错。我从来没有想过这方面的事。"

"但前提是当母亲的人没有变得又老又笨，还来得及为自己而活。"摩尔夫人一边说，一边将她的空茶杯递给端茶来的仆役。

"我现在的想法是，我堂哥应该会帮我在西姆拉安排一位仆役，负责照顾我的生活起居，直到婚礼结束。等到婚礼结束后，罗尼会重新调整家里的仆役人数和工作。罗尼虽然是个单身汉，但是管理家务方面的事情做得很好。尽管如此，在结婚之后，家里的大小事还是必须做些变动——我觉得罗尼的仆役可能不会听我的指挥，关于这点，我不会责怪他们。"

摩尔夫人把车窗的遮阳帘往上拉，望向外面的景物。她成功地将罗尼和阿黛拉凑成一对，这本来也正是两个年轻人心之所愿，但是她已经不想再给小两口任何其他的建言，因为她越来越觉得：虽然罗尼与阿黛拉非常珍视彼此，但两人之间的关系不够坚定，而且他们都对结婚这件事太过小题大做。就好比英国人与印度人已经相处了好几个世纪，仍然对彼此不够了解。摩尔夫人今天感受到一股格外强大的力量，这股力量也许是来自英国人与印度人之间的互动，也许是来自阿齐兹医生，因为阿齐兹医生试图与摩尔夫人拉近距离。

"现在可以看见山上有什么东西吗？"

"目前都还只是黑漆漆的一片。"

"这里可能距离我看见土狼的地方不远。"奎斯特德小姐也跟着望向窗外的曙光。火车摇摇晃晃地穿过一道峡谷，以非常缓慢的速度行驶在一座铁桥上，车轮持续发出"砰砰、砰砰、砰砰"的滚动声。又过了一百码[1]之后，火车来到第二道峡谷，接着还有第三道，显示这附近的地形是高地。"也许这里就是我看见土狼的地方。总之，我们发生车祸的那条公路与铁路平行。"目前那场意外，对奎斯特德小姐而言是一次相当愉快的

1　1 码合 3 英尺，约合 0.9 米。——编者注

经验，她觉得那场意外改变了她的人生，让她明白罗尼有多么重要。接着她又开始聊起自己的计划：她从小就对拟定各种计划充满热情。但是她在分享计划时也不忘对此刻这趟旅行表示感恩，并赞誉阿齐兹是一个亲切又聪明的人。她吃了一颗番石榴，但是她咬不动印度的油炸甜点。她练习以乌尔都语与仆役对话，不过心里想着将来的日子：她必须忍受在印度这片土地上长久居住。阿黛拉揣测将来每天和特顿夫妇及柏顿夫妇打交道的感觉，火车则以"砰砰、砰砰"的声响呼应她的想象。火车上的乘客，有一半正呼呼大睡。这班支线火车里载着不重要的旅客，像是没有目标似的往前驶去，迷失在无趣田野间的低矮路堤上。这趟旅行有其所欲传递的讯息，只不过这个讯息无法进入阿黛拉的脑子里，因为她脑中塞满了各种想法。远方传来一声尖锐的汽笛声，来自前往加尔各答与拉合尔等重要城市的列车。那些重要的城市比昌迪拉布尔有趣多了，住在那里的人个性也比较好。阿黛拉明白这一点，但是印度没有几个重要的城市，大部分都是田野。除了田野之外，就是高山、丛林，然后又是高山，以及更多田野。支线列车突然停了下来，旁边的道路基本上仅供汽车通行，拖运木材的牛车只能傍着道路而行。道路外围就是田地，并且一路往前延伸，消失在一片红泥附近。阿黛拉不知道自己要如何理解这个国家。历史上曾有一代又一代的侵略者来到这片土地，但始终未能长久驻留。那些侵略者在这里所兴建的重要城市，对他们而言只是短暂休憩的场所；这片土地的纷纷扰扰，只是让那些回不了家的外国人徒增抑郁。印度这个国家明白那些外来者的困境，也明白这个世界内心深处的困境，所以便通过各种可笑或充满威严的方式对世界呼喊："快来吧！"然而外国人来了之后能做些什么，印度并没有把话说清楚。印度从来没有对任何人许下承诺，纯粹只邀约大家来到这片土地。

"等到天气变凉的时候，我会去西姆拉接您。我会带您离开山上。"阿黛拉对摩尔夫人说，"到时候我们可以去参观一些莫卧儿帝国留下的东西——我们一定要先带您去参观泰姬陵[1]——然后再送您去孟买搭船返回英国。您在这个国家所留下的最后一个印象，一定要非常有趣才行。"不过，因为太早出门，摩尔夫人已经累得睡着了。摩尔夫人的身体状况很不好，根本不应该来参加这趟旅行，但是她强打起精神，以免让其他人觉得扫兴。她再次梦见远在英国的两个孩子拉尔夫与史黛拉。那两个孩子在梦里向她提出一些要求，她只能告诉他们，因为自己实在分身乏术，没有办法同时照顾到分居于印度和英国两地的子女。摩尔夫人醒来时，阿黛拉已经不再念叨她的计划，正倾身探出窗外说："这个地方的景致真的太美了！"

就算是位于高地的官署驻地，和马拉巴山相比也显得逊色许多。马拉巴山就像高高在上的神明，而地面上的一切像是鬼魂。山顶上的大圆石，则是最接近神明的地方。大圆石立于一块石板上，这颗圆形的石头就静静停伫在石板的顶端——如果

1　泰姬陵：位于印度北方阿格拉（Agra），是莫卧儿帝国第五代皇帝沙贾汗（Shah Jahan）为其皇后玛哈而兴建的陵墓，于1630年至1652年以白色大理石打造而成。

人们觉得这么庞大的巨石也可以被称为石头。在大圆石后方就是马拉巴山脉，每一座山里都有岩洞，彼此之间以平坦的山谷相隔，总共约有十座山。这片山脉在火车经过时似乎跟着微微晃动，仿佛一直偷偷观察着火车的到来。

"我说什么也不愿错过这样的美景。"阿黛拉夸张地表达心中的热情，"您看，太阳出来了。这一切真是太美了——快过来！——您看，我说什么也不愿错过这样的美景！如果我们只和特顿夫妇打交道，就只能一直骑大象，永远也没有机会看见这么美的景致。"

阿黛拉说话的同时，左边的天空变成鲜艳的橘色，在树木后方规律地渲染开来，不仅颜色变得越来越浓烈，也变得越来越明亮，最后亮得令人难以想象，宛如隔着空气包覆住整个地球。阿黛拉和摩尔夫人屏息等待，期待见证奇迹的发生，但是当黑夜逝去、白天苏醒的那个关键时刻来临时，什么事情都没有发生，仿佛所有的美善直接消失在天空那端。东边天空的颜色逐渐淡去，在光线变明亮的情况下，马拉巴山脉反而变得黯淡，一抹深深的失望随着早晨的微风袭来。为什么？房间都已经准备好了，新郎与新娘为何不像人们所期望的那样，在喇叭与双簧管的乐声中进入洞房？[1] 太阳以平凡无奇的姿态升上来，在树木后方拖拉出黄色的光芒，在无趣的天空中照耀已经下田工作的人们。

1　此处引用《诗篇》（*Psalms*）。

"啊，这个黎明的太阳一定是假的！会不会是夜里大气层中无法落下的灰尘所形成的呢？我想麦克布莱德先生曾经这么说过。嗯，但我必须承认，英国的日出也有这种情况。您还记得英国的格拉斯米尔吗？"

"噢，可爱的格拉斯米尔。"格拉斯米尔这个景点的小湖与山脉，向来深受英国人喜爱，因为当地的气氛非常浪漫，但是又不会浪漫过头，仿佛来自外太空某个友善的星球。这里和格拉斯米尔大不相同：肮脏的平原一路延伸至马拉巴山脚下。

"早安，早安！请戴上你们的帽子。"阿齐兹一面从车厢那头走来，一面对着两位女士大喊，"请立刻戴上你们的帽子，因为早上的阳光很强烈，可能会对你们的头部造成伤害，具有高度危险性。我是以医生的身份提醒你们。"

"早安，早安！你也快戴上帽子吧。"

"我的头发很粗，所以不必戴帽子。"阿齐兹一面笑着说，一面敲敲自己的头，并且抓抓头发。

"阿齐兹真是个好人。"阿黛拉喃喃自语地说。

"你们可以听听看——穆罕默德·拉蒂夫稍后也会过来向你们道'早安'。"阿齐兹接着又说了几个没有意义的笑话。

"阿齐兹医生，发生了什么事？火车怎么没有停在马拉巴山呢？"

"谁知道呢？说不定这班火车是循环行驶的列车，会直接把我们载回昌迪拉布尔，中途不停靠任何站。"

火车开进平原大约一英里远之后，速度就慢了下来，有如行动缓慢的大象。平原上虽然有个月台，但从其荒废的模样看来，似乎已经无法使用。有一只额头被涂上油彩的大象正对着晨光摇头晃脑。"噢，这真是意外的惊喜。"两位英国女士客气地说。阿齐兹闻言虽然没有说话，但差点因为自豪和放松而大声叫出来。观赏大象也是这趟野餐之旅的重点，只有神明知道阿齐兹费尽千辛万苦才找到这只大象。他想拜托纳瓦卜大人帮忙，但是要找纳瓦卜大人，必须通过努尔丁，偏偏努尔丁一直不回信。幸好哈米杜拉夫人是努尔丁母亲的朋友，而且努尔丁很听母亲的话。哈米杜拉夫人非常好心，答应等她的专用马车修复完成，就会去拜访努尔丁的母亲。哈米杜拉夫人马车上的百叶窗坏了，送去加尔各答修理。一只大象竟然得动用这么遥远又陌生的人际关系，但是阿齐兹现在感到非常心满意足。他以东方人的幽默感来看待这件事，认为朋友的朋友也很可靠，可以帮忙他搞定疑难杂症，而且每个人迟早都能分享到他的喜悦。穆罕默德·拉蒂夫也觉得心满意足，因为两位客人没能赶上火车，让他有机会可以搭上象轿，不必可怜兮兮跟在轿子后面走路。阿齐兹的仆役们也感到心满意足，因为这头大象让他们自信大增，大伙儿开心地把行李一件件丢到满是尘土的地面上，充满活力地大喊大叫、使唤着彼此做事，并且愉快地开怀大笑。

"从这里到马拉巴岩洞要花一个小时，回程也是一个小时，在岩洞可以待两个小时，但我预计会花三个小时。"阿齐兹露出迷人的笑容说。但他突然一脸庄严地接着表示："回昌迪拉布尔的火车将于十一点半出发，你们可以在平常的用餐时间与希斯洛普先生一起吃午饭，也就是一点十五分。我知道你们的习惯。接下来的四个小时——这只能算是一趟小小的旅行——我预留了一个小时的时间来应对突发状况，因为印度人经常耽误时间。我故意不先与你们商量，自作主张地安排了这趟行程，但是你们两位，摩尔夫人、奎斯特德小姐，可以随时要求变更计划，就算你们临时决定不去看马拉巴岩洞，我也不会介意。不知道你们觉得如何？现在我们就坐到大象背上的轿子里吧。"

大象已经跪了下来，像一座灰色的孤岛，也像是一座山丘。然后他们沿着梯子爬上象轿：阿齐兹以打猎的姿态爬上去，先用脚跟边缘踩住梯子，然后爬上结成环状的绳梯。接着轮到穆罕默德·拉蒂夫上轿，可是原本拉着绳梯末端的仆役突然依照阿齐兹的指示松开双手，让这个可怜的老先生一脚踩滑，连忙用屁股紧紧勾住绳环。这出刻意安排的闹剧本来是为了逗两位女士开心，没想到造成反效果，她们两人都不欣赏这种恶作剧。大伙儿坐定之后，大象便摇晃两下，站立起来，将一行人高举于距离地面十英尺的高度。这下子他们马上体悟到平常大象是怎么看人类的——只看见人类的头顶，村民们都像是赤裸的小婴儿。仆役们把野餐用具丢进马车里，哈桑跃上原本要供阿齐兹骑乘的骏马，以高高在上的姿态睥睨马哈茂德·阿里的仆役。原本特别为了戈德博尔教授而请来的婆罗门厨师，则被留在金合欢树下，等候其他人回来。载他们到这儿来的火车似乎也很想回家，此刻已经摇摇晃晃地驶过田野，火车头一会儿往左一会儿往右，像只蜈蚣一样。火车头不停晃动，探出触角般的天线，随着起起伏伏的平原泥地而上下摆动，并且在行驶过小水洼时溅起些许水花。眼前的景象在早晨温和的空气中看起来格外赏心悦目，但是这个画面没有什么色彩，也缺乏些许活力。

　　大象开始往马拉巴山的方向前进（苍白的阳光把他们的身影投射至地面上，并且在他们衣服的皱褶下画出深深的暗痕）。四周呈现着一种崭新的氛围，不只是耳边安静无声，每个人的精神都感知到了此刻的宁静。然而日子还是和平常一样，没有变得特别不同，也就是说，这种特殊的感知能力没有让他们听见特殊的回声，也没有使他们发展出新的思绪。所有的事物仿佛都脱离了各自的根源，染上一层虚幻感。比方说，道路旁有一些锯齿状的低矮土堆，上面还覆盖着白色的颜料——这些土堆到底是什么？是坟墓吗？还是雪山神女的乳房？村民对于这两种说法都表示赞同。除此之外，路上疑似出现一条蛇，大伙儿有不同的看法，但是到最后没有人知道正确的解答。奎斯特德小姐首先望见在一条水渠的对岸出现一条黑黑长长的东西，惊呼："有蛇！"村民们同意奎斯特德小姐的推论，阿齐兹也说："没错，那是一条黑色的眼镜蛇，有强烈的毒性。那条眼镜蛇为了看大象，所以立起身子。"然而当奎斯特德小姐用罗尼的望远镜仔细一看后，发现那并不是一条蛇，而只是一根扭曲的棕榈树枯枝，于是便告诉大家："那不是蛇。"但是村民们不同意，因为奎斯特德小姐刚才所说的话已经深植他们心中，他们的认知没办法说变就变。阿齐兹承认那个黑黑长长的东西通过望远镜看起来像树枝，但坚称那真的是一条黑色的眼镜蛇，甚至还笨拙地模仿起眼镜蛇的模样。双方争执了半天还是没有答案，而原本的浪漫气氛也因此荡然无存。酷热的雾气从大圆石那头散发而来，让人更看不清楚远处的黑色物体到底是枯枝还是眼镜蛇。任性的热气以不规律的方式传来，如果田野可以移动的话，一定会像油锅里的食物被炸得蹦跳起来。

当他们一行人距离大圆石越来越近时，热气才停止散发。大象笔直地走向大圆石，仿佛想用额头敲门，请大圆石让它通行。但是它又突然转弯，沿着大圆石底部的圆形小径前进。大圆石深深埋在土里，就像是断崖深深探入海中。奎斯特德小姐极为赞赏这样的景致，认为眼前的画面令人印象深刻。平原悄悄地消失了，就像是剥落了一样。两侧除了花岗岩之外，看不到其他的东西，周围万籁俱寂。天空像平常一样俯视着大地，看起来与地面非常接近，近得几乎不合理，宛如粘在悬崖顶端的天花板。山里的每一条通道，看起来仿佛都一模一样。阿齐兹心里只想着自己的慷慨宽厚，完全无心观赏周遭的景物，他的客人们微微注意到这一点。两位英国女士都不觉得这是一个吸引人的地方，也不认为有参观的价值，反而希望这片山脉可以是某种伊斯兰教建筑，例如清真寺，不但阿齐兹自己懂得欣赏，也可以为她们介绍解说。阿齐兹的无知越来越明显，这点对两位女士来说相当扫兴。虽然他神采奕奕，聊天时也极为自信，但是他根本不知道该如何介绍这个特殊的景点。没有戈德博尔教授陪在阿齐兹身旁，阿齐兹根本一无所知，就和两位英国女士一样。

山路变得越来越窄，然后又伸展开来，最后他们抵达一个差不多算是他们目的地的空地，旁边有一个老旧的水池，池里还剩下一点点水，可以让大象和马儿解解渴。泥地上方不远处有一个黑色的洞穴——就是他们即将参观的第一个岩洞。三座山环绕于空地旁，其中两座山还不断喷发出热气，第三座山则笼罩在黑暗的阴影中。他们一行人停下来扎营。

"这里真是一个令人害怕的地方，闷得让人觉得快要窒息。"摩尔夫人喃喃自语地说。

"阿齐兹医生，你的仆役动作真快。"奎斯特德小姐惊呼。因为地面上已经铺了一块野餐布，野餐布上还摆放着一个花瓶，花瓶里有一朵人造花。马哈茂德·阿里的管家再次端了水波蛋和茶[1]给两位英国女士。

"我想，我们进去岩洞之前先吃这些，参观完之后再吃早餐。"

"这不是早餐吗？"

"你以为这是早餐？我会用这么奇怪的方式招待你们吗？"阿齐兹回答。之前有人提醒他，英国人会一直吃个不停，所以每隔两小时就要准备食物给她们吃，一直到准备好正餐为止。

"这趟行程安排得真好。"

---

[1] 水波蛋与茶是印度人招待客人时最基本的点心。

"等我们回到昌迪拉布尔之后再称赞我吧。无论我多么委屈自己，你们是我的客人，我一定要好好招待你们。"阿齐兹语气坚决地表示。两位英国女士已经信任他好几个小时，让他感激不已，到目前为止一切都还算顺利。大象用鼻子把一截刚砍下的树枝卷到嘴边，马车车夫负责卸下行李，小僮帮忙削马铃薯，哈桑在一旁大呼小叫，穆罕默德·拉蒂夫则手持着一根削了皮的树枝，安分地旁观这一切。这趟探险之旅成功了，这是属于印度人的成功。虽然阿齐兹只是一个默默无闻的年轻人，却意外获得向英国访客表现善意的机会，这是每个印度人渴望的成就——就算马哈茂德·阿里那种喜欢嘲讽英国人的家伙也一样——但是他们从来没有这种机会。阿齐兹已经表现出他的好客，两位英国女士是"他的"客人，她们的快乐关系着他的荣誉，倘若她们有任何不舒服或不愉快之处，都会让阿齐兹心里饱受折磨。

但是阿齐兹和大部分的东方人一样，错估了待客之道，以为表达亲密也是招待客人的方式之一，殊不知这种错觉其实是占有欲作祟。只有在摩尔夫人与菲尔丁先生与他同在时，他才能够看清一切，而且明白接受比给予更有福[1]。这两个人对阿齐兹有着奇特而且美好的影响——他们是他的朋友，永远都是他的朋友。阿齐兹也永远是他们的朋友，因为他非常喜欢他们。对阿齐兹而言，他和摩尔夫人与菲尔丁先生之间的给予和接

---

1 "接受比给予更有福"是《圣经·使徒行传》第二十章第三十五节"施比受更为有福"的相反理念。

受，早就已经融合成一体。阿齐兹喜欢他们的程度，胜过他对哈米杜拉，因为他必须越过重重障碍，才能够与两位英国人成为朋友，这激励了他宽厚的心胸。他们的身影到阿齐兹死前都会保留在他的灵魂深处，成为永恒的附属品。他此刻看着摩尔夫人坐在一张帆布椅上，啜饮着他为她准备的茶水，感到相当开心。但是这种愉快的心情隐含着一种让欢愉消失的成分，因为他忍不住思考："噢，我还能为摩尔夫人多做些什么呢？"然后他的思绪又会回到原本那些枯燥无味的待客事宜上。阿齐兹黑色的瞳孔散发着温柔，同时带有一种意味深远的光彩。他对摩尔夫人说："您还记得我们在清真寺相遇的经过吗？"

"我记得，我记得。"摩尔夫人回答。她突然充满活力，仿佛变得年轻。

"我当时真是粗鲁又野蛮，您却对我非常好。"

"我们两人当时聊得非常开心。"

"以那种方式展开的友谊，才能维系得最长久。我一直在想，不知道我有没有机会也能招待您另外两个孩子？"

"你知道摩尔夫人的另外两个孩子？她从来不和我聊他们的事。"奎斯特德小姐说。她这句话在无意中打破了某种魔咒。

"拉尔夫与史黛拉。是的，我知道他们。但是我们不要只顾着聊天，忘了去参观马拉巴岩洞。这是我此生的梦想之一，我很感谢你们到这里来做客，让我可以实现我的梦想。你们绝对无法想象，你们让我多么充满光彩，让我觉得自己就像巴布尔皇帝。"

"为什么像他？"奎斯特德小姐一边问，一边站起身子。

"因为他带领我的祖先从阿富汗来到这里，他们在赫拉特与他会合。他的大象很少超过一只，有时候甚至没有大象可以代步，但是他从来不吝于表达好客之情。他作战、打猎或逃亡时，总会在山里停留一段时间，就像我们现在这样。但是他从来不会错过任何招待客人的机会，一定想办法让宾主尽欢。倘若他只有一点点食物，也会尽力分配妥当；倘若他手边只有一种乐器，仍会设法弹奏出最美丽的曲调。我把他当成我努力的目标。他原本是一位穷困的绅士，后来变成了皇帝。"

"我还以为另外一位皇帝才是你的最爱呢。——我忘了他叫什么名字了——你在菲尔丁先生家提到过。在我的书上，他被称为奥朗则布。"

"你是说阿拉姆吉尔吗？噢，是的，他当然更加崇高，但是巴布尔皇帝一生中从来没有出卖过任何人，所以我今天只想到他。你知道巴布尔皇帝是怎么死的吗？他为了他的儿子牺牲生命。这是一种比战争更困难的死法。他们遭受热气的侵袭。因为天候恶劣，他们应该返回喀布尔，但是为了国家，他们不能回去。最后，他的儿子在阿格拉病倒。巴布尔皇帝在儿子的病床边绕了三圈，说：'我已经把热气吸走了。'他确实把热气吸走了：热气离开了他儿子的身体，全部向他袭去，所以他就这样死了。这就是我喜欢巴布尔皇帝胜过阿拉姆吉尔的理由。我知道自己不应该如此，但我还是比较欣赏巴布尔皇帝。话说回来，我不应该耽误大家的行程，我看得出来，你们已经准备好要出发了。"

"完全不是这么一回事。"奎斯特德小姐回答，并且又坐回摩尔夫人身旁，"我们都喜欢这种聊天的感觉。"此刻的阿齐兹终于又开始谈论自己清楚熟知的事物，就像当初在菲尔丁先生家那样。他又变回了奎斯特德小姐与摩尔夫人欣赏的印度导游。

"我总是喜欢聊一些莫卧儿王朝的事情，这是我最主要的娱乐。你们想想看，莫卧儿最早的六位皇帝都是最神奇的男性，每次只要有人提到他们当中的任何一位，我就会完全忘记世界上的其他事物，心里只联想到另外五位皇帝。你们绝对没有办法在地球上哪个国家找到六位这样的皇帝或国王，我的意思是，绝对不可能这样一个接着一个——而且彼此是父亲与儿子的关系。"

"请告诉我们一些关于阿克巴的事情。"

"啊，你听过阿克巴皇帝的名字！好的。将来如果你碰到哈米杜拉——你将来一定会有机会认识他——他会告诉你阿克巴是最伟大的人。我对哈米杜拉说：'是的，阿克巴是一个很棒的人，但他是半个印度教徒，不是真正的穆斯林。'哈米杜拉听我这么一说，马上就大喊：'巴布尔皇帝也不是！他喜欢喝酒！'不过，巴布尔皇帝每次喝完酒之后就会后悔，所以不能相提并论。阿克巴皇帝从来不会为了自己创立的宗教[1]而

---

1 阿克巴皇帝在 1582 年颁布的新宗教"丁·伊·伊拉教"（Din-i-Ilahi），或称"神圣宗教"（Divine Faith），是一种折中主义的宗教信仰，兼具一神教与泛神主义的原则，致力囊括各种既存宗教，并由阿克巴皇帝担任精神领袖。尽管如此，该宗教最后仍以失败收场。

后悔。他不信《古兰经》。"

"但是，阿克巴创立的新宗教不是很美好吗？从此传遍了整个印度。"

"奎斯特德小姐，他创立的宗教虽然美好，但也相当愚蠢。你信仰你的宗教，我信仰我的宗教，这样不是很好吗？没有什么传遍印度这回事。没有，没有。那全是阿克巴皇帝的误解。"

"噢，阿齐兹医生，你真的这样认为吗？"奎斯特德小姐若有所思地问，"我希望你说得并不正确。这个国家将来必须要有一种全面普及的东西——我说的不一定是宗教，因为我本身也不是虔诚的信徒，但是一定要有某种全面普及的事物，否则将来要如何破除人与人之间的隔阂？"奎斯特德小姐只是在提醒他，但阿齐兹自己有时候也希望印度能有打破隔阂的兄弟情谊。可如果只是通过文字表达，这种希望就变得很不真实。

"就我个人的情况而言，我不知道你是否听说了这个消息。"奎斯特德小姐又接着说——她忍不住想要分享自己的事情，"我即将和希斯洛普先生结婚了。"

"谨献上我最真诚的祝福。"

"摩尔夫人，我可以把我们的困难处境告诉阿齐兹医生吗？——我是说，那些旅印英国人十分难相处的事。"

"亲爱的阿黛拉，那是你将来要面对的问题，和我没有关系。"

"噢，也对。嗯，我和希斯洛普先生结婚之后，也会变成难相处的旅印英国人。"

阿齐兹举起手来表示抗议。"不可能的。请你收回这句可怕的话。"

"我会变成旅印英国人,这是无法避免的事实。我没有办法躲开这个标签,但是我不想有旅印英国人的那种恶劣态度。定居在印度的英国女性,例如……"奎斯特德小姐停顿了片刻,犹豫着要不要说出那些人的名字。如果这段对话发生在两个星期之前,她一定会毫不迟疑地说出"特顿夫人与卡伦德夫人"。过了一会儿,她才再度开口:"某些定居在印度的英国女性,对印度人的态度非常——不够友善,而且势利。如果我也变得像她们一样,我一定会感到非常羞愧。但这就是我的困难处——我没有特别过人之处,不算特别善良,也缺乏强而有力的优势,足以与这样的环境对抗,并且避免让我变成和她们一样。这是我最可悲的缺点,也是我为什么需要靠阿克巴的普及化宗教或类似的事物,让我保有正派与明智的心。你明白我的意思吗?"

奎斯特德小姐的话语让阿齐兹感到开心,但是他的心思退缩了,因为奎斯特德小姐提到自己的婚姻,阿齐兹不想与这件事情有所牵连。"我相信你与摩尔夫人的每一位亲人都会相处得非常愉快。"阿齐兹说完之后还向奎斯特德小姐正式一鞠躬。

"噢,相处得愉快不愉快,是另外一个问题——但是我想与你讨论旅印英国人的难处。能不能请你给我一些忠告?"

"你和其他的英国女性不一样,因此你可以相信我,你永远不会对印度人无礼。"

"但是我听说，只要在这个国家待上一年，任何英国人都会变得非常无礼。"

"你听见的只是谣言。"阿齐兹回答时眼神闪烁，因为他知道奎斯特德小姐所说的是事实，而且这个事实触碰到他的痛处。在这种特殊的情境下，奎斯特德小姐的话语无异于一种侮辱，但是阿齐兹马上恢复正常的脸色，并且露出笑容。尽管如此，奎斯特德小姐提出的问题破坏了他们的对话——他们原本几乎已经展开文明的交流——如今的谈话内容就宛如沙漠里的花朵般枯萎凋落，在山谷中飘飞而去。"来吧，我们出发。"阿齐兹说，并且朝着两位英国女士各伸出一只手。

摩尔夫人与奎斯特德小姐不太情愿地站起身子，开始欣赏周围的景致。

前往第一个岩洞还算方便，只要走过几个水坑，再爬过一些外表不太吸引人的大石头。炙热的阳光照在他们的背上，他们一行人低着头，一个接一个走进山里。这些身形不同、衣着颜色不同的旅客走入狭小阴暗的岩洞，就像流进沟里的水一样被吸入其中。光秃秃的悬崖在一旁耸立，与悬崖相连的天空看起来温和且具有黏性。有一只栗鸢在岩石间飞舞，姿态不太灵巧，看起来像是刻意的。在崇尚礼教的人类诞生之前，地球看起来肯定就是这个样子。栗鸢一会儿就飞远了……也许在鸟类诞生之前就是如此……然后岩洞打了一个嗝，人类便来拜访它了。

马拉巴岩洞对摩尔夫人而言有如梦魇，因为她差点在岩洞里昏厥过去。当她走回空气新鲜的地方时，忍不住马上表示自己身体不舒服，这种反应相当自然：摩尔夫人本来就经常昏倒，而且刚才岩洞里挤满了人，因为所有的仆役都跟在两位英国女士身旁，还有不少当地的村民。岩洞的圆室里开始飘着臭味。摩尔夫人在黑暗中和阿齐兹与阿黛拉走散了，某个人触碰到她，但是她不知道对方是谁。她觉得自己无法呼吸。有个裸露的身体部位打到她的脸，让她觉得恶心，好像还有个类似脚掌的肉垫碰到她的嘴巴。摩尔夫人想走回岩洞的入口，偏偏村民们又把她挤回岩洞深处，还让她撞到头。她忍不住发火，像疯子似的伸手挥打，而且不停喘气，因为岩洞里不仅拥挤且臭气冲天，还有一种非常可怕的回音。

戈德博尔教授从来没有提到过岩洞里有回音，也许是因为他自己也不清楚。印度到处有奇怪的回音，比贾布尔的"圆顶"有低语声[1]，曼杜的空气里则可以完整传递人们所说的句子，而且最后会一字不漏地传回说话者耳中。但是马拉巴岩洞里的回音和这些声音不一样，因为听起来并不清晰。无论人们在岩洞里说些什么，只会以单调的噪音撞击在岩壁上，上下颤动之后就被吸收到岩洞的圆顶中。如果以人类的语言来表达那种声音，大概就是"砰"或者"噗——嗡"，或是"噢——砰"，听起来相当沉闷。无论是恭敬有礼的说话声、擤鼻涕的

---

1 比贾布尔（Bijapur）：古名 Vijapura，意为"胜利之都"。当地最著名的古迹为穆罕默德·阿迪尔·沙（Mohammed Adil Shah）的陵墓。该陵墓名为果尔·古姆巴斯（Gol Gumbaz），意为"圆顶"。

声音或是鞋子摩擦地面的声音，各种声音都会变成"砰"。即使只是在岩洞里划一根火柴，也会形成蠕虫盘绕般的声圈。虽然很小，但还是让人无法不去注意。倘若岩洞中有好几个人同时开口说话，他们发出的声音就会变成一种彼此交叠的巨响，然后回音又产生回音，岩洞里就会塞满各种声响，仿佛有一条由诸多小蛇所组成的大蛇在爬动，而且每一条小蛇都不停扭动身体。

摩尔夫人一走出岩洞，其他人也马上跟着跑出来，她连忙示意那些仆役退下。阿齐兹与阿黛拉从岩洞里走出来时都面带微笑，摩尔夫人为了不让阿齐兹认为自己待客不周，也勉强挤出一丝微笑。所有的人都走出岩洞之后，摩尔夫人就急着想揪出刚才心存恶念的犯人，结果她没能找到，因为她发现这些人都非常温和善良，一心只希望她备受尊荣。至于那个用脚掌触碰她嘴巴的人，其实是一个跨坐在母亲身上的小婴儿。岩洞里根本没有邪恶之人。尽管如此，摩尔夫人还是下定决心，不继续参观第二个岩洞，因为她觉得很不舒服。

"您看见那火柴的倒影了吗？好美。"阿黛拉问摩尔夫人。

"我什么都忘了……"

"但是阿齐兹说这个岩洞不好，最好的岩洞是大圆石。"

"我想我不应该继续往那边去。我不喜欢爬山。"

"好，那么我们去树荫底下休息，等仆役准备早餐。"

"啊，但是这么一来，阿齐兹肯定会很失望。他费了这么多的心力，你应该继续参观其他的岩洞。你应该不介意多看看吧？"

"或许我应该继续参观。"阿黛拉说。她什么都不介意，一心只想表现得随和。

仆役们匆促赶回刚才的营地，因为严厉的穆罕默德·拉蒂夫一直在后面鞭策他们。阿齐兹协助两位英国女士翻越过山岩，他觉得自己的力量在此刻达到最高峰，但又不忘表现出谦卑的态度。他现在非常有自信，所以就算有人批评他，他也不会放在心上。当他听说两位女士打算改变计划时，完全没有不开心的感觉。"当然没问题。奎斯特德小姐，你和我一起前往下一个岩洞，让摩尔夫人在这里休息。反正我们不会去太久，但是我们也不必刻意赶时间，我知道摩尔夫人不希望我们的行程太过匆忙。"

"你说得没错。很抱歉我没有办法继续同行，我实在不善于走路。"

"亲爱的摩尔夫人，您是我的客人，您想要怎么做都可以。我很高兴您表态不愿继续参观岩洞。虽然这句话听起来有点奇怪，但我知道您是以朋友的身份真诚表达自己的想法。"

"是的，我是你的朋友。"摩尔夫人回答，并且把手轻放在阿齐兹的袖子上。她暂时抛开疲惫感，心里觉得阿齐兹真是一个迷人又善良的好人。她深深祈愿阿齐兹能够过得幸福快乐。"那么，我可以再提出一个建议吗？不要再让那么多人跟着你们一起进去下一个岩洞，这样可以省掉很多麻烦。"

"您说得没错，您说得没错。"阿齐兹大声说，然后急忙跑到一旁，命令仆役与村民们不必继续跟随他和奎斯特德小姐前往大圆石，只要有一位导游陪同即可。"这样可以吗？"他问摩尔夫人。

"很好。现在就请你们好好去玩吧！等你们回来，再把一切的经过告诉我。"摩尔夫人说完后就躺进帆布椅中休息。

如果阿齐兹与阿黛拉走到山顶上的大凹穴，可能要花上一个小时左右的时间，因此摩尔夫人便拿出小笔记本，开始写信给她远在英国的两个孩子。"亲爱的史黛拉，亲爱的拉尔夫。"她写到这儿就放下了笔，望向眼前那片奇异的山谷，并想到人类对这座山谷的侵犯。在这座山中，仿佛就连大象也变成无名小卒。摩尔夫人的视线从大象移向岩洞入口处的通道。不，她一点都不想再次经历刚才那种可怕的体验。她越想刚才发生的事，心里就越觉得恐惧与不舒服。她现在比刚才更无法忍受那种恐怖的感觉。虽然她可以忘记人挤人的压迫感以及浓郁的体臭味，但是洞穴里的神秘回音却开始以一种难以言喻的方式让她失去对生命的掌控。那种回音在摩尔夫人感到疲惫的时刻出现，并且不断发出低语："感伤、虔诚、勇气——这些感觉全都存在，而且全都相同，就连污秽也是如此。所有的一切都存在，但是没有任何一个有价值。"倘若有人在岩洞里讨论卑鄙的事，或者引用高贵的诗，回音都会给予相同的评价——"噢——砰"。假如有人会说天使的话语[1]，为全世界过去、现

---

1 本句仿自《圣经·哥林多前书》第十三章第一节。

在与未来的不愉快和误解请命，也为人们无法闪躲的苦难际遇请命，无论他们的立场、地位怎样，也无论他们如何闪躲、抵抗，最后的结果还是一样：大蛇会慢慢爬下来，然后又慢慢爬回到天花板上。魔鬼存在于北方，人们可以写出关于魔鬼的诗，但是没有人能够将马拉巴岩洞的一切浪漫化，因为广大的岩洞是永恒不变的，这种浩瀚无尽的特质，是人类对于马拉巴岩洞的唯一印象。

摩尔夫人继续写信，并且提醒自己：她只不过是一个老妇人，今天早晨太早起床，而且奔波到这么遥远的地方。此刻她心中的失落感，是对自己失望，因为她觉得自己身体太差。摩尔夫人知道，就算她因为中暑而心神丧失，世界上其他的人还是会继续过日子。然而，宗教突然出现在她心底深处闪现灵光——这个宗教就是在印度地位卑微但一直喋喋不休的基督教。摩尔夫人明白，在印度宣扬基督教的神圣话语时，无论是"要有光！"（《创世记》第一章第三节）或是"成了！"（《约翰福音》第十九章第三十节），最后都会被马拉巴岩洞的"砰"声所掩盖。摩尔夫人突然感受到一股前所未有的恐惧：她的智能从来无法理解这个宇宙，然而她确信宇宙从来不肯让她的灵魂得到安歇。在过去两个月之中，她的心情一直浮浮沉沉，直到此刻才终于笃定下来。摩尔夫人知道自己其实并不想写信给她的孩子们，也不想与任何人说话，甚至不想与上帝沟通。她心怀恐惧，静静地坐着。当年迈的穆罕默德·拉蒂夫走向她时，她以为穆罕默德·拉蒂夫会发现她的异状。摩尔夫人心里浮现一个念头："我可能快要生病了。"她这样安慰着自己，但最后还是臣服于幻觉。她对所有事物都失去兴趣，甚至对阿齐兹的好感也消失了。她曾经对阿齐兹说过许多热情且真切的话语，但如今仿佛都不是出自她的口中，一切已经烟消云散。

第十五章

　　奎斯特德小姐、阿齐兹医生与一位当地导游继续进行这趟使人略感沉闷的探险之旅。他们不太交谈，因为太阳已经慢慢升高，闷热的空气让人觉得宛如置身于一个热水不断注入的水池中，因此温度一路往上攀升。路上的圆石说："我还活着。"其他的小石头则表示："我快活不下去了。"在这些石头之间的缝隙里，则静静躺着被太阳烤成灰的植物。他们三人本来想爬到位于最顶端的大圆石，但是由于距离太远而放弃，反正能看到一大片岩洞就已经令人心满意足了。他们在沿途看见几个孤立的山洞，导游说服阿齐兹和奎斯特德小姐走进去看一看，但其实里面根本没有值得观赏的特色。他们点燃一根火柴，以心醉神迷的目光看着火光燃烧时在岩壁上的倒影，并试着制造一些回音，然后就走出岩洞。阿齐兹向奎斯特德小姐保证，他们"马上就可以在其他岩洞中看见一些有趣的古老雕刻"，但其实他的意思是，他希望岩洞里有一些有趣的雕刻。阿齐兹最关心的是早餐，因为当他们离开营地时，场面就已经开始有一点混乱了。他约略看了一下菜单：英国式早餐，包括麦片粥与羊排，另外还加了一些印度菜——让他有话题与客人分享——

最后还有槟榔。阿齐兹对奎斯特德小姐的欣赏程度，比不上他对摩尔夫人的喜爱，因此他和奎斯特德小姐没有太多话可说。加上奎斯特德小姐即将与一位英国官员结婚，更减低了阿齐兹和她交谈的兴趣。

阿黛拉也没有话想对阿齐兹说。倘若说阿齐兹满脑子想的都是早餐，那么阿黛拉满脑子想的都是她的婚姻大事。她下个星期就会前往西姆拉，并且辞退安东尼。她还会从西姆拉远眺西藏的风光。在累人的婚礼结束之后，她和罗尼将于十月前往阿格拉，然后舒舒服服地到孟买替摩尔夫人送行——这些想法再度从她脑中掠过，但因为天气太热，她的思绪变得有点模糊。然后她接着想到比较严肃的问题：她日后在昌迪拉布尔的生活。这里有一些需要克服的难关——包括罗尼的缺点以及她自己的缺点——但是她喜欢挑战困难。如果她能够控制自己暴躁的脾气（这向来是她的缺点），不随便抱怨其他的旅印英国人，也不向这里糟糕的环境低头，她与罗尼的婚姻生活应该会十分愉快，并且让她获益良多。她不应该太执着于假设性的问题，一定要等事情真正发生之后再去面对；她必须信任罗尼的常识，以及她自己的常识。幸运的是，他们两人都有丰富的常识，而且心存善意。

当奎斯特德小姐辛辛苦苦地翻越过一块看起来像盘子被上下倒置的大石头时，突然想到一件事："我和罗尼之间有爱情吗？"这块石头上有两行踏脚处，不知怎的，这触发了她心中的这个疑问。奎斯特德小姐觉得自己好像在什么地方也看过这种可以让人立足的凹痕。噢，对了，看起来就像是纳瓦卜大人的车子在土路上留下的轮胎痕。奎斯特德小姐知道自己和罗尼其实并不相爱。

"我是不是走太快了？"阿齐兹问奎斯特德小姐，因为她突然停下脚步，一脸迷惘。这个领悟来得太突然，感觉就像是攀岩者的绳索突然断裂。她竟然要嫁给一个自己根本不爱的男人，而且到现在才恍然明白这一点。她甚至从来没有想过这件事，直到现在这一刻。她还有其他事情需要考虑……她静静地站着不动，眼睛望着闪闪发亮的石头，此刻的情绪是困惑而非害怕。她与罗尼之间有相互敬重和肉欲吸引，但是缺少了系紧两人的感情元素。她是不是应该取消婚约呢？她不希望这么做，因为这会给罗尼添许多麻烦。再说，她根本不觉得爱情是婚姻成功的要件。倘若爱情代表一切，没有几对夫妻的婚姻在蜜月结束后还能继续幸存。"没有。我没事，谢谢你。"奎斯特德小姐回答阿齐兹。虽然她的心情很糟，但还能控制住自己的情绪，所以又开始继续爬山。阿齐兹牵起奎斯特德小姐的手，那个当地导游则贴在地面上向上攀爬，看起来像一只被地心引力操控的蜥蜴。

"阿齐兹医生，你结婚了吗？"奎斯特德小姐问。她停下脚步，并且微微皱着眉头。

"嗯，我已经结婚了。有空欢迎你来拜访我的妻子。"——阿齐兹突然觉得，假装自己的妻子还活着比较有格调。

"谢谢你的邀请。"奎斯特德小姐心不在焉地回答。

"但是她目前不在昌迪拉布尔。"

"你有孩子吗？"

"嗯。我有。我有三个孩子。"阿齐兹回答的口吻比刚才坚定。

"你喜欢你的孩子吗？"

"当然，这是一定的。我很爱他们。"他笑着回答。

"我也是这么认为。"奎斯特德小姐说。她心想："这个身材娇小的印度人长得真好看。他的妻子与孩子一定也长得很好看，因为这个世界总是习惯锦上添花。"奎斯特德小姐对阿齐兹没有男女之情的好感，因为她没有那么叛逆，她只认为阿齐兹可以吸引与他同种族且地位相当的女性。奎斯特德小姐心里有点遗憾，因为她与罗尼的长相都不好看。姣好的面容、浓密的发丝、细致的肌肤——外在的魅力对男女关系会有所影响。或许阿齐兹有好几个妻子——特顿夫人曾经说过，信奉伊斯兰教的男性总会坚持娶到四个妻子，如此才是圆满的象征。在到处是岩石的马拉巴山中，奎斯特德小姐没有其他可以聊天的对象，于是她就不拘礼数地与阿齐兹聊起婚姻方面的话题。她以诚实且客气的语气探问阿齐兹："你只有一个妻子吗？还是有好几个妻子？"奎斯特德小姐的问题让阿齐兹非常惊讶，因为这个问题有如质疑印度新社会的理念，而且印度新社会的理念比旧社会更为敏感。倘若奎斯特德小姐问他："你只崇拜一个神明，还是崇拜好几个不同的神明？"或许他不会介意——然而，询问一位受过教育的印度穆斯林娶了几个妻子，实在很低劣，而且非常可恶。阿齐兹不知道应该如何隐藏他此刻混乱的思绪，结结巴巴地回答："一个，我只有一个妻子。"阿齐兹放开奎斯特德小姐的手，望向山路顶端那一大片岩洞，心中暗忖："没想到就连最好的英国人也这么令人厌恶。"于是阿齐兹随意走进其中一个岩洞里，希望让心情平静下来。走在阿齐兹身后的奎斯特德小姐心思早已放空，而且根本不知道自己说错话了。她回神后才发现阿齐兹不见了，于是也随意走进其中一个岩洞。她心里一面想着"这种观光行程真无聊"，一面想着自己的婚姻大事。

第十六章

　　阿齐兹在岩洞里待了一会儿，并且点燃一根香烟。如此一来，他待会儿出去见奎斯特德小姐的时候，可以假装自己走进岩洞里是为了点烟，或是类似避风的理由。然而当阿齐兹走出岩洞后，发现只剩下导游独自一人。导游歪着头，说自己听见某种奇怪的声音。阿齐兹这时也听见了，是汽车驶近的声音。他们现在位于大圆石的外围，阿齐兹与导游往上攀爬大约二十码之后，终于看见了一片平原。一辆汽车行驶在昌迪拉布尔公路上，朝着山脉这头而来。他们没有办法看得太清楚，因为被蜿蜒险峻的山壁阻挡了视线，所以不容易看见山下的景物。那辆汽车越驶越近之后，他们就完全看不见它了。车子最后应该会停放在山脚下，那里是公路变成山路的交界点，大象从该处开始也必须改以侧身行走的方式入山。

　　阿齐兹跑回岩洞，想告诉奎斯特德小姐这件事。导游告诉阿齐兹，奎斯特德小姐刚才已经走进岩洞里。

　　"她走进哪一个岩洞？"阿齐兹问。

　　导游语焉不详地指指前方那一大片岩洞。

　　"你应该陪着她，不能让她离开你的视线，这是你的责任。"阿齐兹严厉地斥责导游，"这里至少有十二个岩洞，我要如何知悉我的客人走进哪一个岩洞？我连自己刚才进了哪一个岩洞也搞不清楚。"

阿齐兹同样伸手指向前方那一大片岩洞，但是端详好一会儿之后，他甚至不确定这些岩洞是不是刚才的那些岩洞，因为四面八方全是岩洞，仿佛在这个地方不断繁殖出岩洞——而且每一个岩洞的大小都一样。他心想："糟糕了，奎斯特德小姐一定迷路了。"不过他马上打起精神，开始冷静地寻找奎斯特德小姐。

"快跟着我一起大喊。"阿齐兹命令导游。

他们两人大喊了好一会儿，但是导游说这样大喊根本没用，因为在马拉巴岩洞中，只能听见洞里的回音，其他的声音都听不见。阿齐兹擦擦额头上的汗水，他的衣服早就被汗水浸湿。这个地方实在让人摸不着头绪，一部分的地形是台地，一部分是弯弯曲曲的小道，而且到处都是像蛇一样通往各处的沟槽。阿齐兹试着走进每个岩洞去找奎斯特德小姐，但是马上就搞得晕头转向，因为岩洞一个紧接着一个，有些甚至两两成对，还有一些位于峡谷的入口处。

"你来一下。"阿齐兹轻声对那个导游说。等导游走近之后，阿齐兹伸手打了导游一巴掌作为惩罚。导游一气之下跑走了，留下阿齐兹独自一人。阿齐兹心想："我完蛋了，我的客人走丢了。"然而他随后就想出了这个神秘事件既简单又合理的解释。

奎斯特德小姐没有走失，她只是跑去和那辆汽车上的人碰面——车上的人一定是她的朋友，也许是希斯洛普先生。这时他突然看见奎斯特德小姐就站在远处下方的峡谷处——虽然只是匆忙的一瞥，但是奎斯特德小姐确实站在那边，清清楚楚。她置身于岩石之中，正在与另外一个女人说话。阿齐兹松了一口气，心里也就不觉得奎斯特德小姐的行为有什么奇怪的地方。他早就习惯计划突然有所改变，因此认定奎斯特德小姐一定是因为一时冲动就从大圆石边跑下去，希望可以搭便车。于是阿齐兹准备自己走回营地，但这时他看见了一个东西：奎斯特德小姐的望远镜。如果他刚才就发现这个东西，肯定会担心得不得了。奎斯特德小姐的望远镜静静躺在某个岩洞旁，也许是她走出岩洞入口的隧道时不小心遗落的。阿齐兹原本想把这个望远镜挂在肩膀上，没想到望远镜的皮带已经断了，他只好改放在口袋里。阿齐兹走了几步路，忽然又想到奎斯特德小姐可能还掉了其他东西，于是他又走回去确认。没想到刚才的问题又发生了：他已经搞不清楚自己在哪个岩洞发现的望远镜。他听见汽车发动的声音从平原上传来，不过无法看见车子。阿齐兹从面对山谷的小路爬下山，朝着摩尔夫人休息的地方走去。这次很顺利，他不久后就看见那个乱七八糟的营地。在一片混乱中，他看见一个戴着英式遮阳帽的男性，而在那顶遮阳帽底下面带微笑的人——噢，真令人开心——不是希斯洛普先生，而是菲尔丁先生。

　　"菲尔丁！噢，我实在太需要您了。"阿齐兹大声呼喊着。

这是他头一次没有尊称对方为"先生"。

菲尔丁先生朝着阿齐兹跑来，看起来相当愉悦，没有任何英国人高高在上的臭架子。菲尔丁先生为了自己没赶上火车的事情大声向阿齐兹解释并道歉。他刚刚才搭车过来——搭德瑞克小姐的车子——那个与奎斯特德小姐交谈的女人就是德瑞克小姐。菲尔丁先生与阿齐兹开心地聊天，原本在准备早餐的仆役也都放下手边的工作，围在他们身旁聆听。德瑞克小姐真是好心。德瑞克小姐在邮局巧遇菲尔丁先生，就问他："为什么你没去马拉巴岩洞？"当菲尔丁先生表示自己没赶上火车时，德瑞克小姐二话不说就表示可以载他过来。阿齐兹心想：又是一位善良的英国女士。她现在到哪儿去了呢？可能是在菲尔丁先生下车寻找营地时，就叫司机开车载她回去了，因为汽车没有办法上山——没有办法，当然没有办法——恐怕得找好几百个人帮忙，才能够替德瑞克小姐带路，并且把她的车子推到营地来。或者得派大象出动帮忙……"阿齐兹，我可以喝一点酒吗？"

"当然不可以。"阿齐兹开玩笑地回答，然后马上跑去拿酒给菲尔丁先生。

"菲尔丁先生！"坐在树荫下休息的摩尔夫人大喊。他们刚才没有机会聊天，因为菲尔丁先生一抵达营地就马上碰到了奔下山的阿齐兹。

"早安！"菲尔丁先生向摩尔夫人打招呼，并因为一切顺利而松了一口气。

"菲尔丁先生，你有没有看到奎斯特德小姐？"

"我才刚到呢。她在什么地方？"

"我不知道。"

"阿齐兹，你把奎斯特德小姐带到哪里去了？"

端着酒杯回来的阿齐兹，在心里想了一会儿。此刻他满怀欣喜，因为这次的野餐之旅在经历一两次剧烈震荡之后，竟然发展成他连做梦也想不到的情况——菲尔丁先生不仅参与了他们，而且还带来一位未受邀的嘉宾。"噢，奎斯特德小姐没事。"阿齐兹回答，"她下山去找德瑞克小姐了。来，让我们为幸运喝一杯。干杯！"

"让我们为幸运喝一杯，但是我不想干杯。"菲尔丁先生笑着表示。他不喜欢"干杯"这个词汇。"让我们敬印度一杯！"

"让我们敬幸运一杯，也敬英国一杯。"

当阿齐兹与菲尔丁先生准备下山去为德瑞克小姐带路时，她的司机突然出现，并且告诉他们德瑞克小姐已经和另一位小姐返回昌迪拉布尔。德瑞克小姐吩咐他过来通知大家，她则自己开车载奎斯特德小姐回去。"噢，是吗？这也不无可能。"阿齐兹表示，"两位小姐大概想开车去兜兜风吧？"

"可是司机说她们回昌迪拉布尔了。也许司机说错了。"菲尔丁先生提出自己的看法。

"噢，不会吧？她们为什么要急着返回昌迪拉布尔？"阿齐兹有一点失望，但是尽量不把这件小事放在心上，反正那两位年轻的女士显然是好朋友。阿齐兹乐于款待四位英国客人吃早餐，但是他也希望客人随心所欲。如果不能随性做自己想做的事，不就成了犯人了吗？于是阿齐兹又开开心心地走去监督仆役准备燕麦粥与冰块。

"发生了什么事？"菲尔丁先生问。他马上觉得事情不对劲，因为德瑞克小姐一路上都在谈论野餐的事，还表示这是意外的收获。她说，比起经常邀她做客的印度人，她更欣赏没有邀请过她的印度人。摩尔夫人坐在凉椅上晃动双脚，看起来郁郁寡欢，而且神情恍惚。摩尔夫人说："我讨厌德瑞克小姐，她的个性躁动，总是来去匆匆，而且一天到晚想新花招。她什么事情都肯做，但就是不愿回去找那位付她薪水的印度邦主夫人。"

菲尔丁先生也不喜欢德瑞克小姐。他表示："我离开车子的时候，德瑞克小姐看起来并不急着回去，也没有提到她必须马上返回昌迪拉布尔。所以我猜是奎斯特德小姐急着离开。"

"阿黛拉急着离开？她一向悠悠哉哉，这辈子从来没有急过。"摩尔夫人语气尖锐地反驳。

"我的意思是，一定是奎斯特德小姐想离开这儿。事实上，我相信一定是如此。"菲尔丁校长坚持自己的看法。他有点厌烦目前的处境——但主要是讨厌他自己。因为他一开始没赶上火车——他这辈子没有犯过这种错——现在好不容易抵达了，却再次搅乱了阿齐兹的苦心安排，所以他一定得发泄一下情绪。菲尔丁先生以一种权威的表情对摩尔夫人皱皱眉，说："阿齐兹是一个讨人喜欢的好人。"

"我知道。"摩尔夫人打着呵欠回答。

"他为了筹办这次的野餐活动，费尽了千辛万苦。"

菲尔丁先生与摩尔夫人彼此根本不熟，没想到因为一个印度人的缘故，他们被硬凑在一起，害两人都不知所措。有时候，种族问题可能会以一种不可思议的形态出现。对菲尔丁先生和摩尔夫人而言，种族问题引发了嫉妒之情，以及他们对彼此的怀疑。菲尔丁先生试着让摩尔夫人多展现热情的回应，但是她几乎不说话，还好这时阿齐兹走过来带他们去吃早餐。

"奎斯特德小姐这么做并不奇怪。"阿齐兹表示。他心里一直思考着这件事，并设法摒除其中不合理之处。"我们本来正在和导游聊一些有趣的事，然后就看见德瑞克小姐的车子朝这头驶来，所以奎斯特德小姐决定去找她的朋友。"虽然他所描述的一切根本与事实不符，但是他心里已经认定这才是真相。阿齐兹说谎，因为他的心思敏感，不愿想起奎斯特德小姐曾谈及一夫多妻制度的话题，因为这不是客人该有的礼仪，所以他宁可把这段记忆隐藏起来，连自己为了避开奎斯特德小姐而躲入某岩洞的事实，也一并抛诸脑后。阿齐兹说谎，因为他不希望别人觉得奎斯特德小姐失礼——而且事实真相错综复杂——所以他必须捏造一些与奎斯特德小姐有关的情境，仿佛人们在拔除杂草之后，必须将泥地填平。早餐都还没吃完，阿齐兹就已经说了一大堆谎言。"既然奎斯特德小姐跑去找她的朋友，我就回来找我的朋友。"阿齐兹继续说着，而且面带微笑，"现在我和我的朋友们在一起，我的朋友们也和我在一起，我们都在一起，这真是最快乐的事情。"

阿齐兹喜欢摩尔夫人与菲尔丁先生，也希望他们能够互相喜欢，可惜他们彼此并不欣赏对方。菲尔丁先生怀着一种憎恶感，心想："我就知道这些女人一定会惹麻烦。"摩尔夫人心中也暗忖："这个男人自己没赶上火车，现在竟然还有脸责怪别人？"但是她全身无力。自从摩尔夫人在岩洞里差点昏厥之后，她对事物的态度就变得冷淡，而且总以嘲讽的目光看待别人。她来到印度前几个星期的美好印象，包括沁凉的夜晚、无尽的美景，如今都已经消失无踪。

菲尔丁先生跑到上方去欣赏马拉巴岩洞，但是他不觉得这些岩洞好看。然后他们一行人便坐进象轿，从山径离开岩洞区，在悬崖底下朝火车站的方向往回走去，一路上热气逼人。他们来到菲尔丁先生下车的地方，菲尔丁先生心里突然有一种不安的感觉，便问："阿齐兹，你到底是在什么地方与奎斯特德小姐分开的？你们为什么会分开？"

"我们在那上面分开的。"阿齐兹愉快地指向大圆石。

"但是，为什么会突然——"菲尔丁先生追问。这个地方的岩石有沟槽，也可以说凹痕满布，而且放眼望去都是仙人掌。"是导游带她离开的吗？"

"哦，对，这个导游帮了不少忙。"阿齐兹回答。

"那上头有小径可以走下山吗？"

"亲爱的菲尔丁先生，那上面有几百万条小路可走。"

菲尔丁先生只看见岩石的凹痕，其余什么都看不到。别的地方到处可见泥地中露出花岗岩。

"你有没有亲眼看见奎斯特德小姐与导游安全下山？"

"是的，是的，我看见奎斯特德小姐与德瑞克小姐搭车离开。"

"然后导游又回来找你吗？"

"是的。您要不要抽根烟？"

"希望奎斯特德小姐不是因为身体不舒服才提早离开。"菲尔丁先生表示。岩石上的凹痕一路延伸，看起来就像是横越平原的河道，可以让水流向恒河。

"如果奎斯特德小姐生病，她一定会叫我照顾她。"

"是的，你说得有道理。"

"我看您好像很担忧，我们还是聊聊别的事情吧。"阿齐兹好心地表示，"奎斯特德小姐可以随时做她想做的事，我们本来就是这样安排的。我看您是为我而担忧吧？但是，说真的，我一点都不介意。我从来不在乎这种小事。"

"我确实是为了你而担忧。而且我认为她们相当失礼。"菲尔丁先生压低声音说，"奎斯特德小姐不应该这样不告而别，德瑞克小姐也没有权利唆使奎斯特德小姐这样做。"

阿齐兹的脾气就像标尺一样死硬，没有商讨的空间。那双让他高飞的翅膀没有因此摇晃，因为他是一个已经尽了责任的莫卧儿皇帝。阿齐兹全身放松地坐在大象上，望着马拉巴山渐渐往后退去，然后他又看看这个属于他的国度：酷热且污秽的平原、象背上不停晃动的水桶、白色的神龛、浅浅的坟墓、温

236

和的天空、看起来像树木残枝的蛇。阿齐兹已经尽全力招待客人，就算有人比较晚到、有人提早离开，都与他无关。摩尔夫人已经睡着了，随着象轿轻轻晃动。穆罕默德·拉蒂夫则满怀敬意地扶着摩尔夫人。菲尔丁先生坐在阿齐兹身旁，阿齐兹开始有一种感觉：他认为菲尔丁先生就像是希腊哲学家西里尔。

"阿齐兹，你有没有算过，这次野餐要花你多少钱？"

"嘘，亲爱的菲尔丁先生，不要提到这种事情。我只知道要花费好几百卢比，但是详细的数字可能会很吓人。我朋友的仆役不断向我要钱，至于这头大象，简直是一只吃钱的动物。我相信你不会把这些话告诉别人。再说，穆·拉——请用简称代替他的名字——正在旁边偷听我们说话。他是最爱向我讨钱的人。"

"我认为他不是一个好人。"

"他对自己非常好，但是他不诚实的个性会把我害惨。"

"阿齐兹，你真是一个奇怪的人。"

"我和他在一起的时候很开心，他会逗我的客人发笑。除此之外，我有责任雇用他，毕竟他是我的亲戚。'千金散尽，还会回来，钱财留着，死路一条。'您有没有听过这句非常有用的乌尔都格言？我猜您应该没听过，因为这是我刚刚才发明的。"

"我的格言是'省一分钱就是赚一分钱'，人生就是如此，而且凡事都应该三思而后行。你知道吗？大英帝国的人在做事之前一定都会详加考虑后果，所以你们永远无法赶我们走，除非你不再雇用像穆·拉那种人。"

"噢，赶走英国人？我才不会为这种卑鄙的事情烦心，那种事情交给政治家去忙吧……不，我在学生时代还会为了万恶的英国而情绪激愤，这是当然的。但现在只要英国人让我继续工作，并且在公务方面不要对我太过无礼，我就没有什么要求了。"

"你明明别有所求，你还带英国人来郊游野餐。"

"这次的野餐之旅与英国人或印度人都没有关系，这只是一次与朋友同乐的探险之旅。"

这趟探险之旅到此结束了，有人觉得愉快，有人不觉得。他们把婆罗门厨师接回同行队伍中，返回昌迪拉布尔的火车也正好抵达，烟囱冒出的阵阵浓烟飘向平原。他们准备向马拉巴山道别，回到属于二十世纪的日常生活。摩尔夫人走进她的车厢，同行的三位男士也走进他们的车厢，并且调整窗帘、打开电扇，准备休息一会儿。在微光中，周遭的一切看起来都像死尸一般沉寂。火车虽然缓缓开动，但感觉也像死了一般——犹如一具来自科技发达的北方的棺材，不停破坏着美好的自然景观，每天四次。火车离开马拉巴山脉，那个令人难受的小天地也仿佛跟着消失了，取而代之的是人们从远方望见的马拉巴山美景，虽然视野受限，但是带点浪漫的感觉。火车在某个抽水站前暂停，站务员将煤车里的煤炭淋湿，然后火车才铆足了劲往前方直驶而去，绕过英国人居住的官署驻地，越过破烂不堪的平交道栏杆，一路发出哐当声。昌迪拉布尔！昌迪拉布尔！

探险之旅结束了。

火车到站了，但是他们仍阴郁地坐着不动，酝酿重返日常生活的心情。突然间，有人破坏了这个早晨的美好氛围。警察局的警探哈克先生推开车厢门，以洪亮的声音说："阿齐兹医生，我背负令人痛苦的使命前来逮捕你。"

"嘿，你是不是搞错了啊？"菲尔丁先生马上挺身而出。

"菲尔丁先生，我只是奉命行事，其余的一无所知。"

"你以什么罪名逮捕阿齐兹医生？"

"我奉命不得泄露。"

"你不可以这样回答，请拿出你的逮捕令。"

"菲尔丁先生，不好意思，在这种情况下不需要逮捕令。如果你有任何疑问，请找麦克布莱德先生。"

"很好，我们会去找他。来吧，阿齐兹，我的老朋友，没有什么好值得大惊小怪，应该只是一场误会。"

"阿齐兹医生，请你跟我们走好吗？我们已经准备好了具隐秘性的交通工具。"

阿齐兹开始哭泣——这是他发出的第一声回应——并且企图从另一侧的车厢门逃到铁路上。"如果你这么做的话，就是逼我使用武力了！"哈克先生喊着。

"噢，我的老天啊——"菲尔丁先生大叫。受到现场气氛的影响，菲尔丁先生也变得十分惶恐，赶紧在阿齐兹造成憾事之前将他拉回来，像对待婴儿般摇晃他的身体。如果菲尔丁先生晚一秒钟出手，阿齐兹就会不顾一切地冲出去，警察也会马上吹起警哨，在他身后追赶而去……"亲爱的阿齐兹，我们一起去找麦克布莱德先生，问清楚这到底是怎么一回事——他是一个正派的人，这一切应该都是误会……他一定会向你道歉。哈克先生，请你不要把阿齐兹医生当成犯人。"

"我的孩子！我的名声！"阿齐兹不停地喘气，他觉得自己的翅膀已经断裂。

"不会有事的。快把你的帽子扶正，拉着我的手，我会陪在你身边。"

"啊，感谢上帝，他终于肯走出车厢。"哈克警探这下子才松了一口气。

阿齐兹与菲尔丁先生手牵手走入正午的酷热中，火车站里充满喧嚣，旅客与挑夫纷纷从各个角落跑出来看热闹。现场还有许多政府官员，当然还有更多警察。希斯洛普先生来接摩尔夫人，穆罕默德·拉蒂夫开始恸哭。但是在他们两人还没有走出这片混乱之前，菲尔丁先生就被一脸权威的特顿先生支开，阿齐兹只好独自一人走向监狱。

第十七章

行政长官特顿先生在会客室里，冷眼旁观阿齐兹在火车站的月台上被逮捕，然后才将会客室那面多孔的镀锌门打开。从外面往里看，坐在会客室里的特顿先生就像一尊置身神龛中的神像。菲尔丁先生走进会客室之后，门便再度关上，有一名仆役负责站在门外担任警卫。会客室里的吊扇努力地运转着，罩在吊扇外的纱笼很脏，在特顿先生与菲尔丁先生的头顶上不停翻飞。特顿先生一开始沉默不语，他的五官依然俊美，但是脸色很苍白，看起来心事重重——最近这几天，住在昌迪拉布尔的每个英国人都是这种表情。向来勇敢又无私的特顿先生，此刻已经被白热化的愤慨所熔化，倘若他认为有必要，他可以马上自杀。最后，他终于开口说话。"在我的工作生涯中，最糟糕的事情终于发生了。"特顿先生说，"奎斯特德小姐在马拉巴山的某个岩洞中遭到侮辱。"

"噢，不！噢，不。不会吧？"菲尔丁先生闻言惊讶得喘不过气，并感到一阵晕眩。

"幸好她及时挣脱魔掌——感谢上帝。"

"噢，不，不！犯人绝对不是阿齐兹……绝对不是阿

241

齐兹……"

特顿先生沉重地点点头，认定阿齐兹就是犯人。

"绝对不可能！这未免太荒谬了。"

"我刚才把你支开，是不希望你的名誉扫地。假如人们看见你陪他到警察局，马上就会有难听的流言传开。"特顿先生语重心长地表示，完全无视菲尔丁先生的抗议。事实上，他根本没注意听菲尔丁先生在说什么。

菲尔丁先生像个傻瓜似的，口中不断重复着："噢，不！"因为他惊讶得哑口无言。这个骇人的消息宛如一股巨大的洪流，即将吞噬所有人。他必须起身抵挡，将这股洪流赶回原本的深渊，但是他不知道应该怎么做，因为他对疯狂的事件向来一无所知。菲尔丁先生是一个明智且行事安静之人，除非难题迎面而来，才会让他乱了方寸。"到底是谁毁谤阿齐兹？"菲尔丁先生强打起精神。

"是德瑞克小姐，以及——遭受侮辱的那位小姐……"特顿先生此刻的情绪几乎崩溃，无法说出奎斯特德小姐的名字。

"奎斯特德小姐真的亲口指控阿齐兹对她……"特顿先生点点头，然后把头转开。

"她肯定是疯了！"

"我没有办法接受你最后说的这句话。"行政长官表示。他这时才突然发现菲尔丁先生与他分持不同的意见，气到身体发抖。"你立刻收回这句话！自从你到昌迪拉布尔之后，就经常这样随便乱说话。"

"非常抱歉，特顿先生，我愿意无条件收回这句话。"菲尔丁先生说。他觉得自己也已经陷入半疯狂状态。

"你应该多祷告，菲尔丁先生。你为什么用这种口气对我说话？"

"这个消息让我太震惊了，请你务必原谅我。但我真的无法相信阿齐兹医生会做这种事。"

特顿先生愤怒地拍了桌子一下。"你这句话——你这句话等于再次羞辱了奎斯特德小姐！"

"请容我说一句，我无意羞辱任何人。"菲尔丁先生回答。虽然他也开始气得脸色发白，但是仍然坚持自己的观点。"我并非质疑德瑞克小姐和奎斯特德小姐的诚信，但是她们对阿齐兹医生的指控是错的，我相信只要五分钟的时间，就可以澄清所有的误会。阿齐兹医生的为人非常真诚，而且我知道他绝对不可能做出自毁名誉的事。"

"你说两位女士对阿齐兹的指控是错的？你说得一点都没错。"特顿先生以尖锐冷酷的语气说，"我在这个国家已经待了二十五年——"他停顿了一会儿，让"二十五年"这四个字回荡在会客室里思想迂腐且心胸狭窄的空气中——"在二十五年当中，每当英国人试着与印度人建立私交，最后的结果就是悲剧收场，就我所知没有例外。英国人与印度人交际应酬，这是应该的；彼此以礼相待，这也是一定要的；但如果双方要变成亲密的朋友，那就行不通了，万万行不通。我会尽全力反对这种事情发生。我管理昌迪拉布尔已经有六年的时间，倘若这六年一切圆满、大家互相敬重，都得归功于英国人与印度人双方遵守这个简单的游戏规则。没想到新来的人把我们的好传统丢到一旁，结果马上就出事了。我们这几年来的努力毁于一旦，我在这个地区的好名声也全毁了。我——我——我无法眼睁睁看着这种事情发生。菲尔丁先生，你有一肚子的现代化观念——所以你当然什么都不介意，但我知道自己在有生之年不希望看见这种意外发生。对我来说，这无异于世界末日。我已经毁了！那位受害的小姐，那位年轻的小姐，才刚刚与我最器重的部属订婚——而且她——她不久之前才从英国来到这里——我绝对无法容忍这种事情发生——"特顿先生陷入自己的情绪之中，整个人濒临崩溃，此刻看起来既有尊严又令人觉得可怜，但是他所说这一切与阿齐兹有什么关系？假如菲尔丁先生的认知无误，那么这件事情与阿齐兹一点关系也没有。不过，我们没有办法同时从两种不同的角度看待这场悲剧：特顿先生已经下定决心要替奎斯特德小姐复仇，而菲尔丁先生则希望拯救被误会的阿齐兹。菲尔丁先生打算去找麦克布莱德先生谈一谈，因为麦克布莱德先生一向对他非常友善，而且算是明智之人。菲尔丁先生相信麦克布莱德先生一定会冷静地听他替阿齐兹申冤。

"我是为了你才特别赶到火车站来的——可怜的希斯洛普先生已经把他母亲接走了。我想这是我能对你表现的最大善意。我本来想告诉你，今天晚上在俱乐部里有一场非正式的聚会，大伙儿要讨论这个案子，但是我不确定你有没有兴趣参加，毕竟你很少出现在俱乐部里。"

"我一定会参加，特顿先生，而且我非常感激你特别为我做的这一切。但是请容许我冒昧地问一句：奎斯特德小姐现在在什么地方？"

特顿先生做了一个手势，回答："她病倒了。"

"这真是雪上加霜，太可怕了。"菲尔丁先生发自真心地说。

但是行政长官神情严厉地看着菲尔丁先生，因为他觉得菲尔丁先生还是相当冷静，没有因为他说的那句"她不久之前才从英国来到这里"而动容，也没有发挥团结精神大谈种族纷争的问题。特顿先生认为菲尔丁先生仍在寻求事实，尽管众人早就已经失去理智。倘若大伙儿都开始意气用事，却仍有人保持理性，这些旅印英国人就会相当生气。当天昌迪拉布尔的每一个英国人都抛开自己平常的个性，与大家同仇敌忾。同情、愤怒与伸张正义的情绪充斥于他们心中，但是大家都忘了应该探求事实的真相。

谈话结束后，特顿先生走到月台上，那里仍是一片混乱，希斯洛普先生派了一名仆役过来把奎斯特德小姐和摩尔夫人的杂物带回去，但是这个仆役竟然连不属于两位女士的物品也一起拿走，企图占为己有。这种人趁着英国人发怒的时机狐假虎威，穆罕默德·拉蒂夫也不敢阻止他趁火打劫。哈桑脱下自己的头巾，站在一旁啜泣。阿齐兹为了这趟野餐之旅辛辛苦苦准备的各种用品，此刻全被丢弃在太阳底下任凭曝晒。特顿先生看见这种失序的场面，虽然让他失去理智的怒火仍在燃烧，他还是站出来伸张正义，出言遏止希斯洛普先生的仆役继续中饱私囊。随后，特顿先生驱车返回住处，再度发泄了自己的愤怒。当看见睡在水沟里的小工或是在摊位前向他行礼的小贩时，特顿先生对着自己说："我知道你们这些印度人的真面目，你们将会为此付出代价！你们会大声哭喊、向我求饶。"

第十八章

警察局长麦克布莱德先生，是昌迪拉布尔的英国官员当中最常自我检讨的一位，而且他的受教育程度最高。他读过很多书，经常动脑筋思考，加上他的婚姻不太幸福，因此有一套属于他自己的人生哲学。他有一点愤世嫉俗，但是从来不会威吓别人，也不轻易发脾气或表现出粗暴的态度。麦克布莱德先生客气地接待阿齐兹，让阿齐兹的情绪稍微和缓了一些。"在你获得保释之前，我必须拘留你。"麦克布莱德先生告诉阿齐兹，"我相信你的朋友会保你出去，而且他们可以依照规定来探望你。我必须依照我手边的资料来处理你的案子——然而我不是你的法官，我无法判决你到底有没有罪。"阿齐兹被带离麦克布莱德先生时，眼泪始终没有停过。麦克布莱德先生相当惊讶阿齐兹遭到指控，但是任何印度人犯罪都不会让他感到意外，因为他听说过一个与气候区有关的理论。那个理论是："每一个不幸的印度人，内心深处都有犯罪的意图。道理很简单，因为他们生活在纬度三十度的南方，几乎没有翻身的机会，难免会走上歧途——如果我们在这个地方定居下来，到最后也会变得像他们一样。"出生于卡拉奇的麦克布莱德先生似乎与这个理论相悖，但他有时候仍会带着一抹忧伤且安静的微笑，承认这个理论的正确性。

"现在又多了一个符合气候区理论的印度罪犯。"麦克布莱德先生心想。他准备写报告交给地方法官。

菲尔丁先生突然来访，打断了他手边的工作。

麦克布莱德先生把自己知悉的一切都告诉菲尔丁先生：大约一个小时之前，德瑞克小姐开着那辆来自穆库尔的汽车，到他家寻求帮助，他当时正好在家。车上的德瑞克小姐与奎斯特德小姐两人脸色看起来都很差。他接受报案，并随即派员前往火车站逮捕犯人。

"她们到底控告阿齐兹什么罪名？"

"阿齐兹偷偷跟着奎斯特德小姐走进马拉巴岩洞，对她做出轻薄的举动。她拿望远镜抵抗，望远镜的带子被阿齐兹扯断，奎斯特德小姐趁机逃脱。我们刚才在阿齐兹的口袋里发现了奎斯特德小姐的望远镜。"

"噢，不！噢，不，不可能！我相信只要花五分钟就能澄清这个误会。"菲尔丁先生惊呼。

"你看看这个望远镜。"

望远镜的带子上有被扯断的痕迹，镜片也被撞凹。从这些证据可以合理推论：阿齐兹确实有罪。

"奎斯特德小姐还说了什么？"

"她说岩洞里有一种可怕的回音，让她感到非常害怕。你去过那些岩洞里面吗？"

"我只参观了一个岩洞，岩洞里面确实有回音。那些回音让奎斯特德小姐感到紧张吗？"

"她当时情绪还不稳定，我不能问她太多问题。等她站上法庭的证人席时，一定会告诉大家更多细节。接下来的几个星期，对受害者而言恐怕会相当难熬，我真希望马拉巴山以及那些岩洞都沉入海底。每天晚上，我们都可以从俱乐部看见马拉巴山，原本马拉巴山只是一个无害的名字……但现在不同了。是的，开始变化了。"有人拿了一张名片走过来，交给麦克布莱德先生，原来是犯人的律师马哈茂德·阿里，要求与阿齐兹见面。麦克布莱德签了字，同意让马哈茂德·阿里探视阿齐兹，然后他又继续对菲尔丁先生说："我从德瑞克小姐那儿听说了不少事情——德瑞克小姐是我们的老朋友，告诉你这些应该没关系——嗯，她说你下车去找阿齐兹他们的营地，但几乎就在同一时刻，她听见从大圆石那边传来声响，并看见奎斯特德小姐一路狂奔至悬崖边。嗯，然后奎斯特德小姐又爬到一个类似小峡谷的地方——那时她才发现自己的帽子掉了——"

"当地的导游没有陪在奎斯特德小姐身边吗？"菲尔丁先生问。

"没有。结果奎斯特德小姐被困在仙人掌那边，德瑞克小姐连忙过去救她——奎斯特德小姐当时非常激动，歇斯底里地不停扭动身体，德瑞克小姐好不容易才扶着她坐进车里。奎斯特德小姐一看见德瑞克小姐的印度司机，就情绪失控地大喊：'叫他走开！'——德瑞克小姐这时才询问奎斯特德小姐发生了什么事。后来德瑞克小姐亲自开车，载着奎斯特德小姐来找我报案。我知道的就这么多。德瑞克小姐叫她的司机去找你们，我认为她做了非常明智的决定。"

"可不可以让我见见奎斯特德小姐？"菲尔丁先生突然问麦克布莱德先生。

"我不认为这对案情有任何帮助。真的。"

"我知道你会这么说，但是我真的很想见她。"

"她目前的情况不适合会客，再说，你和她并不熟。"

"我们几乎不认识彼此……但是，你知道吗？我想她可能陷入了某种可怕的错觉。可怜的阿齐兹是无辜的。"

麦克布莱德先生吃了一惊，脸上掠过一道阴影。他无法忍受自己的职权受到干扰。"我没想到你竟然这么认为。"他一面说，一面低头望向桌上那份签了名的口供。

"关于你刚才提到的望远镜，我本来也觉得那是证据，但如果阿齐兹真的对奎斯特德小姐做出轻薄的举动，绝对不可能还把那个望远镜留在自己口袋里。"

"很抱歉，这当然有可能。印度人做坏事的时候，不仅行径非常恶劣，而且也相当怪异。"

"这点我无法明白。"

"你当然不明白。当你想到犯罪问题时，只会想起英国人的犯罪行为。印度人的犯罪心理与英国人大不相同。我敢说，你接下来一定会告诉我，阿齐兹从山上回到营地并且迎接你的时候，神色举止都和平常一样。他当然会故意表现得和平常一样。你去读一读关于印度人发起叛变活动 [1] 的记录吧，我说的可不是《薄伽梵歌》[2]！在这个国家它们简直可以成为你的圣经宝典。不过，我目前还不确定这个案子是否与印度人的叛变阴谋有密切关系。我这么说应该不算太无礼吧？但是，菲尔丁先生，你知道的，我以前就告诉过你，因为你是校长，你遇见的印度人都是素质最好的一群，所以你对印度人产生误解，以为每一个印度人都像你学校里的那些男孩一样迷人可爱。然而事实并非如此。等那些迷人可爱的男孩长大成人之后，就会露出他们的真面目，而且我一眼就可以看穿。"麦克布莱德先生拿起阿齐兹的随身小包，"比方说，你看看这个。我刚才检查了里面的东西，找不到什么光彩的物件。这里有一封信，来自阿齐兹某个开妓院的朋友。"

"我不想读他的私人信件。"

"我们会在法庭上引用他的信件，来证明他的人格与道德。他原本打算去加尔各答嫖妓。"

"噢，够了，够了！"

麦克布莱德先生停顿了一会儿，露出不解的表情。他显然认为英国官员都应该挖掘并贡献关于印度人见不得光的秘密，因此不明白怎么会有人持反对意见。

---

1 1857 年发生的英国陆军印度兵叛变事件中，除了叛变者的暴行令人发指——如麦克布莱德先生所言——英国报复的手段也野蛮残暴。

2 《薄伽梵歌》（ *Bhagavad Gita* ）：印度教神圣经文《摩诃婆罗多》（ *Mahabharata* ）的一部分。

"我敢说，你一定觉得，大家都有权利朝这个犯罪的年轻人丢石头。但是我没有这种权利，因为我在他这个年纪时也会找女人。"菲尔丁先生表示。

身为警察局长的麦克布莱德先生，自己也曾经做过年少轻狂的风流事，但他认为自己与菲尔丁先生的这段对话已经偏离主题。菲尔丁先生接下来说的话，也让他觉得有点刺耳。

"我真的没有机会见奎斯特德小姐一面吗？你不能替她做决定吧？"

"你还没有告诉我，你心里在打什么主意。你到底为什么想见她？"

"在你送出报告之前，在阿齐兹接受审判之前，在整件事变得不可收拾之前，我想先和奎斯特德小姐聊一聊，看看有没有办法劝她撤销控诉。老朋友，我们不要再继续争辩了，多做点好事比较重要。请你打通电话给你的妻子或是德瑞克小姐，请她们问问奎斯特德小姐是否愿意见我。反正这对你也不会有什么损失。"

"打电话问她们也没有用。"麦克布莱德先生回答，但他还是伸手去拿电话筒，"一切都要由卡伦德少校做主。你大概还不知道，奎斯特德小姐现在的状况有多么糟糕。"

"卡伦德少校一定会拒绝让我和奎斯特德小姐碰面。他只会拒绝别人。"菲尔丁先生绝望地说。

结果一如预期，卡伦德少校不希望他的病人受到打扰。

"我只是想问问奎斯特德小姐，她是否真的确认——百分之百确认——阿齐兹偷偷跟着她身后走进岩洞里。"

"我妻子可能已经问过她这个问题了。"

"但是我想要亲自问她。我希望是由一个相信阿齐兹的人来问这个问题。"

"这有什么不同吗?"

"毕竟你的妻子不信任印度人。"

"呃,反正这一切都是奎斯特德小姐说的,难道不是吗?"

"我知道,但你也是从你妻子那边辗转听来的。"

麦克布莱德先生不以为然地挑挑眉毛,小声地说:"现在阿齐兹犯罪的证据确实不足,但是无论如何,卡伦德少校不肯让你见奎斯特德小姐,抱歉。而且他甚至还说了一些听起来很不妙的话:他说奎斯特德小姐还没有脱离险境。"

菲尔丁先生与麦克布莱德先生两人陷入沉默。这时又有人拿了一张名片进来——来客是哈米杜拉。看来印度人的火力正逐渐增强。

"菲尔丁先生,我现在必须完成这份报告。"

"我希望你不要写这份报告。"

"我怎么可以不写?"

"我觉得这是一件令人不满而且十分不幸的事。我认为一股可怕的毁灭势力正朝着我们直扑而来。我想见见你逮捕的犯人,可以吗?"

麦克布莱德先生有些迟疑。"我让他的同胞去看他,这样你应该就满意了吧?"

"嗯，我还是想亲自探望阿齐兹，可以等那位律师看过他之后再让我去。"

"老天，我当然不会让你等那么久，你可以享有优先权，排在那个印度律师之前。但是你这么做到底有什么好处？为什么你要蹚这趟浑水？"

"我已经说过了，阿齐兹是无辜的——"

"不管他是无辜的还是有罪的，你为什么要蹚这趟浑水？这样做对你有什么好处？"

"噢，好了，好了！"菲尔丁先生大喊。他觉得地球上的一切仿佛都停止运转了。"每个人偶尔都需要喘口气，起码我是这样。你不让我见奎斯特德小姐，也不让我见阿齐兹。我本来答应阿齐兹要陪他一起到这里来见你，但是我还走不到两步路，就被特顿先生支开了。"

"这正是特顿先生的行事风格，他认为白人应该只管白人的事。"麦克布莱德先生以感性的口吻喃喃自语，并试着不让自己说话的态度显得像是要菲尔丁先生领情。他把手伸过桌子，对菲尔丁先生说："我想我们必须团结起来。老朋友，我知道我的年纪比你轻，但是在公务职等上，我的任职时间比你长很多。你对这个坏心眼的国家，了解程度不如我深，所以你必须相信我的话。接下来的几个星期，昌迪拉布尔的情况会变得非常糟糕，我是说真的。"

"我刚才也是这样说的。"

"在这种情势下，我们没有时间浪费在——呃——私人的

254

感情上。任何人只要一不小心犯了错，就会惹上大麻烦。"

"我懂你的意思。"

"不，你没有真正了解我的意思。犯了错的人不但会惹上大麻烦，还可能会连累他周遭的朋友。假如你脱离英国人的阵营，就会害我们这边露出破绽。那些印度土狼——"麦克布莱德先生指指他手上那两张印度律师的名片，"——此刻正千方百计想找出我们的破绽。"

"可不可以让我去探望阿齐兹？"菲尔丁先生以这个问题代替他的回答。

"不可以。"麦克布莱德先生现在已经知道特顿先生对这件事所采取的立场，所以斩钉截铁地拒绝菲尔丁先生。"如果地方法官希斯洛普先生命令我同意让你与阿齐兹见面，我可以照办，但是就我的职责来说，我不觉得让你们见面有任何正当性可言，因为这可能会引起更多不必要的纷扰。"

菲尔丁先生沉默了一会儿，心想：如果自己年轻十岁，或者在印度的资历多十年，也许就有足够的能耐反抗麦克布莱德先生。但是他此刻只能忍气吞声地问："你刚刚说，我应该去向谁申请探视阿齐兹的资格？"

"地方法官。"

"听起来真让我充满希望。"

"是的。我想现在任何人都不该去打扰可怜的希斯洛普先生。"

一名下士得意洋洋地出现在两人面前，手中捧着新的"证据"——阿齐兹的抽屉。

"啊，抽屉里竟然有女人的照片！"麦克布莱德先生惊呼。

"那是他的妻子。"菲尔丁先生不悦地说。

"你怎么知道？"

"阿齐兹告诉我的。"

麦克布莱德先生回给菲尔丁先生一个怀疑的笑容，然后开始翻查阿齐兹的抽屉。他脸上的表情充满好奇，并且带着一点兽性。"这个女人最好是他的妻子。我知道印度人就喜欢拈花惹草。"麦克布莱德先生心中暗忖。然后他大声地说："好了，老朋友，你现在必须离开这里。愿上帝帮助我们，愿上帝帮助我们每一个人……"

外面突然传来清真寺的钟响，仿佛回应着麦克布莱德先生的祈求。

第十九章

　　哈米杜拉在警长办公室外面等候，当他看见菲尔丁先生从办公室里面走出来，马上充满敬意地起身致意。菲尔丁先生安慰他，对他说："一切都是误会。"哈米杜拉连忙问："啊，找到证明阿齐兹无罪的证据了吗？"

　　"一定会有证据的。"菲尔丁先生握住哈米杜拉的手。

　　"啊，菲尔丁先生，你说得对。但只要印度人遭到逮捕，我们就无法预知事情最后会如何收场。"哈米杜拉客气地回答，"你在公开场合这样安慰我，让我相当感激，但是，菲尔丁先生，只有证据才能够让希斯洛普先生信服。麦克布莱德先生收到我的名片时有没有任何表示？你认为我要求探视阿齐兹会不会让麦克布莱德先生不高兴？会不会因此让他对阿齐兹产生偏见？如果答案是肯定的，我愿意马上离开。"

　　"你没有让他不高兴。而且就算你惹他不高兴，又有什么关系？"

　　"啊！谢谢你这么说，但我们必须面对这个国家的现实情况。"

　　哈米杜拉是昌迪拉布尔的首席律师，毕业于剑桥大学，地位相当尊贵，但此刻心慌意乱。他和菲尔丁先生一样关心阿齐兹，并深信阿齐兹遭到诬陷，但是信念没有主宰他的内心，他反而喋喋不休地谈论"政策"和"证据"，这让菲尔丁先生很是伤心。菲尔丁先生自己其实也很焦虑——因为关于望远镜与导游行踪这两件事，阿齐兹与麦克布莱德先生的说法截然不同——但是他不愿想太多，也不让任何疑虑影响自己的信念。阿齐兹一定是无辜的，他必须以这种信念为基础，才能救阿齐兹脱困。认定阿齐兹有罪的人都错了，但是根本没有办法改变他们的想法。菲尔丁先生决心投入这场抗争之后，才深深体悟到那道隔开英国人与印度人之间的鸿沟有多深。印度人总是做出令人失望的事：阿齐兹试图躲避警察、穆罕默德·拉蒂夫偷鸡摸狗——现在就连哈米杜拉也没有因为阿齐兹遭到诬告而愤怒抨击，反而委屈地顺应英国人。印度人都是懦夫吗？不，但是他们不善于据理力争，而且经常踌躇不前。印度人对什么事情都感到恐惧，所以英国人就踩着他们这项弱点来统治印度。在无意识的情况下享受尊崇与礼遇的菲尔丁先生，一心想要帮忙扭转这种现象。他鼓励哈米杜拉打起精神，安慰他一切都会没事，哈米杜拉因此重新振作，并且恢复了理智。麦克布莱德先生刚才对菲尔丁先生说的"假如你脱离英国人的阵营，就会害我们这边露出破绽"此刻已经得到证明。

"现在最重要的事，是将阿齐兹保释出来……"

今天下午就必须申请保释。菲尔丁先生自愿当担保人，但是哈米杜拉认为应该找纳瓦卜大人帮忙。

"为什么要把纳瓦卜大人扯进来？"

把每个人都扯进来，正是哈米杜拉的目的。他还建议应该由一位信奉印度教的律师来为阿齐兹辩护，因为如此一来，大家才会更关注这个案子，并且支持被告。哈米杜拉点名一两位住在远方市镇的律师——因为他们住得远，所以不会被昌迪拉布尔的官僚威吓——并表示自己心目中的最佳人选是阿姆里特劳。阿姆里特劳是加尔各答的律师，无论专业能力或个人品德都深受好评，但他同时也是知名的反英人士。

菲尔丁先生不赞同，因为这种做法太极端。最重要的事情是帮阿齐兹洗脱罪名，而不是挑起种族之间的仇恨。他知道俱乐部里的英国人都非常讨厌阿姆里特劳，倘若阿姆里特劳担任阿齐兹的辩护律师，英国人会认为阿齐兹有向英国统治阶层宣战的政治意图。

"噢，不！我们必须全力反击。刚才我看见一个卑鄙的警察拿着阿齐兹的私人信件走进警长办公室，当下我就告诉自己：'阿姆里特劳是帮阿齐兹脱罪的最佳人选。'"

菲尔丁先生与哈米杜拉陷入阴郁的沉默，外面持续传来刺耳的清真寺钟声。今天这个悲惨的日子还没到下午。警方继续搜证，并且派出一名信差，将正式的逮捕报告书递送给地方法官希斯洛普先生。"不要把事情复杂化，让一切顺其自然发展吧。"菲尔丁先生一面央求哈米杜拉，一面看着信差消失在路面扬起的尘土中。"反正我们最后一定会赢，奎斯特德小姐的控诉不可能成立。我们不应该节外生枝。"

菲尔丁先生的这句话让哈米杜拉感到安慰，他发自内心地说："英国人在面对危机时确实令人钦佩。"

"那么，再见了，亲爱的哈米杜拉（我们现在应该省略"先生"这个尊称了）。等你见到阿齐兹的时候，请代我问候他，并提醒他保持冷静。一定要冷静、冷静！我现在要回学校去，如果你需要我，请打电话给我。如果不需要我，就不要打电话，因为我会很忙碌。"

"再见了，亲爱的菲尔丁。你真的打算站在我们这一边，与自己的同胞为敌吗？"

"是的，当然。"

菲尔丁先生很后悔自己选边站，他原本的目标是暗中与印度人往来，不要被旅印英国人贴上任何标签。从今以后，他肯定会被同胞们视为"反英人士""煽动分子"——他厌烦这种称呼，所以总是尽量低调。菲尔丁先生可以预见：这件事除了是一场悲剧，还会让他身陷泥沼。他现在就可以看见好几个难解的死结，而且他越看这些死结，就觉得这些死结变得越来越大。他生于自由世界，并不害怕这种混乱的局面，然而他知道自己绝对躲不掉了。

一场奇怪又语意不详的对话，为这一天画下句点。菲尔丁先生回到学校之后，和戈德博尔教授聊了一会儿。戈德博尔教授又为了锁链蛇[1]的事来找菲尔丁先生：几个星期前，学校里

---

1 锁链蛇（Russell's Viper）：外观为黄棕色，身长约四英尺到五英尺，毒性极强，是印度最知名也最危险的毒蛇。

某位信奉袄教且不受欢迎的教师，在他的教室里发现一条锁链蛇，那条蛇可能是自己爬进教室的，也可能是被人偷偷带进去的。教职员至今仍常为了这件事来找菲尔丁先生，他们将自己的推论与菲尔丁先生分享，占用菲尔丁先生不少宝贵的时间。但毕竟那是一条深具危险性的毒蛇，因此菲尔丁先生不方便阻止他们表达意见。每个教职员对这一点都心知肚明，所以总是畅所欲言。就这样，菲尔丁先生明明还有一大堆事要烦恼，心里还盘算着要写一封陈情信给奎斯特德小姐，却仍得倾听一大堆缺乏理论基础而且没有任何结论的意见。最后，戈德博尔教授问菲尔丁先生："我可以告退了吗？"——戈德博尔教授经常在还没说到重点之前就会离开。"我现在要告辞了，但是我必须说，我很高兴你最后顺利抵达马拉巴岩洞。我很担心因为我的不守时，耽误了你原定的计划，没想到你竟然可以搭德瑞克小姐的车前往，这真是一种令人愉快的交通方式。希望你这趟探险之旅相当成功。"

"从你这一番话，我猜你一定还没有听说那个消息。"

"噢，我已经听说了。"

"不，你一定不知道，阿齐兹遭遇了可怕的不幸。"

"我知道，这个消息早就已经传遍整个校园。"

"呃，既然你知道发生这种事，就应该清楚这趟探险之旅一点也不成功啊。"菲尔丁先生惊讶地看着戈德博尔教授。

"我不清楚这趟探险之旅到底成不成功，毕竟我不在场。"

菲尔丁先生只能默默看着戈德博尔教授——但这个举动

没有任何意义，因为没有人能用双眼看出这个婆罗门心里在想些什么，但是他知道戈德博尔教授头脑很聪明，心地也很善良，而且他所有的朋友都信任他，毫无理由地信任他。"我对这场不幸感到非常心痛。"菲尔丁先生说。

"我一走进你的办公室就已经看出来了，所以我不想耽误你太多时间。但是我有一件私事要麻烦你。你知道，我不久之后就要离开这所学校了。"

"啊，是的，我知道。"

"我要回到我出生的印度中部，在那里兴办教育。我要在那儿开设一间中学，采用规范的英国教育方式，希望能够办得像政府大学一样好。"

"所以呢？你刚刚说的私事是？"菲尔丁先生叹了一口气，但仍装出对这个话题感兴趣的模样。

"目前马乌[1]那个地方只有本国语文的教育，我认为改变现状是我的责任。我要向殿下建议，至少批准我设立一所中学。如果可能的话，我希望可以批准我在每个学区都设立一所学校。"菲尔丁先生低下头，伏在手臂上。印度人有时候真的令人难以忍受，这点千真万确。

"有一件事我想请你帮忙——你觉得学校应该取什么名字才好？"

"名字？学校的名字？"菲尔丁先生问。他突然觉得很不舒

1　马乌（Mau）：位于恰达布尔（Chhatarpur）。

服，就像他稍早在火车站会客室里的那种感觉。

"是的，名字，一个适当的名称，可以让大家称呼的校名，可以广为人知的校名。"

"说真的——我脑子里现在没有任何恰当的校名。除了可怜的阿齐兹之外，此刻我什么都想不到。你知道他现在被关在监狱里吗？"

"噢，我知道。噢，没关系，我不期望你现在就给我答案。我的意思是，你有空的时候可以帮我想一想学校的名字，给我两三个校名让我挑选。我本来想取为'菲尔丁先生中学'，但如果你不愿意，或许可以取名为'英王乔治五世中学'。"

"戈德博尔教授！"菲尔丁先生不耐烦地阻止对方继续说下去。

这位老先生双手合十，模样看起来既狡猾又充满魅力。

"你觉得阿齐兹是无辜的还是有罪的？"菲尔丁先生问。

"那必须由法院来决定。法院最后一定会凭证据做出判决，这点毫无疑问。"

"没错，没错。但是我想知道你个人的看法。我们两人都欣赏阿齐兹，一般人也很尊敬他。他住在这片土地上，向来安安分分地工作。我想知道大家对这件事情的了解程度有多少。你觉得阿齐兹可能做出这种事情吗？"

"啊，你这个问题又和刚才那个不一样了，而且这个问题比较难回答。我的意思是，以我们的哲学来说，这个问题比较困难。阿齐兹是一个最高尚的年轻人，我非常看重他，但我认为你问我的问题是：一个人可不可能行善或作恶。这对我们来说是一个相当困难的问题。"戈德博尔教授回答时不带一丝感情，说话的语调轻快短促。

"我想问你的是，你觉得阿齐兹到底有没有做这件事？这个问题够清楚了吧？我知道他没有做，而且我坚持这个立场。我想在这两天内找出真相。我的想法是：肯定是那个陪着阿齐兹和奎斯特德小姐前往岩洞的当地导游做的。哈米杜拉认为是奎斯特德小姐故意陷害阿齐兹——但是我认为不可能。她一定真的遭遇了可怕的事。然而请你告诉我你的看法。噢，不——我的问题和行善作恶没有关系。"

"不，请你听我说。依我们的哲学来看，事情并不是非黑即白，因为没有任何一件事情可以单独存在。一件善事发生的时候，必须靠天地万物来促其发生；一件坏事发生的时候，也得靠天地万物来促其发生。为了证明我的论点，我就拿我们正在讨论的这件事作为例子。有人告诉我，马拉巴山上发生了一件坏事，这件坏事使得一位高贵的英国女士因此病倒。我对这件事情的回答是：是阿齐兹医生做的。"戈德博尔教授停了一会儿，吸吸自己瘦削的脸颊，"也是那个导游做的。"他又停了一会儿。"是你做的。"他露出一种勇敢又带点羞怯的表情，"也是我做的。"他害羞地低头看着自己外套的袖子。"是我的学生做的，也是那位英国女士自己做的。因为每当坏事发生的时候，就代表整个宇宙促成这件坏事发生。同样的，善事发生的时候也一样。"

"那么，痛苦发生的时候也一样。每一件事都代表着所有的事，没有哪件事会单独发生。"菲尔丁先生有点恼怒，忍不住低声抱怨，因为他这时需要坚强的后盾来支持他。

"对不起，你转移话题了。我们在讨论行善与作恶，痛苦是个人的感受，倘若一位年轻女士中暑了，她的痛苦对整个宇宙而言并没有意义。噢，没有意义，一点意义也没有。噢，完全没有任何意义。那是独立发生的事，只和她自己有关。如果她认为自己的头不痛，她就不会觉得不舒服，然后事情就结束了。然而善事与坏事却非如此，善事与坏事并不是我们的感觉，而是它们自己原本的模样。善事与坏事的发生，与我们每一个人都有关系。"戈德博尔教授回答。

"你的意思是，善事与坏事都一样。"

"噢，不是，我再次向你道歉。善事与坏事当然不同，你从这两个名词的差异就可以分辨得出来。我个人的浅见是，善恶是神明的两个面向，神明出现的时候，善事就会发生，神明不出现的时候，坏事就会发生，而且神明出现或不出现，两者差异很大，大到连我这种渺小之人都能领会与感受。但是神明不出现，又暗示着神明也会有出现的时候，因为不出现并不代表不存在，所以我们有资格对神明说'来，来，来，来'。"然后戈德博尔教授又用同样的语调补充了一句话，仿佛想借此除去他刚才这番话中可能隐含的美感："你在马拉巴山上有没有趁机参观一下有趣的马拉巴古迹？"

菲尔丁先生沉默不语，试图沉思片刻，让头脑休息一下。

"你连营地旁边的水池都没看到吗?"戈德博尔教授又追问。

"有的,我看到了。"菲尔丁先生心神不宁地回答,他脑子里同时想着六七件事情。

"那很好,表示你看到'匕首水池'了。"戈德博尔教授接着分享了一则传说。如果他是在两个星期前的茶会上分享这则传说,或许菲尔丁先生还可以忍受。故事的内容是一位印度王公杀害了自己妹妹的儿子,没想到行凶的匕首就一直粘在他的手上。几年之后,他来到马拉巴山,因为口渴想要喝水,但这时看见一头口渴的母牛,于是就派人先取水给母牛喝,结果匕首就从他的手中落下。为了纪念这个奇迹,他打造了那座水池。戈德博尔教授的故事永远以母牛作为高潮点,郁闷的菲尔丁先生也只能沉默地聆听这个关于母牛的传说。

当天下午,菲尔丁先生获得允许,终于和阿齐兹见了面,却发现阿齐兹因为悲痛过度而变得难以亲近。"你遗弃了我!"是阿齐兹口中说出的唯一一句有条理的话。菲尔丁先生离开阿齐兹之后,就写了一封信给奎斯特德小姐。就算这封信能够送达奎斯特德小姐的手中,大概也不会有任何作用,再说麦克布莱德夫妇可能会从中拦截这封信。奎斯特德小姐这件事困住了菲尔丁先生,因为她明明是一位真诚又讲道理的女孩,从来没有任何坏心眼,是整个昌迪拉布尔最不可能冤枉印度人的英国人。

第二十章

虽然昌迪拉布尔的旅印英国人并不欣赏奎斯特德小姐，大家还是展现了良善的一面。在过去几个小时里，这些英国人表现出他们高贵的情怀，而且女性比男性更踊跃表达对奎斯特德小姐的关怀，尽管她们的热心并没有持续太久。"我们能够替这位姊妹做些什么？"卡伦德夫人与莱斯利夫人在炎热的天气中特意驱车前去探望奎斯特德小姐时，心里只想着这个问题。特顿夫人是唯一获准进入病房探视的访客，当她结束探视走出病房时，脸上还带着一种无私的感伤，看起来就像一位高贵的圣人。"奎斯特德小姐就像我自己的女儿一样。"特顿夫人表示。但是话说出口之后，她才想起自己曾经批评奎斯特德小姐不配被称为上等人，而且不满她竟然与年轻有为的希斯洛普先生订婚。特顿夫人开始假哭。从来没有人看过行政长官的妻子哭泣——没错，特顿夫人是个会流泪的女人，而且她很清楚应该等到最适当的场合才流眼泪，而现在就是最适当的场合。噢！她们之前为什么没有对这位刚刚抵达印度不久的女孩更友善、更有耐心？为什么没有盛情款待她？为什么没有对她献出热诚的真心？受到自责的刺激，这些英国女士稍微展现出她们

267

不常表露的真心。倘若如同卡伦德少校所言：事情已经发生，一切无法改变，那么她们现在再做些什么也都于事无补。但不知道什么原因，对于奎斯特德小姐遭遇不幸，她们都觉得自己有一些责任。就算奎斯特德小姐无意与她们打成一片，她们还是应该想办法帮助她融入团体之中。然而现在都已经太迟了，憾事已经发生在奎斯特德小姐身上。"我们为什么没有多替别人设想？"向来个性愉悦的德瑞克小姐忍不住叹了一口气。但是这些英国女性的自责与悔恨大概只维持了几个小时，还不到夕阳西下，她们就已经开始想着各自的事，心里的罪恶感（来自初见别人受苦的震惊）也开始退去。

英国人陆续开车抵达俱乐部，每个人都刻意保持沉默——举止优雅的英国绅士不慌不忙地走在俱乐部的灌木围篱间，因为不想让印度人看出他们激动的情绪。他们虽然喝着平常饮用的饮料，但是今天这些饮料的味道品尝起来不太一样。外面的仙人掌围篱看起来仿佛戳进了天空的紫色喉咙。这些旅印英国人已经体认到一件事：现实世界与他们的认知，相差何止千百英里远。俱乐部里的人比平时还多，有些父母甚至还带着孩子进入原本仅限成人进出的房间。浓浓的紧张气氛，让英国人俱乐部变得像勒克瑙的官邸一样。[1]一位年轻的英国妈妈——她

1　勒克瑙（Lucknow）的官邸曾于 1857 年印度叛乱期间遭到包围，但作者这里也暗指 1919 年 4 月发生的阿姆利则惨案（Amritsar Massacre）。阿姆利则惨案从 1919 年 4 月 10 日英方逮捕两名支持甘地"公民不服从运动"的印度医生开始，印度人随后开始暴动，五名欧洲人因而惨遭杀害，一名英国妇女亦身受重伤。

虽然脑袋不太聪明，但是长得非常漂亮——坐在吸烟室的丝绒椅上，手里抱着她的婴儿。她的丈夫出城去了，她不敢自己待在家中，因为害怕印度人会造反。她的丈夫只是铁路局的小职员，因此大家经常冷落她，但是今晚不同：大家就算牺牲生命，也会为了这位丰满的金发少妇而奋战，因为她的外表与身份，比可怜的奎斯特德小姐更具有值得保卫的永恒象征。

"不要担心，布莱基斯顿太太，那些鼓声是为了穆哈兰姆月节敲奏的。"一位男士对她说。

"这么说，印度人是不是已经要开始造反了？"布莱基斯顿太太发出担心的呻吟，并且紧紧抱住她的孩子。她希望自己怀里的婴孩不要在这种危急时刻还一直流口水。"不，当然不是。而且无论如何，印度人绝对不会攻击英国俱乐部。""亲爱的，他们也不会攻击行政长官的住处，所以你和你的孩子今晚就到我们家过夜吧！"特顿夫人接着表示。特顿夫人站在布莱基斯顿太太身旁，看起来就像高高在上的帕拉斯·雅典娜[1]。她心中做了一个决定：自己将来不要再像从前那样势利眼。

这时行政长官特顿先生突然拍拍手，示意大家安静下来。比起稍早他对菲尔丁先生发脾气的模样，现在他的情绪已经镇静许多。特顿先生对众人说话时，态度总是比私底下交谈来得镇定。"我要特别提醒各位女士。"他说，"不要惊慌失措，尽量保持冷静，保持冷静。能不出门就不要出门，也不要进

1　雅典娜是希腊神话中的智慧与工艺女神，同时也是希腊，尤其是雅典等城市的守护神，因此总是以全副武装的姿态现身，手持长矛与盾牌。

城。不要在你们的仆役面前谈论这件事。只要牢记这几点就可以了。"

"哈利，城里有没有什么新消息？"特顿夫人问。她站在特顿先生不远处，说话时刻意装出在公开场合应有的语调。其他人在这个肃穆的时刻都保持安静。

"一切都和平常一样。"

"我也是这么认为。那些鼓声只是穆哈兰姆月节的鼓声，一定是这样的。"

"那些鼓声只是为穆哈兰姆月节准备——他们下个星期才会举行游行。"

"是的，下个星期一才会举行游行。"

"到那个时候，麦克布莱德先生还得在游行中打扮成圣人的模样。"卡伦德夫人说。

"我们不应该谈论这种事情。"特顿先生望向卡伦德夫人，"卡伦德夫人，在这段时间内，我们说话时一定要更加谨慎才好。"

"我……嗯，我只是……"卡伦德夫人并没有因此恼羞成怒，因为特顿先生的严厉反而让她充满安全感。

"各位还有问题吗？具有必要性的问题。"

"那个人——那个人现在在什么地方？"莱斯利夫人以颤抖的声音问。

"他在监狱里。他的保释已经遭到拒绝。"

菲尔丁先生接着发言。他想知道奎斯特德小姐目前的健康状况是否出自正式的医院报告，或者奎斯特德小姐的惨况只是来自八卦传言绘声绘色的编造。他提出的问题引来许多反对，一部分的原因是他直接说出受害者的名字。现在大家只要提到奎斯特德小姐，都会以迂回婉转的方式表达，就像提到阿齐兹的时候一样。

"我希望卡伦德少校不久之后就能让大家知道她的身体状况。"特顿先生回答。

"我实在不明白，最后这个问题怎么能算是具有必要性的问题。"特顿夫人抗议。

"现在可否请各位女士离开吸烟室？"特顿先生再次拍手并且大声宣布，"并且请大家记住我刚才所说的话。希望各位女士帮助我们度过这个艰难的时期。你们可以装作一切正常，以这种方式帮助我们渡过难关。这就是我唯一的要求。各位愿意帮忙吗？"

"当然，我们一定会帮忙，噢，一定会帮忙。"那些脸庞瘦削、表情焦虑的英国女性齐声回答。她们走出吸烟室时压抑着紧绷的情绪，都表现出泰然自若的模样。被她们围在中央的布莱基斯顿太太宛如神圣的火焰。特顿先生的简短谈话提醒了她们：她们就是大英帝国的警戒部队。这些女性除了同情奎斯特德小姐的遭遇之外，现在又多了另外一种感觉，但是这种感觉最后将会扼杀她们对奎斯特德小姐的同情。大家一开始都表现得很平淡：特顿夫人在玩牌时不忘以洪亮的声音说些冷硬的笑话，莱斯利夫人则开始编织围巾。

等到女士们都走出吸烟室之后，行政长官特顿先生便在桌边坐下，这么一来他可以继续指挥全局，又不会显得太过拘谨。他心里充满矛盾，思绪因而翻来覆去：他想为奎斯特德小姐报仇，并且惩处菲尔丁先生，但又希望自己的言行小心谨慎且公平公正；他想鞭打所有的印度人[1]，但又不希望引发暴动或者惊动军队介入干预。对于军事行动的可怕，他仍然记忆犹新：军人为了做好一件事，会不顾一切搞砸其他十几件事，而且军人最喜欢侮辱文官。今天晚上碰巧有一个军人也在俱乐部里——某位来自廓尔喀团的陆军中尉。这位陆军中尉有点醉了，认为自己在场是神明的旨意。特顿先生忍不住叹了一口气，此刻除了妥协与自制之外，好像也没有别的事情可做，令人感到倦怠。特顿先生渴望美好的过往：以前英国人可以享有荣誉，而且不会有人质疑。这件事的苦主希斯洛普先生拒绝让阿齐兹保释，以为这么做就可以捍卫英国人的尊严，但是特顿先生不觉得这个可怜的年轻人做了明智的决定，因为此举将会点燃纳瓦卜大人等人的怒火，连印度政府也会在一旁密切关注——而在它背后就是由怪胎和懦夫们组成的英国议会。特顿先生必须不断提醒自己：从英国法律的角度来看，阿齐兹目前还是无罪之人。这种自我提醒的过程，让特顿先生感到疲倦万分。

1　这句话暗指 1919 年一位英国妇人遭多名印度人袭击而爆发的阿姆利则惨案。当时的英国警察局长雷金纳德·戴尔将军（General Reginald Dyer）主张以鞭打印度人的方式进行报复，特别针对施暴的嫌犯。

其他人没有这种负担，可以随心所欲发表意见。他们已经开始谈论"女人与小孩"——仿佛只要多重复几次这个话题，男人就可以不再紧张焦虑。在场的每个人都觉得自己在世界上最爱的人已经受到威胁，而且也想要替受害的奎斯特德小姐复仇，因此情绪愤慨激昂。在这种气氛的影响下，大家都忘了奎斯特德小姐冷淡的个性与平淡的外貌，把她想象成一位甜美又温暖的邻家女孩。

"我们绝对不能让女人与小孩受到伤害。"这些男人重复说着，"印度人必须为此付出代价。"特顿先生知道自己应该阻止这些人，但是他现在没有心情。许多女士和孩童原本预定在几天之后上山避暑，但有人建议现在应该立刻派一辆特别专列护送老弱妇孺离开。"这是一个不错的建议。"来自廓尔喀团的陆军中尉大声地说，"军队迟早会来到这个地方。"（在他的观念里，特别专列与军队是分不开的。）"假如马拉巴山由军队控管，就不会发生这种事情了。我们应该在马拉巴岩洞的入口处派廓尔喀军队驻扎。"

"布莱基斯顿太太说，只要有几个英国士兵就可以了。"有人表示。

"英国士兵不够好。"这名陆军中尉大喊。他的满腔忠义混乱了他的思绪。"必须是本土军队，我要个性好动的当地人，我要廓尔喀人，我要拉杰普特人，我要贾特人，我要旁遮普人，我要锡克教徒，我要马拉地人、比尔人、阿夫里迪人、帕坦人。真的，在必要的情况下，我也不介意那些来自市集的小混混。只要有优秀的将领，什么样的人都能成为出色的士兵。我可以带领这些杂牌军到各地……"

行政长官特顿先生对着陆军中尉点点头，然后对大家说："各位不必因为这件事就开始随身携带武器，我希望这里的一切都和从前一样，除非必须采取行动的时刻来临。我们可以先将女性和孩童送到山里，但是不要太过张扬。而且，看在老天的分上，不要再提到什么特别专列了。大家不要总是想着自己担心的事，我当然也是有感情的人，但是现在只不过是某个印度人企图——某个印度人被指控企图伤害一位英国女士，所以大家不需要反应过度。"他用手指弹弹自己的额头，在场的男士都明白特顿先生和大家一样担心，而且大家都很喜欢特顿先生，所以决定不要再徒增他的困扰。"我们要根据事实行动，除非有更多事实证明危机已经发生，否则我们应该假设每一个印度人都是好人。"特顿先生得出结论。

大伙儿纷纷喃喃低语："您说得对……是好人……没错……"陆军中尉接着又表示："正如我刚才所说的，如果将这些印度人个别打散，他们应该都不会对我们造成任何威胁。莱斯利先生，莱斯利先生！你还记得吗？我上个月在广场上和一个印度人一起打马球，嗯，那个人很不错。会打马球的印度人都很不错。我们必须注意的，是那些受过教育的印度人，千万要注意那些印度人。我很清楚自己在说什么。"

吸烟室的门被打开，女士们的说话声从外面传了进来。特顿夫人大喊："她现在好多了！"大家闻言纷纷发出开心与欣慰的叹息。卡伦德少校随即走进吸烟室，虽然他带来好消息，但是他那张讨人厌且苍白的脸孔上带着不悦的神色。他先环顾四周，发现菲尔丁先生蜷缩在一张丝绒椅上，不屑地发出一声："哼！"大伙儿开始催促他详细分享受害者的情况，然而他的回答是："只要印度人对我们有敌意，我们在这个国家就不可能百分之百安全。"他似乎不太高兴受害者没有大碍，但是熟知卡伦德少校个性的人，对于他这种心态都不感到意外。

"卡伦德少校，请你坐下来，把一切告诉我们。"

"这得花上一点时间。"

"摩尔夫人的情况如何？"

"有点发烧。"

"但是我妻子听说，她已经慢慢退烧了。"

"她可能会退烧，但是我不敢作出任何保证。莱斯利先生，我真的无法再接受任何问题的折磨了。"

"对不起，老朋友。"

"希斯洛普先生稍后也会过来。"

一听见希斯洛普先生的名字，每个人脸上都出现一种美好的神情。奎斯特德小姐只是一名受害者，然而年轻的希斯洛普先生却是一位殉道者。英国人为印度这片土地尽心尽力地服务，但印度人企图对英国人做出邪恶之事，而且结果全由希斯洛普先生独自承受。希斯洛普先生背负着英国官员的十字架，其他人只能在一旁苦恼发愁，因为谁都无法为希斯洛普先生做任何事。他们只能坐在柔软的座椅上，聆听法律相关问题，暗自责备自己的软弱。

"我向上帝祈祷，多希望自己当初没有心软，准许那个家伙休假。我真应该马上把自己的舌头割下来。我一想到自己必须为这件事负起责任，心里就饱受折磨。我一开始先拒绝了他，但后来屈服于人情压力，才准许他休假。我不应该让他休假，各位同胞，我做了错误的决定。"卡伦德少校表示。

菲尔丁先生把烟管从嘴里拿出来，若有所思地低头看着烟管。卡伦德少校觉得菲尔丁先生可能开始感到不安，立刻又接着说："我当时听说有一位英国男士会陪同前往，所以觉得比较放心。"

"没有人责备你，亲爱的卡伦德少校。"特顿先生说，并且低下头，"我们当初都应该发现这趟探险之旅的潜在问题，并且加以阻止。就从这一点来说，我们都有错，我自己心知肚明。今天早上，我们还派车载两位女士前往火车站，所以我们都有连带的责任。你个人并没有任何责任。"

"我希望自己可以这么想，但是我没有办法不自责。责任是一种很严肃的东西，我不喜欢逃避责任的人。"卡伦德少校盯着菲尔丁先生。那些知道菲尔丁先生答应陪两位女士同行却错过火车的人，心里默默替菲尔丁先生感到难过。这就是与印度人打交道的必然下场，最后一定会颜面尽失。知道更多详情的行政长官沉默不语，就公务方面而言，他只希望菲尔丁先生乖乖服从他的命令。话题又回到女人和小孩身上，卡伦德少校在这个话题中慢慢引导陆军中尉，诱使陆军中尉去抨击菲尔丁先生。卡伦德少校装出一副心慌意乱的模样，开始说出相当冒犯菲尔丁先生的话语。

"你们有没有听说一个传闻？关于奎斯特德小姐的仆役。"卡伦德少校补充。

"没有，他怎么了？"

"希斯洛普先生昨天晚上还特别交代奎斯特德小姐的仆役，命令他从头到尾守在奎斯特德小姐身旁。那个犯人知道这件事，所以设法支开了那名仆役。那个家伙拿钱贿赂奎斯特德小姐的仆役。希斯洛普先生刚刚才发现这件事，而且也知道是谁负责拿钱出来贿赂，以及花了多少钱——阿齐兹指派一个在印度人圈子中很出名的皮条客，那个皮条客叫作穆罕默德·拉蒂夫。他付出的金额，对仆役来说相当有吸引力。至于那个英国人——我们的好朋友，我们还不知道那些印度人是怎么办到的？也是用钱吗？"

菲尔丁先生闻言气得站起来，其他人也纷纷低声表示支持他，因为目前还没有人怀疑他的正直。

"噢，大家误会我了，抱歉。"卡伦德少校冷冷地表示，"我并非暗示印度人贿赂菲尔丁先生。"

"那你是什么意思？"

"那些印度人付钱给另外一个印度人——戈德博尔教授，要他故意迟到。戈德博尔教授那时候要祈祷，我知道他的祷告词大概有多长。"

"这种谣言实在太荒谬了……"菲尔丁先生气得发抖，但还是默默坐下。现在大家一个接一个被拉进泥沼里了。

卡伦德少校放出第一箭之后，又准备放出第二箭。"希斯洛普先生也从他母亲那儿得知一件事：阿齐兹付钱给一群当地人，打算在岩洞里将她闷死，幸好她及时逃脱，倘若她没逃出来，现在就已经没命了。阿齐兹的计划相当周详，对不对？手法干净利落！然后他就可以对那个女孩出手。阿齐兹和一个由穆罕默德·拉蒂夫安排的导游一起陪奎斯特德小姐前往岩洞，而且那个导游现在不见踪影，真是妙极了。"卡伦德少校说话的声调逐渐变成怒吼，"现在不是坐着聊天的时候，而是行动的时候。我们应该马上召集军队，好好整顿这里的市集。"[1]

大家通常不太在乎卡伦德少校发飙时的言论，但是他这番话让在场的人感到非常不自在，因为大家都没想到马拉巴岩洞事件竟然牵扯出这么多险恶的阴谋，远远超乎他们的想象——是 1857 年[2] 以来从未有过的。菲尔丁先生忘了自己还在替戈德博尔先生生气，反而开始沉思。邪恶的谣言正朝向四面八方蔓延，仿佛印度人天生就是恶棍，与他们做什么或说什么都没有关系。菲尔丁先生现在渐渐明白阿齐兹和哈米杜拉为什么都宁可采取消极的态度来面对这件事。卡伦德少校看见菲尔丁先生陷入苦思，便大胆地说："我想，我们在俱乐部里所说的话应

1　在阿姆利则惨案中，戴尔将军下令"马上召集军队，好好整顿这里的市集"，英国警方随后着着札连瓦拉园（Jallianwala Bagh）里的印度群众开枪，最后共有 379 名印度人惨遭屠杀，将近 1200 人受伤。
2　指 1857 至 1858 年印度反对英国统治的民族起义。

该不会流传出去吧？"并且对莱斯利眨眨眼睛。"当然，怎么可能会流传出去？"莱斯利回答。

"噢，没什么，但是我听说在场的某位先生打算利用今天下午去探访那个犯人。我们做人不能脚踏两条船，起码在这个国家是行不通的。"

"在场有人想去探访那个犯人？"

菲尔丁先生决定不理会卡伦德少校的挑衅。他虽然有很多话想说，但是他要等到自己想开口的时候才说，不能因为别人说他几句，他就轻易发怒。卡伦德少校的攻击最后也不了了之，因为行政长官没有挺他，于是大伙儿的关注焦点便从菲尔丁先生身上移开。这时吸烟室的门又被打开了，女性叽叽喳喳的说话声再度传进吸烟室里，走进来的人是希斯洛普先生。

年轻的希斯洛普先生看起来相当疲倦，一脸凄惨，而且举止比平常更为客气。他对他的上司特顿先生向来毕恭毕敬，而此刻他对这位老长官的敬意更是发自内心，因为特顿先生知道他在这件事情中遭受屈辱，不断呼吁大家保护他。大伙儿一看见希斯洛普先生，全都出于本能地从座位上站起来。然而英国人在印度的各种行为举动都与官僚制度脱不了关系，因此大家除了表达对希斯洛普先生的敬意，也纷纷开始咒骂阿齐兹和印度这片土地。菲尔丁先生明白大家的用意，所以他依然坐着不动，但是这么做让他显得失礼又卑鄙，举止有欠周到。尽管如此，菲尔丁先生觉得自己已经处于被动的地位太久了，如果他不反击，别人对他的误解将会越来越深。希斯洛普先生没有看见菲尔丁先生，只以沙哑的声音说："噢，请不要这样——大家请坐下。我只是想过来听听大家决定了什么事。"

"希斯洛普先生，我正在告诉大家，我坚决反对采取武力行动。"特顿先生满脸歉意地说，"我不知道你的想法和我是否相同，但这就是我的立场。一切应该等到判决确定之后再说。"

"您最清楚应该怎么做，我没有经验。"

"亲爱的老朋友，你的母亲还好吗？"

"现在已经好多了，谢谢您。请大家都坐下吧。"

"有人从头到尾没有站起来。"那位年轻的陆军中尉表示。

"卡伦德少校带了关于奎斯特德小姐的好消息来给我们。"特顿先生接话。

"是的，是的，我很高兴奎斯特德小姐现在已经好多了。"卡伦德少校说。

"卡伦德少校，你稍早还认定奎斯特德小姐的情况很糟糕，不是吗？因为这个缘故，我才拒绝了犯人的保释申请。"

卡伦德少校露出友善的笑容说："希斯洛普先生，希斯洛普先生，下次如果还有人想要保释，请先打电话给我这个老医生，我的肩膀宽阔，最值得信任，但是我的意见并非那么重要，因为我只是一个爱唠叨的白痴。不过，我还是要略尽绵薄之力——你把那个犯人关在牢里是正确的决定。"卡伦德少校说完后就停止他那种矫揉造作的姿态，接着表示："噢，对了，那个犯人的朋友也在这里。"

"站起来，你这头猪！"陆军中尉对着菲尔丁先生怒斥。

"菲尔丁先生，你为什么不站起来？"特顿先生终于忍不住恼怒地问。这正是菲尔丁先生所期待的，让他有机会加以反击。

"先生，我可以说句话吗？"

"当然。"

菲尔丁校长的举止沉稳又自制，没有民族主义者或者年轻人的那种狂热。他做了一件对自己而言比较容易的事：说真心话。他站起身子对大家说："我相信阿齐兹医生是无辜的。"

"如果你想抱持这种看法，随你高兴。但是请你说明一下，你刚才为什么不肯站起来？你是不是想羞辱希斯洛普先生？"

"请让我把话说完。"

"当然。"

"我们还在等待法院的判决。如果阿齐兹医生最后被判有罪，我马上辞去公职，离开印度。而且，我现在就想退出这个俱乐部。"

"好啊，好啊！"有人表示。说话的人没有恶意，只是很欣赏菲尔丁先生这种有话直说的个性。

"但是你还没有回答我，刚才希斯洛普先生进来的时候，你为什么不肯站起来？"

"谢谢你让我把话说完，先生，但我不是为了回答问题才到这里来，我是为了发表个人意见而来。现在我的话已经说完了。"

"我可不可以请教一个问题：这个地区由你接管吗？"

菲尔丁先生没有回答，直接走到门口。

"等一等，菲尔丁先生，请你先别离开。在你走出这个自愿退出的俱乐部之前，你应该先表现你对犯罪行为的憎恶，而且应该向希斯洛普先生道歉。"

"先生，你现在是以长官的身份对我施压吗？"

向来高高在上的特顿先生闻言，火冒三丈地怒斥："你现在马上离开这里，我真后悔降低自己的身份去火车站接你。你已经和你那些印度朋友沦为相同的等级，你非常软弱，太软弱了！这正是你的缺点——"

"我很想马上离开这里，但是这位男士挡住了我的去路，让我无法离开。"菲尔丁先生一脸轻松地说。那个年轻的中尉挡在他的面前。

"让他走吧。"希斯洛普先生开口。他痛苦得几乎就要流下眼泪。

希斯洛普先生的这句话，化解了此刻的紧绷场面，因为现在无论他要求什么，大家都会照着办。经过一小番挣扎，菲尔丁先生走出了吸烟室的门，以一种比平常更快的速度穿越女士们玩牌的房间。"如果我被绊倒或被激怒，不知道会有什么样的结果。"菲尔丁先生心想。他当然有一点生气，因为他的同胞以前从来不曾如此粗暴地对待他，或者骂他软弱。除此之外，希斯洛普先生更让他气愤不已，他真希望自己刚刚能够专注于眼前的问题，而不是为了那个可怜兮兮的希斯洛普先生与大伙儿发生争吵。

但是事情都已经发生，而且也结束了，一切都变得乱七八糟。菲尔丁先生为了让自己冷静下来，就走到阳台上去透透气。他在阳台上看见的第一个东西，就是矗立于远方的马拉巴山脉。在这样的时间，隔着这样的距离，马拉巴山突然又变成非常美丽、有如骑士守护圣杯的救赎之山或是住着圣人与英雄的瓦尔哈拉英灵神殿[1]，上面长满了花草。但是马拉巴山里面躲着十分邪恶之人，警方能否及时将恶人绳之以法呢？那个当地导游到底是谁？警方找到他了吗？奎斯特德小姐在岩洞里听见的"回音"到底是什么？菲尔丁先生不知道这些问题的答案，然而不久之后他就会明白一切，因为重要的消息总是会传开的。此刻已经来到白天的尾声，当菲尔丁先生注视着马拉巴山时，马拉巴山似乎也以优雅的姿态向他靠近，宛如一位女王。马拉巴山的美慢慢转移到天空，由天空接手成为充满魅力的主角。夜色降临之后，马拉巴山便消失在视野中，同时也变得无所不在。凉爽的夜晚让人觉得相当舒服，星星在天空闪烁，整个世界就像一座山。这是印度难得的宜人时刻——但现在所有的旅印英国人都没有心情感受这份美好。以前曾经有人告诉菲尔丁先生，印度的夏夜极为舒适，然而菲尔丁先生目前无法体会，只好强迫自己相信对方没有骗他。他心里突然萌生一种怀

1　救赎之山（Monsalvat），一说指 Montsalvat，是传说中无法进入的山脉，里面有圣杯城堡遗址；一说指 Mon(t)serrat，是位于西班牙东北方的尖顶山，有时候亦称 Montsalvat。瓦尔哈拉（Valhalla）是北欧神话主神奥丁（Odin）的殿堂，也是受伤战士休养生息及受主神款待的宫廷。

疑与不满，不确定自己做人到底成功还是失败。经过四十年的历练，他已经学会以欧洲先进的方式处理各种事务，并且让自己的生活过得更自在，还因此发展出自己的人格、探究自己的底线、控制自己的情绪——他没有刻意卖弄的意味，也没有因此而变得世故。这是一种值得钦佩的成就。不过，如今一切的成就感都消失了，他觉得自己应该去做别的事情——但他不知道应该做什么。他永远不会知道，也永远无法知道，这就是他感到忧伤的原因。

第二十一章

　　菲尔丁先生驱走心中的懊悔，因为这个时刻不适合浪费在悔恨上。他骑着马去找他的印度朋友，想借此度过今天最后的时刻。他很高兴自己与俱乐部里的那些人决裂，因为他经常在那里听见闲言闲语，而且那些闲言闲语到最后会在城里四处流传。如今他再也不需要听那些八卦了，整个人相当愉悦。菲尔丁先生只会想念在俱乐部里打台球和网球的时光，或者与麦克布莱德先生谈天说笑的机会，如此而已，真的。因此他怀着无比轻松的心情，骑马前往目的地。当菲尔丁先生来到市集入口时，一只老虎吓坏了他的马——原来是一个年轻人打扮成了老虎，身上穿着棕色与黄色的横条衣，脸上戴着面具。穆哈兰姆月节已经开始了，昌迪拉布尔到处是鼓声，但是感觉上一切平和如昔。有人请菲尔丁先生去查看一座纸塔，那种弱不禁风的建筑，其实不像先知穆罕默德的外孙位于卡尔巴拉的坟墓，反而比较像是硬布做的衬裙。一大群孩子兴奋地在纸塔上粘贴彩纸。当晚剩余的时间，菲尔丁先生与纳瓦卜大人、哈米杜拉、马哈茂德·阿里及其他支持阿齐兹的印度人共度，救援行动也正式展开。他们发了一封电报给鼎鼎大名的阿姆里特劳律师，阿姆里特劳马上回复并且答应接受委托。他们重新申请保释阿齐兹——既然奎斯特德小姐已经脱离险境，英国人就没有理由再拒绝他们保释阿齐兹。这群人开会所讨论的内容既严肃又理智，但后来被一群巡回表演的音乐家打断。这些音乐家在他们开会的地方进行演奏，而且每一位表演者手中都拿着装着小石头的瓦瓮，以忧伤的节奏上下摇晃。菲尔丁先生受不了这种噪音，建议解散会议，但是纳瓦卜大人不同意。纳瓦卜大人说，那些千里而来的音乐家可能会带来好运。夜深的时候，菲尔丁先生有一股冲动想告诉戈德博尔教授，自己对希斯洛普先生无礼的言行举止不仅失策，而且不符合道德规范。他很想听听戈德博尔教授的意见，偏偏这位老人家已经上床休息，并且在一两天之后就会若无其事地出发前往新的工作地点。戈德博尔教授脱身的本领非常高明。

第二十二章

阿黛拉在麦克布莱德夫妇家休养了几天。她在马拉巴山被太阳晒伤了，扎进她身体里的仙人掌刺也必须一根一根拔除。德瑞克小姐与麦克布莱德夫人花了好几个小时拿着放大镜检视奎斯特德小姐的身体，但是仍可持续发现新的仙人掌刺。那些微小的仙人掌刺有如发丝般纤细，倘不拔除干净，可能会断裂在身体里，然后跑进阿黛拉的血管里。阿黛拉无助地平躺着，任凭德瑞克小姐与麦克布莱德夫人替她拔刺，这加深了她在马拉巴岩洞里产生的惊骇。她的感官已变得呆滞，就算受到触碰也不以为意，她现在唯一的感知来自心智上的接触。她的肉体承受了所有苦痛，如今已经展开报复，以不健康的方式逆来顺受。阿黛拉觉得每个旅印英国人都一样，只不过有人愿意接近她，有人却刻意远离她。当德瑞克小姐与麦克布莱德夫人为她拔除身上的刺时，她不断对自己说："事物在空间里互相接触，在时间里彼此分离。"——她此刻的思绪还很脆弱，无法确定自己这句话到底是哲学之语还是俏皮话。

同胞们都对奎斯特德小姐很好，甚至有点太好了，男士们都尊重她，女士们都同情，然而她唯一想见的人是摩尔夫人，没想到摩尔夫人却没来探望她。没有人明白她的困惑，也没有人明白她为什么一会儿冷静坚强，一会儿又歇斯底里。奎斯特德小姐开始述说当时的情景，语调平静得像什么事都不曾发生。"我走进那个令人觉得不舒服的岩洞。"她不带情感地表示，"我记得自己用指甲去刮岩壁，想听听岩洞里那种特殊的回音，但突然发现岩洞的隧道入口有个阴影，或者说，类似阴影的东西，将我困在岩洞中，感觉就像有一个世纪那么久，但实际上大概不会超过三十秒。然后我用望远镜打他，但对方拉住望远镜的带子，我们就这样在岩洞里拉扯，后来望远镜的带子断了，我就逃出岩洞。事情的经过就是如此。虽然对方从头到尾没有碰到我的身体，但感觉还是相当荒谬。"奎斯特德小姐的眼睛忍不住盈满了泪水。"这件事当然让我心烦意乱，但我相信自己终究可以走出阴霾。"然后她就彻底崩溃了。在一旁的英国女性全都感同身受，跟着她一起掉泪。在隔壁房间聆听的男士们也喃喃自语："天啊，天啊。"没有人知道奎斯特德小姐认为自己的眼泪很可耻，比她在马拉巴岩洞遭遇的不幸更让她觉得丢脸，因为她的眼泪否定了她的进步观点和诚实天性。奎斯特德小姐很想"厘清这件事情"，而且她也不断提醒自己没有受到任何伤害，顶多"受了一点惊吓"，但是她到底为什么受到惊吓？有时候她的逻辑思考会说服自己根本什么事都没有发生，但有时候那些回音又会出现在她脑中，让她再度落泪，并觉得自己已经配不上希斯洛普先生，由衷期望那个攻击她的犯人会被严惩。情绪发泄完毕之后，她非常渴望到市集去走一趟，并且向她遇见的每个人道歉，请求大家原谅，因为她隐约觉得自己害这个世界变得更糟了，也觉得一切都是她自己的错。而且当她恢复冷静之后，她的理智更指出到印度来是错误的决定，让她一再陷入这种没有意义的情绪波动。

　　如果奎斯特德小姐能够见到摩尔夫人，或许心情就不会这么恶劣，但是摩尔夫人的身体也不舒服，而且她不喜欢出门。这是罗尼告诉她的。奎斯特德小姐觉得自己脑中的回音变得越来越强烈，宛如她听觉器官里一根上下跳动的神经。对于心智没有任何助益的岩洞回音，在奎斯特德小姐的生命里持续扩散。她当时敲了一下岩洞光滑的壁面——没有任何理由——而就在岩洞的回音消散之前，阿齐兹出现在她身后，并拉扯她的望远镜。当她逃出岩洞时，回音还在她身后持续着，如同逐渐淹没平原的河流，滔滔不绝地涌现。只有摩尔夫人能够把这条回音之河驱回源头，封住破裂的水坝。这股邪恶的力量已经不受控制……她甚至可以听见邪恶潜入别人的生活……奎斯特德小姐就在这种悲伤又沮丧的氛围中消磨日子。她的英国同胞们通过主张对印度人发动屠戮来提振精神，但是她太过虚弱和担忧，无法加入其中。

　　奎斯特德小姐身上的仙人掌刺已经都被拔除，而且她也不再发烧了，于是希斯洛普先生来接她回去。希斯洛普先生因为满腔愤怒与痛苦，面容十分憔悴，奎斯特德小姐希望自己可以安慰他，但此刻他们之间的互动却让一切都变得可笑，两人谈得越多，就越觉得彼此的处境可怜，而且浑身不自在。聊些实际的话题应该比较不会让人痛苦，所以希斯洛普先生和麦克布莱德先生便告诉奎斯特德小姐日前卡伦德少校特别嘱咐要隐瞒她的事：穆哈兰姆月节时几乎发生了一场暴动。在节庆的最后一天，游行队伍离开了规定的路线，试图闯进英国人居住的官署驻地。而且因为一条电话线阻碍了纸塔的行进路线，那些印度人就把电话线剪断了。麦克布莱德先生与他的属下解决了这场闹剧——而且处理过程相当顺利。希斯洛普先生和麦克布莱德先生接着谈到另一个让奎斯特德小姐痛苦的话题：审判。奎斯特德小姐必须出庭指证犯人，并且回答印度律师提出的问题。

"摩尔夫人可以陪我出庭吗？"奎斯特德小姐只问了这个问题。

"当然可以，我也会陪你去。"罗尼表示，"但这个案件不是由我审理，因为我们之间的关系，我必须回避。然而审判还是会在昌迪拉布尔进行——我们一度考虑在别的地方进行。"

"奎斯特德小姐应该可以明白我们的考量吧？"麦克布莱德先生语调哀伤地说，"这个案子将由达斯先生[1]负责审理。"

达斯先生是罗尼的助理——也是巴塔恰亚夫人的亲弟弟。巴塔恰亚夫人上个月曾经愚弄了奎斯特德小姐和摩尔夫人，没

---

1 达斯先生是巴塔恰亚先生的妹夫，也是巴塔恰亚夫人的弟弟。依据英国1883年的法令，凡有英国女性牵涉其中的刑事案件，不得由印度人审理。因此就正常情况而言，达斯先生不得负责审理本案。然而希斯洛普先生的身份有利益回避之必要，因此特别准许由达斯先生担任审判官。

有依照约定派马车去接她们。达斯先生为人有礼而且头脑聪明，而且从目前的证据来看，达斯先生只会做出一种判决，但是由他担任这个案件的审判官，引起许多旅印英国人的暴怒。有些英国女性还特别为此打电报向副总督的妻子梅兰比夫人抱怨。

"无论由谁负责审判，我都必须站出来面对。"

"这……你能够这么想也不错。奎斯特德小姐，你非常勇敢。"麦克布莱德先生对于审判的安排感到有点难堪，但这就是所谓的"民主政治"。如果这种事情发生在以前的年代，受害的英国女性根本不必出面，印度人也不敢多加议论。当时的审判方式，是请受害人写好证词，审判官再依照证词作出判决。麦克布莱德先生为这个国家的治安状况向奎斯特德小姐道歉，害她又忍不住落泪。奎斯特德小姐哭泣时，希斯洛普先生满脸愁容地在房间里踱步，脚下来回踩着克什米尔地毯上的花瓣图案，并且敲打来自贝拿勒斯的铜碗。"我现在已经越来越少掉眼泪了，再过不久之后，我就会完全没事的。"奎斯特德小姐一边解释，一边擤着鼻涕，觉得自己相当失态。"我必须找点事情来转移注意力，所以才会一天到晚哭泣，实在有点可笑。"

"这一点也不可笑，我们都觉得你很勇敢。"麦克布莱德先生诚恳地表达安慰，"我们非常遗憾自己无法多帮你什么忙。你住在我们家的这段时间——谢谢你愿意暂住在我们家休养——对我们而言是莫大的荣幸。"这位警察局长真情流露。

"对了，在你休养期间，有人写了一封信给你。"他接着又说，"我必须向你坦承，由于情况特殊，我擅自打开了这封信，你能原谅我吗？这封信是菲尔丁先生写给你的。"

"他为什么要写信给我？"

"这是最令人悲哀的事。我想那个犯人可能控制了菲尔丁先生。"

"菲尔丁先生是一个怪人，他是一个大怪人。"希斯洛普先生轻声地说。

"你只是客气才这样说。有些人只是性格怪异，不见得是坏人，但菲尔丁先生是个恶棍。我想奎斯特德小姐应该知道菲尔丁先生对你的态度有多么恶劣。倘若你不肯说，别人也会告诉她。"麦克布莱德先生对希斯洛普先生表示。然后他又转头告诉奎斯特德小姐："菲尔丁先生现在是被告的主要依靠，但我只想说这么多。他是一个正直的英国人，却和一群暴徒混在一起。住在市集的那些印度人委托他帮助被告，那些印度人全都嚼着槟榔、喷洒一身的香水。要了解这种人的想法并不容易。而且他的学生纷纷开始罢课——学生都为了支持他，不肯乖乖上课。要不是因为菲尔丁先生，穆哈兰姆月节也不会发生那些麻烦事。他对我们英国人造成很大的伤害。这封信已经放在这里一两天了，本想等你身体状况好一点再交给你。后来外面的情况变得有点严重，我才决定先打开来读，希望这封信会对我们有所帮助。"

"结果有帮助吗？"奎斯特德小姐虚弱地问。

"一点帮助也没有。菲尔丁先生只是厚着脸皮说你误会了。"

"我误会了吗？"奎斯特德小姐快速浏览信的内容，信中的措辞严谨又正式。"阿齐兹医生是无辜的？"她读信的声音又开始颤抖。"但是想想他对你的举止，罗尼，你为了我承受那么多事，菲尔丁先生竟然还写这种信给我。亲爱的罗尼，我该如何报答你呢？我一无所有，我应该怎么做才能够报答你？如果每个人对别人的贡献越来越少，人际关系还有什么用处呢？我想我们应该全部回到数百年前的沙漠去生活，试着学习让自己变好一点。我想要重新开始，因为我觉得自己目前所学的一切都只是阻碍，根本不是知识。我不适合人际关系。好了，我们走吧，我们走吧。菲尔丁先生的信当然一点都不重要，他高兴怎么想或怎么写都可以，但是你承受了那么多事情，他就不应该对你无礼，这是我最介意的地方……不需要扶我，我可以自己走，所以请不必搀扶我。"

麦克布莱德夫人热情地向奎斯特德小姐道别——其实她们两人没有共同之处，因此麦克布莱德夫人故作亲密的举动，反而让奎斯特德小姐觉得喘不过气。未来她们必须年年见面，直到她们其中一人的丈夫退休。这些旅印英国妇女对待她的方式，确实比她想象中的还要友善，但是她觉得与她们保持一定的距离或许才是正确的决定。奎斯特德小姐向麦克布莱德夫人道谢，态度谦卑但冷淡。"噢，我们必须互相帮助，我们必须同甘共苦。"麦克布莱德夫人表示。德瑞克小姐站在一旁，依然不停说着与邦主和邦主夫人有关的笑话。德瑞克小姐即将在审判中担任证人，而且她拒绝将汽车送回穆库尔。麦克布莱德夫人与德瑞克小姐都亲吻了奎斯特德小姐，并亲密地喊她的教名。希斯洛普先生开车送奎斯特德小姐回家，这时还是早上，但因为天气已经渐渐变热，白天的高温已经像怪兽一样凶猛，让人懒得活动。

当车子驶抵家门时，希斯洛普先生对奎斯特德小姐说："我母亲非常期待见到你，但是她年纪已经大了，请你不要忘记这一点。我认为，老年人对于事物的看法经常和我们预期的不太一样。"希斯洛普先生这番话似乎是要提醒奎斯特德小姐，她可能即将面对令她失望的场面，但是她完全没有意识到。奎斯特德小姐与摩尔夫人的友谊深厚又真切，因此她相信无论发生什么事，这份友谊会一直持续下去。"我现在应该做些什么，才能够对你有所帮助呢？你才是最重要的人。"奎斯特德小姐轻叹。

"谢谢你这么说。"

"亲爱的罗尼！"这时她才突然会意，"罗尼，摩尔夫人是不是也病倒了？"希斯洛普先生要奎斯特德小姐放心：卡伦德少校认为摩尔夫人没有什么大碍。

"但是你可能会觉得我母亲变得容易发怒——我们家的人都很容易生气。嗯，反正你待会儿就会见到她。我想我的神经肯定出了问题，每天下班回到家之后，我总是希望我母亲可以表现得亲切一点，但我的期望超出了她的意愿。不过我相信她一定会为了你而有不同的表现。话说回来，你才刚刚回来，我不希望你失望，所以请不要期望太高。"

罗尼家的一切都和当初阿黛拉离开时一样，摩尔夫人坐在沙发上，看起来依旧富态，而且脸色红润，但是表情异常严肃。当阿黛拉和罗尼走进屋内时，摩尔夫人没有站起来迎接。阿黛拉看到这幅景象，除了感到讶异之外，也从自己的烦恼中清醒过来。

"你们都回来了。"摩尔夫人只说了这么一句话来欢迎阿黛拉。

阿黛拉坐下来，想牵起摩尔夫人的手，但是摩尔夫人的手缩了回去。阿黛拉认为自己一定被摩尔夫人讨厌了，一如她讨厌其他那些旅印英国人。

"母亲，您怎么了？我出门的时候，您看起来还很好。"罗尼试着压抑自己的怒气。他在离开之前已经提醒摩尔夫人务必带着笑容欢迎阿黛拉回来，因此摩尔夫人此刻的举动让他恼怒。"我没事。"摩尔夫人语气沉重地回答，"事实上，我一直坐在这儿看着我的回程船票。船票可以更改日期，因此我可以随便选一艘船，马上返回英国。"

"这件事情我们晚一点再谈，好吗？"

"拉尔夫和史黛拉可能会想知道我何时抵达英国。"

"我们还有很多时间可以计划这些事。您觉得阿黛拉看起来气色如何？"

"我多么希望您陪伴我渡过难关。我很开心再见到您，之前我身旁都是陌生人。"阿黛拉马上接着对摩尔夫人说。

　　但是摩尔夫人似乎不想理会阿黛拉，她散发着一种憎恶的情绪，仿佛对阿黛拉说："难道你打算永远缠着我吗？"摩尔夫人原本那种充满宗教气息的温柔已经消失不见了，或者说，她变得非常冷漠，而且每个人都让她感到烦躁。摩尔夫人一点都不关心阿齐兹被逮捕的事，完全没有询问相关的问题，即使昨天晚上穆哈兰姆月节进入尾声，英国人的官署驻地差点遭到攻击，她也不以为意，从头到尾待在床上不肯离开。

　　"我知道这件事根本没什么，我应该要懂事一点，我真的很努力去——"阿黛拉继续说着，差点又流下眼泪，"这件事情如果发生在别的地方，我应该也不会在意，可我根本不知道事情发生在哪个地方。"

　　罗尼认为自己明白阿黛拉的意思：她无法指认或描绘哪个岩洞才是真正的案发地点。事实上，她甚至不愿意去想清楚整件事情。毫无疑问，被告一定会在审判中利用她这个弱点。罗尼安抚阿黛拉，告诉她马拉巴山的岩洞本来就是以彼此相似而闻名，将来应该要用白色油漆替那些岩洞编号，才能方便人们加以辨别。"是的，我就是这个意思。我没有办法明确指出我当时在哪一个岩洞里。但是我知道那个岩洞有一种奇怪的回音，那种回音我到现在都还听得见。"

　　"噢？什么样的回音？"摩尔夫人问。这是她头一次留意阿黛拉所说的话。

　　"一种我没有办法摆脱的回音。"

"我想你永远没有办法摆脱它。"摩尔夫人说。

罗尼已经向他母亲强调过，阿黛拉可能因为这件事情而走不出梦魇，但是摩尔夫人仍故意恶言相向。

"摩尔夫人，那种回音到底是什么东西？"阿黛拉问。

"你不知道吗？"

"我不知道——到底是什么，噢，请您告诉我。我知道您一定能够说明一切……如果我弄清楚了，一定会让我感觉舒服一点……"

"你不知道就不知道，我没有办法告诉你。"

"如果您不肯说，那就太无情了。"

"说，说，说！"摩尔夫人尖酸刻薄地回答，"你以为什么事情都能说吗？我的人生全部消耗在说，无论是自己说或听别人说。我已经听得太多了，现在是我好好享受平静的时刻，但还不是死亡的时刻。"摩尔夫人最后又尖酸刻薄地加上一句："我知道你们都希望我快死掉，但是我得先等你和罗尼结婚，并且回英国去看我另外两个孩子，问问他们想不想结婚——等我做完这些事，我就会隐居在一个属于我自己的岩洞里。"摩尔夫人面带微笑，刻意在收尾时提到日常生活，以增加话语中所欲表达的悲苦。"我要隐居在一个岩洞中，年轻人不会跑来问我问题，并期待我提供答案。隐居在沙洲上也可以。"

"这样很好，但是审判的日期就快要到了。"罗尼愤怒地插话进来，"我们大部分的人都认为，英国人最好要团结起来，而且要彼此帮助，不要闹得不愉快。难道您在证人席上也要这么尖酸刻薄吗？"

"我为什么要站上证人席？"

"要请您协助确认证据里的某些重点。"

"我和你那个荒唐的法庭没有关系。"摩尔夫人生气地说，"我和这一切都没有关系！"

"我也不希望把摩尔夫人牵扯进来。我不希望再因为我的缘故给大家添麻烦。"阿黛拉急忙大喊，并且再次想要牵起摩尔夫人的手，没想到对方又马上把手缩回去。

"母亲，我认为您应该要出庭作证。虽然没有人责怪您，但事实上这个案子发生在您参观完第一个岩洞并宣布退出之后。您鼓励阿黛拉和那个人单独前往其他的岩洞。倘若您当时没有身体不适，继续跟着他们同行，就不会发生这种事情了。虽然我知道这一切都是那个家伙计划好的，但是您竟然落入他的圈套中。在您之前，菲尔丁先生和安东尼也纷纷陷入他设下的陷阱……请原谅我说得这么坦白，但是您在法庭上不能表现出这种高高在上的姿态。假如您到时候身体不舒服，那就另当别论，但是您说自己身体没有问题，而且看起来也很好。在这种情况下，我希望您出庭作证，我真的希望您出庭作证。"

"无论摩尔夫人有没有生病，我都不希望你强迫她。"阿黛拉说，并且从沙发上站起来，走到罗尼身旁拉着他的手臂。她叹了一口气之后，又放开罗尼的手臂，然后回到沙发坐下。罗尼很高兴阿黛拉这么依赖他，便用一种施恩于人的眼神看着他的母亲。罗尼在他母亲面前感觉很不自在，因为她已经不是外人眼中那位和蔼可亲的老妇人。印度让她变了一个人。

"我会参加你的婚礼，但是我不会出庭作证。"摩尔夫人斩钉截铁地说，并且拍拍自己的膝盖。她变得有点心神不宁，而且失了优雅。"婚礼结束之后，我就会马上回英国。"

"您不能在五月份返回英国。您答应过我的。"

"我改变心意了。"

"好吧，我们最好结束这种没有意义的争吵。"罗尼说着，开始来回踱步，"您好像打算与一切断绝关系，我觉得您应该适可而止。"

"我的身体，我可怜的身体。"摩尔夫人叹了一口气，"为什么我的身体这么虚弱呢？噢！为什么不让我回英国呢？为什么我不能在了却责任之后马上离开这个地方呢？为什么我走路时会头痛和喘气呢？为什么我必须做这个、做那个？你要我做这个，她要我做那个。你们要我有同情心，但是把我搞得一头雾水。为什么我们要背负彼此的重担？为什么我不能依照自己的意思做事？为什么我没有办法得到安宁？为什么有那么多事情要做？我不明白！为什么你们要结婚呢？结婚……如果婚姻可以让两个人结合为一，人类早在几个世纪之前就已经全部结合为一了。无论是教堂中的爱情还是岩洞里的爱情，根本没有什么差别，而我还得为了这种琐事耽误自己的正经事。"

"好吧，您到底想要什么？"罗尼恼怒地问，"您能不能简单扼要地说清楚？如果您愿意把话说清楚，那就请说吧。"

"我要你对我有点耐心。"

"没问题，我会有耐心。"罗尼这时突然发现阿黛拉在默默啜泣，但是他并不意外。而且一如往常，窗外有一个印度花匠在偷听屋内的对话，那个花匠显然已经在窗边待了好一会儿。罗尼很生气，闷不吭声地坐着琢磨他母亲的怪脾气，希望自己当初没有邀请母亲到印度来，或者自己对她不需负任何责任。

"嗯，亲爱的阿黛拉，回家应该要开开心心，不要再掉眼泪了。"他开口安慰，"我也不知道我母亲怎么会变成这种样子。"

阿黛拉停止哭泣，但是脸上有种奇怪的表情，一半带着放松，一半却带着恐惧，嘴里还不断重复念着："阿齐兹！阿齐兹！"

现在每个人都避免提到这个名字，因为这个名字已经与邪恶的势力画上等号。阿齐兹不仅是"犯人"，是"问题人物"，也是"本案的被告"。他的名字听起来就像奏响了交响乐的第一个音符。

"阿齐兹……真的是我弄错了吗？"

"你只是太累了。"罗尼安抚阿黛拉。他对于阿黛拉的自言自语没有显得太过惊讶。

"罗尼，阿齐兹是无辜的，我犯了一个可怕的错误。"

"嗯，无论如何，你先坐下来休息。"罗尼看看窗外，只见两只麻雀追着彼此。阿黛拉顺从罗尼的意思坐下，并且牵起他的手。罗尼轻抚着她的手背，阿黛拉这才微微一笑，深深吐出一口气，仿佛在濒临溺死之际终于浮出水面。她又摸摸自己的耳朵。

"那个恼人的回音，现在情况好多了。"

"那很好。几天之后你就会完全痊愈，但是我认为你必须好好休息，等待审判日的到来。达斯先生是一个好人，我们都会陪在你身旁。"

"可是，罗尼，亲爱的罗尼，或许根本不应该有任何审判。"

"我不明白你在说什么，而且我认为你自己也不明白你在说什么。"

"如果阿齐兹从来没有做过那件事，他应该马上获得释放。"

罗尼闻言全身颤抖，宛如死神突然向他袭来。他气急败坏地回答："我本来已经同意让他保释，没想到穆哈兰姆月节发生暴动，所以警方又把他关起来。"为了转移阿黛拉的情绪，罗尼便告诉她一件他觉得很有趣的事：努尔丁偷开纳瓦卜大人的汽车，车上载着阿齐兹，结果在黑暗中驶进水沟里，他们两个人都从车上飞出来，跌进了水沟，努尔丁的脸被割伤，而且他们的呼救声被穆哈兰姆月节的祈祷声淹没，因此拖了很久才被警方救起。努尔丁被送进明托医院医治，阿齐兹则被送回监狱，而且多背负一条妨碍安宁的罪名。"等我半分钟。"罗尼分享完这则趣闻之后对阿黛拉说，然后就转身去打电话给卡伦德少校，请他有空的时候尽快来一趟，因为罗尼担心阿黛拉觉得身体不舒服。

当罗尼走回阿黛拉身边时，阿黛拉又开始变得紧张兮兮，但是这次的症状不太一样——她抓着罗尼，不停地泣诉："请你帮助我，让我去做我应该做的事。刚才你母亲说阿齐兹是清白的，你自己也听得一清二楚。"

"我听见什么了？"

"阿齐兹是清白的，我搞错了，我不应该控告他。"

"我母亲没有说过这句话。"

"她没有说过吗？"阿黛拉问。她是一个讲道理的人，愿意听取别人给她的任何建言。

"我母亲从头到尾没有提到那个人的名字。"

"但是，罗尼，我明明听见她这么说。"

"那只是你的幻觉罢了，也许你的身体还很虚弱，所以才会有这种幻觉。"

"这真的不是我瞎编的。或许我真的还很虚弱。好奇怪，我怎么会有这种幻觉？"

"我母亲说的每一句话我都听进去了，我是说我能理解的部分，因为她有点语无伦次。"

"可是她真的压低声音说了这句话——她最后提到关于爱情之类的话题时，她说到爱情——虽然我听得不太清楚，但是她那个时候说：'阿齐兹医生没有做过这件事。'"

"她说了这句话？"

"也许用字不同，但大概是这个意思。"

"没有，我母亲绝对没有说过这句话，亲爱的阿黛拉，一切都只是你的幻觉。没有人提到那个人的名字。你看看这封信——你一定是把刚才的谈话和菲尔丁先生的这封信搞混了。"

"啊，原来如此，应该就是这样吧。"阿黛拉惊呼，同时也大大松了一口气。"现在我知道自己怎么会产生这种想法了，谢谢你帮我厘清这一切——我想这就是让我深感困扰的问题，证明我是一个神经质的家伙。"

"所以你不要再认为那个人无罪了，好吗？我的仆役会偷听我们谈话的内容。"罗尼说，并且走到窗口。那个印度花匠已经离开，两个小僮站在窗外。虽然那两个小僮应该听不懂英文，但罗尼还是命令他们去收拾东西。"因为这些印度仆役都痛恨我们。"罗尼向阿黛拉解释，"审判结束以后，情况就会好转，因为我会告诉他们判决结果，他们也会接受既定的事实。但现在印度人想尽办法要我们掉入陷阱，而你刚才那句话正是他们所寻求的。他们会四处散播你说的话，指称一切全是英国官员的阴谋。你应该明白我的意思。"

摩尔夫人回来了，她脸上还是带着愠怒的表情，猛力在牌桌旁坐下。罗尼为了帮助阿黛拉厘清混乱的思绪，就直截了当地询问摩尔夫人刚才是否提到那个犯人的名字。摩尔夫人不明白这个问题的用意，要求罗尼说明发问的理由，然后才回答："我从来没有提到他的名字。"接着就开始玩牌。

"我以为你说'阿齐兹医生是无辜的'。但这其实是菲尔丁先生在信上写的。"

"他当然是无辜的。"摩尔夫人冷冷地回答。这是她头一次对这个问题发表意见。

"罗尼，你看吧，我说得没错。"阿黛拉表示。

"你说错了，因为我母亲没说过那句话。"

"但是她心里是这么认为的。"

"谁在乎她心里怎么认为？"

"红九可以赢过黑十——"摩尔夫人坐在牌桌边喃喃自语。

"我母亲可以这么认为，菲尔丁先生也可以这么认为，但是一切都还是要讲求证据，不是吗？"

"你说得对，但是——"

"你们又要逼我说话了吗？"摩尔夫人突然抬起头看着罗尼与阿黛拉，"显然如此，因为你们一直在旁边打扰我。"

"如果您想分享一些明智的话语，请说。"

"噢，真是令人厌烦……根本是不重要的琐事……"摩尔夫人的态度一如刚才嘲笑爱情之时，她的心思仿佛从遥远的黑暗处向他们靠近。"噢，为什么这些事情变成我的义务？我什么时候才能不受你们干扰？阿齐兹到底在不在岩洞里？你到底在不在岩洞里？为什么要一直重复问这种问题……有一子为我们而生，有一婴孩赐给我们[1]……我是好人吗？他是坏人吗？我们被救赎了吗？……最后能结束这一切的，只有回音。"

"我现在已经不常听见那种回音了。"阿黛拉说，并且走向摩尔夫人，"你替我赶走了回音，你一向只做好事，不做坏事，

1　引述自《圣经·以赛亚书》第九章第六节，但内容有误。正确的经文为"有一婴孩为我们而生，有一子赐给我们"。

你是一个非常好的人。"

"不，我不好，我很坏。"摩尔夫人平静地回答，并且继续玩牌。她翻开扑克牌时又说："我是一个很坏的老女人，很坏，很坏，非常令人厌恶。我陪伴孩子们长大的过程中，还是一个好女人。除此之外，我在清真寺里遇见一个年轻人，那时候我也还是一个好女人。我希望这个年轻人快乐，这些瘦小的印度人其实很善良也很快乐，或许他们根本不存在，一切都只是我在做梦……我绝对不会帮助你们折磨他，他根本没有做那件事。这个世界上有许多不同的恶的方式，我宁要自己选择的这种方式，不要你们那种方式。"

"您有任何证据足以证明被告无罪吗？"罗尼以公正的官员身份问，"如果您有证据，您就应该在证人席上作证，不是为我们，而是为了他。绝对不会有人阻止您。"

"我们都能够知悉别人的品格，你说的证据，就是他的品格。"摩尔夫人轻蔑地回答，仿佛她对阿齐兹的认识远远超出品格的范围，只是无法以言语形容。"我听过英国人和印度人赞美他，我相信他不会做这种事。"

"这种证据未免太薄弱了，母亲，这太薄弱了。"

"非常薄弱。"

"而且您对阿黛拉的态度很不体贴。"

阿黛拉默默地说："但如果是我搞错了，将会造成非常可怕的后果。我应该自杀谢罪。"

罗尼转头对阿黛拉说："我刚刚才提醒过你，不要再说这种话了。你明知道自己没有弄错，而且整个英国人的圈子也知道你没错。"

"是的，但是阿齐兹……这真的太可怕了。我想他确实偷偷跟在我身后，不过……我可不可以撤回控诉？一想到我要出庭作证，我就越来越害怕，因为这里的英国人对女性非常礼遇，而且英国人在印度的势力比在英国的时候大——你看看，德瑞克小姐偷了那辆车却没事。噢，当然，德瑞克小姐与这个案件无关，我不应该提到她，我很抱歉提到她，请原谅我。"

"没关系。"罗尼随口回答，"当然，我原谅你，如你所言，德瑞克小姐与本案无关。但是，这个案子现在必须进入审判程序，一定要进行审判，因为程序已经展开。"

"是她让这一切开始的，所以她也得看着这一切结束。"摩尔夫人说。

摩尔夫人这句不太友善的评论让阿黛拉又想掉眼泪。罗尼拿起英国轮船的航次表，心里突然有个好主意：他的母亲应该马上离开印度。如果让她继续待在这里，无论对她本身还是对其他人都没有好处。

第二十三章

副总督的妻子梅兰比夫人很高兴收到昌迪拉布尔妇女的陈情电报，但是她一点也帮不上忙——更何况她马上就要搭船回英国了。于是她回信询问，有没有其他的方式能让她一表关怀之意。特顿夫人回复她，希斯洛普先生的母亲打算搭船返回英国，但因为太晚决定，船上所有的舱位都已经客满，不知道能否请梅兰比夫人运用其影响力，帮她弄个位置？梅兰比夫人其实没有那么大的本事，但她是一位心地非常善良的妇人，虽然她不认识希斯洛普先生的母亲，她仍立刻表示愿意让这位陌生的老太太与她共享舱房。梅兰比夫人的善意有如天上掉下来的礼物，她的态度如此客气又令人愉悦，让希斯洛普先生不禁感叹：无论你遭遇任何苦难，上帝一定会给你补偿。由于奎斯特德小姐的不幸遭遇，总督府的上上下下都熟知希斯洛普先生的名字；等到摩尔夫人与梅兰比夫人一同搭船穿越印度洋航向红海时，梅兰比夫人肯定会对希斯洛普先生的名字留下更为深刻的印象。希斯洛普先生以温柔回报他的母亲——正如一般人在亲友意外获得显贵人士关照时的反应。他的母亲并非对他毫无帮助，起码她还能够为他引来高官妻子的注意。

就这样，摩尔夫人的心愿实现了：她不需要出庭作证、不必参加希斯洛普先生与奎斯特德小姐的婚礼，而且还能逃离印度炎热的天气。摩尔夫人终于可以舒舒服服搭船返回英国，与她另外两个孩子团聚。这不仅是希斯洛普先生的建议，也是她自己的愿望，于是她就这样离开了印度。但是她对于这样的好运并没有表现出太多热情，因为她已经达到超脱的境界，能同时看见宇宙的恐怖和渺小——许多老年人都具有这种朦胧的双重视觉。倘若这个世界不符合我们的期望，没关系，起码还有天堂、地狱与灭亡等选项的存在——这些庞大又美丽的境界里充满星星、火焰，还有蓝色或黑色的空气。各种英雄式的奋斗，以及那些被视为艺术的物品，都将认定这种壮丽的背景的存在。倘若这个世界符合我们的期望，那么种种实际的努力都将认定这个世界就是一切。这种朦胧的双重视觉会让人产生精神上的混乱，人们无法为这种混乱找出合理的解释，以致陷入进退两难的处境，既没有办法尊敬这种无限的力量，也没有办法视而不见。

　　摩尔夫人有宿命的倾向，当初她一抵达印度，就觉得这个地方很好；当她看见水流经过清真寺的水池、看见恒河、看见月亮出现在满是星星的夜空，她就认定印度是一个美丽的地方，是一个容易定居下来的地方。她在这里可以与宇宙合而为一，既充满尊严又可保持单纯的美好。然而人生总是得先履行一些小义务，就像从逐渐减少的牌中翻开新牌，并且把牌放好。就在摩尔夫人逐渐适应印度的生活时，马拉巴岩洞事件敲响了警钟。

那些壁面光滑的花岗岩岩洞，里面的声音到底源自何处？是谁住在岩洞里？是某种古老且渺小的生物吗？是某种超越时间与空间的生物吗？是某种塌鼻子且坏心眼的生物吗？也许是某种永远不会死亡的虫子。自从摩尔夫人听见那种声音之后，她就没有办法好好思考，她甚至有点嫉妒阿黛拉。那个受到惊吓的女孩造成了大家的恐慌，但摩尔夫人知道其实什么事情都没有发生。"就算真的发生了什么事，也不值得大惊小怪，因为没有任何东西比爱情更加邪恶。"摩尔夫人觉得自己就像是个爱嘲讽别人的女祭司。在她的眼中，那种无法启齿的举动，只不过是爱情的表现；无论在岩洞里，或者在教堂里——爱情都是一样的。然而幻觉比较深奥——必须等到自己体验过幻觉，才能明白其中的滋味。幻觉看起来有如万丈深渊，但也可能根本微不足道；所谓永恒的大蛇，其实可能只是小蛆。摩尔夫人经常想着："我应该少把心思放在我未来的儿媳妇身上，多关心自己一点，因为我的悲伤才是最严重的。"不过，当别人注意到她的悲伤时，她却气呼呼地拒绝别人关心。

希斯洛普先生没有办法护送摩尔夫人前往孟买搭船，因为昌迪拉布尔的局势越来越紧张，每一位官员都必须坚守岗位。安东尼也没有办法陪伴她同行，因为英国人怕他赶不上出庭作证。所以，没有任何一个会让摩尔夫人想起这段时光的人陪伴她前往孟买，这对她来说是一件值得庆幸的好事。炎热的暑气稍微消退了一点，等待下一波突击的时机到来，因此这趟旅程没有让摩尔夫人感觉到任何不愉快。当她离开昌迪拉布尔时，正逢月圆的时候。月影映照在恒河河面上，把缩小的河道点化成银丝，从她的车窗前流泻而过。行驶快速且令人感觉相当舒适的旁遮普列车，载着摩尔夫人度过了黑夜。第二天，她在疾行的旁遮普列车上越过中印度，炙热的空气与逐渐变白的天色，让窗外的景致看起来不像平原地区那么阴郁。她望向车窗外的印度人，看着他们刻苦坚毅的生活以及变化莫测的面容，以及他们为自己和神明所打造的房屋。这些事物与摩尔夫人心中的烦恼无关，纯粹只是经过她眼前的风景。比方说，她在日落时行经一个叫作阿西尔格尔[1]的地方，并且从地图上找到这个地方的位置——这里是位于一大片山林之中的堡垒。以前没有人向她提过阿西尔格尔这个地方，但是这里有巨大又高贵的棱堡，棱堡的右方有一座清真寺。摩尔夫人已经忘了在清真寺里发生的事。过了十分钟之后，阿西尔格尔再度出现在她的眼前，但这回清真寺变成在棱堡的左边。火车沿着下坡路驶过温迪亚山脉，在阿西尔格尔绕了半圈。除了这个地方的名字之外，她还能想到什么与其产生联结的事物呢？什么也没有。她不认识任何一个住在阿西尔格尔的人，但是阿西尔格尔与她见了两次面，仿佛对她说："我永远不会消失。"摩尔夫人在半夜里惊醒，火车正沿着西边的悬崖往下疾行，刺眼的月光朝着摩尔夫人迎来，让她觉得自己像是站在大海边缘。短暂的不适感

1　阿西尔格尔（Asirgarh）：印度历史上的堡垒要塞所在地，位于中央邦（Madhya Pradesh）。

结束后，火车来到真正的海边：被黎明浓雾笼罩的孟买。"我还没有去看看那些值得欣赏的景点。"摩尔夫人心想。她望向那些被困在维多利亚车站月台里的铁轨，那条铁轨曾经载她穿越过印度大陆，但是永远不会载她返回昌迪拉布尔。她再也没有机会去参观阿西尔格尔或者任何她不曾去过的地方：她没有机会去德里、阿格拉、拉杰普塔纳、克什米尔，以及在人们聊天时不经意出现的美妙景点，例如吉尔纳山脊的双语岩、什利贝尔哥拉的雕像、曼杜和亨比的遗迹、克久拉霍的庙宇、沙利马尔的花园。[1] 当摩尔夫人经过这座由西方人建立但后来因为失望而放弃的大城市时，心里突然渴望停下脚步，去帮忙解决街上那些印度人的纷争，虽然这里只是孟买而已。马车载着摩尔夫人前进，轮船再不久就要起航了。上千颗椰子堆放在船锚旁，远处的山上也有许多椰子树向她挥手道别。"你是不是把印度当成某种回音？把马拉巴岩洞当成事物的终点？"山上那些椰子树笑着问摩尔夫人。"我们和马拉巴岩洞有什么共通点？马拉巴岩洞和阿西尔格尔又有什么共通点呢？"轮船绕过科拉巴海岬[2]，整个印度大陆像是在旋转，高止山脉的悬崖则融

1　吉尔纳山脊的双语岩（The bilingual rock at Girnar）指古吉拉特邦（Gujarat）的吉尔纳山，山上有阿育王的题刻。什利贝尔哥拉的雕像（The statue of Shri Belgola）指卡纳塔克邦（Karnataka）的巨型耆那教圣人裸体雕像。亨比（Hampi）曾是南印度中世纪维贾亚纳加尔（Vijayanagar）王国的首都，如今已成废墟。克久拉霍的庙宇（Temples of Khajuraho），寺庙中的雕塑以情色风格闻名。沙利马尔的花园（Gardens of Shalamar），位于克什米尔与拉合尔（现均属巴基斯坦），由莫卧儿帝国打造，作者曾于 1913 年 2 月 25 日参访位于拉合尔的沙利马尔花园。
2　科拉巴海岬（The promontory Colaba）：原本是独立的小岛，位于孟买南方。

入热带海洋上朦胧的薄雾中。梅兰比夫人出现在摩尔夫人面前，提醒她不要一直站在热气中。"我们可以安全地离开这个大焖锅了，"梅兰比夫人说，"被烤焦的滋味可不好受呢。"

第二十四章

印度大陆的暑气在摩尔夫人离开之后迅速加温，犹如齿轮改变了转动的速度，一路攀升至四十五摄氏度，但人们还是得默默忍受，好比犯了罪就必须受到惩罚。大家都打开了电风扇，任其嗡嗡地吹着；有人还会把水泼洒在纱窗上，或者拿冰块出来降温。在灰色的天空与黄色的地面之间，除了忙着消暑的人类之外，还有一片由尘土形成的乌云正慢慢移动。在欧洲，人们躲避的是寒冷，因此有美妙的炉边神话诞生——例如春天之神巴德尔与冥界王后珀耳塞福涅[1]的传说。在印度，人们躲避的是恶毒的太阳，但太阳是生命的源头，因此没有人写诗歌来美化这种行为，因为梦幻破灭一点也不美丽。人们喜欢诗歌，但不见得会坦白承认自己喜欢诗歌。大家都渴望快乐是优雅的、悲伤是庄严的，而且永恒应该有固定的形式，但是印度无法让大家希望成真。一年一度匆忙而至的四月天，会让人

---

1 巴德尔（Balder）是北欧神话的夏季太阳神，他的父亲是主神奥丁，母亲是神后弗丽嘉（Frigg）。巴德尔广受爱戴，但做梦时经常感受死亡的威胁。珀耳塞福涅（Persephone）是希腊神话主神宙斯（Zeus）与谷物女神得墨忒耳（Demeter）的女儿。她被冥界之神哈得斯抓走，后来虽由宙斯出面协调营救，方得重返大地，但每年仍需在冥界待四个月。

类的烦躁与淫欲像溃疡一样扩散开来。这就是天地对人类向往秩序井然的生活所做的评价之一。鱼类比较有本事应付炎热的天气：如果水池干涸，鱼儿就钻进泥泞中，等待雨水来解放它们。人类虽然一整年都为了和谐相处而努力，但结果却是灾祸频发。原本享受胜利成果的文明机器，在一夕之间可能会变成无法动弹的石头车。在这种情况下，旅印英国人的命运就和他们的祖先一样：他们的祖先怀着改造印度的意图来到这片土地，最终却被塑造成它的样式，被它的灰尘所覆盖。

信奉理性主义多年之后，阿黛拉现在每天早上又开始进行基督教的晨间礼拜仪式，反正信奉基督教也没有任何害处，毕竟基督教是通往未知的最短捷径，也是最方便的捷径，她可以把所有烦恼都丢给对基督教的信仰。就像信奉印度教的小职员请托吉祥天女[1]让他加薪一样，阿黛拉也请求耶稣基督让这场审判有一个圆满的结局。她相信救世主上帝一定会站在英国警方这一边。虽然祷告让阿黛拉获得心灵上的安慰，当她双手触碰到自己的脸颊时，却感到一种刺痛，就连她呼吸时所吞吐的空气，也仿佛凝结成块，一整个晚上都压着她的胸口。除此之外，特顿夫人的声音也一直干扰她静心祷告。"奎斯特德小姐，你准备好了吗？"特顿夫人的大嗓门从隔壁房间传来。

"请再稍等我一下。"阿黛拉轻声回答。自从摩尔夫人离开印度之后，阿黛拉就搬进了特顿夫妇家。特顿夫妇对她好得

1　吉祥天女（Lakshmi）：毗湿奴的妻子，是印度教掌管幸福与财富的女神。

没话说，然而他们是因为同情她的处境才对她好，并不是因为喜欢她的个性。在特顿夫妇眼中，她只是一个遭遇不幸的英国女孩，因此大家为她做任何事都不嫌多。但是，除了罗尼之外，没有人真正明了阿黛拉心里的想法，而罗尼也只是稍微了解，因为在官僚制度之下，他并没有太多时间和精力去关心阿黛拉。阿黛拉在伤心难过的时候，曾经对罗尼说："我对你一点帮助都没有，而且还给你添了不少麻烦。我在广场对你说的话其实没有错，我们应该只当朋友就好。"但是罗尼不同意阿黛拉的说法，因为她受的苦难越多，他就越想好好珍惜她。然而阿黛拉真的爱罗尼吗？这个问题的答案因为马拉巴岩洞事件而无法得知[1]。当阿黛拉走进那个可怕的岩洞时，她心里确实想过这个问题，但如今她已经不知道自己能不能全心全意去爱别人了。

"奎斯特德小姐，阿黛拉，你喜欢别人怎么称呼你？现在的时间是早上七点半，如果你方便的话，我想我们应该准备前往法院了。"特顿夫人的声音再次传来。

"她正在祷告。"隔壁房间接着传来行政长官特顿先生的声音。

"对不起，亲爱的奎斯特德小姐，请你慢慢来……你觉得今天的早餐还可以吗？"

"我吃不下。可不可以让我喝一点白兰地？"奎斯特德小姐

1　作者的意思是，这个问题与马拉巴岩洞事件纠缠在一起。

草草结束祷告，并且回答特顿夫人。

不过，等到特顿夫人把白兰地端来给她时，她却耸耸肩表示自己已经准备好要出门了。

"喝了这杯白兰地吧。喝点白兰地是个好主意，可以帮助你放松一点。"特顿先生说。

"先生，我不觉得喝酒对我有什么帮助。"

"玛丽，你以前也会带一些白兰地到法院去，对不对？"特顿先生问他的妻子。

"是的，除了白兰地之外还有香槟。"

"今天晚上我一定要好好向你们致谢，我现在几乎就要崩溃，没有办法多想其他的事。"奎斯特德小姐表示。她小心翼翼地说出每一个字，仿佛只要她清楚陈述出心中的烦恼，烦恼就会因此而减少。她害怕安静，生怕只要一安静下来，就会有某种看不见的东西出现。她把自己在马拉巴岩洞里的遭遇重演给麦克布莱德先生看，并且告诉他岩洞里的男人没有碰到她，只是拉住她望远镜的带子。奎斯特德小姐今天早上前往法庭的目的，就是原原本本地陈述事情发生的经过。这让她感到相当紧张。面对阿姆里特劳律师提出的问题时，她可能会彻底崩溃，使英国人蒙羞。"我耳朵里的回音又出现了。"阿黛拉表示。

"你要不要吃一颗阿司匹林？"

"我不是头痛，我是听见回音。"

卡伦德少校没有办法帮她解决耳朵听见回音的问题，只好将这个症状诊断为幻听，叫她不要胡思乱想。特顿夫妇也赶紧转移话题。清晨拂过地面的沁凉微风，仿佛负责将黑夜与白天分隔开来。再过十分钟左右，这种微风就会停止，但是他们开车前往市中心的途中，仍可享受到这阵微风带来的凉意。

"我到时候一定会崩溃。"阿黛拉重申。

"你不会的。"行政长官以温柔的语调安慰她。

"当然，阿黛拉一定不会崩溃，她很坚强。"特顿夫人也说。

"但是，特顿夫人……"阿黛拉欲言又止。

"亲爱的孩子，怎么了？"

"如果我真的崩溃也没关系，在别的审判中，如果原告情绪崩溃，可能会严重影响判决结果，但是这场审判不会。我一再告诉自己：我可以随心所欲表现自我，我可以尽情大哭，也可以做出荒唐的举动，因为我一定会胜诉，除非达斯先生是一个非常不公正的审判官。"

"你一定会胜诉。"特顿先生的语气相当镇静。他没有提醒阿黛拉，被告就算败诉，还是可以再行上诉。而且纳瓦卜大人以资金支持被告，表示宁可毁了自己，也不愿"让无辜的穆斯林灭亡"。还有一些名气不若纳瓦卜大人的印度人也在背地里支持阿齐兹，因此这个案件可能会从地方法院上诉到高等法院，没有人能够预测结果。特顿先生认为昌迪拉布尔已经准备反扑。当特顿先生的车子开出庭院时，屋外有个印度小孩朝着他们丢出一颗小石头——石头在车身烤漆上发出轻轻的撞击

317

声。等到汽车行驶到清真寺附近，又有人朝他们丢了几颗较大的石头。广场上有一队骑着摩托车的印度警察在等候他们，准备护送他们穿过市集。行政长官终于发怒，忍不住低声抱怨："麦克布莱德先生简直就像老太婆一样软弱无能。"特顿夫人也说："是啊！等穆哈兰姆月节结束之后，我们应该给印度人一点颜色瞧瞧，让他们学到一点教训。别再假装印度人不恨英国人，因为这种心态实在太荒谬。我们早就应该停止这种闹剧。"然而特顿先生以一种奇特且带点忧伤的口吻回答："其实我并不讨厌印度人。我也不知道为什么。"他是真的不讨厌印度人。如果他讨厌印度人，他肯定恨死自己的工作，认为自己选错了职业。但是对于自己差遣多年的印度部属，他心里有一种轻蔑感。他觉得那些家伙被英国人瞧不起，是理所当然的事。"但毕竟是英国女性来到这里之后才让一切复杂化。"特顿先生暗忖，这是他内心最深处的想法。他在一面空白的墙上看见淫秽的文字，不禁想到自己的骑士精神其实潜藏着些许怨恨，等待将来择日发作——或许每个人对奎斯特德小姐的侠义之举，都含有一丝憎恶。有些学生已经聚集在法院前方，倘若特顿先生是自己一个人，他会去和这些歇斯底里的年轻男孩谈一谈，但是他现在必须保护奎斯特德小姐，所以便嘱咐司机把车子开到法院后方。那些学生大声嘲笑他们，刻意躲在同学身后以免被人认出的拉菲，也跟着大喊："英国人是懦夫！"

他们走进希斯洛普先生的办公室，里面已经有一些英国人聚在一起，没有人显现出怯懦的神情，但是大家都很紧张，因为不断有奇怪的消息传来。清洁工人都罢工了，昌迪拉布尔半数的室内马桶因为无人清理而惨不忍睹——只有半数，因为来自本行政区的清洁工人对阿齐兹医生遭受冤枉一事没有那么强烈的情绪，下午就会恢复工作。然而，为什么会发生这种奇怪的罢工事件呢？甚至还有不少女性穆斯林发起禁食活动，要等到阿齐兹无罪获释才肯吃东西。其实这些女性就算饿死也不会有人知道，因为她们平常都躲在闺房里。然而这些消息总是让人感到不安，仿佛一种新的精神正在诞生，一种全新的信仰。这一小群冷酷无情的白人无法说明这种情况为什么会发生，但他们觉得菲尔丁先生一定是幕后推手，认为这个同胞软弱又疯狂，大家应该放弃他。他们猛烈抨击菲尔丁先生。还有人看见他与被告的两位律师（阿姆里特劳与马哈茂德·阿里）搭乘同一辆车。他们认为一定是菲尔丁先生煽动那些男学生来法院抗议，听说他还收到了一些盖着国外邮戳的信件，说不定那些信件来自日本的间谍。今天早上的审判结束后，英国人也将免除这个叛徒的职务，但是他已经对大英帝国做出无数损害国家利益的事。当这些英国人忙着抨击菲尔丁先生时，奎斯特德小姐瘫坐在椅子上，双手无力地垂放在椅子扶手上，闭着眼睛休息。过了一会儿，其他人才发现她的状况，对于自己制造嘈杂的噪音深感抱歉。

"我们能帮你什么吗？"德瑞克小姐问。

"恐怕没有办法，南希，因为我自己也无能为力。"

"你不可以这么说，你一定会没事的。"

"对啊，你会没事的。"其他人也跟着附和。

"达斯先生是我的老朋友，他人很好。"希斯洛普先生以低沉的声音说，试图转换话题。

"印度人没有一个好人。"卡伦德少校立刻反驳。

"达斯先生真的是好人！"

"我想你的意思是，达斯先生不敢判被告无罪。他宁可判被告有罪，因为如果他放过被告，恐怕会丢了工作。"莱斯利露出淡淡一笑。

希斯洛普先生正是这个意思，但是他也"深信"自己可以信赖每一个部属，这是他在此地任职奉行的美好传统。希斯洛普先生认为他的老朋友达斯先生具备公学毕业生应有的道德勇气。此外，希斯洛普先生也指出——从另一个角度来看——由印度人审理这个案件才是最好的选择。既然这场审判无法避免，由印度人宣布判决结果，才不会引发无谓的纷争。他对关于审判官人选的讨论很感兴趣，因此转移了他心里对阿黛拉的担忧。

"希斯洛普先生，我知道你也不赞成我向梅兰比夫人陈情。"特顿夫人语带不满地说，"但是我这个人只会祷告，从不道歉。希斯洛普先生，我已经习惯别人说我做错事。"

"我没有那种意思……"

"没关系，你也不必向我道歉。"

"那些猪猡都在偷听我们发牢骚和诉苦。"莱斯利先生为了安抚特顿夫人的情绪赶紧接话。

"我也是这么认为。那些猪猡！"卡伦德少校表示，"另外，我必须告诉你们，我觉得这件事其实是一件好事。当然，对在场的各位并非好事，但这件事情将会让印度人得到教训。事实上，他们早就应该吃点苦头了。无论如何，我在医院里经常告诉他们：他们必须敬畏上帝。你们真应该看看我们那位亲英头目的孙子现在变成什么模样。"卡伦德少校描述努尔丁可怜的惨况时，还残忍地发出嗤笑，"他的脸已经毁了，上排牙齿断了五颗，下排断了两颗，一个鼻孔撕裂。潘纳·拉尔医生昨天拿了一面镜子给他，他看见自己的模样之后开始号啕大哭，我在旁边一直笑、一直笑。告诉你们，如果你们在场，一定也会笑出来。这个黑鬼以前是纨绔子弟，现在已经变成一团糟了……他活该！我诅咒他的灵魂。呃——我认为他简直堕落到不可言喻的地步——呃——"卡伦德少校停了一会儿，轻轻抚摸自己的肋骨，然后又补上一句："我真希望阿齐兹也一样遭殃，总之我们给印度人一点教训是天经地义的事。"

"终于有人肯说出比较合乎逻辑的话了。"特顿夫人大声地说。她的反应让特顿先生不太高兴。

"这正是我的意思。我认为，经过这件事情之后，就不会有人觉得我们对印度人的态度太残酷。"

"没错，你们以后要记住。你们实在太软弱，太软弱了！印度人看见英国人的时候，本来就应该要恭恭敬敬地以双手双膝趴在地上，从这里一路爬进马拉巴岩洞。[1]我们根本不应该

---

1 阿姆利则惨案中，英国的戴尔将军命令印度暴徒趴在地上以双手双膝爬行。

和印度人说话，而应该对他们吐口水。他们应该要被磨成灰烬。我们为他们举办'搭桥派对'之类的活动，实在对他们太过仁慈了。"

特顿夫人停了一会儿，因为她怒火攻心，顿时觉得燥热无比，才稍微压低说话的音量，并喝了一杯柠檬汁。她在啜饮柠檬汁的间歇，还不断地咕哝："软弱！软弱！"然后又把刚才说的那番话全部重说一遍。奎斯特德小姐引发的问题，比她身体不舒服更引人关注，因此大家自然把她冷落在一旁。

审判即将开始。

法庭内的椅子都已经摆放整齐，等着他们就座。他们现在最重要的任务，就是表现出高贵庄严的姿态。身穿制服的法庭工作人员把一切都准备妥当之后，他们才放低身段走进看起来即将倒塌的房间，就像走进市集里。行政长官特顿先生坐下来之后，先简单说了一个官场式的笑话，站在他身旁的随从笑了，但是听不见笑话内容的印度人，则觉得可怕的事情即将发生，所以那些英国人才会窃笑。

法庭里面挤满了人，因此当然非常闷热。奎斯特德小姐在法庭中注意到的第一个人，是在场所有人当中身份最卑微，而且与审判没有直接关系的一个：负责拉动扇子替大家扇风的男人[1]。这个男人几乎全身赤裸，身材非常好，端坐在中央走道后排处的高台上。奎斯特德小姐一走进法庭里就注意到这个男

---

1 作者至印度旅行时，经常可以看见这种负责拉动扇子替人扇风的男性。

人，因为他看起来似乎掌控着诉讼程序的进行，而且散发出一种偶尔出现在低阶印度人身上的力与美。虽然印度人地位卑下，英国人不屑接近他们，但是上天给予他们完美的肉身，创造出有如神祇般的男子——数目不多，大约各个地方都有一个，以便向这个社会证明，大自然根本不把社会阶级放在眼里。这个外形出众的扇风男子，无论在什么地方都会引人注目，但在昌迪拉布尔显得更加出色。这里大部分是手臂瘦弱、胸膛平坦之人，因此他神圣的肉体显得格外突出。然而他仍属于这座城市，因为城市的残羹剩饭滋养了他，而且他会在城市的垃圾堆里生活一辈子。这个男人把牵动扇子的细绳拉向自己，然后又充满律动地放开手，将阵阵气流送到别人头上，自己却享受不到。他仿佛远离了人类的命运，远离了属于男性的命运。他宛如灵魂的风车。在这个男人的正对面也有一个高台，上面坐着身材矮小的副地方法官。副地方法官看起来虽然优雅，但显得不太自在，模样拘谨。负责拉动扇子扇风的男人，则完全没有这种扭捏与不安，因为他甚至没有意识到自己的存在，也不明白为什么今天法庭里的人比平常多。事实上，他根本不知道自己正在拉动扇子扇风，只知道自己负责拉那条细绳。这名男子超然的神色，让来自英国中产阶级的奎斯特德小姐印象深刻，并开始责怪自己因为一点小惊吓而引发轩然大波。她到底凭什么把大伙儿聚集在这个小房间里？是她特异独行的见解，还是倾听她见解的耶稣基督？——她到底为什么能得到大家的重视，并且被冠上文明表征的头衔？摩尔夫人呢？——奎斯特德小姐四处张望，想寻找摩尔夫人的身影，但是摩尔夫人已经远在海上。倘若摩尔夫人没有变得怪里怪气而且不讨人喜欢，奎斯特德小姐原本打算与摩尔夫人讨论这些问题。

当奎斯特德小姐心想着摩尔夫人的时候，耳边突然听到一些奇怪声音，而且这种声音越来越清楚。这场划时代的审判开始了，警察局长率先发表起诉意见。

麦克布莱德先生不打算以动人的话语博取支持，因为被告才需要借由花言巧语来翻转逆势。

麦克布莱德先生说："每个人都知道这个人有罪，所以在他被判刑之前，我必须公开他的罪孽。"麦克布莱德先生并不进行道德或情感上的呼吁，大家可以从他不经意流露的态度感觉出这一点，有些人因此相当恼怒。麦克布莱德先生花了一些时间说明那趟野餐之旅的缘由：犯人在政府大学校长举办的派对上认识了奎斯特德小姐，并因而萌生犯罪意图。犯人平时过着放纵的生活，这点可以由他被逮捕之后警方取得的各项证据来证明。被告的同事潘纳·拉尔医生愿意证明被告在人格方面的问题，卡伦德少校也愿意作证。说到这儿，麦克布莱德先生停顿了一下，因为他希望诉讼过程公正有序，但是法庭里的印度人开始躁动，让他不得不暂停陈述。不过，他喜欢看见这种场面。麦克布莱德先生拿下眼镜，这是他在说明真理之前的习惯动作。他一脸哀愁地看着眼镜，然后才说："肤色较深的种族，天生会被肤色较浅的种族吸引，但是肤色较浅的种族不会被肤色较深的种族吸引。这不是讽刺，也不是子虚乌有的事，而是经过科学观察所得到的事实。"

"如果白人女性长得比印度男性丑，这种假设也能成立吗？"

这句话不知道是从哪里冒出来的，可能是来自天花板。头一次有人敢打断麦克布莱德先生的话，身为法官的达斯先生觉得自己必须制止这种恶行。"把说话的那个人赶出法庭。"达斯先生下令。一名印度法警便抓住某个明明没有说话的印度人，粗暴地将他赶出法庭。麦克布莱德先生又戴上眼镜，继续发表起诉意见。然而刚才那句话却让奎斯特德小姐心情变得很差：遭人批评长相丑陋，让她感到十分愤慨，以致全身颤抖。

"奎斯特德小姐，你是不是身体不舒服？"德瑞克小姐马上在一旁关心奎斯特德小姐。德瑞克小姐也因为刚才那句话而愤愤不平。

"我一直很不舒服，南希。我大概还可以撑过这场审判，但是我真的很不舒服，非常不舒服。"这只是混乱场面的开端。奎斯特德小姐身旁的德瑞克小姐开始大惊小怪，卡伦德少校也大声疾呼："我要求法庭好好对待我的病人。为什么没有人替她准备一张椅子？她需要一点空气。应该让她坐在高台上。"

达斯先生不高兴地说："考虑到奎斯特德小姐目前的健康状况，我同意给她一张椅子坐在高台上。"身穿制服的法庭工作人员拿了好几张椅子到高台上，于是这群英国人就跟着奎斯特德小姐到高台上坐下，只有菲尔丁先生留在原处。

"现在这样就好多了。"特顿夫人坐下之后表示。

"早就应该这样做了。"卡伦德少校接话。

达斯先生知道自己应该谴责卡伦德少校的言论，但是他不敢。卡伦德少校看达斯先生一脸胆怯，就以权威的姿态宣布："好，麦克布莱德先生，请你继续吧。不好意思打断你说话。"

"你们坐在上面舒服吗？"麦克布莱德先生问。

"非常舒服，非常舒服。"

"达斯先生，请你继续吧。我们不是来这里捣乱的。"行政长官特顿先生故作尊贵地表示。这句话千真万确：他们是来听审的，不是来捣乱的。

程序继续进行，奎斯特德小姐望向走廊——她一开始有点胆怯，仿佛担心走廊会把她的眼睛烤焦。她在那个扇风男子的左右两旁看见好几张熟面孔，高台前方也有许多她在这段日子认识的印度人——都是她在搭桥派对上认识的，包括食言没派马车来接她与摩尔夫人的印度夫妇、把汽车借给她和罗尼的印度老先生，另外还有许多仆役、老百姓与官员，以及本案的犯人阿齐兹。阿齐兹坐在椅子上——这个坚强、整洁、瘦小的印度人有黝黑的发丝与柔软的双手。奎斯特德小姐看着阿齐兹，心里没有特别的感受。自从上次他们两人分别之后，奎斯特德小姐一直把阿齐兹想象成本性邪恶的罪犯，但他现在看起来就和以前一模一样——某个她认识不深的印度人。他依然毫不起眼，让人忽略他的存在，而且骨瘦如柴。虽然他是"有罪"之人，但没有一丝犯了罪的邪气。

"我一直认为他有罪，但会不会是我误会了呢？"奎斯特德小姐心想。自从摩尔夫人离开之后，她就已经不再为这个疑问而感到良心不安，然而她心中还是经常思索着这种可能性。

阿齐兹的辩护律师马哈茂德·阿里站了起来，他以沉重但轻浮嘲讽的口吻，询问审判官能不能让他的当事人也坐到高台上，因为有时候印度人同样会感到身体不舒服。掌管明托医院的卡伦德少校当然立刻反对。"没想到印度人也挺有幽默感。"德瑞克小姐语带嘲弄地表示。希斯洛普先生看着达斯先生，想知道他会如何处理这个难题。达斯先生变得有点激动，开始严厉谴责马哈茂德·阿里。

"对不起——"来自加尔各答的名律师阿姆里特劳也起身发言。阿姆里特劳长得很好看，他的骨架虽大，但是体形纤瘦，头上顶着极短的灰发。"我们反对那么多英国女士和男士坐在高台上。"阿姆里特劳以标准的牛津腔英语说，"那些人可能会对证人产生恫吓的效果，我们认为他们应该下来和其他旁听的民众在一起。我们不反对奎斯特德小姐坐在高台上，因为她身体不舒服。虽然警察局长刚才分享了所谓的科学事实，我们还是对奎斯特德小姐充满敬意。但我们反对其他人继续坐在高台上。"

"噢，少说废话，快宣判结果吧！"卡伦德少校发出咆哮。

阿姆里特劳律师充满敬意地看着审判官达斯先生。

"我同意。"达斯先生胆怯地将头埋进他面前的文件堆里，"我本来就只允许奎斯特德小姐坐上来。现在麻烦奎斯特德小姐的朋友们宽大为怀，离开高台。"

"很好的决定，达斯先生，很好的决定。"希斯洛普先生说。

"竟然叫我们下去，这真是非常无礼的举动。"特顿夫人大声嚷嚷。

"玛丽，安静一点。"特顿先生低声阻止她。

"嘿，我的病人不能没有人在身旁照顾她。"卡伦德少校抗议。

"阿姆里特劳先生，请问你是否反对让卡伦德少校继续留在高台上？"达斯先生问。

"我反对，因为法庭的高台是权威的象征。"

"只不过是一英尺高的小台子罢了。我们下去吧！"特顿先生说。他突然很想笑。

"非常谢谢您的配合，特顿先生。"达斯先生说。他大大松了一口气。"谢谢您，希斯洛普先生。也谢谢你们，各位女士。"

这些英国人被赶下高台的消息迅速传开，法院外的民众开始嘲笑他们，并连同奎斯特德小姐一并嘲笑。这些英国人带着特别为他们准备的椅子走下高台，马哈茂德·阿里随即抗议他们享有特权。（马哈茂德·阿里因为满心仇恨，变得愚蠢又没用。）他质疑是谁滥用特权要求那些特殊座椅，并质问为什么没有人替纳瓦卜大人也准备一张。法庭内的人开始讨论一般座椅和特别座椅的差别、地毯的条纹，以及那个只有一英尺高的高台。

这个离题的现象对奎斯特德小姐而言具有放松情绪的功效。她变得比较轻松，因为她已经看清法庭里有哪些人，这种感觉就像认清最坏的情况会是如何。奎斯特德小姐现在已经确认自己可以"安然无恙"——也就是说，她觉得自己不会遭受精神层面的羞辱。她把这种安心的感觉告诉希斯洛普先生和特顿夫人，但是这两个人因为英国人的威望遭到贬抑而饱受打击，情绪相当激动，所以对这个消息一点也不感兴趣。奎斯特德小姐可以从座位上看见背叛英国的菲尔丁先生，因为她坐在高台上，所以视野更加清楚。她还看见一个印度小孩坐在菲尔丁先生的腿上。菲尔丁先生关注着审判过程，同时也注视着奎斯特德小姐。当他们四目相接时，菲尔丁先生迅速移开自己的视线，仿佛他一点都不想与奎斯特德小姐眼神交流。

达斯先生的心情也变得很好，因为他刚才打赢了高台座位之战，自信心大增。达斯先生是一个聪明又正直的人，他继续聆听控方证词，暂时忘却自己必须根据证词作出宣判结果的立场。警察局长麦克布莱德先生一脸从容，继续滔滔不绝地说着。他早就预期印度人可能有哪些无礼的举动——低等的种族就是会有这些自然反应。麦克布莱德先生没有表现出对阿齐兹的憎恶，但却怀着一种深不可测的轻蔑。

麦克布莱德先生巨细靡遗地述说阿齐兹欺骗众人的"诈术"——包括菲尔丁先生、仆役安东尼及纳瓦卜大人等人如何被他耍得团团转。奎斯特德小姐对这个部分一直心存怀疑，曾央求警方不宜妄加推论。然而警方希望阿齐兹被判重刑，因此主张这次发生在马拉巴岩洞的攻击事件是犯人预谋的行动。为了证明阿齐兹的计谋，警方还制作了一份马拉巴岩洞事件的说明书，指出野餐之旅的路线以及营地的位置，也就是"匕首水池"的旁边。

达斯先生对于这份说明书很感兴趣。

警方又拿出一张马拉巴岩洞的示意图，上面写着"佛教徒的岩洞"。

"那些岩洞应该不是佛教徒的吧？我想是耆那教……"

"事情到底发生在哪个岩洞？是佛教徒的岩洞还是耆那教徒的岩洞？"马哈茂德·阿里问，一脸准备揭发所有阴谋的表情。

"所有的岩洞都是耆那教的岩洞。"

"好，事情发生在耆那教徒的哪一个岩洞？"

"你稍后会有机会问这个问题。"

麦克布莱德先生面带微笑地看着愚蠢的印度人，认为印度人在这类问题上一定会挫败。他知道辩方律师打算证明被告当时不在场，而且他们试图找出那个当地导游，但是徒劳无功。菲尔丁先生与哈米杜拉甚至还特别趁着某个月光明亮的夜晚跑去大圆石那儿测量路径。"莱斯利先生说那些岩洞都是佛教徒的，他对这方面的事情应该相当有研究。但我想请大家留意的是岩洞的形状。"麦克布莱德先生开始描述案发当时的情况，包括德瑞克小姐开车抵达马拉巴岩洞，爬到沟槽处，然后载奎斯特德小姐返回昌迪拉布尔。他指出，奎斯特德小姐在警察局做了笔录并签名，笔录的内容提到她的望远镜被犯人扯落。最后是极具高潮性的证据：警方在被告身上发现奎斯特德小姐的望远镜。"以上，我没有其他要补充的内容了。"麦克布莱德先生得出结论，并再度拿下眼镜。"我现在要请原告站上证人席。总之事实可以证明一切，被告一直过着双面人生，我敢说他是慢慢走向邪恶之途的，而且他非常善于隐瞒。这种人通常都是这个样子，假装自己是社会上有头有脸的人，甚至在政府部门谋得公职。我想他现在已经变成一个邪恶到无可救药的大坏蛋了，他甚至对另外一位英国女士做出非常残暴的行为。他为了摆脱这位英国女士，并且不让自己有嫌疑，派一大群仆役挤入这位女士身处的岩洞中，企图让她窒息。不过，这只是顺带一提的证据。"麦克布莱德先生最后这句话引发了另一场风暴，野餐之旅另一位英国女性的名字，在法庭上宛如旋风般朝四面八方传开。马哈茂德·阿里被激怒了，顿时情绪完全失控，像疯子一样大吼大叫，质问警察局长是否打算在强暴之外再多控告他的当事人谋杀罪名。他要求警方说清楚第二位英国女士究竟是谁。

"我不打算传她出庭作证。"麦克布莱德先生表示。

"你不打算传她出庭作证，因为你根本没办法。你们已经偷偷让她离开印度。这位女士是摩尔夫人，摩尔夫人可以证明被告无罪，因为她站在我们这一边，她是可怜的印度人的朋友。"

"你也可以请她当辩方证人。"达斯先生说,"但是你们双方都没有传她担任证人,因此双方都不能引用她的话作为证据。"

"因为英国人故意将她与我们隔离。现在已经太迟了——我知道得太晚——这就是英国人的正义,这就是你们英国人的作风。只要把摩尔夫人还给我们五分钟,她就可以让我的朋友脱罪,也可以因此拯救她儿子的名誉,英国人根本不应该把她送走。达斯先生,请你收回那句话,毕竟你自己也有子女。请快告诉我,英国人到底把摩尔夫人送往什么地方了?噢!摩尔夫人……"

"如果你想知道的话,那么我就告诉你。我母亲现在应该已经抵达亚丁港了。"希斯洛普先生冷冷地表示。他其实不应该说话,但是马哈茂德·阿里的咄咄逼人让他一时失去自制。

"你把她送走,因为她知道事情的真相。"马哈茂德·阿里几乎就要失去理智,在激动的情绪中不断提高音量,"我就算毁了自己的事业也无所谓,反正我们每个人终究会被毁灭。"

"你不应该感情用事。"达斯先生提醒他。

"我不是在为案件辩护,你也不是在审判案件,因为我们两人都只是英国人的奴才。"

"马哈茂德·阿里先生,我已经警告过你了,除非你马上坐下,否则我就要行使我在法庭中的权力,把你赶出去。"

"请便。反正这场审判根本是一场闹剧,我要走了。"马哈茂德·阿里把文件交给阿姆里特劳之后就转身离开,最后还在门口以夸张的方式呐喊："阿齐兹，阿齐兹——我们永别了！"
法庭内骚动的氛围越来越严重，大家持续要求摩尔夫人出庭
作证，但那些不知道她是谁的人，则只是盲目地复诵她的名
字，宛如念着咒语。摩尔夫人的名字变成印度语中的"埃思米
丝·埃思穆尔"，就连法院外面街上的人们也跟着复诵。达斯
先生要求大家安静下来，并下令驱赶法院外面的路人，但是一
点用处也没有。在这股魔力自动退散之前，达斯先生完全无法
镇住这种场面。

"真没想到会变成这种情况。"特顿先生说。

希斯洛普先生又接着表示：他母亲搭船离开印度之前，曾
在睡梦中说起马拉巴岩洞发生的事。某天下午她在睡梦中说了
一些与阿齐兹有关但是毫无逻辑的梦话，被阳台上的仆役断章
取义后，以几个安那币的代价卖给马哈茂德·阿里。印度人经
常做这种事。

"我也知道那些仆役会做这种事情。他们相当狡猾。"特
顿先生对希斯洛普先生说，并且望向那些哑口无言的印度人。
"因为印度人的宗教就是这样教他们的。他们只会造谣生事，
却不知道如何收拾残局。"他最后冷冷地补上一句："我替你的
朋友达斯先生感到抱歉，他没能控制住场面。"

"希斯洛普先生，他们把你亲爱的母亲也牵扯进来，实在
非常失礼。"德瑞克小姐也倾身表示。"这是他们的诡计，他
们想拖延时间。现在我知道他们为什么会派马哈茂德·阿里出
马了——他故意兴风作浪。这是马哈茂德·阿里最擅长的把

戏。"希斯洛普先生回答。他心里对这些印度人的厌恶感，远远超过他表现出来的。当他听见自己的母亲被可笑地叫成埃思米丝·埃思穆尔——就像一位印度女神的名字，心里更加不舒服。

埃思米丝·埃思穆尔

埃思米丝·埃思穆尔

埃思米丝·埃思穆尔

埃思米丝·埃思穆尔……

"罗尼——"

"怎么了，亲爱的？"

"我觉得很奇怪。"

"你现在心里一定很烦吧？"

"一点也不会，我根本不介意这些。"

"嗯，那就好。"

奎斯特德小姐说话的神情比平常更自然也更正常，她倾着身子对她的同胞说："请不要为我担忧，我现在比之前好多了，我已经不觉得软弱无力。我会没事的，谢谢你们大家，谢谢，谢谢你们对我这么好。"她必须大声喊出自己心中的感激，因为那些印度人还在复诵着"埃思米丝·埃思穆尔"。

然而复诵的声音突然中断了，像是女神终于听见大伙儿的祈祷，并且显现出圣灵。

"我要为我同事的表现道歉。"阿姆里特劳表示。这句话让在场的每个人大感惊讶。"由于他是我们当事人的好朋友，私人情感影响了他的思绪，让他相当混乱。"

"马哈茂德·阿里先生必须亲自道歉。"达斯先生说。

"是的，先生，他必须亲自道歉。然而我们刚刚获知摩尔夫人原本有意提出重要的证据，却在还没有机会出庭作证之前就被她的儿子送离印度，这件事使得马哈茂德·阿里愤怒得陷入疯狂——因为控方这种行为无异于企图恫吓我们唯一的英国证人菲尔丁先生。倘若警察局长没有说出摩尔夫人也是本案证人，马哈茂德·阿里根本不会有任何表示。"阿姆里特劳说完之后又安静坐下。

"现在本案又新增一位证人。"达斯先生表示，"不过我必须重申：摩尔夫人虽然是本案的证人，但她不在法庭内。你，阿姆里特劳先生，还有你，麦克布莱德先生，你们两位都无权揣测摩尔夫人会说出什么样的证词。而且，因为她不在法庭里，所以她没有办法作证。"

"好，我收回刚才的话。"警察局长不耐烦地回答，"如果刚才有机会，我早在十五分钟前就会收回我说的话。摩尔夫人对我而言并不重要。"

"我早就已经代表被告收回刚才的话。"阿姆里特劳不忘表现出幽默感，"但或许你也得请法庭外面的那些人收回他们的话。"街上的人群还在复诵摩尔夫人的名字。

"我的权力恐怕无法延伸到那么远的范围。"

法庭内又恢复平静，奎斯特德小姐陈述证词时，气氛变得比审判开始时还要沉静。这种情况并没有让阿姆里特劳感到意外，因为世上的一切本来就变化多端。希斯洛普先生刚才为了不重要的小事而暴怒，对于眼前的危机一点帮助都没有。反正希斯洛普先生只是想要找一个发泄情绪的出口，因此当印度人指控他绑架了自己的母亲时，他就顺势爆发了。只要等到阿齐兹确定被判刑，他就不会继续愤愤不平了。

　　然而随时都可能有危机发生。

　　奎斯特德小姐只想陈述出事实真相，单纯地说出事情的真相，不添油加醋。但是她在审判前曾反复思量，觉得光是陈述事实就非常困难——因为她在岩洞里遭遇的不幸，将会影响她的人生及她和希斯洛普先生的婚约（虽然只有一点点影响）。她在走进岩洞前正在思考爱情的意义，并且天真地询问阿齐兹婚姻到底是什么。奎斯特德小姐认为，可能是她提出的问题激起阿齐兹心中的邪念，因此如果要她坦白说出这个部分，将会令她痛苦万分。她想隐瞒这个部分的真相。奎斯特德小姐愿意说出一般女孩子觉得难堪的事，但这个部分是她自己铸下的错误，她不敢说出来，因为倘若泄露出更多私事，她担心自己将被迫在大庭广众下受人质问。然而，当她站上证人席并听见自己开口说话的那一刻，突然间什么都不怕了。她心里萌生一种陌生的新感受，就像一副美妙的盔甲保护着她。奎斯特德小姐没有去思考这到底是什么原因，也没有以平常的方式去回忆一切，她只是把思绪拉回马拉巴岩洞，从岩洞跨越过一片黑暗，面对麦克布莱德先生说话。那个可怕的日子重新浮现在她脑中，一切都清清楚楚，但是此刻的她与那天发生的事情既有关也无关，这种双重关系让她难以描述出当天的情况。为什么她当时认为这趟野餐探险之旅相当"无趣"？那天明明有太阳、大象，还有一大片白色的石头环绕着她。当她走进第一个岩洞时，看见火柴的光亮反映在岩洞光滑的壁面上——美丽的影像令她印象深刻，但是她当时对自己所见的一切懵懂无知。麦克布莱德先生开始问她问题。对于每一个问题，奎斯特德小姐都尽量给予最准确的答案：是的，她看见那儿有个水池，但是她不知道那个水池叫作"匕首水池"；是的，摩尔夫人参观第一个岩洞之后就累了，然后就坐在树荫底下干燥的泥土旁边的大石头休息。来自远处的声音飘进法庭，引导她沿着真理的途径一路前行。奎斯特德小姐身后的拉扇男子，将风轻轻扇到她身上。

"……犯人和导游带你去看大圆石。当时没有其他人在场，是吗？"

"是的，大圆石是马拉巴山最美丽的岩洞。"奎斯特德小姐回答时，脑中又浮现出大圆洞的影像，她不仅再度看见石头表面上凹凸有致的曲线，甚至感受到热气朝着她的脸庞袭来。然后她仿佛突然想到什么，补充一句："就我所知没有其他人，只有我们三个。"

"很好。通往山顶的路上有一处平台，或者说，有一片破裂的地面。许多岩洞就分散在河床源头的附近。"

"我知道你指的是什么地方。"

"然后你独自一人走进其中一个岩洞?"

"是的,没错。"

"犯人偷偷尾随在你的身后?"

"我们已经逮到他了。"卡伦德少校插话进来。

奎斯特德小姐沉默了好一会儿,整个法庭的人都在等她回答。但除非阿齐兹有答辩的机会,否则奎斯特德小姐不愿意回答这个问题。

"犯人跟在你身后,对不对?"麦克布莱德先生以不具情感的口吻又问了一次。他和奎斯特德小姐都以这种语调进行对话,但是并不会令人觉得奇怪,因为他们两人之间的问答相当平和。

"麦克布莱德先生,可不可以让我思考半分钟后再回答?"

"当然可以。"

奎斯特德小姐想象着几个岩洞的模样,并看见自己置身于其中一个岩洞里,但她也同时站在岩洞外,注视着岩洞的入口,等待阿齐兹尾随她走进岩洞。阿齐兹迟迟没有出现。这就是在她心中萦绕不去的疑问,而且这个疑问坚定又深具说服力,有如一座大山。"我没有办法……我没有办法确定他是否跟在我身后。"要说出这句话,比回想事情的发生经过更为困难。

"你说什么?"警察局长问。

"我没有办法确定……"

"我不明白你的回答。"麦克布莱德先生惊讶得张大嘴巴，但随即马上紧紧闭上。

"你原本在岩洞的入口处，我不知道一般人怎么称呼那种洞口，然后你走进岩洞。我想犯人应该是偷偷尾随在你身后，也走进了岩洞。"麦克布莱德先生说。

奎斯特德小姐摇摇头。

"你为什么摇头？请你说明。"

"没有。"奎斯特德小姐以一种平板的语调说。法庭内的角落里开始出现轻微的躁动，但是除了菲尔丁先生之外，没有人明白到底发生了什么事情。菲尔丁先生看得出来奎斯特德小姐即将崩溃，而他的好友阿齐兹即将洗刷冤屈。

"没有什么？请你说明清楚，请你大声说出来。"审判官达斯先生倾身追问奎斯特德小姐。

"可能是我搞错了。"

"搞错什么事情？"

"阿齐兹医生并没有跟在我身后走入岩洞。"

警察局长麦克布莱德先生将文件重重地放下，然后又拿起文件，平静地说："奎斯特德小姐，请容我继续发问。我可以把你在案发两小时后所做的签名口供念出来给你听。"

"很抱歉，麦克布莱德先生，我不能让你继续发问，因为我正在询问原告。在座每一个人都请安静下来。如果谁再继续说话，我就把他赶出法庭。奎斯特德小姐，请对着我说话，我才是负责本案的审判官，同时请你记得，你说的每一句话都深具重要性。更别忘了你在作证之前已经发过誓，奎斯特德小姐。"

"阿齐兹医生从来没有——"

"基于医学方面的考量，我请求暂停本案的审理。"卡伦德少校大喊。是特顿先生交代他这么说的。法庭里的英国人全都惊讶地站了起来。身材高大的白人遮蔽了身材瘦小的达斯先生，在场的印度人见状也纷纷站起身来。场面陷入混乱，事后每个人对这场审判都有不同的描述，并且各持己见。

"你打算撤回控诉吗？请你回答这个问题。"负责公正司法的达斯先生问。

某种不知名的力量支撑着奎斯特德小姐，让她足以熬过这个难关。她脑中的幻觉已经结束，她重返这个枯燥乏味的现实世界，但是她还记得自己刚才的体悟——赎罪与忏悔永远不嫌太迟。于是她用冷硬且平淡的声音说："我撤回所有的控诉。"

"好！——麦克布莱德先生，请你坐下。现在你还有什么话想说吗？"达斯先生询问警察局长。

麦克布莱德先生盯着奎斯特德小姐，仿佛她是一台坏掉的机器，怀疑地问："你是不是疯了？"

"麦克布莱德先生，请你停止向奎斯特德小姐发问，你现在已经没有这种权利了。"

"可不可以给我一点时间思考——"

"警察局长，你必须马上停止。如果你再继续发问，就是违法的行为了。"在法庭后排的纳瓦卜大人突然大叫。

"他不必停止！"特顿夫人也对着喧嚣的众人大喊，"传其他的证人上来！我们的处境非常危险——"希斯洛普先生试图阻止特顿夫人，但是特顿夫人愤怒地将他推开，并且朝奎斯特德小姐大声辱骂。

同胞们的力挺，让麦克布莱德先生有点感动，但他最后还是冷冷地对达斯先生说："好，我不问了。"

达斯先生从座位上站起来，因太过紧张而显得动作僵硬。他完成这场审判了，一切都在他的掌控之中。他的表现证明了印度人也有治理事务的能力。他对着那些还能听见他说话的人宣布："释放犯人，他没有罪。至于本案的相关费用，我们将另行决定。"

法庭里的秩序彻底瓦解，有人嘲笑这是一场闹剧，有人愤慨不已，两种情绪都达到最高点。有人不停尖叫和咒骂，有人彼此亲吻并流下感动的眼泪。这一侧的英国人由仆役团团包围以保护人身安全，那一侧的阿齐兹则昏倒在哈米杜拉的怀中；英国人觉得无比挫败，阿齐兹则享受胜利——在这一刻呈现出明显的对照。每个人的生活又恢复为原本复杂的样貌，大伙儿一个接一个走出法院，迈向各自不同的人生。不到一会儿的时间，法庭里面只剩下那个肉体宛如神祇般美好的裸身男子，没有人驻留在刚才的奇幻景象中。扇风男子根本没有察觉法庭里发生了一件极不寻常的事，继续拉动着风扇的细绳。他的眼睛望着已经空无一人的高台和那些被人翻倒的座椅，双手以充满节奏的律动送出微风，让尘土缓缓落至地面。

341

第二十五章

奎斯特德小姐背叛了她的同胞。因为她对那些旅印英国人心生厌恶，因此就跟随一大群印度中产阶级走到法院的公共出入口。从市集隐约传来一股难以形容的气味，虽然闻起来比伦敦的贫民窟好一点，但是让人感觉更不舒服。一位老人耳中塞着一团药用棉花，黑色牙缝间残留着槟榔叶，抹着气味难闻的香粉或油膏——一种东方传统的香味混杂着汗臭味，仿佛一名国王被耻辱缠身，没有办法从中解脱；也仿佛太阳的热量将地球上的所有荣光都煮沸、炸成一团。没有人特别留意奎斯特德小姐，因为这些印度人都忙着彼此握手、大声欢呼：他们的手越过奎斯特德小姐的肩膀上方，声音穿过她的身体。当印度人完全忽视英国人的时候，就真的无法察觉他们的存在。奎斯特德小姐帮助印度人获得胜利，但是在他们欢庆胜利的时刻，却没有人在乎她。最后她被挤到菲尔丁先生身旁。

"你在这里做什么？"菲尔丁先生问。

奎斯特德小姐知道菲尔丁先生讨厌她，因此无言地走到阳光下。

他在她身后继续喊着："奎斯特德小姐，你要去什么地方？"

"我也不知道。"

"你不能这样随意乱走。载你来的车子停在哪里？"

"我想要走路。"

"这么做太疯狂了……可能会有暴动发生……警察都要罢工了，没有人知道接下来会发生什么事。你为什么不和你的英国朋友一起离开？"

"我应该和他们一起离开吗？"奎斯特德小姐不带任何感情地回答。她心里相当空虚，觉得自己没有一点价值，而且她身上也早已没有留下任何美德。

"现在已经太迟了，你没有办法去找他们了。你刚才应该跟着他们从法院员工的出入口离开才对。跟我来吧！——动作快一点——快躲进我的马车里。"

"菲尔丁先生，菲尔丁先生，请不要离开我！"不远处传来阿齐兹颤抖的声音。

"我会回来找你……"菲尔丁先生转头回答阿齐兹，然后就拉起奎斯特德小姐的手，说："跟着我走，不要再多说什么。请你原谅我现在顾不得礼节，因为我不知道这些印度人怎么看待你。如果你方便的话，明天再找时间把马车送回来给我。"

"我要搭着马车去哪里？"

"随你想去哪里就去哪里，我又不清楚你有什么打算。"

菲尔丁先生的马车停在一条安静的小巷子里，但是马儿不见了，因为车夫不知道这场审判会突然结束，所以骑马去找朋友了。奎斯特德小姐坐进马车里，菲尔丁先生不敢留下她独自一人，因为局面变得越来越混乱，到处都可听见喧闹声。穿越市集的主要道路已经挤满了人潮，那群英国人只能沿着小路返回他们居住的官署驻地。他们现在就像被团团包围的毛毛虫，随时可能有生命危险。

"你这段时间到底在做什么？"菲尔丁先生突然问奎斯特德小姐，"你在玩什么把戏？你这么做是想研究人性，还是另有目的？"

"校长，我想送你这个。"突然有个男学生手拿着茉莉花环跑进小巷内。

"我不要这种垃圾，给我离开这里！"

"校长，我是马，我们都可以当你的马。"另一个男学生大声地说，并且将菲尔丁先生的马车扛起来。

"拉菲，去把我的车夫找来。你们都是好孩子。"

"不，校长，替你拉马车是我们的荣幸。"

菲尔丁先生受够了这些学生，因为学生越尊敬他，就越不听他的话。他们把茉莉花环和玫瑰花环套在菲尔丁先生的脖子上，乱刮墙上的木板，还有人朗读诗句，小巷子里变得闹哄哄的。

"校长，快坐好。我们可以排成一列替你拉马车。"学生热情又粗暴地将菲尔丁先生推进马车里。

"我不知道这个结果对你来说是好是坏，但是无论如何，你现在已经安全了。"菲尔丁先生告诉奎斯特德小姐。他的马车横冲直撞地闯进市集，引起一阵骚动。由于奎斯特德小姐在昌迪拉布尔深受憎厌，就算她撤回对阿齐兹的控诉，人们仍旧怀疑她别有目的，甚至有谣言传说她在说谎话的时候遭到神明的惩罚。然而当大家看见她坐在英勇的菲尔丁校长身旁时，却都齐声欢呼（有人误以为她是摩尔夫人），甚至还替她戴上花环，让她和菲尔丁校长看起来更加相衬。在印度人眼中，这对男女此刻既是人也是神。两人脖子上戴满了花环，坐在庆祝阿齐兹得胜的队伍中，被一大群学生拉着走。在欢呼的喝彩声中，其实也有人带着嘲笑的心态，冷言冷语地说：英国人总是团结一致。就算印度人嘲弄英国人也无可厚非，因为英国人确实不团结。菲尔丁先生自愿承受这些批评，而且他心里明白：倘若有任何误解，以致他的印度盟友攻击奎斯特德小姐，他就必须挺身而出，为了捍卫她而死。但是他并不想为了奎斯特德小姐而死，他只想与阿齐兹一同欢庆胜利。

庆祝阿齐兹获胜的队伍要往哪里去呢？去阿齐兹的朋友那儿，去阿齐兹的敌人那儿，去阿齐兹的住处，去行政长官特顿先生的住处，去明托医院看卡伦德少校在地上爬，并且释放所有的病人（他们误把病人当成犯人了）。他们还要去德里，去西姆拉[1]。但是拉车的学生们以为要去政府大学，因此在转弯处将马车转向右边，从旁边的巷子冲向小山丘，然后穿过花园的大门，进入种着芒果的农场。菲尔丁先生和奎斯特德小姐觉得

---

1 每年一到夏天，英属印度的政府主管机关就会搬迁至西姆拉。

345

一切仿佛回归宁静安详：树上的绿叶充满光泽，而且长着形状细长的绿色水果；水池池面平静无波，仿佛陷入沉睡。越过水池就是雕饰精致的蓝色凉亭拱门。"校长，我们去找其他人来帮忙。校长，马车对我们来说确实太沉重了。"抬着马车的学生对菲尔丁先生说。菲尔丁先生走进他的办公室，原本想打一通电话给麦克布莱德先生，但是没法打，因为电话线被切断了。菲尔丁先生的仆役都走光了，他没办法抛下奎斯特德小姐不管，只好替她安排房间休息，并且为她准备冰块、饮料与饼干，劝她躺下来休息一会儿。菲尔丁先生自己也回房间休息——因为没有其他的事情可做。他聆听外面队伍离开的声音，心里感到不安且充满挫折。他原本愉悦的心情已经荡然无存。虽然阿齐兹胜利了，但是这场胜利游行实在太奇怪了。

就在这个时候，菲尔丁先生听见阿齐兹在外面喊着："菲尔丁先生、菲尔丁先生……"阿齐兹与纳瓦卜大人、哈米杜拉、马哈茂德·阿里及一群拿着花的男学生挤在一辆马车上。阿齐兹并不满足，他希望自己能够被每一个喜爱他的人包围。胜利并没有带给阿齐兹太多欢愉，因为他已经受尽折磨。从他被逮捕的那一刻开始，他就已经被完全摧毁了。他像一只受伤的动物，对一切失望透顶：不是因为害怕，而是因为他知道英国人的一句话胜过他的千言万语。"这就是我的命。"阿齐兹入狱时说。当他在穆哈兰姆月节结束后再度入狱时，他还是这么说："这就是我的命。"在那段糟糕透顶的时间里，阿齐兹觉得自己除了情感之外一无所有；在他失去自由的痛苦时刻，情感是他仅有的东西。"为什么菲尔丁先生不在我们的队伍中？我们回去找他吧。"但是队伍没有办法调头，因为这个队伍就像一条在排水沟里爬行的蛇，从窄窄的市集一路往广场前进，必须抵达广场才有空间回头，去寻找它想要的猎物。

"前进，前进！"马哈茂德·阿里尖声大喊。他现在只要一开口就是大声呐喊。"去他妈的行政长官，去他妈的警察局长！"

"马哈茂德·阿里先生，这种谩骂很不明智。"纳瓦卜大人劝阻马哈茂德·阿里，因为他知道攻击英国人没有任何意义。英国人已经一败涂地，所以不需要落井下石。再说，纳瓦卜大人向来非常自制，讨厌混乱的无政府状态。

"菲尔丁先生，你又遗弃我了！"阿齐兹喊着。

"我们必须举行一次有秩序的示威游行。"哈米杜拉表示，"否则英国人会认为我们怕他们。"

"去他妈的卡伦德少校……我们应该去救努尔丁。"

"救努尔丁？"

"英国人正在折磨他。"

"噢，我的老天啊……"——只要因此发出惊呼，就会被视为是印度人的朋友。

"英国人没有折磨努尔丁。我不希望大家因为我孙子的缘故，跑去攻击明托医院。"纳瓦卜大人反对。

"他们真的在折磨努尔丁，是卡伦德少校在审判前亲口说的，我碰巧听见了。他说：'我已经好好折磨那个黑鬼了。'"

"噢，我的天啊！我的天啊……他竟然称努尔丁为黑鬼？他真的这样说吗？"

"他们不替努尔丁涂抹消毒药水，反而在他的伤口上撒胡椒粉。"

"马哈茂德·阿里先生，他们不可能做这种事。再说，即便英国医护人员对努尔丁粗鲁一点，我也觉得无妨，因为这孩子需要一点教训。"

"他们在他伤口上撒胡椒粉。卡伦德少校亲口说的。他还说他希望将我们一个接一个摧毁。"马哈茂德·阿里回答，"结果他们失败了。"

这个伤人的消息让大伙儿非常愤怒。他们迄今仍像无头苍蝇一样，而且也缺乏埋怨英国人的好理由。当他们抵达广场并看见明托医院灰黄色的走廊时，纷纷发出怒吼往前冲去。时间已经接近正午，地上的人们与天上的太阳都火气正旺，邪恶的精灵又开始横行。只有纳瓦卜大人独自陷入天人交战，不断对自己说：谣言不一定是真的。他上个星期才到病房探视过努尔丁，他的孙子看起来一切都很好。然而眼前的情况也让他乱了方寸，引诱他报复卡伦德少校，给所有英国人一点颜色瞧瞧。

幸好，在千钧一发之际，这个可能引起大灾难的危机解除了。这都归功于潘纳·拉尔医生。

潘纳·拉尔医生之前原本自告奋勇，担任英国人那方的证人，除了出于讨好英国人的目的之外，也因为他非常讨厌阿齐兹。没想到这场审判以这种方式结束，让潘纳·拉尔医生陷入难堪的处境。他比大部分人都更早预测到判决的结果，因此在达斯先生宣判之前，他就已经溜出法庭，驾着由斑斑拖拉的马车穿过市集，逃离一触即发的动乱。他认为自己待在明托医院里比较安全，因为卡伦德少校会保护他，没想到卡伦德少校没有回到医院。更糟糕的是，一大群暴徒竟然找上门来。那些暴民一定会让他死得难看，医院里其他的医护人员也背叛他，不肯帮助他翻墙逃走，反而将他从墙上拉下来，让住院的印度病人大呼痛快。潘纳·拉尔医生觉得自己死定了，痛苦地大喊："别杀我！我只有这条小命！"然后认命地迈着摇摇晃晃的脚步，走出去面对那些入侵明托医院的群众。他高举单手行礼，另一只手则拿着一把浅黄色的雨伞。"噢，请原谅我！"潘纳·拉尔医生走近庆祝阿齐兹胜利的队伍时，不断呜咽着说，"噢，阿齐兹医生，请原谅我说了恶意的谎言。"阿齐兹沉默不语，其他人则发出震耳欲聋的怒吼，并且抬起下巴对潘纳·拉尔医生表示轻蔑之意。"我心里很害怕，我被大家遗弃了。"潘纳·拉尔医生继续哀怨地哭诉，"因为你的缘故，我被人们遗弃了。我被印度人遗弃，也被英国人遗弃，我被所有人遗弃。噢，请你原谅我这个可怜的老医生吧。别忘了你生病的时候，我还给你牛奶喝。噢，纳瓦卜大人，各位仁慈的朋友，你们想要药房里的药物吗？把那些该死的瓶瓶罐罐都拿走吧！"潘纳·拉尔医生虽然慌张焦虑，但是脑袋依然十分机灵。当他发现大伙儿嘲笑着他糟糕的英文时，立刻开始表演一些滑稽的动作逗大家开心。他丢下手中的雨伞，用脚用力踩踏，然后又用雨伞敲打自己的鼻子。他知道自己在做什么，这些观众也心知肚明——就算潘纳·拉尔医生故意做出降低自己身份的愚蠢动作，也不值得可怜，而且他根本不是出自真心实意。潘纳·拉尔医生出身低微，所以他再怎么扮小丑也无损尊严。此刻他故意装疯卖傻，让其他的印度人觉得自己像高高在上的国王，好让他们的情绪缓和下来。当潘纳·拉尔医生发现这些人到明托医院来只是想看看努尔丁，马上开心得像山羊一样蹦跳、像母鸡一样乱跑，并且依照这群人的吩咐把努尔丁带出来。明托医院安全了，然而潘纳·拉尔医生终其一生都不明白，为什么医院没有奖励他这天的机警行为，让他升官加薪。他在要求升迁时不断对卡伦德少校说："我在面对暴徒时反应非常灵敏。卡伦德少校，我的反应就像你一样灵敏。"

努尔丁出现在大家面前的时候，脸上缠满了绷带。众人发出欣慰的欢呼，宛如巴士底监狱已经被攻陷。群众的情绪过度高亢，可能会让这场游行陷入危机，因此纳瓦卜大人试图控制住场面：他先公开拥抱努尔丁，随即发表关于"正义""勇气""自由"与"谨慎"的演说。纳瓦卜大人逐项说明，并让大家的情绪冷静下来。他还进一步表示自己应该放弃英国人给予他的头衔[1]，作为普通的佐勒菲卡尔先生生活于世。基于这个理由，他会马上离开这里，到乡下生活。纳瓦卜大人说完之后，游行队伍就转过头，这群人也随着队伍一起离开明托医

1　自从 1919 年发生英国军队屠杀印度人民的阿姆利则惨案之后，印度人就纷纷放弃英国人赋予他们的头衔或荣勋。

院，危机正式结束。马拉巴岩洞事件曾经导致这个地方陷入紧张状态，许多人的生活因此受到影响，好几个人的人生也因此毁于一旦，然而这场风波并没有粉碎整个印度大陆，也没有搅乱昌迪拉布尔的一切。

"我们今天晚上要庆祝一下。"纳瓦卜大人说，"哈米杜拉先生，麻烦你把我们的朋友菲尔丁先生和阿姆里特劳先生一起带来，并帮我问一下阿姆里特劳先生有没有特殊的餐饮需求。其他人就跟着我吧。当然，我们等傍晚凉快的时候再去迪尔库沙。我不知道各位觉得如何，但是我的头有一点痛，真希望我刚才先向潘纳·拉尔医生拿几颗阿司匹林。"

外面的暑气正烈，炎热的天气不会让人疯狂，但足以使人昏昏欲睡。过了一会儿，这些昌迪拉布尔的印度斗士们全都打起瞌睡。官署驻地的英国斗士们则持续保持警戒，生怕印度人前来攻击，但不久之后也陆续进入梦乡——每个人一生中大约有三分之一的时间花在睡眠上，有些悲观主义者甚至认为睡眠就是死亡的前兆。

第二十六章

夜晚悄悄来临，菲尔丁先生与奎斯特德小姐见了面，并且展开第一次对话。菲尔丁先生希望有人可以过来把奎斯特德小姐带走，无奈政府大学的校园已经与世隔绝。奎斯特德小姐问菲尔丁先生，两人可否进行一次谈话，菲尔丁先生没有回答，于是她就直接开口："对于我这些奇怪的举动，你有什么看法？"

"没有。"菲尔丁先生简要地回答，"如果你打算撤回控诉，当初又何必控告阿齐兹？"

"是啊，你说得没错。"

"我想我应该向你道谢，但是——"

"我不期望你感激我，我只是认为你可能会想听听我要说什么。"

"噢，好吧。"菲尔丁先生咕哝着，他觉得自己像个学生，"我不认为我们需要再多讨论些什么。坦白说，在这个可怕的事件中，我的立场是站在另一方。"

"难道你不想听听我这一方的说法？"

"我不太有兴趣。"

"当然，我不应该私底下找你聊。但是你可以把我的话转告给另一方，因为在今天所有的不幸中，却有一件幸事：我已经不再有任何秘密。我耳朵里的回音已经消失了——我把自己耳中的嗡嗡声称为回音。你知道的，自从我去过马拉巴岩洞之后，我的耳朵就一直很不舒服，但或许我在前往马拉巴岩洞之前就已经不舒服了。"菲尔丁先生对最后这句话很感兴趣，因为他心里早就这么怀疑了。"你的耳朵出了什么问题？"他问奎斯特德小姐。

奎斯特德小姐轻触自己的头部，然后摇摇头。

"阿齐兹遭到逮捕的那一天，我头一个想法就是：你有幻觉。"

"你觉得那是一种幻觉？"奎斯特德小姐谦卑地问，"为什么我会产生幻觉？"

"马拉巴岩洞里发生的事，有三种可能性。"菲尔丁先生表示。他不情不愿地参与这个话题的讨论。"甚至有四种可能性。第一种可能性：阿齐兹确实有罪，这是你和那些英国人认为的；第二种可能性：一切都是你出于恶意捏造出来的，这是那些印度人认为的；第三种可能性：你产生了幻觉，我比较倾向支持这种可能性。"菲尔丁先生站起身来，开始来回踱步。"既然你刚才表示，你在前往马拉巴岩洞之前就已经身体不适——这是一项非常重要的证据——我相信是你自己扯断了望远镜的带子，从头到尾只有你独自一人在岩洞里。"

"也许吧……"

"你记不记得自己从什么时候开始觉得不舒服？"

"我到这里来和你们共进下午茶，在那座凉亭里。"

"那真是一次不幸的聚会啊。阿齐兹和戈德博尔教授在那次茶会之后也都生病了。"

"我没有生病——但是我现在印象很模糊，所以也没办法确切说明。我把这一切和我自己的私事全都混在一起了。但是我很喜欢戈德博尔教授唱的歌……大约就是从那个时候开始，我突然产生一种莫名的忧郁，不过我当时并没有察觉……不，其实那种感觉也不像忧郁那么强烈，或许应该说，我开始觉得有一股压力压着我。对，这么说或许最能表达出我的感受：我感到一些压力。我记得我和希斯洛普先生去广场观赏马球比赛，然后又有各种事情发生——发生哪些事情其实并不重要，但是我在那段时间一直觉得很不舒服。我去参观马拉巴岩洞时，身体确实就是在那样的状态。你认为我在马拉巴岩洞里产生幻觉——你的说法并没有让我感到意外或伤心——虽然这种说法有点可怕，不过听起来也很像某些女人自以为有人向她求婚，结果实际上并没有。"

"无论如何，你已经诚实地说出真相了。"

"我的父母从小就教导我要诚实，问题是这么做并没有带给我任何好处。"

菲尔丁先生这时对奎斯特德小姐多了一点点好感，于是便笑着说："诚实可以让我们上天堂。"

"是吗？"

我是猫
（插图珍藏版）

[日]夏目漱石 著
常非常 译

了不起的盖茨比
（插图珍藏版）

[美]F.S. 菲茨杰拉德 著
周嘉宁 译

人鼠之间
（插图珍藏版）

[美]约翰·斯坦贝克 著
袁蓉 译

瓦尔登湖
（插图珍藏版）

[美]亨利·戴维·梭罗 著
孙致礼 译

印度之旅
（插图珍藏版）

[英]E.M. 福斯特 著
李斯毅 译

爱伦·坡故事集
（插图珍藏版）

[美]埃德加·爱伦·坡 著
康华、王美凝、吴佳霖 译

伪币制造者
（插图珍藏版）

[法]安德烈·纪德 著
盛澄华 译

海底两万里
（插图珍藏版）

[法]儒勒·凡尔纳 著
潘丽珍 译

金阁寺
（插图珍藏版）

[日]三岛由纪夫 著
郑民钦 译

古舟子咏
（插图珍藏版）

[英]塞缪尔·泰勒·柯勒律治 著
叶紫 译

伊莎贝拉
（插图珍藏版）

[英]约翰·济慈 著
朱维基 译

胡萝卜须
（插图珍藏版）

[法]儒勒·列那尔 著
应远马、应一笑 译

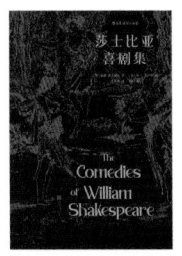

莎士比亚喜剧集
（插图珍藏版）

[英]威廉·莎士比亚 著
朱生豪 译 解村 校

莎士比亚悲剧集
（插图珍藏版）

[英]威廉·莎士比亚 著
朱生豪 译 叶紫 校

川端康成经典名作集
（插图珍藏版）

[日]川端康成 著
竺祖慈 叶宗敏 译

欧也妮·葛朗台
（插图珍藏版）

[法]巴尔扎克 著
傅雷 译

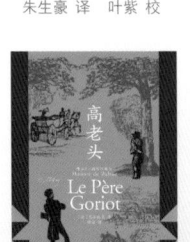

高老头
（插图珍藏版）

[法]巴尔扎克 著
傅雷 译

悲惨世界
（插图珍藏版）（全5册）

[法]维克多·雨果 著
潘丽珍 译

"如果天堂存在的话。"

"菲尔丁先生，你不相信天堂吗？我可以问这种问题吗？"

"我不相信天堂的存在，不过我还是相信诚实可以让我们上天堂。"

"这句话不太合理吧？"

"我们再回到幻觉的问题上。今天早上你出庭作证的时候，我曾仔细地观察你，如果我的判断正确，你的幻觉（也就是你所谓的莫名的忧郁——我觉得这个措辞不错）好像突然消失了。"奎斯特德小姐试图回想她稍早在法庭的感受，但怎么也想不起来，只要她尝试解释那种幻觉，幻觉就会自动消失不见。"事情以它们自己的逻辑顺序在我面前出现。"奎斯特德小姐表示。然而，事实上并非如此。

"我相信一定是——对，当然，我很仔细聆听你说的每一字每一句，而且我希望你露出破绽——我相信一定是那个可怜的麦克布莱德先生驱走了你心中的邪灵。当时他问你一个直截了当的问题，你也给他一个直截了当的答案，然后你就崩溃了。"

"原来你说的驱邪是这种意思啊！我还以为你是说我遇见鬼了。"

"我才不相信那种东西。"

"我尊敬的人都相信鬼。"奎斯特德小姐一脸严肃地说，"我的朋友摩尔夫人也相信鬼。"

"她是一位老太太。"

"我认为你不应该对她无礼，也不应该对她儿子无礼。"

"我并非故意表现出无礼的态度。我刚刚提到驱邪，是因为我知道人们在日常生活中很难抵御超自然的事物，就连我自己也体验过超自然事物来袭的感受。但我还是不相信那种东西，继续过我的日子。然而以我现在四十五岁的年纪来说，死人能够复活这种事听起来当然很诱人。我是说，如果我死了还能够复活的话。其他人的死活与我无关。"

"死人根本无法复活。"

"恐怕是如此没错。"

"我也是这么认为。"

他们两人沉默了一会儿。理性主义获胜时，经常会有这样的沉默时刻。然后，菲尔丁先生以客气的口吻为自己在俱乐部时对希斯洛普先生的恶劣态度道歉。

"阿齐兹医生有没有说我什么？"奎斯特德小姐隔了一会儿又问。

"他——因为他身陷这场大灾难，无法好好思考，所以说的话自然不会太好听。"菲尔丁先生回答时表情有一点尴尬，因为阿齐兹所说的话岂止不好听，简直是句句都带脏字。阿齐兹甚至还说："被人误会我对一个长得这么丑的女人毛手毛脚，简直是天大的耻辱。"阿齐兹相当生气，因为他竟然被一个不具姿色的女人控告。在两性关系方面，阿齐兹确实相当势利眼，这一点让菲尔丁先生深感不解而且不免忧心。男人贪好女色没有关系，只要表现得大大方方，就不会让菲尔丁先生觉得讨厌。然而阿齐兹这种由此衍生出来的评论——他对女性品头论足，把长得漂亮的女人视为昂贵的汽车，把相貌平凡的女人当成绿眼苍蝇——与菲尔丁先生的心态大相径庭。因此每次阿齐兹只要表现出这种态度，菲尔丁先生就会觉得他们两人之间隔着一道厚厚的屏障。这些吞噬人类文明的老毛病，虽然形式新颖，但问题依旧：注重女性的外表、过度的占有欲，以及把女性当成美丽的附属品。那些隐居至喜马拉雅山上的圣人，就是为了逃避这种现象，而不是为了逃避肉欲。菲尔丁先生为了改变话题，说："请让我为我的分析得出结论。我们都同意阿齐兹医生并不是恶棍，你也不是坏人，而且我们都不确定你是不是真的有幻觉，因此我刚才说还有第四种可能性：也许犯人另有其人？"

"你是说当地导游吗？"

"是的，那个当地导游。我一直这样猜测，可惜因为阿齐兹打了对方一巴掌，那个人就惊慌失措地逃走了。这是最令人遗憾的地方，而且警察不肯帮我们的忙，因为他们对那个导游没有兴趣。"

"嗯，可能是导游做的。"奎斯特德小姐安静地表示。她突然对这个话题失去兴趣。

"或者，也许是在那个地区游荡的帕坦人。"菲尔丁先生说。

"你是说，某个人躲在其他的岩洞里，然后趁着导游不注意的时候偷偷跟在我身后？这也有可能。"

这个时候，哈米杜拉过来找菲尔丁先生。当他发现菲尔丁先生和奎斯特德小姐正在密谈，马上露出不高兴的神色。哈米杜拉和昌迪拉布尔的其他人一样，无法谅解奎斯特德小姐的行为。他听见了奎斯特德小姐和菲尔丁先生对谈的最后几句话。"嘿，亲爱的菲尔丁先生！"哈米杜拉说，"我终于找到你了！能不能请你立刻到迪尔库沙走一趟？"

"立刻？"

"我本来就打算只和你简单聊几句就离开，所以别让我耽误你们的行程。"奎斯特德小姐表示。

"电话坏了，奎斯特德小姐没有办法打电话给她的朋友。"菲尔丁先生解释。

"好多东西都坏掉了，恐怕怎么修也修不完。"哈米杜拉回答，"但应该还是有办法把这位女士送回英国人的社区，文明的资源还有很多。"哈米杜拉说话的时候没有看着奎斯特德小姐，也没有发现她做了一个小小的手势。

菲尔丁先生认为大家相处的气氛可以和善一点，于是便解释："奎斯特德小姐向我说明了她今天早上为什么会那么做。"

"或许奇迹年代再度回归了。我们的哲学家说：大家必须随时为任何可能性做好准备。"

"旁观者肯定认为今天的审判结果是奇迹。"奎斯特德小姐紧张地对哈米杜拉说，"但事实上，只不过是我发现自己犯了错，而且我有足够的理智说出真相。这就是我今天早上举止怪异的原因。"

"这就是你举止怪异的原因。原来如此。"哈米杜拉因气愤而微微颤抖，但仍努力压抑自己的情绪，因为他觉得奎斯特德小姐可能又在耍花样，"在这个非正式场合的对话中，我以个人身份对你今天的行为表示敬意。当我们那些热心的学生为你戴上花环时，我也感到非常开心。然而，一如菲尔丁先生的心情，我对整件事也感到相当吃惊，真的，而且吃惊可能还不足以形容我真正的感受。你把我最要好的朋友拖进一摊烂泥之中，不仅伤害了他的身心健康，也摧毁了他的大好前途，只因为你不明白印度的社会文化与宗教。接着你又忽然在证人席里站起身来，说：'噢，不，麦克布莱德先生，其实我也不太确定到底发生什么事，我想你可以放阿齐兹医生走了。'我不断问自己：是我发疯了吗？这是一场梦吗？如果这是一场梦，梦境是从什么时候开始的？毫无疑问，这场梦还没有结束，因为我认为你还没有放过印度人。现在你又打算陷害那个带你参观马拉巴岩洞的可怜老导游了吗？"

"不是这样的，我们只是在讨论各种可能性罢了。"菲尔丁先生急忙解释。

"或许你觉得这种消遣很有趣，但是未免玩得太久了吧？在这个著名的半岛上住着一亿七千万个印度人，当然，其中有一个印度人溜进了马拉巴岩洞，当然，其中有一个印度人是犯人，这点不容置疑。既然如此，亲爱的菲尔丁先生，倘若要追查各种可能性，恐怕得花费不少时间。"哈米杜拉一面说着，一面把手搭在菲尔丁先生的肩膀上并轻轻摇晃他的身体，"你不认为你应该去找纳瓦卜大人谈一谈吗？——或者我现在应该改口称他为佐勒菲卡尔，因为他要求我们这样称呼他。"

"我很乐意去找他谈一谈。但是请先等一下……"

"我刚刚决定了。"奎斯特德小姐说，"我要去住招待所。"

"你不住特顿夫妇家了吗？"哈米杜拉不以为然地翻白眼，"我还以为你住在他们家。"

昌迪拉布尔招待所的设备，比印度其他城市的招待所差，而且当然没有负责招待住宿者的仆役。菲尔丁先生的身体仍被哈米杜拉轻轻摇晃，但是他的脑袋不受影响，正努力思考着下一步该怎么做。想了一会儿之后，菲尔丁先生说："奎斯特德小姐，我有一个更好的主意：你应该在学校里住下来。我要外出两天，所以你可以随意使用这个地方，做你想做的事。""我不同意。"哈米杜拉说，并且显出全然反对的表情，"我觉得这个主意烂透了。亲爱的菲尔丁先生，今天晚上可能会举行另一场示威游行，那些人可能会来攻击政府大学，到时候你必须为这位小姐的安全负责。"

"他们也可能会攻击招待所。"

"没错，但是招待所安不安全不必由你来负责。"

"是的，我已经惹出太多麻烦了。"奎斯特德小姐说。

"你听见了吗？这位小姐自己也承认她惹了很多麻烦。而且我担心的是，结果攻击她的犯人根本不是印度人——你应该看看明托医院里的英国医护人员多么恶劣。我们必须加以防范的是警察为了陷害你而派人偷袭这位小姐。麦克布莱德先生

360

手下有很多行为粗暴的家伙，这将是他利用那些暴徒的最佳时机。"

"没有关系。我不会让奎斯特德小姐去住招待所。"菲尔丁先生表示。他对于遭受欺凌的奎斯特德小姐有一种出于天性的同情心——这也是他帮助阿齐兹的原因。菲尔丁先生已经决定，绝对不会抛下奎斯特德小姐。而且，经过刚才的谈话之后，他对奎斯特德小姐产生一种全新的敬意。虽然奎斯特德小姐仍然表现得像一个冷酷的女老师，但起码她已经不再探究生命的意义，反过头来被生命所探究。她已经成为一个真正的人。

"那么，你要让她到哪里去？我们并不想再与她有任何瓜葛。"哈米杜拉没有受到奎斯特德小姐的感动。倘若奎斯特德小姐在法庭里真情流露、情绪崩溃、捶胸顿足、呼喊上帝的圣名，或许就能够激起哈米杜拉的想象力与仁慈心——哈米杜拉是一个充满想象力与仁慈心的人。奎斯特德小姐减少她对东方的热情时，表现得太过冷酷，因此让哈米杜拉怀疑奎斯特德小姐的真心。事实上，从哈米杜拉的观点来看，奎斯特德小姐显得非常不真诚，因为她的行为必须基于冷静的公平正义与诚实之心，而她撤回控诉时对于自己冤枉之人并没有表现出慈悲为怀的热情。在印度这片苛刻的土地上，真理早就已经不等于真理，除非付出仁慈，然后再付出仁慈，以及更多更多仁慈，除非道与神同在，道就是神[1]。这个女孩的牺牲——或许在西方人

---

1 出自《圣经·约翰福音》第一章第一节。

眼中相当值得敬佩——让哈米杜拉相当不以为然，因为她的牺牲虽出自内心，但并不包括她的心。印度学生们为她戴上的花环，就已足够表达印度对她的谢意。

"她要去哪里吃饭，在哪里睡觉？我说她应该待在这里，待在这个地方。如果她被暴徒击中头部，也只能算她倒霉。反正我愿意提供这个地方让她暂时居住。奎斯特德小姐，你觉得如何？"

"你这么好心，我应该答应。但是我同意哈米杜拉的看法。我不想再给你添麻烦，或许我应该回特顿夫妇家，看看他们愿不愿意再让我暂住几天，如果他们赶我走，我只好去招待所过夜。我知道特顿先生一定会愿意收留我，但是特顿夫人今天早上对我说，她永远不想再见到我。她说这句话的时候并没有表现出难看的嘴脸，也没有像哈米杜拉所想象的，摆出高高在上的姿态。我想她的理由是不想因为我而受到其他人打扰。"

"你留在政府大学里，总好过被那个荒谬的女人羞辱。"

"你认为特顿夫人很荒谬吗？我以前也觉得她不太正常，但是现在已经没有这种感觉。"

"好极了，可以替我们解决问题的人来了。"哈米杜拉说，口吻不像刚才那样单调。他快步走到窗边。"希斯洛普先生来了，他故意搭乘三等马车而来，显然是为了避人耳目，而且身边没有仆役陪他同行。总之，我们的地方法官来了。"

"终于来了。"奎斯特德小姐尖刻地说，菲尔丁先生因此忍不住偷看她一眼。"他来了，他来了，他来了。我好害怕。我在发抖。"

"菲尔丁先生，请你去问问他，他到这里来的目的是什么，好吗？"

"当然是来找你的。"

"罗尼可能都不知道我在这里。"

"好吧，如果你坚持，我就先出去和希斯洛普先生打声招呼。"

菲尔丁先生走出去之后，哈米杜拉尖酸刻薄地对奎斯特德小姐说："你真的要这么做吗？你真的要让菲尔丁先生代替你出去受罪？菲尔丁先生真是太体贴了。"奎斯特德小姐没有回答，于是他们两人就保持着沉默，直到主人菲尔丁先生回到屋内。

"地方法官有话要告诉你。"菲尔丁先生对奎斯特德小姐说，"但是他不想进来，请你到阳台去找他。"

"你确定他叫我出去找他？"

"无论他有没有叫你出去找他，我想你还是应该出去和他谈一谈。"

奎斯特德小姐思考了一会儿，然后才说："你说得没错。"然后她又向菲尔丁先生说了几句表达内心谢意的感谢词。

"谢天谢地！这件事情终于可以结束了。"菲尔丁先生说。他没有陪伴奎斯特德小姐到阳台，因为他不想再看见希斯洛普先生一次。

"他不肯进来，实在相当侮辱人。"

"我在俱乐部里对他的态度那么恶劣，他当然不肯进来。其实希斯洛普先生不算太失礼，再说，今天命运之神对他未免太残忍了。他刚收到一封电报，内容是他母亲过世的消息。愿那位老太太安息。"

"噢，真的吗？摩尔夫人过世了？我真感到抱歉。"哈米杜拉不带感情地说。

"摩尔夫人死在船上。"

"我猜是因为天气太热的缘故。"

"也许吧？"

"年长的女性不太适合在五月长途旅行。"

"没错。希斯洛普先生根本不应该让她搭船回英国，他明明知道天气很热。我们是不是该走了？"

"我们先等奎斯特德小姐和希斯洛普先生这对小情侣离开吧……他们两个在阳台上磨蹭那么久，真令人难以忍受。嗯，菲尔丁先生，我记得你不相信命运这回事，但是我相信。我认为这一切都是希斯洛普先生的报应，谁叫他为了阻止我们提出不在场证明，故意让我们的证人搭船离开印度。"哈米杜拉说。

"你这么说就太过分了。摩尔夫人这个可怜的老太太，她的证词根本一点价值都没有。马哈茂德·阿里再怎么大声疾呼也没用。摩尔夫人根本不知道大圆石那儿发生了什么事，就算她想帮阿齐兹也无能为力。只有奎斯特德小姐救得了阿齐兹。"

"阿齐兹说，摩尔夫人对他很好，而且也很喜欢印度。阿齐兹深爱着摩尔夫人。"

"喜不喜欢彼此，这种证词一点价值都没有。你是律师，应该比我更清楚。但是，我亲爱的哈米杜拉，我看得出来昌迪拉布尔就要发生一则'埃思米丝·埃思穆尔'的传说了。我乐见其成。"

哈米杜拉面带微笑地看着手表。其实他和菲尔丁先生都因为摩尔夫人的骤逝深感惋惜，但他们两人都是中年男子，必须把情感投注在其他的地方，没有办法为了一个认识不深的人就表现出哀戚之情。只有自己的生命才是要紧的事。他们心中虽然闪过一丝伤怀，但过了一会儿就没事了。人们不可能为了一点点小事就满腔悲恸，除了为人类，还要为动物、植物，甚至为石头遭遇到痛苦而难过。灵魂过不了多久就会感到疲倦，唯恐失去它所了解的事物，因此退却到被习惯或机会控制的永恒壁垒后方，躲在那里受苦。菲尔丁先生只见过摩尔夫人两三次，哈米杜拉只在远处见过摩尔夫人一次。他们两人现在更专注于即将在迪尔库沙举行的聚会：庆祝阿齐兹获胜的宴会。他们将以最得意的姿态最晚抵达会场。菲尔丁先生与哈米杜拉都同意明天再把摩尔夫人过世的消息告诉阿齐兹，因为阿齐兹喜欢摩尔夫人，这个噩耗会破坏阿齐兹的心情。

"噢，实在让人无法忍受。"哈米杜拉低声碎念，因为奎斯特德小姐又回来了。

"菲尔丁先生，罗尼有没有告诉你那个不幸的消息？"奎斯特德小姐问。

菲尔丁先生默默低头。

"噢，天啊！"奎斯特德小姐一脸哀伤地坐下来，全身僵硬得像个石碑。

"我想希斯洛普先生还在等你吧？"

"我想一个人静一静。摩尔夫人是我最好的朋友，她对我比对她自己的儿子还好。我现在没有办法和罗尼独处……我没有办法解释这种感觉……能不能请你帮帮我，让我留在这里？"哈米杜拉闻言忍不住用方言小声咒骂。"我很乐意帮你，但希斯洛普先生同意让你留在这里吗？"

"我没有问他。我们两人的心情都很糟——事情很复杂，我们的情况不是一般的那种不愉快，还有其他问题。现在我们都需要独处一会儿，好好沉思一下，接下来再看罗尼打算怎么做。"

"我想他应该先进来坐坐。"菲尔丁先生说。他觉得这关系着他的待客之道。"请他进来吧！"于是奎斯特德小姐带着希斯洛普先生回来。希斯洛普先生看起来有点可怜兮兮，但还是一脸高傲——这种情绪交杂的姿态相当奇怪——他以不太平稳的语气说："我本来想带奎斯特德小姐离开，但是她已经不方便继续待在特顿夫妇家，而我们目前也暂时没有别的安排。我是单身男性，恐怕不宜让她与我同住——"

菲尔丁先生客气地打断希斯洛普先生。"你不需要多做解释，就让奎斯特德小姐在我这儿住下吧。只要你点头，我当然也没问题。奎斯特德小姐，如果你能找到原本伺候你的那名仆役，请你快去把他找来吧。当然，我会吩咐我的仆役们尽量为你服务，并交代童子军好好守门。自从学校关闭之后，他们就负责在校门口轮班守卫。我认为你住在这里很安全，这里就像其他地方一样安全。我星期四就会回来。"

这个时候，哈米杜拉决定不要轻易放过刺激敌人的机会，于是他对希斯洛普先生说："先生，听说你的母亲过世了。请问那封电报是从哪里发出来的？"

"亚丁港。"

"你在法庭上不是说过，你的母亲已经抵达亚丁港了？"

"摩尔夫人是离开孟买时过世的。"奎斯特德小姐急忙插话，"今天早上，人们叫她起床的时候，发现她已经在睡梦中过世了。我想船员会为摩尔夫人进行海葬。"

奎斯特德小姐的这句话让哈米杜拉暂停发动攻势，不再继续发表粗鲁的言论。菲尔丁先生对于哈米杜拉的表现相当震惊，比任何人都还要意外。

当菲尔丁先生为奎斯特德小姐安排在政府大学里的住宿事宜时，哈米杜拉变得相当沉默。他只对希斯洛普先生说了一句："先生，请你务必明白一件事：奎斯特德小姐在此处留宿期间，无论菲尔丁先生或我们任何一个人都没有办法保证她的安全。"希斯洛普先生点头同意，然后哈米杜拉就兴味盎然地看着面前这三位英国人带点造作的言行举止。他认为菲尔丁先生的愚蠢和软弱简直令人难以想象，希斯洛普先生与奎斯特德小姐那种不合时宜的傲慢姿态也让他大感惊讶。当哈米杜拉与菲尔丁先生乘车抵达迪尔库沙的时候，已经迟了几个小时。哈米杜拉问与他们同行的阿姆里特劳："阿姆里特劳先生，你认为奎斯特德小姐应该支付阿齐兹多少赔偿金？"

"两万卢比。"

大家没有再多说什么，但是阿姆里特劳先生的回答让菲尔丁先生吓了一大跳。一想到性情怪异但为人诚实的奎斯特德小姐不仅将失去一大笔金钱，还可能被希斯洛普先生抛弃，他心里相当难受。他的脑中突然出现奎斯特德小姐的身影，但是他的心因为事情繁多的一天而感到疲惫不堪。对于人与人之间的往来互动，菲尔丁先生开始怀疑起自己以前怀抱的健康心态。他觉得每个人并非存在于自己的身体中，而是存在于别人的想法里——这是一种缺乏逻辑的意念，之前他曾有过一次这种感受，也就是在马拉巴岩洞事件发生当天晚上。当时他从俱乐部的阳台远眺马拉巴山，觉得外形看起来像手掌的马拉巴山，每根手指与整个手掌都不断地膨胀变大，直到笼罩住整个夜空。

第二十七章

"阿齐兹，你醒着吗？"

"我没有睡着。我们来聊聊天吧！谈一谈我们的未来。"

"我不善于编织梦想。"

"好吧，那么晚安了，我的朋友。"

庆祝阿齐兹获胜的宴会结束后，参与狂欢的群众都到佐勒菲卡尔先生家的屋顶上躺着休息，有些人已经睡着，有些人隔着蚊帐看星星。他们头顶上正好是狮子星座，轩辕十四星又大又亮，看起来像一条隧道[1]。大伙儿一旦把轩辕十四星想象成隧道，夜空中其他的星星也随之陆续变成一条接一条隧道。

"菲尔丁先生，您对于今天的结果还满意吗？"躺在菲尔丁先生左手边的阿齐兹问他。

"你觉得呢？"

"除了我吃太饱之外，一切都还算不错——而且我认为潘纳·拉尔医生与卡伦德少校会被革职。"

"昌迪拉布尔将会有大变动。"

---

[1] "他们头顶上正好是狮子星座，轩辕十四星又大又亮，看起来像一条隧道"也出现在作者的著作《提毗山》(*The Hill of Devi*) 中。

"而且您会升官。"

"无论他们打算怎么做，起码不能将我降职。"

"总而言之，我们可以一起度个假，到克什米尔去走一走，或者是波斯。反正我会拿到一大笔钱，她必须赔偿我的人格损失。"阿齐兹语带嘲讽，但态度冷静，"我一直希望，您和我在一起的时候，可以一毛钱都不必花。没想到我这次发生的不幸，竟然帮助我愿望成真。""你赢得一场大大的胜利……"菲尔丁先生开始说话。

"好朋友，我知道，我知道，您的语气不必如此严肃且忧虑。我知道您接下来要说什么，您希望我不要让奎斯特德小姐支付赔偿金。这么一来，英国人就会说：'你们看看，这个印度人多么有绅士风度啊。要不是他的肤色黝黑，或许我们可以考虑让他加入我们的俱乐部。'我早就不期待英国人重视我。我现在的态度是反对英国人。我早就应该这么做了，如此一来可以让我省掉不少麻烦。"

"包括认识我。"

"我们要不要把水泼在穆罕默德·拉蒂夫脸上？趁他睡觉的时候捉弄他，一定很有趣。"

阿齐兹这句话并不是询问，他只是想停止原本的话题。菲尔丁先生也不想继续聊下去，于是他们两人陷入一片沉默。一阵凉风吹过屋顶。这场宴会虽然吵闹，不过每个人都玩得很开心，此刻大家也全然放松地休息着——这群信仰各异的东方人如此悠闲自在，对于那些只会工作不然就无所事事的西方而言，实在难以理解。文明有如游荡的幽灵，重访这个古老帝国的废墟，但是在伟大的艺术作品或丰功伟业之中看不到文明的踪迹，只能从这些教养良好的印度人休憩时展现的坐姿或躺姿窥知一二。菲尔丁先生穿戴上印度传统服饰之后，觉得自己整个人的动作变得怪异笨拙。纳瓦卜大人伸手拿食物或努尔丁鼓掌赞美歌曲时，举手投足都非常优雅自然，不需要任何多余的表现，而菲尔丁先生的动作尽是现学现卖，显得矫揉造作。印度人安详的姿态，超越菲尔丁先生所能理解的平和[1]，毕竟那是一种在社交场合中所展现的瑜伽[2]之美。他们停止动作之后，菲尔丁先生马上就明白了：印度人在一举一动中所表现的文明，是西方人永远无法学会的，顶多只能不断地干扰。印度人的手永远往外伸出，他们抬起的膝盖像坟墓一样恒久，但是没有悲伤之情。阿齐兹今晚充满了文明气息，看起来完美、高贵又坚强，当菲尔丁先生回答阿齐兹："是的，我觉得你应该原谅奎斯特德小姐。她支付你赔偿金是天经地义，但是你不应该把她当成一个战败的仇敌。"

"奎斯特德小姐有钱吗？能不能请你帮我查清楚？"

"你们刚才在宴会中欢天喜地提到的赔偿金金额，肯定会让她破产——那个天文数字太不合理了。你看这儿……"

"我看到了，虽然这里有点暗。而且我还看见菲尔丁先生

---

1 "超越菲尔丁先生所能理解的平和"乃仿自《圣经·腓立比书》第四章第七节："神那超越人所能理解的平安，必在基督耶稣里"。
2 瑜伽（Yoga）：印度哲学，旨在探寻"梵我一如"的道理与方法。

是一个大好人，也是我的好朋友，偏偏有时候像个大傻瓜。您认为只要我放过奎斯特德小姐，就会让我赢得好名声，也会让英国人对印度人产生好感？不可能，绝对不可能！印度人还是会受到贬抑，在工作上的升迁也会受到打击。我已经下定决心，不再与英属印度的一切往来。我要到伊斯兰教区服务，例如海德拉巴或博帕尔，不让英国人再有机会羞辱我。请您不要劝我改变心意。"

"我在与奎斯特德小姐进行长谈的过程中……"

"我不想听您再对这件事发表长篇大论。"

"请你听我说。我与奎斯特德小姐进行长谈的过程中，才开始慢慢了解她的个性。她不是一个好相处的人，道貌岸然，但是为人非常诚实勇敢，一旦发现自己犯错，马上就勇敢地坦白一切。我希望你明白这句话是什么意思。她周围的英国人将她往前推向这个战场，但是她停下脚步，粉碎了英国人的期望。如果换成是我，我一定会很害怕，不敢与自己的同胞为敌，然而她却勇敢地停下了脚步。她差一点就成了英国人的女英雄。在局势失控之前，幸好我的学生先带我们逃离混乱的场面。请你务必多体谅奎斯特德小姐，她不能同时遭受英国人与印度人的霸凌。我知道那些人想做什么——"菲尔丁先生指指屋顶上那些模糊的人影，"但是你不能听从他们的摆布。仁慈一点，你应该向你们六位莫卧儿皇帝当中的任何一位学习，或者效法他们每一位。"

"就算是莫卧儿皇帝，也得在接受道歉之后才能表现出仁慈。"

"如果你介意的是奎斯特德小姐还没向你道歉，她一定会照你的意思致歉。"菲尔丁先生嚷着，并且坐起身子，"你听我说，我建议由你口述你希望奎斯特德小姐如何道歉，明天这个时间我就会把她签名的道歉书带回来给你。这份道歉书不代表奎斯特德小姐按照法律规定的公开致歉书，而是另外附加的。"

"'亲爱的阿齐兹医生，我多么希望你尾随我进入马拉巴岩洞，因为我是一个又老又丑的巫婆，这是我被男人青睐的最后机会。'你认为她愿意在这种道歉书上签名吗？"

"好吧。晚安，晚安，我想我们应该睡觉了。"

"晚安。是应该睡觉了。"

"噢，我真希望你不要再说那些话了。"菲尔丁先生过了一会儿又开口，"你这方面的个性让我无法忍受。"

"但是我能忍受您的一切。这应该怎么办才好呢？"

"算了，你这么说让我很难过。晚安。"

他们两人又沉默了一会儿，然后阿齐兹以一种梦幻但充满深情的声音说："菲尔丁先生，我有一个想法能够满足您善感的心灵：我应该去请教摩尔夫人对这件事情的看法。"菲尔丁先生睁开双眼，望着满天星斗，但是没有回答。

"摩尔夫人的意见可以解决所有的问题，因为我百分之百信任她。如果摩尔夫人要我原谅奎斯特德小姐，我一定照办。摩尔夫人不会像您一样，逼我去做违背自我与尊严的事情。"

"我们明天早上再谈这件事吧。"

"您说奇怪不奇怪，我一直忘了摩尔夫人已经离开印度，当我在法庭上听着大家呼喊她的名字时，就想象着其实她也在现场，于是我闭上眼睛，让心思朝着这方面幻想，以减少我的痛苦。现在我又忘了她已经离开印度的事实，我一定得写封信给她。她已经远远离开印度了，可能不久之后就会见到拉尔夫与史黛拉。"

"谁是拉尔夫与史黛拉？"

"她另外两个孩子。"

"我不知道她还有其他的孩子。"

"摩尔夫人和我一样，有两个儿子，一个女儿。她在清真寺里告诉我的。"

"我对她了解得不多。"

"虽然我只见过她三次，但是我知道她的内心是东方人。"

"你真是奇怪……你对奎斯特德小姐不够大度，但是对摩尔夫人表现出骑士般的精神。今天早上，奎斯特德小姐的诚实救了你一命，但是摩尔夫人根本什么都没做，你却认定她一定会支持你的立场，这恐怕只是你个人的臆测吧？你只是听信仆役的说辞。阿齐兹，你的感情经常给错了对象。"

"感情是马铃薯吗？可以采用论斤称两的方式加以评估吗？我是机器吗？您是不是还要警告我，如果我继续对别人付出感情，总有一天感情会被我用光？您还有什么话要告诉我？"

"我觉得你的感情确实会有用完的一天，这是普通常识，就好比蛋糕吃完了就吃完了，不可能还留在身边。感情虽然是精神层面的东西，道理还是相同。"

"如果您说得没错，那么友情也没有什么意义，因为友情可以归结为给予和获得，或者付出和回报，这令人恶心，我们干脆从这面墙上跳下去自杀算了。您今天晚上为什么变得如此实利主义？是不是发生了什么事？"

"你的不公正比我的实利主义更加糟糕。"

"我懂您的意思。除此之外，您还有什么事情想抱怨吗？"虽然阿齐兹仍表现出温和亲切的态度，但是模样看起来有点不好对付。牢狱之灾改变了他的个性，他的情绪已经不像从前那样容易起伏不定，"如果我们想当永远的朋友，您最好把心里话全部告诉我。我知道您不喜欢摩尔夫人，所以您不高兴我喜欢她。不过，我相信您总有一天会喜欢摩尔夫人。"

如果阿齐兹还认为摩尔夫人活着，他与菲尔丁先生的对话内容恐怕会变得越来越僵。菲尔丁先生没有办法忍受这种紧绷的气氛，于是脱口而出："抱歉，我必须告诉你一件事：摩尔夫人已经不在人间了。"

哈米杜拉从头到尾在一旁偷听阿齐兹与菲尔丁先生谈话，他不希望今晚愉快的气氛被摩尔夫人的死讯破坏，赶紧大声地说："阿齐兹，菲尔丁先生骗你，你不要相信这个恶棍说的话。"

"我才不相信他！"阿齐兹回答。他早就习惯别人开玩笑，所以根本不相信菲尔丁先生说的话。

菲尔丁先生不再多说什么，因为事实就是事实，明天早上大家都会知道摩尔夫人已经过世的消息。不过，他感到相当惊讶：一个人死了之后，一定要等到别人都认定他已经逝世，才算是真正离开人间；倘若人们不知道他已经死去，那么他就会继续活在人们心中。菲尔丁先生以前曾经有过类似的经历——许多年前，他的一位异性好友过世。那位朋友生前笃信基督教，相信天堂的存在，因此曾经满怀信心地对菲尔丁先生说：在经历过凡尘俗世的人生之后[1]，他们最后将会在天堂重逢。虽然菲尔丁先生是悲观直率的无神论者，但是他尊重那位朋友的信念，因为这是友情的必要元素。他甚至一度认为这位过世的好友会等待他前往赴约。然而那种幻觉消失之后，剩下的就是罪恶的空虚感。"这才是真正的死亡。"菲尔丁先生暗忖，"是我给了她致命的一击。"这天晚上，菲尔丁先生在纳瓦卜大人家的屋顶上试图终结摩尔夫人的生命，但是摩尔夫人巧妙地躲开了他。周遭依旧一片宁静，不久之后，月亮出现在夜空中——是那种在太阳露脸之前常见的微弱残月——然后又过了一会儿，人们与牛只就开始他们漫长的日常劳动了。菲尔丁先生原本一心想提早终结这个短暂的优美时刻，如今它终于以自然的方式结束。

1　原文为"After the changes and chances of this mortal life"，摘自《公祷书》（ *Book of Common Prayer* ）。

第二十八章

　　摩尔夫人离开人世了——在往南方航行的途中，被安葬在大海深处。从孟买起航的船只，必须先绕过阿拉伯半岛，才能够驶向欧洲。太阳最后一次照耀在摩尔夫人身上，然后她的躯体就沉入了另一个印度——印度洋。在陆地的时候，摩尔夫人从来不曾如此深入热带之境。她的离世造成些许动荡不安的气氛，因为船上有人过世会留下不好的名声。

　　船一抵达亚丁港，梅兰比夫人就赶紧发了一通电报，还写了一封信，总之该做的全都做了。但是这位副总督的妻子根本没有经历过这种事。她只能一再表示："我才刚认识摩尔夫人几个小时，然后她就病倒了。这件事实在太让人意外和沮丧了，破坏了我返乡的兴致。"这种感觉就好比一个幽灵跟着船只航行过红海，但最后没能继续进入地中海。轮船来到苏伊士后，旅客就会感受到周遭环境的变化：亚洲的氛围减弱，欧洲的氛围增强。摩尔夫人的灵魂就在氛围转换过程中被抛进海里。到了塞得港之后，人们眼前就变成一片灰茫茫的北国景致，而且刮着强风。这种寒冷却使人心旷神怡的气候，让船上的旅客以为他们离开的那片土地也已经开始变冷，但实际上印度的气温正逐渐转热，一如往常。

摩尔夫人过世之后，昌迪拉布尔发生了更微妙且更长期的变动，甚至开始有一些奇怪的传说出现。其中一个传说是：一名英国人杀了自己的母亲，因为那位母亲想救某个印度人一命——由于这则传说具有部分真实性，因此让英国官员相当不高兴。另外一个传说是关于一头母牛被杀，还有人传说一只长了野猪长牙的鳄鱼从恒河爬上岸。这种无稽之谈比谎言更难以对付，因为荒谬的传说潜藏在垃圾堆里，总在没有人注意的时候才会偷偷溜出来。有一段时间，有人发现两个埋葬埃思米丝·埃思穆尔遗骸的坟墓：一个在皮革厂旁边，一个在货物站附近。麦克布莱德先生前往这两座坟墓勘查，发现两处都已经出现信徒开始祭拜的迹象，因为有人在坟墓旁摆放瓦器等东西。麦克布莱德先生对这种事情早有丰富的经验，所以不多加理会。过了几个星期，祭拜的热潮就消失了。"这种事情背后经常有宣传阴谋。"麦克布莱德先生表示。但是他忘了一件事：欧洲人在一百年前也居住在乡下地方，对于神鬼之事充满想象力，他们在死后有时会成为当地的鬼魂——也许不是一个完整的神明，顶多具有部分神力，为传说中的神鬼增加新的样貌或力量，就像诸多小神集结成一个大神，大神再集结成梵天。

希斯洛普先生不断告诉自己，是他母亲自己想回英国，不是他逼她离开印度的，然而良心上还是过不去。他知道自己对母亲的态度恶劣，但是他本来就只有两条路可选：懊悔自己对母亲残酷刻薄（也就是彻底转念），或者是继续坚持冷酷的态度。他选择第二条路，因为他母亲一直护着阿齐兹，实在令人生厌，而且她对阿黛拉有不良的影响。阿黛拉因为可笑的马拉巴岩洞而惹上麻烦，都怪她们两人喜欢和印度人厮混在一起。虽然他母亲对于这场风波也深感无奈，然而她生前总喜欢尝试一些令他生气的探险活动，他相当不赞同。希斯洛普先生自己已经有太多事情需要烦心——炎热的天气、紧张的局势、副总督的来访、与阿黛拉之间的感情问题——而热爱冒险的摩尔夫人就像是把这些问题串成奇怪花环的印度花卉。罗尼不知道母亲死后会到哪里去，也许她会上天堂吧？无论如何，她已经离世了。罗尼从小就已经树立了坚定的宗教信仰，就像是被消毒过一样，不会变坏，即使身处印度这个热带地区也一样。无论到清真寺、马拉巴岩洞或是印度庙宇，罗尼始终保持着他念小学五年级时的精神与态度，认为试图了解异教文化是脆弱的表现。希斯洛普先生决定打起精神，忘掉一切令人烦恼的事。等到适当的时机，他会与弟弟妹妹一起去母亲生前做礼拜的教堂，为母亲立个墓碑，记载她的出生年份与逝世年份，以及她死后如何举行海葬等事宜。做到这样应该就够了。

至于阿黛拉——她应该也会离开这片土地。希斯洛普先生希望她有离开的打算，因为他现在真的没有办法与她结婚了——与阿黛拉结婚，无异于毁掉自己的事业。可怜又可悲的阿黛拉……幸好菲尔丁先生出面帮忙，让阿黛拉暂时住在政府大学里——虽然这不是最妥善的安排，而且让希斯洛普先生觉得有点丢脸。然而在英国人的官署驻地里，已经没有人欢迎阿黛拉。希斯洛普先生在阿黛拉确定败诉之后才与她进行私下会谈。阿齐兹目前正在向阿黛拉索讨损害赔偿，希斯洛普先生也请求阿黛拉与他解除婚约，因为阿黛拉的行为浇熄了他们之间的爱火。事实上，他们的爱火本来就燃烧得不够旺盛。当初要不是因为纳瓦卜大人的汽车发生车祸意外，他和阿黛拉根本不会订婚。阿黛拉是他青涩学生时期的恋人——只适合在家乡的湖畔散散步、聊聊天。

第二十九章

马拉巴事件发展到第二阶段，是副总督前往昌迪拉布尔进行视察。吉尔伯特副总督虽然不太聪明，但思想还算开通。由于他长期以来的工作职掌都不需要与印度人直接接触，因此在谈到印度人的时候，还能保持温文儒雅的态度，并对于种族歧视的现象表示遗憾。他对于马拉巴事件的审判结果表达欣慰，也恭喜菲尔丁先生从一开始就采取开阔、通达、仁厚的立场，甚至邀请菲尔丁先生与他私下面谈。菲尔丁先生喜欢光明正大，不爱搞秘密活动，但是吉尔伯特副总督坚持一定要与菲尔丁先生聊一聊，话题包括"关于我们某位朋友在山上搞砸的这件事，因为她没有弄清楚时钟的指针是往前走，而不是向后退"，诸如此类。副总督特别向菲尔丁校长保证一件事情：英国人俱乐部将邀请菲尔丁先生重新入会。副总督甚至请求（或者应该说命令）菲尔丁先生务必接受。吉尔伯特副总督最后心满意足地返回他位于喜马拉雅山区的住处，至于奎斯特德小姐应该支付多少赔偿金，或者马拉巴岩洞事件的真相为何——这些都只是地方上的小事，与他一点关系都没有。

菲尔丁先生发现自己与奎斯特德小姐的案件牵扯越来越

深。政府大学依然关闭着，所以只要奎斯特德小姐愿意，她仍可以继续住下去，因为菲尔丁先生暂时待在哈米杜拉家，哈米杜拉包他吃住。不过，倘若菲尔丁先生置身奎斯特德小姐的处境，他宁可趁早离开，而不要委屈自己面对希斯洛普先生那种不真诚也不专一的虚情假意，但是奎斯特德小姐还在等待这趟印度之旅结束的时刻到来。反正她目前有房子可住，天气稍微凉快一点的时候还可以去花园散散步——这是她唯一所求，而菲尔丁先生正好能够提供给她。这场不幸的事件让奎斯特德小姐看清自己的缺点，菲尔丁先生现在也明白奎斯特德小姐个性忠诚，而且她谦虚的态度令人感动。她从不埋怨此刻遭到东西双方两个世界排挤的处境，因为她认为这是自己行为愚蠢应得的惩罚。当菲尔丁先生暗示奎斯特德小姐应该向阿齐兹亲自道歉时，奎斯特德小姐神色黯然地回答："当然，我早就应该想到这一点，但是我的本能总是帮不上忙。为什么我忘了在审判一结束时就立刻向他致歉？是的，当然，我会写一封信向他表达我的歉意，但不知道能不能请你教我如何措辞？"于是菲尔丁先生与奎斯特德小姐一起写了一封信，内容相当诚恳，并且充满动人的词句，但是好像还不足以让阿齐兹满意。"我是不是应该重写一封？"奎斯特德小姐问菲尔丁先生，"只要能够弥补我所犯下的错误，要我做什么都可以。我可以做好这件事，也可以做好那件事，但如果要我同时做好两件事，事情就会被我搞砸。这是我个性上的缺失，我直到现在才明白。我一向认为，如果我公平公正，并且勇于发问，就能够通过任何考验。"

菲尔丁先生回答："我们写的这封信之所以不够好，只有一个原因：你对阿齐兹没有投入真感情，或者说，你对所有的印度人没有投入真感情。我们必须面对这一点。"奎斯特德小姐同意菲尔丁先生的见解。"我们第一次见面时，你说你想看看真正的印度。你想看的不是印度人，当时我就认为你可能无法在这片土地上长久居住，因为印度人可以感受到你对他们的态度——你骗不了他们。公平公正没有办法让他们心满意足，因此大英帝国至今没有办法在这里奠定根基。"菲尔丁先生补充。于是奎斯特德小姐又说："我不知道自己是否真心喜欢过任何人。"菲尔丁先生认为奎斯特德小姐可能真心喜欢过希斯洛普先生，但是他转换了一个话题，因为奎斯特德小姐的感情生活并非他关注的焦点。

另一方面，菲尔丁先生的印度友人们有点兴奋过头。阿齐兹的胜诉让英国人露出虚伪的真面目，也让印度人变得野心勃勃，打算趁机挖掘出英国人更多让人不满的恶行，尽管那些恶行根本不存在，只是印度人自己的凭空想象。伴随斗争而来的觉醒正折磨着他们：斗争的目的与胜利的果实并不相同，因为胜利的果实有其价值，唯有圣人才有魄力放开手。其实，胜利的果实一到手，其永恒的意义马上就会消失殆尽。虽然吉尔伯特副总督表现得有礼又周到，甚至态度谦恭，但是他所代表的大英帝国并未因此低头，英国的官僚也依然像太阳一样趾高气昂，令人相当不悦。印度人不知道接下来应该采取什么样的行动来对付英国人，就连马哈茂德·阿里也不清楚。印度人曾试着表达他们的看法，甚至推行一些轻浮的不法活动，但心中仍怀有一个真诚却模糊的愿望：他们希望好好接受教育。"菲尔丁先生，我们必须尽快接受教育。"印度人说。

阿齐兹的态度和善但是霸道。他要求菲尔丁先生"向东方屈服"，以东方人的方式过生活。

"你可以信任我。"虽然菲尔丁先生与他的英国同胞相处得不好，但是他也不愿意自己变成穆罕默德·拉蒂夫那种必须看别人脸色过日子的人。当阿齐兹与菲尔丁先生争辩这个议题时，自然也谈到了种族问题——他们没有因此闹得不愉快，因为这个问题就与他们迥异的肤色一样：咖啡色与粉白色，让人无法不去正视。最后，阿齐兹表示："难道你看不出来，我非常感谢你帮我这么多忙，所以一心希望好好报答你？"然而菲尔丁先生回答："如果你真的想报答我，就不要向奎斯特德小姐索取赔偿金。"

阿齐兹对奎斯特德小姐的冷硬态度，让菲尔丁先生很不开心。无论从哪个观点来看，阿齐兹都应该对奎斯特德小姐大度一点。有一天，菲尔丁先生突然想到，或许可以利用阿齐兹怀念摩尔夫人的心情，劝他对奎斯特德小姐好一点，因为阿齐兹相当敬重摩尔夫人。摩尔夫人过世的消息，对充满热情的阿齐兹是十分沉重的打击。阿齐兹不仅自己哭得像个孩子似的，还要求他的三名子女陪着一同哭泣。阿齐兹相当敬爱摩尔夫人，这点毫无疑问。没想到，菲尔丁先生第一次尝试就失败了。阿齐兹对他说："我看得出来你在玩什么把戏！不管你怎么劝我，我一定要报这个仇。为什么我要平白无故遭受英国人侮辱？他们将我的私人物品公之于世，就连我妻子的照片也被拿到警察局。再说，我需要这笔钱——我的孩子们需要教育基金。我之前也曾告诉过奎斯特德小姐我想让孩子接受教育的心愿。”不过，菲尔丁先生的妙计显然起了一点作用，因为阿齐兹的态度开始软化。每次只要阿齐兹谈到赔偿金，菲尔丁先生就马上提到摩尔夫人的名字——正如某些传道者为摩尔夫人打造一座坟墓，菲尔丁先生也故意在阿齐兹心中打造出摩尔夫人的神奇形象，并且捏造与事实相距甚远的内容，令阿齐兹心神向往。就这样，阿齐兹突然被菲尔丁先生说服了：他相信摩尔夫人也会希望他宽恕那个差一点成为她儿媳妇的女人。这是阿齐兹唯一能向摩尔夫人表达敬意的方式，于是他以充满感性的声音宣布放弃索赔，但是奎斯特德小姐还是必须偿还他打官司所支付的开销。阿齐兹如此宽宏大量，然而结果一如他所预期，英国人并未因此对他产生好感，而且他们坚信他有罪，或许他们一辈子都不会改变这种想法。那些已经退休并返回祖国的英国人，在谈起这个话题时仍然会心有不满地抱怨：“马拉巴岩洞案那个受害的可怜女孩，因为无法硬起心肠作证，最后只能不了了之——真让人感到遗憾。”

这件事情正式结束之后，即将调往印度别处服务的希斯洛普先生，带着一如往常的别扭姿态来找菲尔丁先生。希斯洛普先生说：“我要感谢你帮了奎斯特德小姐这么多忙。当然，她不会再来打扰你了，因为她已经决定要返回英国，我刚刚替她办好了回国手续。我知道她在离开之前很想再见你一面。"

"我马上就去找她。"到了学校，菲尔丁先生发现奎斯特德小姐神色不太对劲，一问才知，原来是希斯洛普先生已经解除他们的婚约。"罗尼真是聪明。"奎斯特德小姐幽幽地说，"我自己应该先提解除婚约，但是我故意拖延着，想知道会有什么结果。我甚至还希望能够就这样一直装傻，然后毁了罗尼的一生——我没有事情可做，也没有地方可去，而且被大家讨厌了还浑然不知。"为了让菲尔丁先生相信自己所说的话，奎斯特德小姐又接着表示："但是我说的情况仅限于在印度这个国家。我在英国不会迷失自己。回英国之后，我不会与大家格格不入——请不要误会我在英国也会做出什么害人的事。我被迫返回英国之后，一定会好好找份工作，安定下来。我有足够的钱可以从头开始，也有志同道合的朋友，一切会很顺利的。"她说完这些话之后叹了一口气，又说："噢，不过，我在这里对各位造成的困扰……我一辈子都无法忘怀。对于自己是否应该与罗尼结婚，我一直抱着审慎的态度……但最后罗尼与我还是分手了，我们两人都没有一丝遗憾。我们根本就不应该论及婚嫁。当初罗尼与我宣布订婚时，你是否感到相当惊讶？"

"我并不惊讶。我这种年纪的人，不太容易感到惊讶。"菲尔丁先生面带微笑地回答，"婚姻终究是一件荒谬的事。它的开始与延续，都是因为微不足道的理由。婚姻一方面受到社会大众的支持，另一方面又有神学的依据，但是光靠这些就算是婚姻了吗？我有些朋友后来都无法想起自己当初走入婚姻的理由，他们的太太也想不起来。我猜，大部分的婚姻都出自冲动，事后再捏造出种种崇高的理由。我对婚姻始终抱持着怀疑的态度。"

"我不怀疑婚姻，因为这次的错误是我自己造成的，我不应该让罗尼承受那么多不必要的压力，以至于他提出解除婚约的要求。当初我走进马拉巴岩洞时，心里还想着：我真的喜欢罗尼吗？菲尔丁先生，我之前没有告诉过你这件事，因为我不好意思说出口——我一直把温柔、尊重和友谊当成了——"

"我不再需要爱情了。"菲尔丁先生替奎斯特德小姐补充说。

"我也不需要了。我在这片土地上的经历改变了我，但我希望别人仍旧需要爱情。"

"让我们回到第一次谈话时的内容（我认为这可能是我们最后一次谈话）——当初你走进马拉巴洞穴时，是谁跟在你身后，或者根本没有人跟着你？现在你应该可以说明白了吧？我不喜欢悬在半空中没有结论的谈话。"

"应该就是那个当地导游吧？"奎斯特德小姐平淡地说，"没有人知道真相，就好比我的手指在黑暗中触碰着岩洞光滑的壁面，但是无法继续前进。我遇到了某种阻碍，你现在应该也是这种感觉。摩尔夫人——她知道我们的感受。"

"她怎么会知道我们不能理解的事？"

"也许有心电感应吧？"

心电感应？心电感应这种唐突又没有说服力的说辞算什

么解释？最好还是把话收回吧。奎斯特德小姐最后收回了这句话，因为她的精神状况已经无法再承受更多压力，菲尔丁先生也是。在他们所处的世界之外，是否另有一个他们永远无法企及的世界？或者，所有可能发生的事情会潜入他们的意识之中？他们两人都不知道。奎斯特德小姐与菲尔丁先生都只认清了一个事实：他们两人的看法，或多或少有相似之处，这点已经让他们相当满足。也许人生充满神秘的未知，而不是一团糟，只不过他们无法分辨。也许这个令人厌恶、互相争吵、无事生非的印度，只是他们人生其中一环，他们所面对的世界也是其中一环，然而他们两人无从判断。

"回到英国之后，记得写信给我。"

"我会的，我会经常写信给你。你对我真的很好，我现在要走了，才恍然明白这个事实。希望我将来有机会可以报答你，但是我看得出来，你已经拥有你所想要的一切。"

"我想是吧。"菲尔丁先生沉默了一会儿才回答，"我在别的地方从来没有体验过如此快乐且安定的感觉，我可以自在地与印度人相处，他们也很信任我。我很高兴自己不必辞掉工作，还能获得副总督的称赞，我在这里真的相当开心。除非发生变动，否则我应该会继续留在这个国家。"

"摩尔夫人的逝世，让我感到非常伤心。"

"阿齐兹也很喜欢摩尔夫人。"

"说到这儿，我突然想到：每个人最后都不免一死，我们试图维系的私人关系，也都只是暂时的。我以前认为死神有所选择，这是我从小说得到的误解，因为每个故事结束时，总还会有些角色依然活蹦乱跳。但现在我已经明白：在现实人生中，没有人能逃过死亡。"

"请不要一天到晚想着这种事情，否则你也活不久。这正是我反对思考死亡这件事的原因。我们处于现世的生活情况，都是不得已的。我以前也曾有过和你一样的想法，但是不得不转念，因为我还想多活一段时间。"

"我也是。"

空气中洋溢着友善的氛围，菲尔丁先生与奎斯特德小姐此刻都情绪亢奋。他们表现出明理又诚实的一面，并且细心观察着对方。他们的语言相通、看法相同，即使年龄与性别有所差异，也不会造成两人之间的隔阂。但他们仍然不满足。每当他们异口同声地表示"我还想多活一段时间"或是"我不相信上帝"之后，仿佛就有一股奇怪的余波，让世界脱离了原本的位置，跑去填补某个狭小的空洞，或者让他们可以飞上九霄云外，从高处观看自己的一举一动——地面上这两个小人在谈话、握手，并且告诉对方彼此的信念相同。他们觉得自己没有做错任何事，因为一旦诚实的人认为自己做错了什么，马上就会感到心慌意乱。他们不打算追求隐匿在星辰后方那些永无止境的目标，他们想都没想过那些事。然而，一如其他的场合，他们开始萌生一种渴望，梦想的幻影遮蔽了他们清晰的思绪，某种从来不曾有过的念头仿佛另外一个世界向他们传递的信息。

"或许我可以坦白地说，我相当喜欢你。"菲尔丁先生以肯定的语气告诉奎斯特德小姐。

"我很高兴听你这么说，因为我也很喜欢你。我们以后再见了！"

"只要我休假返回英国，我们可以在英国碰面。"

"不过，我想你大概暂时没有回英国的打算。"

"一切都很难说。事实上，我考虑要回英国一趟。"

"噢，那好极了。"

事情就这样落幕。十天之后，奎斯特德小姐出发返回英国，航行路线与她已逝的友人摩尔夫人完全一样。印度在进入雨季之前，又遭逢另一次挑战：整个国家的样貌变得模糊，房屋、树木、田野都化成褐色的泥浆，孟买外海看起来也像翻滚的肉汁，不停冲刷着码头。阿黛拉在她印度之旅的尾声，又遇上最后一场风波，这场风波与仆役安东尼有关。安东尼陪阿黛拉上船，但突然企图敲诈她，硬说她是菲尔丁先生的情妇，或许是因为安东尼嫌弃阿黛拉给他太少小费。阿黛拉忍无可忍，按了船舱里的服务铃，请船上的服务人员将安东尼赶出她的房间。然而安东尼的话语引起其他旅客侧目，因此在前半段的航行期间，船上其他的旅客都不愿意与阿黛拉交谈。轮船行经印度洋与红海时，阿黛拉都是独自一人，默默回想着昌迪拉布尔的一切。到了埃及之后，气氛稍有改变。运河两岸干净的细沙仿佛将所有的苦难与暧昧一扫而空，在粉红色又带点灰暗的早晨，塞得港看起来格外迷人。阿黛拉和一位美国传教士一同上岸，走到雷赛布的铜像旁，呼吸地中海东岸令人精神为之一振的强风。"奎斯特德小姐，你已经体验过热带地区的生活，等你回英国之后，你有什么打算呢？"美国传教士问。"请注意，我不是问你'去'英国做什么，而是'回'英国做什么。每个人的人生都应该包括一去一回，例如这位著名外交官。"传教士指指雷赛布的铜像，"他去了东方，然后返回西方。你可以从他双手优美的姿势看得出来，他的手中握着一串腊肠。"传教士以逗趣的笑容看着阿黛拉，以便掩饰自己脑中空洞的思绪——其实他自己也不明白所谓的"去"与"回"到底是什么意思。然而他经常使用成双成对的字，以表示品德的光明。阿黛拉回答他："我明白你的意思。"她望着清澈的地中海，突然领悟自己接下来应该做什么事：等她回到英国之后，第一件事就是去探望摩尔夫人另外两个孩子，拉尔夫与史黛拉，然后去找一份工作。摩尔夫人的两段婚姻分别留下子嗣，而阿黛拉还没有见过年纪比较小的这两个孩子。

第三十章

　　这场审判带来的另外一个影响，是印度教徒与穆斯林的大和解[1]。双方代表交换了友好的誓言，彼此都有放下过往恩怨的诚意。某天，当阿齐兹在明托医院工作时，充满同情心的达斯先生来拜访他。达斯先生请阿齐兹帮忙两件事：提供治疗带状疱疹的药物，以及为他姐夫创办的月刊写诗。这两件事阿齐兹都很乐意帮忙。

　　"亲爱的达斯先生，当初你还打算判我入狱，现在竟然要我替巴塔恰亚先生的月刊写诗，这样很奇怪吧？——我只是开玩笑，请别介意。我会尽全力写出一首好诗。不过，我想他的杂志应该是给印度教徒阅读的吧。"

　　"不是，是给一般的印度人。他的杂志不是为了印度教徒而办。"达斯先生羞怯地回答。

　　"一般的印度人？'一般的印度人'并不存在。"

　　"以前没有'一般的印度人'，但是等你写好这首诗之后，可能就会有了。因为你是我们心目中的英雄，昌迪拉布尔所有

1　"印度教徒与穆斯林的大和解"在 1920 年至 1923 年间印度国大党支持的基拉法特运动中也曾出现过。

的居民都支持你，不分信仰。"

"我知道，但是他们对我的支持能持续多久？"

"恐怕不会太久。"达斯先生回答。他的思绪相当清楚。"正因为这个缘故，请你写诗的时候不要使用太多波斯用语，也不要光写一些与夜莺有关的内容。"

"请你先等一下。"阿齐兹对达斯先生说，嘴巴里咬着铅笔。他正在写处方签。"这是你的处方签……处方签比诗更好，不是吗？"

"精通医术又会写诗的人真幸福。"

"你今天开口闭口尽是恭维我的话。"

"我知道你还在气我审理你的案子。"达斯先生一面表示，一面激动地向阿齐兹伸出手，"虽然你表现得既仁慈又友善，但是我可以从你的言行举止中感受到冷嘲热讽的意味。"

"没有这回事，根本是无稽之谈。"阿齐兹抗议。他们两人握手，并且轻轻拥抱对方以示和解。相隔两地之人，可能会因为距离而对彼此产生好感，但这种事情不可能发生在印度不同种族的人身上，因为他们相互太熟悉，反而无法轻易克服彼此之间的误解。这两人的拥抱显得有点乏味。"好了。"阿齐兹说，并拍拍达斯先生结实的肩膀。他心里暗忖："希望今天的对话不会让我想起那段不愉快的经历。"达斯先生心里也想着："有些穆斯林的个性很凶暴。"他们两人各自若有所思地微笑着，并且设法窥探对方的心思。比较善于言辞的达斯先生说："请你原谅我之前所犯的过错，并体谅我的能力有限。在这个世界上，生活其实没有我们想象的那么容易。"

"噢，对了，关于你要我写诗这件事——你怎么知道我有时候会写写东西？"阿齐兹问。他此刻很开心，而且心里受到极大的感动——因为文学向来是他的慰藉，而且文学不会被丑恶的现实击垮。

"戈德博尔教授在调往马乌之前经常提到你会写诗。"

"他又是从哪里得知我会写诗？"

"他也是诗人，难道你们不曾互相交流？"

阿齐兹很高兴有人邀请他写诗，所以他当天晚上就开始动笔。然而他手里一握着笔，心里就立刻想到夜莺。最后他写了一首关于伊斯兰教没落以及爱情短暂的诗。阿齐兹把这首诗写得既悲情又甜美，但内容与他的个人经验无关，因为他知道那些优秀的印度教徒不会对他的情史感兴趣。写完之后，阿齐兹自己觉得不满意，决定改走另外一种极端的风格：他写了一首讽刺诗。不过，由于内容有毁谤他人之嫌，可能不宜付印公开，只能在私底下宣泄他的悲怆与怨恨，尽管他的人生与这首诗一点关系都没有。阿齐兹喜欢写诗——医学只是他的谋生技能，所以每当阿齐兹独处的时候，就会暂时先把医学搁在一旁，就像他那套西装。今晚他希望能写出一首受到众人喜爱的诗，最好还能流传到各处。他应该用哪种文字撰写？表达什么样的情怀？他期望这首诗能接触到更多非穆斯林的印度人，而且绝对不能描述往昔的荣光，因为这么做才对印度人有益，毕竟以前的光辉历史，对此时此刻而言早已没有丝毫用处，过去的都已经过去了。印度人忙着哀悼往日岁月时，英国人早已占据了德里，还把印度人赶出东非。伊斯兰教本身是真真实实的，然而它所投射出来的光芒，却在通往自由的道路上互相干扰，因此，如果要写一首对未来有帮助的诗，就必须超越信仰的教条。

虽然阿齐兹最后没有替巴塔恰亚先生写出一首诗，但是他的思绪有了变化：创作的过程引导他走向祖国模糊但巨大的身躯。阿齐兹原本对自己的祖国没有太深厚的感情，没想到马拉巴岩洞事件让他与祖国之间的距离越来越近。他闭上双眼，努力爱上印度。阿齐兹认为印度必须效仿日本。除非印度成为一个真正的国家，否则印度人不可能受到别人尊敬。阿齐兹变得越来越坚强，也越来越难以亲近。他嘲笑或忽视的英国人，到处想办法迫害他，不断阻挡他追寻梦想。"我最大的错误，就是没把那些统治印度的英国人当一回事。"阿齐兹隔天告诉哈米杜拉。哈米杜拉叹了一口气，说："虽然嘲笑英国人是对待他们的最佳途径，然而这种做法没办法持续太久。你之前遭遇的不幸，迟早还会再度发生，并且显露出他们对我们民族性的看法。就算上帝降临在他们面前，断言你是无罪之人，他们还是不会相信。我猜你现在应该可以明白，为什么我与马哈茂德·阿里要花那么多时间在私底下从事阴谋抗争活动，并且与拉姆·昌德那种人打交道。"

"我没有办法忍受你们那些委员会，或许我应该马上离开这个地方。"

"你想到哪里去？无论你走到什么地方，英国人对我们的态度都是一个样。"

"只要离开英属印度的领土，一切就不同了。"

"我以前认为土邦里的政府官员应该有比较好的气度，但是现在我已经不会如此天真了。"

"我要离开英属印度，就算只能从事低贱工作糊口也没有关系。到那个时候，或许我就能够专心写诗了。我真希望自己能够生在巴布尔皇帝的年代，为他战斗和写作。无奈逝者已矣，逝者已矣，现在再多说这些话也没有任何意义，只会削弱我们的力量。哈米杜拉，我们需要有一个印度国王，如此一来我们的生活才能好转。就目前的情况，我们必须与那些奇怪的印度教徒携手合作。至于我自己目前的打算，就是到印度教的城邦去找一份医职。"

"你这样做就太走火入魔了。"

"我起码不像拉姆·昌德先生那么极端。"

"但是你忘了钱这件事。钱！——那些野蛮的土邦邦主们绝对不会支付你合理的薪资。"

"也罢，反正我无论在什么地方都不会变成有钱人，因为我天生的个性就是如此。"

"如果你之前放聪明一点，向奎斯特德小姐索讨损害赔偿金——"

"我不愿意那么做。现在再讨论过去的事已经没有意义了。"阿齐兹突然以严厉的口吻表示，"我让她留着钱，好让她在英国找个男人，这点绝对必要。以后不要再提这件事了。"

"好吧，但是你会继续过贫苦的日子，也没有办法去克什米尔度假。所以你必须坚守原本的工作岗位，并且想办法升迁到薪资较高的职位，不要妄想躲到丛林之邦去写诗。你应该好好教育你的三个孩子，并且多阅读最新的科学刊物，好让那些从英国来的医生尊敬你。这就是你放弃索赔之后必须付出的代价。"

阿齐兹眨眨眼睛，慢条斯理地说："我们现在又不是在法庭上，你不用这样教训我。做人有许多不同的途径，我选择的道路，是表达出自己内心深处的感受。"

"既然你如此表示，我就没有什么话好说了。"哈米杜拉被阿齐兹的态度感动了，不仅语气变得和缓，还露出微笑说："穆罕默德·拉蒂夫听闻一个有趣的传言，不知道你有没有听说。"

"什么传言？"

"奎斯特德小姐暂住政府大学的时候，菲尔丁先生经常去探望她……而且那些仆役说，菲尔丁先生通常选在夜深人静的时候去找她。"

"如果菲尔丁先生真的这么做，对奎斯特德小姐而言也算换种新口味。"阿齐兹不以为然地做了一个鬼脸。

"你懂这个传言背后的意思吗？"

阿齐兹又眨眨眼睛，说："当然，但是这对于我目前的困境没有任何帮助。我已经下定决心要离开昌迪拉布尔，问题是，我应该去哪里？我想静下心来写诗，问题是，我应该写什么主题？对于这些难题，你根本一点帮助都没有。"阿齐兹突然情绪爆发，把他自己与哈米杜拉都吓了一大跳。"谁能够帮我？我没有朋友，我身边的人全都背叛我，甚至连我的孩子也一样！我已经受够了你们这些所谓的朋友。"

"我本来还想建议到内间去坐坐，但是你那三个背叛你的孩子都在那儿，我猜你大概不会想进去。"

"真是抱歉。自从待过监狱之后，我的脾气就变得很古怪，请你不要介意，请你原谅我。"

"努尔丁的母亲正和我太太在聊天，我想你应该不会介意吧？"

"她们分别来看过我，但是我目前还没有与她们一起聊天的机会。我的脸色不太好看，你最好让她们有心理准备。"

"不，就让她们大吃一惊也不错。这些女人有太多无聊的事情可以分享。当初你在受审阶段，她们还宣称要走出闺房，其中会写字的人，甚至还写了一份声明稿，没想到现在什么都没做。你知道这些女人都非常尊敬菲尔丁先生，但其实她们根本没有见过他本人。我太太一直表示很想见见菲尔丁先生，可是每次菲尔丁先生来访时，我太太又会找借口躲避——例如身体突然不舒服、屋子太脏乱让她不好意思见客、家里除了炸甜面团之外没有别的甜点可招待客人等等。如果我告诉她，菲尔丁先生最喜欢吃炸甜面团，她又会表示自己手艺不够好，怕被菲尔丁先生嘲笑。亲爱的阿齐兹，十五年来，我和我太太一直为这类的问题而争辩，可是没有任何结果。英国传教士说印度妇女遭受欺压，如果你想要找写诗的题材，不妨就写这个吧！请你告诉大家：印度妇女活得非常自在，与外界所想象的不同。"

第三十一章

　　阿齐兹不理解凡事都讲求证据，他的情感左右着他的信念，因此他与菲尔丁先生之间的关系变得越来越冷淡。阿齐兹虽然胜诉，但并没有因此而感到光荣。菲尔丁先生到外地去参加会议了，关于奎斯特德小姐与菲尔丁先生的绯闻一直在阿齐兹耳边流传，听了几天之后，阿齐兹开始相信传言是真的。就私德的角度而言，阿齐兹并不反对菲尔丁先生与奎斯特德小姐谈情说爱，更何况菲尔丁先生已经步入中年，本来就不可能得到美丽女子的青睐，只能就近寻找机会发展。但是阿齐兹痛恨菲尔丁先生选择奎斯特德小姐，因为奎斯特德小姐是他的敌人。再说，菲尔丁先生为什么没有知会他一声？这种不信任对方的友谊，根本称不上友谊。阿齐兹把任何大小事都告诉菲尔丁先生，甚至是见不得光的丑事，菲尔丁先生也都愿意倾听并且予以包容，然而他从来不曾推心置腹地向阿齐兹倾诉心声。

　　菲尔丁先生返回昌迪拉布尔时，阿齐兹在火车站与他碰面。阿齐兹答应与菲尔丁先生一起吃饭，然而他却拐弯抹角地调侃菲尔丁先生，脸上挂着虚假的笑容。他对菲尔丁先生说：

英国人的圈子里发生了一件丑闻——麦克布莱德先生与德瑞克小姐之间萌生不伦之情，德瑞克小姐之所以愿意一直留在昌迪拉布尔，全是因为麦克布莱德先生。有人目击麦克布莱德先生出入德瑞克小姐家，因此麦克布莱德夫人准备与她丈夫离婚。"麦克布莱德那个家伙的脑袋太天真了。不过，他一定会把一切责任全推到印度的天气上，主张所有问题都是印度造成的。菲尔丁先生，您说说看，这个消息是不是很惊人？""还好吧。"菲尔丁先生对这种与他无关的八卦没有兴趣。"阿齐兹，你听我说。"阿齐兹闻言眼睛一亮，以为菲尔丁先生终于要倾诉他自己的情事。没想到菲尔丁先生接着说："我们在会议上已经决定——"

"虽然我想听您聊聊会议的事，但我现在必须赶到明托医院，因为霍乱疫情看起来不太妙，除了外来的病例，现在就连本地也开始出现病例。事实上，现在每个人的健康状况都令人担忧。新来的英国驻印医生和前任一样，不敢有什么大胆的作为。英国人在行政管理方面依然毫无变革。我遭受的那些痛苦，终究对印度人没有一点帮助。对了，菲尔丁先生，趁着我还记得的时候，我想先告诉您一声：除了麦克布莱德先生的绯闻之外，人们也在背后谈论你。他们说你和奎斯特德小姐交情匪浅。我坦白地说，他们认为您和奎斯特德小姐之间有不可告人的秘密。"

"他们真的这么说？"

"这件事已经传遍整个昌迪拉布尔，可能会损及您的名誉。

您知道，并不是每个印度人都支持您。我已经尽力阻止人们散布这个传闻。"

"不必理会这个谣言，反正奎斯特德小姐已经离开了。"

"会受到谣言伤害的人，是继续留在这片土地上的人，而不是那个已经离开的人。您应该不难想象我有多么惊慌、多么焦虑。当我听说这个谣言的时候，几乎没有办法安然入睡。一开始是我的名字与她牵扯不清，现在变成您的名字了。"

"你不需要使用这么夸张的字眼。"

"什么夸张的字眼？"

"例如多么惊慌、多么焦虑。"

"因为我这一辈子都住在印度，我知道谣言会造成什么影响。"阿齐兹回答的声音有点暴躁。

"你说得对，但还是应该拿捏一下。好朋友，你常常没有把事情衡量清楚。这个谣言令人遗憾，然而，这只不过是小小的遗憾——非常微不足道。我们改聊其他的话题吧。"

"可是您依然牵挂着奎斯特德小姐，我从您的表情看得出来。"

"我自有分寸。我做人无牵无挂。"

"菲尔丁先生，您总是自夸自己无牵无挂，但这反而成了您的致命伤，让您四面受敌，也让我深感不安。"

"什么敌人？"

阿齐兹心里一直想着自己，所以无法回答菲尔丁先生的问题。这让他觉得自己像个傻瓜，因此他更生气了。"我以前早就告诉过您，昌迪拉布尔有哪些人不能信任。如果我是您，我会知道自己被哪些敌人包围。您看，我说话的时候刻意压低音量，因为我发现您的仆役是新来的，我不确定他是不是间谍。"阿齐兹压低声音表示，"每三个仆役当中，就有一个是间谍。"

"好了，你到底有什么话想说？"

"您不认同我刚才所说的话？"

"我不会受到任何事情影响。间谍满街都是，不过大概要过好几年，我才会碰上一个可能害死我的间谍。我知道你心里另外有事想对我说。"

"我没有。您不要寻我开心。"

"你一定有。你肯定因为某件事而对我不满。"

菲尔丁先生这种有话直说的方式，让阿齐兹难以招架。过了一会儿，他才开口说："您和奎斯特德小姐明明就经常一起过夜，为什么您不肯承认？"

阿齐兹这个直白的问句并不是玩笑话，因此菲尔丁先生相当惊讶，万万没想到阿齐兹竟然把谣言当真。菲尔丁先生情绪失控地愤怒大喊："你这个谈吐粗俗的家伙，竟然诬蔑我的人格！我和奎斯特德小姐怎么可能在这种时刻还想着寻欢作乐？"

"请您原谅我，我轻信了传言，也许是因为我身体里面放纵的东方思想在作祟。"阿齐兹回答。他虽然语气平静，但其实心如刀割，即便在几个小时之后，他的心里仍淌着鲜血。

"阿齐兹，你知道现在是什么情况……而且奎斯特德小姐也算是希斯洛普先生的未婚妻。除此之外，我对奎斯特德小姐从来没有……"

"是的，是的，您说得没错。但是您刚才没有反驳我，所以我以为那些谣言全是事实。唉，东西双方的文化差异，实在让人无法摸透。可否请您让我这个谈吐粗俗的家伙在明托医院下车？"

"你没生气吧？"

"我真的没有生气。"

"如果你生气的话，日后我们又得再澄清一次误会。"

"误会已经澄清了。"阿齐兹郑重地表示，"我绝对相信您说的话，而且我从今以后不会再有任何怀疑。"

"但是我们一定得澄清刚刚的误会：我不是故意辱骂你，请你接受我诚心的道歉。"

"错的人是我。"

这一类的误解，让他们两人的友谊受到阻碍，停滞在错误的地方。一旦说话的语气被对方误解，两人的对谈可能就会完全走偏。刚才菲尔丁先生只是感到错愕，而不是震惊，但是要如何向阿齐兹说明错愕与震惊的差别？如果两人交谈时没有想到相同的事物，就会令对话产生偏差，因而互相怨怼，或对彼此大感惊讶。就算这两人种族相同，也会有这种情况发生。菲尔丁先生开始述说自己对奎斯特德小姐的感觉，但是阿齐兹打断他的话，说："我相信您，我相信您。造谣生事的穆罕默德·拉蒂夫应该接受惩罚。"

"算了，就像面对其他谣言的方式一样，我们不去理会就好——反正谣言只不过是某种半死不活的东西，企图排挤现实生活。不去理会它，它就会自然消失，就像那些印度人为摩尔夫人打造的坟墓。"

"穆罕默德·拉蒂夫总是喜欢设计阴险的诡计，我们都对他很不满。如果我们不给他任何东西，而且赶他回老家，不知道能不能让您开心一点？"

"吃晚餐的时候再来谈穆罕默德·拉蒂夫的事吧。"

阿齐兹闻言突然愣住。"吃饭！真不凑巧，我竟然忘了。——我已经答应要与达斯先生一起用餐。"

"你可以邀请达斯先生和我们一起吃晚饭。"

"但是他一定还邀请了其他人。"

"请你还是依照原定计划与我共进晚餐。"菲尔丁先生说，并且把目光望向别处，"这点我非常坚持，你一定要和我共进晚餐。一定要。"

他们抵达医院之后，菲尔丁先生继续驱车前往广场。他的心情有点烦躁，希望可以靠与阿齐兹共进晚餐来舒缓情绪。当他来到邮局时，碰巧遇上行政长官特顿先生。他们的车子并排停靠，仆役们则在建筑物里休息。"早安，你回来了。"特顿先生冷冷地打招呼，"如果你今晚能够光临俱乐部，将是我们莫大的荣幸。"

"先生，我已经接受政府续聘。你认为我非去俱乐部不可吗？我其实很高兴退出俱乐部。坦白说，我今晚已经约了朋友聚餐。"

"这不是你自己能决定的，因为是副总督的意思。也许你会问我这算不算公事——今晚请你到俱乐部来确实是公事。请你今天晚上六点钟准时莅临，活动结束之后你想做什么，我们都不会干涉。"

菲尔丁先生只好出席这场无趣的聚会。偶尔会有人招呼他"喝一点酒，喝一点酒"。他与布莱基斯顿夫人聊了五分钟左右，布莱基斯顿夫人是聚会中唯一的女性。他也和麦克布莱德先生交谈，后者对离婚不以为然，认为婚外情因其身为大人物才算是种犯罪行为。他还见到了新来的英国驻印度医生罗伯茨少校，以及新任的地方法官，年轻的米尔纳先生。然而，无论俱乐部的成员如何改变，本质始终不变。"没有用的。"菲尔丁先生离开俱乐部之后，在行经清真寺时心里想着，"我们都只扎根在沙滩上，这样一点用处都没有。这个地方已经越来越现代化，我们将会摔得越来越重。我们还在进行十八世纪那种暴虐不公的恶行，但是有一股看不见的力量向我们反扑，重建被我们破坏的种种。如今任何事情都有回音，而且无人能阻挡。原本的声音可能无害，但是回音是邪恶且有害的。"菲尔丁先生的脑中始终惦记着马拉巴岩洞的回音，怎么也想不通那种声音到底是什么。那个回音属于他无法理解或拒绝理解的世界，眼前这座清真寺也和他一样陷入迷失。清真寺里的拱廊只能充当暂时的避难所，就像菲尔丁先生扮演的角色一样。"除了神明之外，没有其他的神明。"这种信念并无法让人们走出问题与精神的复杂之境，因为这句话只不过是文字游戏，是宗教上的口号，并非真理。菲尔丁先生发现阿齐兹看起来相当疲惫，而且心情沮丧，所以他决定等到夜深之后再解释两人之间的误会，或许届时阿齐兹比较能接受。他把今晚在俱乐部经历的事情坦白告诉阿齐兹——他说自己是被迫前往，日后除非公务上的命令，他绝对不再踏入俱乐部一步。"换句话说，我可能永远不会去俱乐部了，因为我近期将返回英国。"

"我想您终究会回去英国定居。"阿齐兹静静地表示，然后就改变话题。他们两人在尴尬的气氛中共进晚餐，然后到莫卧儿花园小坐片刻。

"我只是回去英国一小段时间，这趟旅行是公事。我服务的单位要我离开昌迪拉布尔一段时间。我的同事在公务上必须尊敬我，但是其实心里根本不喜欢我。总之目前的情况有一点可笑。"

"这趟公务是什么性质？您届时会有很多空闲时间吗？"

"我应该有足够的时间拜访老朋友。"

"我就知道您会这么说。您真是一位忠实的朋友。我们现在可以聊聊别的事情吗？"

"当然可以。你想聊些什么？"

"我们来聊诗吧。"阿齐兹说。他眼里噙着泪水。"我们来聊一聊，为什么诗会失去让人勇敢的力量。我的外祖父也是诗人，在叛变中与英军对峙。倘若印度再发生一次叛变，我可能会效法我的外祖父。目前我是一个医生，我打赢了一场官司，有三个小孩要养，而我最常谈的话题是政府事务。"

"我们还是聊诗吧。"菲尔丁先生又赶紧把对话带回这个无害的主题，"我明白你的处境凄惨。你都拿什么当成写作的题材？你总不能总是写'玫瑰已经永远凋谢'吧？因为我们知道它已经凋谢了。但你也不能写'印度，我的印度'这一类的爱国诗，因为没有哪个印度人想读。"

"我喜欢这种谈话内容，因为可能会引申出有趣的东西。"

"你认为诗必须触及生活，这种想法相当正确。我刚认识你的时候，你总是把诗当成咒语。"

"我们刚认识的时候，我还只是个幼稚的年轻人。那个时候我把所有的人都当成朋友。'朋友'一词，是波斯人对上帝的称呼。但是我并不想成为一个宗教诗人。"

"我倒希望你成为宗教诗人。"

"为什么？您自己不正是一个无神论者吗？"

"宗教里有些东西可能不太真实，但是从来没有人去探讨这个部分。"

"请您详细说明。"

"说不定印度教徒早就知道这个道理。"

"那么就让他们去歌颂这个大发现吧。"

"印度教徒没办法歌颂。"

"菲尔丁先生，有时候您说的话挺有道理。好了，我们先不聊诗了。再把话题拉回到你的英国之行吧。"

"我们才刚刚开始聊诗，聊了不到两秒钟。"菲尔丁先生笑说。

但是阿齐兹喜欢精简，他聊天时喜欢简短扼要的对话，觉得这种谈话就如同他人生问题的缩影。突然间，阿齐兹想起自己的妻子。如同一般人陷入回忆的情况：过去变成了未来，他仿佛看见自己与妻子共处于一座寂静的印度森林中，一个没有英国人的地方。阿齐兹悠悠地对菲尔丁先生说："我想，您一定会去探望奎斯特德小姐。"

　　"如果我有时间的话，当然会去看她。如果我在汉普斯特德与她碰面，感觉一定很奇妙。"

　　"汉普斯特德是什么地方？"

　　"是伦敦某个充满艺术与思想气息的郊区——"

　　"她在那边的生活舒适惬意，我想您去拜访她一定会很开心……天啊，我今晚有点头痛，也许我也快染上霍乱了。请见谅，我想先回去了。"

　　"需不需要我载你一程？"

　　"不必了——我自己骑自行车就好。"

　　"可是你的自行车不在这里，是我搭马车去接你的——所以还是让我送你回去吧。"

　　"您说得有道理，我确实没骑自行车来。"阿齐兹故作轻松，"但是我搭您的车太多次了。拉姆·昌德先生认为我是在利用您的慷慨大方。"阿齐兹的身体确实有点不舒服，而且心情不太好。他说话时不断转换话题，毫无逻辑可言。虽然阿齐兹与菲尔丁先生是亲密的好朋友，但是两人的个性南辕北辙。

　　"阿齐兹，你是否已经原谅我早上说的那些蠢话？"

"您是说，您骂我谈吐粗俗的那句话吗？"

"是的。你知道，这件事让我相当心神不宁。你知道我非常喜欢你。"

"没有关系。我们都免不了犯错。像我们这种交情，偶尔说错一些话不会有任何影响。"

虽然阿齐兹嘴上这么说，但是当他搭乘菲尔丁先生的马车返家时，情绪却相当沮丧——他的身心都隐隐作痛，而且疼痛越来越剧烈。回到家后，他原本想马上回去找菲尔丁先生，对他说几句亲切的话，但最后他只是给了马夫一笔可观的小费，然后就郁郁寡欢地上床，让动作笨拙的哈桑替他按摩。房间内的苍蝇聚集在衣橱顶端；地毯上的红色污痕也越来越明显，因为阿齐兹坐牢期间，穆罕默德·拉蒂夫睡在这个房间，经常随地吐痰；书桌的抽屉因为警方强行开启而满是刮痕。阿齐兹觉得昌迪拉布尔的一切都已经磨损了，甚至包括空气在内。他心中的困惑不断浮现而出。他有满腔的疑惑：他怀疑菲尔丁先生是为了钱才与奎斯特德小姐交往，现在还打算娶奎斯特德小姐为妻，准备回英国去向她求婚。

"主人，你还好吗？——"哈桑见他不发一语，好奇地问他。

"你看看天花板上那些苍蝇！为什么你没有用水淹死苍蝇？"

"主人，那些其实是新的苍蝇。"

"就像邪恶的事物总是源源不绝。"

为了转换话题，哈桑便对阿齐兹说：厨房里的小僮打死了一条蛇，这是好事；但是他拿刀将蛇切成两半，这是坏事，因为那条蛇就变成了两条蛇。

"如果我把盘子摔破，是不是也会变成两个盘子？"

"如果可以的话，也打破玻璃杯和茶壶吧。我也想要多一件外套。"

阿齐兹叹了一口气。每个人都只想到自己：有人想要多一件外套，有人想要娶个有钱的妻子，大家都很狡猾，以拐弯抹角的方式达到目的。菲尔丁先生替奎斯特德小姐省下两万卢比的赔偿金，然后就尾随她返回英国，如果这一切的举动都是为了要娶她，显然非常合理。奎斯特德小姐会带着丰富的嫁妆与菲尔丁先生共结连理。阿齐兹不相信自己的疑虑，但是又不得不信——如此一来，他才可以厘清一切。在他的脑中，怀疑与信任可以并存。怀疑与信任来自不同的源头，不必混杂在一起。怀疑别人是东方社会的恶性肿瘤，是一种精神疾病，让阿齐兹突然变得不自在和不友善。阿齐兹心中对菲尔丁先生同时存有怀疑与信任，这是西方人无法了解的感觉。这就和西方人的虚伪一样，是一个恶魔。他心里有一座撒旦城堡，自从那天晚上他与菲尔丁先生在迪尔库沙的星空下交谈，这座撒旦城堡就已经悄悄奠基。奎斯特德小姐住在政府大学期间，就已经成为菲尔丁先生的情人了——穆罕默德·拉蒂夫果然没有说错。事情的真相仅此而已吗？或许跟着奎斯特德小姐走进马拉巴岩洞的人就是菲尔丁先生……不，不可能，因为菲尔丁先生根本从来没有去过大圆石，所以不可能是他。这种猜测真的太荒谬了，但也让阿齐兹痛苦得全身颤抖。这么可怕的阴谋——假如阿齐兹的想象全部属实——菲尔丁先生绝对是印度历史上最恶毒的人，阴险奸诈的程度无人能比，就连谋杀阿夫扎尔·汗的希瓦吉也难以望其项背。阿齐兹心烦意乱，命令哈桑离开他的房间。

第二天，阿齐兹决定带着三个孩子回去穆索里。日前这三个孩子因为他的审判而来到昌迪拉布尔，以为一家人从此天伦梦碎。阿齐兹胜诉后，三个孩子继续住在哈米杜拉家，与大伙儿一起庆祝。阿齐兹认为罗伯茨少校应该会准许他请假，让他陪孩子返回马苏里。在这期间，菲尔丁先生也将回英国去。这一切不仅符合阿齐兹的疑虑，也符合他的信念。事实将会证明他是对的，还能让他维持自己的尊严。

菲尔丁先生感受到阿齐兹对他的不友善，由于他真的很喜欢阿齐兹，所以心情高兴不起来，整个人相当失落。一旦付出了感情，就没有办法无牵无挂地生活。为了让自己的情绪和缓下来，也为了改变眼前的僵局，菲尔丁先生用心写了一封颇具现代风格的信函给阿齐兹："我觉得你好像认为我假正经，不承认自己与女性往来，希望你不要有这种误解。如果我的生活毫无瑕疵，那是因为我已经四十多岁——这个年纪正是自我修正的时期。到了八十多岁的时候，我又将自我修正。九十岁之前——我会再度自我修正。但无论是生是死，我这个人都不重视道德观，请你记得这就是我的特色。"阿齐兹一点也不喜欢这封信，他觉得这封信伤害了他敏感的心。他很高兴菲尔丁先生向他倾吐肺腑之言，不介意这封信有多么粗俗，但是他讨厌这种概括性与比较性的内容，毕竟人生不是科学手册。于是他冷淡地回信给菲尔丁先生，表示自己无法在菲尔丁先生出发前从马苏里赶回来送行。"我必须好好享受我有限的假期，毕竟以后的人生一切从简，而且我再也没有希望去克什米尔旅行了。等您回到印度时，我恐怕已经在遥远的某处从事新的工作。"

在昌迪拉布尔的雨季结束前，菲尔丁先生启程返回英国——昌迪拉布尔的天空与地面，此时看起来都像是太妃糖的颜色。阿齐兹觉得自己可怕的想象已经获得证实，而且他身旁的朋友也不停煽风点火。虽然阿齐兹的朋友们都挺喜欢这位英国校长，但因为菲尔丁先生知道他们太多私事，他们深感不安。马哈茂德·阿里不久之后就宣称菲尔丁先生确实暗藏阴谋，哈米杜拉也跟着小声表示："菲尔丁先生近来说话时确实已经不像以前那么坦白。"他还警告阿齐兹："不要对菲尔丁先生期望太高——毕竟他和奎斯特德小姐都是英国人。""我的两万卢比白白飞走了。"阿齐兹心想。虽然他一向把钱看得很淡——他不仅用钱大方，而且只要心里记得，一定尽快偿还所有债务——但是这两万卢比持续在他脑海中萦绕不去，因为他认为菲尔丁先生欺骗了他，让这笔钱留在英国，就像印度许多往外流失的财富一样。阿齐兹越来越深信不疑——菲尔丁先生一定会娶奎斯特德小姐为妻。马拉巴岩洞事件过后，那些未能解释的一切，都加深阿齐兹心里的想法。这一切都是那次可怕又没有意义的野餐所带来的恶果。又过了不久，阿齐兹甚至相信菲尔丁先生与奎斯特德小姐已经举行婚礼。

第三十二章

埃及的风景非常迷人——草原宛如绿色的地毯，在上面行走的有人类和四种动物。菲尔丁先生因为公务之需，在埃及停留了几天，然后再从亚历山大港上船。明亮晴朗的蓝天、持续吹拂的微风，还有干净宜人的海岸线，与曲折复杂的孟买港形成强烈对比。菲尔丁先生接着前往克里特岛，并欣赏了岛上雪白的绵延山丘。然后他去了威尼斯，在圣马可广场啜饮了一杯酒，周遭美好的氛围让他几乎有一种不忠的感觉。威尼斯的建筑，就像克里特岛的山脊，以及埃及的旷野，所有的一切都非常完美，然而可怜的印度则是什么事情都不对劲。菲尔丁先生已经忘了印度那些祭祀偶像的庙宇和起伏的山丘。如果没有形体，当然不会有所谓的美丑了。清真寺里的摆设不太调和，而且因为气氛紧张而让一切显得僵硬。至于意大利的教堂，噢，意大利的教堂很不一样。圣乔治教堂位于一座小岛上，倘若没有圣乔治教堂的存在，或许那座小岛早就被海浪淹没；镇守于运河口的圣乔治教堂，像在向大运河致敬。要是少了这座教堂，大运河恐怕也不会如此有名。菲尔丁先生念大学的时候，曾经到圣马可大教堂参观其美丽的彩绘玻璃，然而他此刻所体会到的，远比马赛克玻璃和大理石珍贵：他感受到支撑着人类与大地共荣共存的和谐，也感受到摆脱混沌过往的文明。他同时也感受到精神凭靠着血肉之躯，以一种合理的形式存在。菲尔丁先生写明信片给印度友人时，认为他们一定会非常向往他现在享受的欢愉，形式上的欢愉。这点恐怕会形成他与印度友人之间的隔阂。印度人只会看见威尼斯的奢侈繁华，看不见它的美好。虽然威尼斯不属于英国，却属于地中海和谐氛围中的一分子，而地中海是印度人衡量事物的准则。人们离开无比优美的地中海时，无论是经由博斯普鲁斯海峡，或是赫拉克勒斯之柱，都能欣赏到怪异且独特的景致。如果从南面的出口离开，可以看见最奇特的风景。菲尔丁先生转身背对地中海，搭上往北方而行的火车。当他看见六月的毛茛与雏菊时，心里原本已经荡然无存的浪漫幻想，再度开始如鲜花般绽放。

第三部　庙宇

第三十三章

两年后，纳拉扬·戈德博尔教授在马拉巴山西方数百英里处，与他的神明相会。神明尚未来到这个世界——因为他出生的时刻午夜才降临。但其实神明早在数个世纪之前就已经诞生。而且我们也不能说神明"出生"在这个世上，因为他是宇宙的主宰，可以超越人类生老病死的历程。神明是永恒的，不仅存在于过去，也存在于现今；神明亦非存在于现今，因为亘古以来，他就统治着一切。

戈德博尔教授站在地毯的这一端，凝望着地毯另一端的神像。

图卡拉姆，图卡拉姆，
您是我的父母，也是我的一切。
图卡拉姆，图卡拉姆，
您是我的父母，也是我的一切。
图卡拉姆，图卡拉姆，
您是我的父母，也是我的一切。
图卡拉姆，图卡拉姆，

您是我的父母，也是我的一切。

图卡拉姆……

　　马乌宫廷里的这条长廊，可以通往其他走廊，然后连接至庭院。这条走廊是以美丽且坚硬的白色灰泥堆砌而成，廊柱与拱形的圆顶上都贴着五彩缤纷的石片和色彩绚丽的彩球，遮住底下的灰泥。走廊上挂着不透明的粉红色玻璃吊灯，以及歪歪斜斜的模糊照片，长廊尽头有一个知名的小神坛，古代的王朝都在这里举行宗教膜拜仪式。即将降临于世界的神明，从走廊这一头看来，只是一尊宛如汤匙般大小的银色神像。前来膜拜的印度教徒分坐在地毯两侧，由于人数众多，所以大伙儿只能尽量找空间坐下，找不到地方坐的人，只能坐到其他的走廊上，甚至坐进庭院里。这里的信众全都是印度教徒——这些男性的面容慈祥和善，大部分是村民。对这些村民而言，村外的世界有如梦境一般。他们都是辛勤工作的农夫，有人说，辛苦的农人才算真正的印度人。除了村民之外，人群中还有一些远从城镇而来的商贾、政客、朝臣，以及官宦人家的子弟。有一些年轻的学生在现场负责维持秩序，但徒劳无功。聚集于此的信徒虽然情绪亢奋，然而举止都还算温和有礼，仿佛人人都服用了某种让人变得和善的神药。当这些信徒为了一睹神明面容而挤过警戒线时，每一个人的脸上都洋溢着极为幸福的光彩——那种美好的感受无关乎个人评价，因为大家脸上都呈现着相同的喜悦。一直到他们被要求往后退去，才又恢复各自原本的面容。现场的音乐也让人觉得开心——由于音乐来自四面八方，各种类型的音乐混合在一起之后，听起来更加奔放。人们的呐喊声、敲击声和低吟声全部融合为一，变成单一的敬拜声，环绕于马乌宫廷四周，最后再飞散至空中，与雷鸣结合为一。大雨一会儿落下，一会儿停止，就这样持续一整个晚上。

接下来是戈德博尔教授献唱的时刻。戈德博尔教授在这里担任教育部长，所以享有特殊的待遇。前一批献唱的信徒退散至人群中，戈德博尔教授随即开始一边引吭高歌，一边往前走去，以避免赞颂神明的歌声中断。他光着脚，身上穿着白衣，头上戴着浅蓝色的头巾。他的夹鼻眼镜被茉莉花环勾住，因此歪歪斜斜地挂在鼻梁上。与戈德博尔教授同行的还有他另外六位同事，这些人有的负责敲钹，有的负责打鼓，在手风琴的乐声中为戈德博尔教授助阵，同声开口高唱：

> 图卡拉姆，图卡拉姆，
> 您是我的父母，也是我的一切。
> 图卡拉姆，图卡拉姆，
> 您是我的父母，也是我的一切。
> 图卡拉姆……

然而他们并非朝向前方的神像高歌，而是对着一位圣人。他们的举动在非印度教徒眼中看起来荒谬又不合理，让人觉得这个印度庆典根本是一场混乱，而且无论从理性层面或制度层面而言，都是相当失败的活动。在这个为了赞颂神明而举行的庆典中，神明究竟身在何方？他是否隐身在神坛前闹哄哄的人群里，躲过了凡人的目光？还是藏匿于玫瑰花叶或版画中，由于王公贵族以黄金打造的祖先牌位太闪亮刺眼，因而显得黯淡无光？或者在微风吹拂而过的时候，被破烂的芭蕉叶所掩盖？人类为了向神明表示敬意而点亮数百盏灯光（负责供电的发电机发出隆隆声响，不断干扰赞颂神明的歌声）。尽管人类为神明做了这么多事，神明依旧没有露面。信众将上百个银盘堆放在神坛前，但是一点儿实质效用也没有。本邦的诗人特别为神明撰写的赞美诗，被挂在没有人看见的角落，有些甚至摇摇欲坠，随时都会从灰泥墙上掉落。其中有一首诗（为了表达神明具有国际性，这首诗是以英文写成），由于誊写的人不慎笔误，把"神就是爱"写成了"神就足爱"[1]。

"神就足爱"，这是不是印度的最终讯息？

图卡拉姆，图卡拉姆……

信众继续唱着赞颂之歌，但是帘幕后方突然传来争吵声——两位母亲同时想把自己的孩子推向人群的前方，混乱中只见某个小女孩从人潮中伸出一条腿，宛如鳗鱼一般。一个表演风格十分西洋化的乐团，在庭园中被大雨淋得浑身湿透。他

---

1 原文为"God si Love"，si 为 is 之笔误。作者于 1913 年 1 月 10 日在穆加尔萨赖火车站（Moghulsarai railway station）的一幅题字上发现这个错误。

们突然演奏出一首华尔兹乐曲，曲目是《快乐之夜》。但是正在吟唱赞颂歌谣的信众不为所动，完全不在乎有人与他们竞争。戈德博尔教授吟唱了好一会儿之后，才注意到自己的夹鼻眼镜被茉莉花环扯歪——除非他先解决这个问题，否则无法专心演唱下一首赞美诗。于是他放下一只手中的钹，另一只手中的钹继续对着空气挥舞。他用空出来的那只手轻轻调整脖子上的花环，他的一位同事也过来帮他，两个人的头几乎碰在一起，看起来就像对着彼此的灰胡子歌唱。拉扯了半天，他们才终于把纠缠不清的金属眼镜和茉莉花环分开。戈德博尔教授看看乐谱，然后对负责打鼓的同事说了一句话，那位同事马上改变打鼓的节奏，鼓声也因此转变为一种低沉微弱的新旋律，就像某种呢喃低语。这个新旋律更能激奋人心，让每个信众心中想象的神明变得更加清晰明确，然而演唱者的表情慢慢变得呆滞且毫无生气。他们爱所有人，也爱整个宇宙，而他们过往岁月的点滴片段，包括最微小的细节，在这一刻与全宇宙的温暖结合为一。戈德博尔教授突然想起一位他以前在昌迪拉布尔认识的英国老妇人。虽然这位老妇人对戈德博尔教授而言并非重要之人，但不知道是什么原因，在这个热闹无比的时刻，老妇人的面容突然出现在戈德博尔教授的脑中。戈德博尔教授并非故意想起她，总之她就无端端地从一大堆试图引人注意的影像中浮现而出。虽然只是片段的思绪，戈德博尔教授却能马上清楚想起自己与老妇人互动的过往。他脑子里的回忆完整清晰，但无法巨细靡遗地重新建构当时的经历，因此过了一会儿之后，戈德博尔教授脑中的画面便开始变模糊。他记得自己以前见过的一只黄蜂，但忘了是在哪里看见的，也许是在一块大石头上。戈德博尔教授对于黄蜂和老妇人的感觉同样不好不坏，然而当他试图让黄蜂出现在自己的脑海中时，那只黄蜂却像神明一样不肯露面。至于黄蜂停驻的那块大石头——戈德博尔教授是否能够……不，他也没有办法想起。试着回忆那块大石头是错误的选择，就算逻辑与认知都不断诱使他这么做，他仍明白回忆那块大石头没有一点用处。当戈德博尔教授的思绪回到现实时，他发现自己正在红色的地毯上跳舞。他上上下下地舞动身体，朝着圣坛的方向走完红地毯的三分之一，然后返回。他持续地一边敲击手中的钹，一边抖动瘦弱的双腿。与他同行的伙伴们也与他一起舞动身体。四处都是嘈杂的声音：那个在庭园里的西化乐团，演奏得越来越大声；祭坛前的赞颂队伍也挥洒着汗水敲打乐器。灯光闪烁，微风吹动芭蕉叶的响声、群众的说话声，伴着天边的雷声。他的灵魂发出微小的回响。他举起双手时，看到腕表显示时间已是晚上十一点五十分。信众们发出的欢呼更响亮了，他继续舞动身体。一些原本蹲坐在走道上的男孩与男人，被信众们抬起来并丢向一旁，但是当他们跌落到邻人大腿上的时候，都还能保持原本的盘腿坐姿。随即有人扛着一座轿子走进已被清空的走廊。

轿子里坐着本邦年迈的邦主。虽然邦主的医生劝他不要参加这场庆祝神明诞生的盛典，他仍执意前来。

没有人恭迎这位邦主莅临，反正邦主也不希望大家这么做，因为今天是属于神明的日子，不应该荣耀凡人。此外，他所乘坐的轿子不能被放下来，因为如果把轿子放下，轿子就成了王座，会玷污这座神圣的庙宇。轿夫没有把轿子降到地面上，仆役们就直接将邦主腾空抬出轿外，然后让他坐在靠近神坛的地毯上。邦主盘腿而坐，仆役替他梳理浓密的胡须，并且交给他一张盛着红色粉末的白纸。邦主静静坐着，身体微倚着一根廊柱。他的健康状况非常差，因此看起来相当疲惫。邦主的眼眶里盈满泪水，让他的双眸看起来又圆又大。

邦主坐下之后不久，庆典就正式开始了。在这个什么都不准时的国家，只有神明的庆典绝对不会延迟。在典礼开始前三分钟，一位婆罗门教徒捧着戈库尔村[1]（神明诞生之地）的模型走过来，然后将模型放置在神坛前。这个模型是由黏土做成，立在一个每边约一码长的正方形木板上，并且以油漆与缀饰装点成蓝白两色。模型里面有一个头部过大的甘沙王人偶，端坐在一张小小的椅子上。历史上的甘沙王是一个残酷的国王，经常下令杀害无辜的百姓。戈库尔村模型的角落站着神明的父亲与母亲，这两个人偶的大小比例与甘沙王人偶相同，他们正哄着年幼的神明进入梦乡。这座模型并不算是圣物，但也不光是一个装饰品，因为它的功能是转移人类的注意力，让他们分散对神明实体形象的关注，同时提升他们对神明的敬畏之心。有些村民以为这就是诞生典礼的高潮，因此真心诚意地表示神明

1　戈库尔村（Gokul）：位于马图拉（Mathura）附近，是神明克利须那的诞生地。

已然降临，否则人们不可能看见神明。然而一到午夜，远方先传来一阵号角声，然后又传来大象鸣叫的声音，信众此时纷纷将手上的粉末包撒向圣坛。在一片玫瑰色的粉雾和香气中，乐器的敲击声与信众的呐喊声不绝于耳。克利须那所代表的意义就是永恒的爱，并且为这个世界提供救赎。所有的忧伤都将消失无踪：不只是印度人的忧伤，就连外国人的忧伤、鸟类的忧伤、岩洞的忧伤、铁路的忧伤，或是星星的忧伤，全部都被克利须那消灭殆尽，变成喜悦与欢笑声，这世上再也没有疾病、忧虑、误会、残酷与恐惧。有些人兴奋地跳起来，有些人俯到地面上亲吻泥土。坐在帘幕后方的女性一边拍手，一边尖叫，还有一个小女孩忘情地跑到帘幕前跳舞，不停甩动她黑色头发所扎成的马尾。这不是一场放纵肉体的狂欢会，因为传统的神坛禁止信徒这么做，但人类总是竭尽所能想了解未知的世界，并且在挣扎过程中把科学与历史丢到一旁，甚至连美好的一切也一并抛弃。然而这么做真的就能与神明接触吗？人类后来撰述的书籍指出，这么做似乎可以成功达到目的，但是在这种人人陷入忘我境界的庆典中，谁能把经过的一切记得清清楚楚？知道庆典实际情况的，当然只有庆典活动本身，后人所写的书不见得正确。不仅那些不信者会心生怀疑，就连经常参加庆典活动的行家，也抱持保留的态度。行家都认为：如果自己愿意的话，早就已经和神明一起升天了。然而当他们还在思考这些事情的时候，机会已经与他们擦身而过，一切都成了历史，他们来不及跟上时间的游戏规则。

信众把一条用纸折成的眼镜蛇摆放在地毯上，另外还有一个木头做成的摇篮挂在一个架子上。戈德博尔教授走向那个木头摇篮，他手里拿着一条红色的丝质餐巾。这条红色餐巾用来代表神明，但并非真正的神明，因为神像还安放在前方的神坛中。戈德博尔教授把红色餐巾折成类似婴儿的形状，作为刚刚诞生在这世上的神明。他折好餐巾之后，便把它交至邦主手中。年迈体弱的邦主吃力地宣布："我把这个婴儿命名为克利须那。"然后将它放进木头摇篮里。邦主的眼中尽是泪水，因为他亲眼见证了神明的救赎。他的身子太虚弱，已经没有力气将餐巾折成的婴儿高高举起给信众瞻仰。前几年他都还做得到，这是专属于他一个人的特权。邦主的随从将他搀扶起来，并且再次清空走道上的人群，然后便护送邦主至宫廷中不像此地那么神圣的地方休息。邦主被带到一个有室外楼梯的房间，那座室外楼梯可以通往外面的西方科学世界。负责照顾邦主的阿齐兹医生，就在这个房间里等候。刚才陪伴邦主至圣坛的印度土医，向阿齐兹简要说明邦主目前的身体状况。由于令人兴奋的时刻已经结束，邦主的情绪也开始变得烦躁。启动发电机的蒸汽引擎声让这位老先生难以忍受，他不断追问身旁的人为什么要在他家里装设这种扰人的东西。他的随从敷衍他，表示会去调查原因，然后就请他服下镇静剂。

通往圣坛的那条神圣的走廊内，原本洋溢的愉悦已经变成充满欢笑的狂喜。信众现在必须不停玩乐嬉闹，以取悦刚刚诞生的神明，并模仿神明与布林达班农家女玩闹的情景。在这

427

个模仿剧中，奶油扮演着非常重要的角色：信众将木头摇篮移开，本邦地位显赫的贵族全员集合，一起疯狂玩乐：他们摘下头巾，把一大块奶油涂抹在自己的额头上，等待奶油慢慢往下滑动，直到滑进他们的嘴里。但是在奶油顺利抵达他们嘴边之前，就会被偷偷走到他们身后的人一把抢走，迅速放入自己的嘴巴。在这个神圣的场合中，每个人都疯狂大笑，因为这是他们表现幽默的方式。

"神就是爱！"印度教徒认为在天堂也充满欢乐，因为神明也喜欢开信徒的玩笑，例如在信徒坐下时迅速挪开椅子、点火燃烧信徒的头巾、趁信徒洗澡时偷走他的衣物。采用这种敬拜神明的方式，必须把高雅的品味暂放一旁，放肆玩闹。这是基督徒不可能做到的。每个人的身心灵都必须参与这项救赎活动，如果不准大伙儿开开玩笑，这个活动就不算圆满。信众们把奶油吃进嘴里之后，就开始玩另一种比较优雅的游戏：他们开始把小孩子当成克利须那，给予万般宠爱。信众先朝人群丢出一个红色与金色相间的彩球，接到彩球的人可以挑选一个小孩，并且将这个孩子抱在怀中到处走动，让所有人抚弄、拥抱、亲吻这个孩子。大家会以爱抚神明的心情去触碰这个孩子，同时在嘴里低声说出赞美的话语。等到这个孩子被抱回至他父母身边后，大家又会继续丢出彩球，挑选下一个被大家宠爱与祝福的小孩。幸运地被挑选为神明化身的孩子，就这样四处接受信众的拥抱。神明以他永恒的生命照耀平凡的肉身。这个游戏大家怎么玩都不觉得腻，他们可以一次又一次地玩，一次又一次地玩——直到大伙儿觉得这个游戏玩得够久了，然后才改玩别的游戏。他们找来许多树枝，用树枝互相敲打，如同进行一场潘达瓦大战[1]。信众拿着树枝敲敲打打，持续了一会儿之后，他们会把一个黑色的大陶瓮放进网子里，然后挂在庙宇的屋顶上。那个黑色的大陶瓮外面涂了红漆，上方罩着一个以无花果干做成的花环。现在信众要玩的是一个令人亢奋的游戏——大伙儿纷纷拿手中的树枝敲打大陶瓮，将大陶瓮打出一道道裂痕，最后整个碎裂。装在陶瓮中的油米与牛奶全部洒落在信徒脸上，大家就这样开心地吃着喝着，并且随意将油米与牛奶涂抹在别人的嘴巴上。还有人会弯下身子，在别人胯下捡拾掉落在地毯上的油米。活动进行至此，为了庆祝神明诞生所形成的混乱人潮才逐渐散开；那些从头到尾尽力维持秩序的学生，这个时候也开始抢食油米与牛奶。分散在走廊和庭院的信徒虽然混乱，但每个人都充满善意。被惊动的苍蝇四处飞舞，也想分享神明赐予的恩典。由于大家共享神明赐予的礼物，而且施者比受者更有福，所以没有人争吵，大家都希望自己也能模仿神明，赐福给其他人。这些模仿神明的"代替品"持续欢庆几个小时，每个人心中都有某种情感被唤醒——不同的人有不同的悸动，大家在别的地方都不曾有过这样的感受。每个人心中都没有留下任何明确的影像——在这场庆典结束之后，大

---

1 潘达瓦大战（Pandava wars）：根据《摩诃婆罗多》（*Mahabharata*）记载，潘达瓦大战是潘度王（King Pandu）的五个儿子对抗其堂兄弟的战役。克利须那在这场战役中担任三子阿周那（Arjuna）的战车驾驶。

家都不记得到底是什么诞生了——是圣坛里的银色神像、黏土做成的戈库尔村模型、红色丝质餐巾折成的婴儿，或者是一股无形的力量，还是虔诚的决心？也许以上的答案都正确，也许以上的答案都不正确。或许所有的诞生都只是一种寓言，但无论如何，这场庆典是宗教界一年一度最重要的盛事，而且会让人们产生奇怪的意念。戈德博尔教授身上油腻腻而且脏兮兮的，但是他脑子里再度浮现一个画面。那个画面越来越清晰，他清楚看见摩尔夫人的脸，摩尔夫人仿佛置身于一堆麻烦之中。戈德博尔教授是婆罗门教徒，而摩尔夫人是基督徒，就算他们的宗教信仰不同，也一点都没有关系；无论她是为了捉弄他，还是因为他们两人之间有心电感应，所以她才出现在他的脑海中，一切都已经无所谓。戈德博尔教授不仅背负着责任，也渴望自己既能站在神明的立场去关爱摩尔夫人，又能站在摩尔夫人的立场对神明说："来吧，来吧，来吧，来吧！"戈德博尔教授知道自己只能做到这些。多么微不足道啊！但是每个人的能力有限，他明白自己的能力相当微薄。"一位英国老妇人，以及一只小黄蜂。"他一面在心里想着，一面走出庙宇，迎向这个下大雨的灰色早晨。"我能做的事情不多，这已经超越我所能做的一切。"

第三十四章

戈德博尔教授走出庙宇时，阿齐兹医生也正好离开，准备返回他位于城里的家中——阿齐兹的家在一条主街上，家门前有美丽的花园——阿齐兹远远看见戈德博尔教授在前方的泥泞中蹒跚步行，于是便热情地向戈德博尔教授打招呼："嘿！"没想到阿齐兹的善意被泼了一盆冷水，戈德博尔教授挥挥手臂，表示自己不想被人打扰。于是阿齐兹又说："对不起。"这次他似乎说对话了，因为戈德博尔教授终于转过头来，而且他转动身体时幅度之大，让人几乎以为他的头与身体就要分离。戈德博尔教授以一种极度紧绷的声音，说了一句与他心情无关的话："或许他已经抵达本地的欧洲宾馆了——起码有这种可能。"

"是吗？他什么时候到的？"

阿齐兹竟然追问抵达的时间，未免太过详细了。只见戈德博尔教授再度无力地挥挥手，然后就消失在人海之中。阿齐兹知道戈德博尔教授刚才所说的"他"是指谁——是菲尔丁先生——但是阿齐兹不愿想起这个人，因为他扰乱了阿齐兹的生活。阿齐兹也相信时下的洪灾季节会阻止菲尔丁先生到这里来。一条细小的水流从阿齐兹家的花园缓缓流出，让阿齐兹对于发生大洪灾的可能性更加充满信心。这种糟糕透顶的天气中，阿齐兹相信没有人能顺利从迪欧拉[1]抵达这个地方。菲尔丁先生这趟旅行的目的是公务出差，他已经调离昌迪拉布尔，目前负责在印度中部的偏远各邦巡视英语教育的教学情况。另外，菲尔丁先生已经结婚，他一如预期与奎斯特德小姐结为夫妇。总之，阿齐兹已经不想再见到这个人。"这个戈德博尔教授真是可爱。"阿齐兹心中想着，同时脸上露出了笑容。阿齐兹对宗教没有好奇心，也不觉得这种一年一度的祭典有什么意义，但是他很确定戈德博尔教授是一位可爱的老先生。通过戈德博尔教授的帮助，阿齐兹才得以来到马乌。由于这里的一切与昌迪拉布尔大不相同，如果没有戈德博尔教授一路相助，阿齐兹根本无法解决种种困难，进而在马乌定居下来。马乌的婆罗门与非婆罗门之间有明显鸿沟——穆斯林与英国人的地位完全比不上婆罗门，经常一连好几天都不会有人提到他们。戈德博尔教授是婆罗门，阿齐兹为了在马乌生存也自称为婆罗门，他们两人经常拿这件事出来说笑。印度这个国家已经四分五裂，即便是远观看似坚不可摧的印度教，其实早就分裂为诸多教派，彼此之间的关系疏离又紧密，但已各自按照其教义重新命名。就算你跟着最优秀的教师学习印度宗教，希望明白一切，但等你抬头一看，会发现教师传授给你的知识早就已经过

1　迪欧拉（Deora）：作者虚拟的地名。

时了。阿齐兹在马乌就职当天，曾在欢迎会上表示："我什么都没学，只学会尊重别人——"他这番话在别人心中留下了极佳的印象，几乎没有人讨厌他。他在名义上隶属一位印度土医管辖，但实际上他已经成为宫廷的首席医生。他不得不放弃替病人进行预防接种以及其他看似怪异的西医诊疗法。即便在昌迪拉布尔，每天在手术台上试图拯救人命的工作也像一场赌局。在这个偏远的小地方，他放任他的手术器材慢慢生锈，慵懒无力地经营他的小诊所，并且避免引起当地居民不必要的恐慌。

阿齐兹当初离开英属印度的决定是正确的，因为英国人让他尝尽苦头。当初在面对那些可怕的事情时，阿齐兹只有两个念头：在委员会上踢桌子大吼大叫，或者逃离到英国高官很少莅临的偏远地区。他那些担任律师的老朋友们，原本希望他继续留在英属印度，协助他们进行反抗英国人的活动，要不是菲尔丁先生背叛他，他很乐意留下来与那些老友并肩作战，而且最后可能会赢得胜利。然而，对于菲尔丁先生的背叛，阿齐兹并不意外，因为在审判结束之后，菲尔丁先生并没有参加力挺阿齐兹的游行活动，意味着两人的关系早已出现裂痕。菲尔丁先生对奎斯特德小姐的支持，更加剧两人友谊的崩坏。后来，菲尔丁先生从威尼斯寄了明信片给阿齐兹，但是内容显得冷淡又不友善，让旁人都认为他们已经严重交恶。最后，在双方失联一段时间之后，一如预期，菲尔丁先生从英国汉普斯特德寄来一封信。阿齐兹收到信的时候，马哈茂德·阿里正好在他身边。菲尔丁先生的信上写着："有一件事会让你大吃一惊：我即将和一位你也认识的女孩子结婚……"阿齐兹不想继续往下读，直接把信丢给马哈茂德·阿里，说："我猜得果然没错。你替我回信给菲尔丁先生吧——"后来阿齐兹又陆续收到菲尔丁先生的来信，但是他没打开就直接扔掉。阿齐兹与英国人交朋友的愚蠢实验，就这样黯然结束了。虽然在内心深处，他有时也会觉得菲尔丁先生为他做了不少牺牲，但是那种感觉随即就与他对英国人的恨意交杂在一起，令他困惑不已。"我终究是印度人。"阿齐兹静静地站在大雨中思索着。

　　日子就这样愉快地度过。马乌的气候宜人，因此阿齐兹的孩子们可以一整年都与他同住。他也再婚了——虽然称不上正式的婚姻，但是阿齐兹宁可将它视为婚姻。有空的时候，阿齐兹就读读波斯文，或者写写诗，而且他还买了一匹马，可以趁印度教徒不注意的时候骑着马去打猎。阿齐兹所写的诗，都只绕着同一个主题打转——东方女性。"那些关住印度女性的闺房，应该全部被废除。"因为闺房是女性的枷锁。"如果不加以废除，印度永远无法获得自由。"他想象自己在世人面前大声宣告，倘若印度女性当初在普拉西战役[1]中能够与男性并肩作战，或许印度就不会被英国人征服了。"然而我们不准女性在外国人面前露脸。"阿齐兹没有针对这一点多做解释，因为他只是在写诗而已。夜莺和玫瑰会继续存在，伊斯兰教徒被英国

1　普拉西战役（The Plassy Battle）：发生于1757年。英国在普拉西战役获胜，并且因此在孟加拉取得霸权。

人打败的悲伤，也依旧在他的血液里流动，没有办法被现代化的事物驱散。阿齐兹所写的诗非常没有逻辑性——就像它们的作者一样。但是这些诗在某方面来说是正确的：一定要先打造新家，才能慢慢建国。阿齐兹的某一首诗——性格风趣的戈德博尔教授唯一欣赏的一首——阐述的主题跳过祖国层面（反正他也不是真心爱国），直接论及国际化。"啊，这才是最极致的赞美。啊，年轻的朋友，你这首诗很不一样，而且非常棒。虽然印度似乎停滞不前，但是将会直达国际化的境界。反观其他国家，只会继续浪费自己的时间罢了。能不能让我把这首诗翻译成印度文？事实上，也可以翻译成梵文，因为这首诗太具有启发性了。对，当然，你其他的作品也写得很棒，邦主上次到这里来的时候，还曾经向马格斯上校表示大家都以你为荣。"戈德博尔教授略带笑意地对阿齐兹表示。

马格斯上校是这附近地区的政治官，也是阿齐兹相当讨厌的家伙。自从审判结束后，犯罪调查局就一直追踪着阿齐兹的动态，尽管他们找不到任何足以起诉阿齐兹的把柄。一切都是因为奎斯特德小姐的误解，阿齐兹才和那些运气不好的印度人一样，必须一辈子受到监视。马格斯上校一听说某个犯罪嫌疑人要搬到马乌，马上表达关切之意，但同时也开玩笑地说，邦主怎么可以放任一个穆斯林医生接近他的圣体。如果早个几年，邦主一定会乖乖顺从马格斯上校的意思，不让阿齐兹搬来。因为马格斯上校是一个厉害角色，经常仗着英国的权势刁难印度人、干扰印度政治运作，要求政府提供汽车，甚至带他去猎老虎。在他居住的宾馆窗前，倘若有任何树木挡住他的视线，他一定叫人全数砍光。他饮用的牛奶，必须当他的面现场挤出。马格斯上校经常干预印度内政，为所欲为。但如今政局有了变化，马格斯上校只不过是一个地方小官，权势大不如前，而且他所管辖的各邦发现他失势之后也开始互传消息，不再让他作威作福。马乌各邦现在都抱着看好戏的心态，想瞧瞧马格斯上校到底还剩下多大的本事。邦主不理会马格斯上校的暗示，马格斯上校只好默默接受阿齐兹医生去马乌报到的事实，并改口表示：由于总督的政策开明，印度教徒已经不像以往那么排外，因此马格斯上校自己有责任与时代一同前进。

是的，之前的一切都还算顺利，但是在全邦忙着举行庆典的此刻，阿齐兹却陷入一种截然不同的危机——他家里有一封信正等着他：菲尔丁先生在前一天晚上已经抵达马乌，而且戈德博尔教授显然也已接获通知，因为这封信就是写给戈德博尔教授的。戈德博尔教授读完之后，便请人转交给阿齐兹。戈德博尔教授在信纸边缘处写着："这真是一个好消息，只可惜我有宗教任务在身，没有时间招待菲尔丁先生。"菲尔丁先生表示自己已经巡视过穆库尔（德瑞克小姐以前服务的邦），而且在迪欧拉停留期间差一点溺毙，不过他还是按照预定的时间，顺利抵达马乌，并希望能够停留两天，以多了解戈德博尔教授在这里推动的种种教育改革措施。菲尔丁先生并非独自拜访马乌，他的妻子以及妻子的弟弟也陪他一起到这儿来。信里的内容写到这里，就突然变成一般的访客信，提出了一些要求，说他们的餐饮缺少鸡蛋，蚊帐也已经破损，而且他希望能与邦主见面。除此之外，倘若马乌现在正在举行火炬游行，菲尔丁先生也想知道他们能否前往参观——他们并不打算劳师动众，只要能远远站在阳台上观赏就好，但如果有游艇可以载他们出游更棒……阿齐兹不想继续读下去，直接把信纸揉成一团丢掉。他以前已经带奎斯特德小姐见识过印度人的生活，而且他已经受够了……那个奸诈又丑陋的老巫婆！英国人都是恶棍！阿齐兹不想再见到他们，但是他知道难以避免，因为天气实在太差，菲尔丁先生一行人肯定会被迫在马乌多待几天。低洼地区的水灾更严重，在阿西尔格尔火车站方向，积水已经形成浅灰色的湖泊。

第三十五章

早在阿齐兹发现马乌这个地方之前，就曾有一位年轻的穆斯林避居于此。那个年轻的穆斯林是个圣人，他的母亲对他说："你去解放犯人吧！"于是他就带着一把剑，独自前往堡垒，将监狱的门打开。监狱里的犯人全都跑出来了，并且回到各自原先的工作岗位。警方震怒，砍了这个年轻人的头。虽然年轻人的头被砍掉了，他的身体依旧继续前进，往分隔堡垒与市镇的大岩石区走去，并且一路杀死警察。他在完成母亲交代的任务之后，才终于气绝身亡，倒卧在他母亲家的门外。现在有两个祭祀这名年轻人的神坛，一个祭祀他的头颅，另一个则祭祀他的身体，但是只有少数住在附近的穆斯林以及印度教徒前往祭拜。"除了神明之外，没有其他的神明。"这种对称式的训谕，与马乌温和的气氛融合为一，朝圣者与知识分子都抱持这种精神，但是观念封建的居民和农人则不理会。阿齐兹来到马乌之后，发现即便是伊斯兰教徒也崇拜偶像，这让他相当轻视。阿齐兹原本希望自己能像莫卧儿帝国的阿拉姆吉尔大帝一样，改善这个地方的风气，但是不久之后，他就一点儿也不在意了，就像阿克巴皇帝一样。毕竟，那个年轻的圣人已经解放了犯人，而阿齐兹就是以前待过监狱的犯人。那个祭祀身体的神坛就在阿齐兹家的花园内，每个星期都有人来点灯和献花。阿齐兹只要一看见那些灯与鲜花，就会想起自己的遭遇。至于祭祀头颅的圣坛也在不远处，很适合带着孩子去散步。神明的庆生祭典隔天，阿齐兹不需要上班，于是他就带着三个孩子去祭祀头颅的圣坛走一走。他牵着贾米拉的手，艾哈迈德与卡里姆则跑在前方，边跑边争论那个没有头的身体如何往前行走，并想象如果撞见那个无头人，自己会不会被吓得说不出话来。阿齐兹不希望他的儿子们长大后变成迷信之人，因此禁止他们继续讨论这个话题。这两个孩子都很听话，立刻回答父亲："好的，爸爸。"然而他们的个性都和阿齐兹一样，根本不受别人意见的影响，因此过了一会儿之后，他们又依随自己的本性，继续讨论刚才被禁止的话题，完全忘了答应过父亲的承诺。

斜坡的顶端有一栋高高窄窄的八边形建筑，周围环绕着灌木，那里就是祭祀头颅的圣坛。但因为那个建筑没有屋顶，所以顶多算是一个八边形的屏风。屏风里面有一个简陋的圆塔，通过外面的栏杆可以看见圆塔里有个短短的白色墓碑，屏风内侧则有许多蜂巢，空气中飘着蜜蜂的断翅以及奇怪的杂物，慢慢掉落在有如废水沟的潮湿地面上。艾哈迈德以前听穆罕默德·拉蒂夫说过蜜蜂的习性，所以他说："蜜蜂不会伤害我们，因为它们很善良。"艾哈迈德说完之后就大胆往前跑去，但是他的姐姐贾米拉比较谨慎，不敢靠屏风太近。看完这个神坛之后，他们继续往前走，来到一间清真寺——这间清真寺无论大小或外形，看起来都像是壁炉的铁栏。昌迪拉布尔的清真寺有拱廊，但是这间清真寺只有平平的灰泥板，在灰泥板两端有具象征意味的尖塔。这间小小的清真寺甚至有点歪斜，因为它的基石已经开始往下滑动。它和刚才的神坛都是阿拉伯人抗争之后的奇怪产物。

阿齐兹和三个孩子继续往前走到堡垒。这座旧堡垒已经废弃多年，但是这里的景致依旧让人赞叹不已。依他们的审美标准，这里的风景非常宜人——灰黑色的天空正下着倾盆大雨，地上到处是水洼和泥泞。雨季的景象相当壮丽，今年的雨量是近三年来最大的一次，储水槽都已经装满，农作物也可望丰收。他们望向河道（也就是菲尔丁先生离开迪欧拉的途径），看见水势相当湍急，运送邮件的船只必须靠着绳索帮忙才能顺利前行。他们看见大浪直接打在峡谷源头的丛林间，浪头上方的石头是钻石矿所在的位置，那里已经被水花溅湿，所以看起来闪闪发亮。石头下方原本是印度公主的度假住所，但如今已因水灾而与外界隔绝，所以公主也不必严守女性必须待在闺房里的规范，愉快地和女仆们一起在花园里划船玩水，并且对着屋顶上的猴子挥舞纱丽。对阿齐兹来说，或许不要往下方望去比较好——他不想看见欧洲宾馆。宾馆后方是灰绿色的山脉，山上的庙宇看起来像是白色的火焰。光是那个方向就居住着超过两百位大人物，他们彼此友好，经常互有往来，拥有无数的牛只、整个槟榔加工业，还持有阿西尔格尔公共汽车工厂的股份。他们中的许多人都在宫殿里享受人生，一些人因为过于傲慢或身体太过肥胖而无法旅行，已送了一些象征物来代表他们。宫廷里弥漫着浓浓的宗教气氛，当然还有因为下雨而产生的湿气。

艾哈迈德与卡里姆身上的白衬衫在风中翻飞，这两个男孩开心地在堡垒周围跑来跑去，并且因为兴奋而高声尖叫。过了一会儿，他们遇上一群犯人，那些犯人正茫然地看着一把老旧的铜枪。

"在你们之中，谁能获得赦免？"两个孩子问那些犯人。这天晚上是主神的游行之夜，主神会离开宫殿，在众多高官的护送下，行经坐落于市中心的监狱。当主神经过监狱时，为了给予这个文明社会一点激荡，监狱里某一个犯人的罪刑可以获得赦免。然后主神将继续游行，前往一直延伸到欧洲宾馆花园的巨大的马鸟水池。主神会在水池旁再做另一件事，也许是最后一次赐福活动，也许是附带性的祈福活动，然后主神就会进入睡眠状态。因为阿齐兹一家人是穆斯林，对这个游行不甚熟悉，但是参观监狱是众所周知的事情。这些犯人的脸上虽然带着微笑，但眼神看起来相当沮丧。他们彬彬有礼地讨论着获得赦免的机会。事实上，倘不是他们的脚上戴着脚镣，这些犯人看起来与其他老百姓无异。犯人当中有五人因为尚未出庭受审，所以没有机会得到赦免，其他罪刑已定者，每个人都满怀期望。他们不在乎究竟是神明还是邦主赦免他们的罪，因为这两者对他们而言都遥不可及。负责看守这些犯人的狱卒受过教育，好奇地询问阿齐兹关于邦主的健康状况。

"邦主的健康正持续好转中。"阿齐兹回答。然而，事实上，邦主前一天晚上就已经过世了，整夜的哀悼仪式让阿齐兹筋疲力竭。官方刻意隐匿邦主辞世的消息，以免影响庆典的欢乐气氛。印度土医、邦主的秘书以及贴身仆役目前都还守在遗体旁边，阿齐兹的任务则是到公开场合露脸，不让老百姓洞悉邦主已逝的事实。阿齐兹很喜欢这位邦主，接下来的继位者可能不会重用阿齐兹，但是他暂时还没有心思担心这些事，因为他必须负责营造邦主依旧健在的假象，这种假象必须逼真到让他自己也信以为真。孩子们突然又往前奔跑，去追赶一只青蛙。他们打算把青蛙带回家，恶作剧地放在穆罕默德·拉蒂夫的床上。虽然他们家的花园里就有上百只青蛙，但这两个男孩就是非要堡垒这里的青蛙不可。他们看见堡垒下方有两个头戴遮阳帽的男人，便转头告诉阿齐兹。阿齐兹定睛一看，竟是菲尔丁先生和他的内弟。他们才刚抵达马乌不久，竟然没有在欧洲宾馆里休息，反而跑到这个位于陡峭斜坡上的圣人之墓来参观。

"我们用石头丢他们好不好？"卡里姆问阿齐兹。

"还是要用磨成粉状的玻璃倒在他们的遮阳帽上？"

"艾哈迈德，过来！你们不可以那么淘气。"阿齐兹原本举起手来想教训他的大儿子，但随即又改变心意，用手轻轻抚摸艾哈迈德的头。在这个尴尬的时刻，阿齐兹很庆幸两个儿子都陪在他身边，而且两个儿子皆如此勇敢，如此爱他。他告诉他的孩子们，不能伤害那两名英国人，他们是本邦的贵宾。一如往常，阿齐兹的孩子们马上以温和又热情的态度回应他的训示。两位英国访客走进八角形的圣坛，但是马上狂奔而出，一群蜜蜂尾随在他们身后。他们四处乱窜，不停拍打自己的头，逗得阿齐兹的孩子们开怀大笑。突然间，天空降下了倾盆大雨，感觉就像是原本塞住天洞的栓塞被拔开了，因此大量的雨水不断从天而降。阿齐兹原本不打算和他的老朋友打招呼，但是这场突如其来的大雨让他的心情舒坦许多，也让他觉得自己再度充满力量。于是他大声对那两名英国人喊着："嘿！两位先生，你们遇上麻烦了吗？"菲尔丁先生的内弟哀号着表示，自己被一只蜜蜂蜇伤了。

"亲爱的先生，快躺到水里去——这里到处有水洼可以让你躺。不要靠过来……我没有办法控制蜜蜂，它们是这个邦里的蜜蜂，要怪就怪本邦的邦主吧，是邦主没有管教好它们。"阿齐兹知道他们应该不会有真正的危险，因为雨势越来越大，所以这群蜜蜂被迫返回神坛里的蜂巢避雨。他走到那个陌生男子的身旁，替他拔掉几根蜜蜂留在他手腕上的刺。"好了，别那么惊慌失措，请表现得像个男人。"

"阿齐兹，好久不见了，你一切都好吗？我听说你搬到这里定居了。"菲尔丁先生主动开口向阿齐兹打招呼，但口气不是非常友善，"我猜被蜜蜂叮几下应该没有什么大碍吧？"

"不会有事的。我会派人送药膏到欧洲宾馆给你们。我听说你们下榻于欧洲宾馆，是吗？"

"你为什么从来不回信给我？"菲尔丁先生不打算拐弯抹角，因此直截了当地询问阿齐兹。但因为雨势太大了，阿齐兹没有回答他的问题。菲尔丁先生的内弟是头一次到印度来，当雨滴打在他的遮阳帽上时，他吓得失声惊叫，以为蜜蜂又回来攻击他了。菲尔丁先生制止他表现出这种滑稽的丑态，并且以尖锐的口气问阿齐兹："这里有没有捷径可以让我们快速回到马车上？我们不能继续散步了。这种天气就像瘟疫一样可怕。"

"有，捷径在那边。"

"你要不要也跟我们一起下山？"

阿齐兹做出印度人常用的可笑举手礼，但是他的动作没有那么恭敬。这个举手礼的含义是"因为我害怕得发抖，所以只好乖乖服从你"。菲尔丁先生心知肚明。他们一行人沿着一条崎岖小径走回大路——菲尔丁先生与阿齐兹走在前头，菲尔丁先生的内弟跟在他们身后（他还只是个孩子，称不上是个男人），并且用手捂着另一只被蜜蜂蜇伤的手。阿齐兹的孩子走在最后，三个人吵吵闹闹，相当没有礼貌。他们六个人全都被雨淋得湿透。

"阿齐兹，你近来可好？"

"老样子。"

"你在这里的生活过得还顺利吗？"

"您自己的生活又过得如何？"阿齐兹反问。

"现在由谁负责管理欧洲宾馆？"菲尔丁先生原本试着与阿齐兹重拾往日情谊，但是现在终于放弃了，于是又改回公事公办的口吻，显得更为苍老和严肃。

"大概是邦主的私人秘书吧？"

"邦主的私人秘书在什么地方？"

"我不知道。"

"我们抵达之后，一直没有人来接待我们。"

"真的吗？"

"我已经事先写信给宫廷，询问他们方不方便让我来访。他们回复我说没有问题，还替我安排了行程，但是欧洲宾馆里的仆役显然什么都不知道，没有人交代他们任何事。我们没有鸡蛋，而且我太太希望能够搭船出游。"

"欧洲宾馆有两艘小船。"

"没错，但是没有桨。"

"马格斯上校之前来访时把桨都弄断了。"

"四根桨都被他弄断了吗？"

"他是全世界最壮硕的人。"

"如果天气状况允许的话，我们还希望今晚能在船上见识一下这里的火炬游行。"菲尔丁先生又接着表示，"我写了信给戈德博尔教授，但是他没有回信。住在这里的人都不回信吗？"

"或许教育部长根本没收到你寄来的信。"

"你们反对让英国人观赏火炬游行吗？"

"我对这个地方的宗教习惯一无所知，但是我自己一点都不想看这个游行。"

"我们在穆库尔和迪欧拉得到的待遇和这里大不相同，迪欧拉的人非常亲切，当地的邦主与邦主夫人带着我们到处参观。"

"您根本不应该离开穆库尔和迪欧拉。"

"拉尔夫，上车吧——"菲尔丁先生对他的内弟说。他们一行人已经走到马车旁。

"请上车吧！奎斯特德先生，菲尔丁先生。"

"奎斯特德先生是谁？"

"我的发音错了吗？奎斯特德在这里已经是众所周知的姓氏了。这位不是您太太的弟弟吗？"

"你以为我娶谁为妻？"

"我是拉尔夫·摩尔。"那个年轻的男孩子不好意思地羞红了脸。这个时候的雨势又突然变大，落地的雨水溅起水花，在他们脚边形成一片迷蒙。阿齐兹想把刚才说出口的话收回，但是已经来不及了。

"奎斯特德？奎斯特德？你不知道我的妻子是摩尔夫人的女儿吗？"

阿齐兹的脸色一阵青一阵白，他不想听见这些，他痛恨听见有人提及摩尔夫人。

"你是因为对我有所误解，所以才表现得如此冷漠吗？"

"我的态度有什么不对吗？"

"你叫马哈茂德·阿里代替你回复那些荒唐可笑的信给我。"

"我认为，我们现在再多谈这些已经没有意义。"

446

"你怎么会以为我娶了奎斯特德小姐？"菲尔丁先生问阿齐兹。他的语气比刚才友善许多，但是听起来依旧相当苛刻，并且带有奚落的意味。"真是令人难以置信，我起码写了六封信给你，每一封信里都提到了我妻子的名字。你怎么会以为我娶的是奎斯特德小姐？你的误解实在太荒谬了！"从菲尔丁先生提及妻子时的笑容，阿齐兹可以想象史黛拉·摩尔一定是个漂亮的女孩。

"奎斯特德小姐是我和我太太的共同好友，她介绍我和我太太认识……但是你怎么会误以为我娶了奎斯特德小姐？实在让我太惊讶了。阿齐兹，我们接下来必须好好澄清这个误会才行，我猜是马哈茂德·阿里的恶作剧，他明明知道我娶了摩尔小姐，因为他回了一封傲慢无礼的信给我，还在信中称呼我太太为'希斯洛普先生的妹妹'。"

一听见希斯洛普先生的名字，阿齐兹心里的怒火又开始燃烧。"好吧，您娶了希斯洛普先生的妹妹，而这位是希斯洛普先生的弟弟，您是希斯洛普先生的妹夫。再见！"阿齐兹的羞愧化成愤怒，而愤怒让他重拾自尊心。"您和谁结婚都不关我的事！我只希望您在马乌停留的这段时间别来打扰我，因为我不想见您，我不希望你们任何人出现在我的生活中。这是我此生最后的请求。是的，是的，我确实犯了一个可笑的错误，您可以瞧不起我，不要再来理我。我以为您娶了我的仇人，因为我根本没有读您寄来的信。马哈茂德·阿里骗了我。"——阿齐兹说完之后便拍拍双手，他的三个孩子马上跑到他身边——

"我一直认为您从我这里骗走了两万卢比，但是，这一切本来就像是您骗走了我的钱。我愿意原谅马哈茂德·阿里欺骗我，因为我知道他爱我。"阿齐兹说完后沉默了片刻，这时大雨疯狂下着，激烈的程度有如枪炮子弹。然后他又说："从现在开始，我的心只向着我的同胞。"阿齐兹语罢便转身走开，菲尔丁先生跟着阿齐兹，一面走过泥泞，一面向阿齐兹道歉，但也忍不住发笑。菲尔丁先生试图再次以无法反驳的事实，告诉阿齐兹自己娶的人是希斯洛普先生的妹妹，不是希斯洛普的未婚妻。然而此时此刻无论菲尔丁先生说些什么，对阿齐兹而言都没有意义。阿齐兹觉得自己的人生建立在错误上，而且这些错误都已成事实。阿齐兹认为自己如果用乌尔都语来拒绝菲尔丁先生，他的三个孩子也能明白他的心意，于是他说："请不要再跟着我们了。我不管您跟谁结婚，反正我已经不希望与任何英国男性或女性交朋友。"

阿齐兹带着兴奋又愉快的心情回到家。刚才他听见菲尔丁先生提及摩尔夫人的时候，突然感到不舒服也不自在，诸多回忆涌上心头。"埃思米丝·埃思穆尔！……"——阿齐兹在心里默念着，仿佛这么做就能得到摩尔夫人的帮助。摩尔夫人以前对阿齐兹非常友善，但是阿齐兹万万没想到，刚才他懒得多看一眼的年轻人，竟然是摩尔夫人的儿子——拉尔夫·摩尔！拉尔夫与史黛拉，他以前曾经承诺要好好招待这两个孩子，没想到史黛拉竟然嫁给了菲尔丁先生。

第三十六章

　　宫廷里的乐器弹奏声一直未曾停歇。庆祝神明诞生的庆典虽然已经结束，然而欢乐的气氛仍持续着，让人有一种神明尚未现身的错觉，就好比希望已经实现，但人们心中仍继续怀抱希望，认为希望在天上可以再次实现。神明已经诞生，但是游行还没开始——许多信徒认为游行才代表神明诞生。每年到了这一天中午，邦主就会在他的私人寓所里举行美不胜收的表演活动。邦主拥有一支男人与男孩组成的神圣的舞团，这些男人与男孩的职责，就是在邦主面前表演舞蹈，以满足他在宗教信仰方面的冥想。邦主可以舒舒服服地坐着，观赏救世主登上宇宙的三个阶段——这导致了因陀罗的挫败；此外还有表现巨龙之死、大山变成雨伞，以及印度圣人以喜剧的方式在饭前向神明祈祷的表演。舞蹈的高潮是农家女在克利须那面前跳舞，以及克利须那在农家女面前表现更精彩的舞姿。这个时候乐队与悠扬的乐声都必须在身穿深蓝色长袍的舞者之间穿梭，与舞者头上所戴的闪亮金冠融合为一。邦主与宾客会看得入迷，忘了眼前的画面只是舞蹈表演，情不自禁向舞者们敬拜。可惜今年没有安排这项活动，因为邦主过世了。相较于英国人对悲伤的

449

表现，印度人的哀悼方式较为低调，没有过度渲染忧伤的情绪。目前有两个人打算争夺邦主的位置，他们都在宫廷中，并且推断邦主可能已经过世，但都还不敢轻举妄动，因为宗教对印度教徒具有强大的约束力，有时会遏止他们出自本性的突发之举。节庆活动持续进行，信众都表现出狂热又真诚的一面，而且人人发挥互爱的精神，本能地避免任何可能招致他人不便或痛苦的举动。

阿齐兹不理解印度教徒的庆祝方式，一般基督徒也无法领略其中的奥妙。最令阿齐兹感到迷惑的部分，是马乌的居民竟然能够一下子就抛开彼此的猜忌与自私行径。阿齐兹是外来者，不得参加马乌的庆典仪式，但是他仍觉得这些人此刻变得相当迷人可爱。而且正因为阿齐兹是外来之人，他和他的家人都可获得马乌人分享的恩惠与礼物。一整天下来，阿齐兹除了送药到欧洲宾馆之外，没有别的事情可做。他到傍晚才想起送药这件事，只好在家里随便找找止痛药，因为药房已经关门了。他找到一罐属于穆罕默德·拉蒂夫的药膏——由于这种药膏在煎制过程中还施念了咒语，因此穆罕默德·拉蒂夫不肯让阿齐兹带去欧洲宾馆。阿齐兹保证，他一定会在替伤者涂抹患部之后就把药膏带回来。阿齐兹急着想脱身，赶紧骑马把药送往欧洲宾馆。

当阿齐兹经过宫廷时，游行正好即将开始。从宫廷半开的大门，阿齐兹看见信众将大大小小的神像装载至龙头造型的神轿上。他急忙移开视线，因为他不确定自己有没有资格观看这一幕，结果差点与教育部长戈德博尔教授撞个正着。"啊，你会害我迟到！"——戈德博尔教授的意思是，假如非印度教徒触摸他的身体，他就必须重新沐浴净身。这句话其实并没有任何道德上的谴责意味。"对不起。"阿齐兹马上道歉，戈德博尔教授则带着微笑，提起菲尔丁先生的名字。当阿齐兹告诉戈德博尔教授，菲尔丁先生的妻子并非奎斯特德小姐时，戈德博尔教授平心静气地回答："啊，当然不是，他娶的是希斯洛普先生的妹妹。我一年前就知道了。""你怎么没有告诉我？你的沉默害我出尽洋相。"阿齐兹抱怨。向来不会主动分享信息的戈德博尔教授又露出笑容，以略带抗议的口吻说："不要生我的气，我一直尽我所能地帮你，我是你真正的朋友，而且今天是我的神圣庆典。"戈德博尔这种奇怪的态度，总是让阿齐兹觉得自己像个婴儿，一个意外获得玩具的婴儿。于是他也露出微笑，继续骑着马进入一条小巷子，因为前来观赏游行的信徒越来越多，就连清洁工所组成的乐团也来了，他们敲打着筛子以及代表他们职业的器具，宛如一支赢得胜利而凯旋的军队，朝着宫廷大门走去。其他的音乐都安静无声，因为这个时段特别保留给平常被藐视、被厌弃[1]的人。神明必须等到不洁净的清洁工乐团演奏完毕之后，才能够从庙宇里面出来。清洁工虽然是肮脏的，但如果没有他们，信众的精神无法凝聚。接下来的场面非常壮观：宫廷的大门突然敞开，外面的信众可以看见宫

1　被藐视、被厌弃（Despised and Rejected）：引自《圣经·以赛亚书》第五十三章第三节。

廷里的人全都身穿白袍、光着脚，中间的走道上停着一艘神明之舟，方舟上覆盖着金色的布，两侧插着孔雀扇与猩红色的圆形旗帜，舟上装满小型雕像与鲜花。轿夫抬起神明之舟，雨季难得一见的太阳突然露脸，阳光普照大地，宫廷墙面上的黄色老虎画像仿佛就要跃然而出，一团团粉红色与灰色的云朵就像直通天外之天。轿子开始移动……许多只本邦饲养的大象也在巷子里排队成列，等待跟在轿子后方展开游行。为了表示人类的谦卑之意，象背上的轿子不可载人。阿齐兹对这些神圣的事物毫不在意，因为它们与他的宗教信仰无关。他和莫卧儿帝国的巴布尔皇帝一样，个性有一点愤世嫉俗——巴布尔皇帝当年从北部南下，发现印度没有好吃的水果、没有干净的饮水，而且印度人没有智慧，没有值得认识的朋友。

阿齐兹骑马进入的巷子，直接通往城外的丛林与高山。阿齐兹勒住马缰，望见马乌的大水池就在下方，一路延伸至最远处。水池的水面映着晚霞，天空也映着地上庆典点燃的灯火。天空与地面仿佛逐渐接近，最后将在欢欣鼓舞的气氛中彼此相接。阿齐兹朝地面吐了一口口水，他又开始愤世嫉俗，而且这次比以往更加严重，因为在他眼前的环状光芒中，有一个小小的黑点朝他这边靠近——那是欧洲宾馆的小船。那几个英国人一定临时找了东西来代替船桨，因此得以乘船欣赏印度的风光。相较于这幅景象，印度教徒的游行看起来变得可爱多了。阿齐兹回头望向宫廷乳白色的圆顶，由衷希望那些印度教徒能够开开心心地替他们的神明完成庆典游行，起码他们的行为不会毁掉别人的一生。当年在昌迪拉布尔的时候，奎斯特德小姐口口声声表示想要"参观印度"，其实那根本就是一种意图统治印度的形式。那个女人心里对印度完全没有丝毫同情心。船上的英国人望着正准备沿阶梯而下的神轿，开始讨论应把小船划到多近的距离才能看得清楚又不惹麻烦。阿齐兹早就知道他们会有这种反应与心态。

尽管阿齐兹知道住在欧洲宾馆里的英国人已经搭船外出，但他没有因此放弃送药的任务，反正欧洲宾馆里还有仆役看家，他可以把药膏交给仆役，顺便打探一点消息：偷问仆役几个小问题应该无伤大雅。阿齐兹选择从某条阴暗且崎岖的小路前往欧洲宾馆，这条小路会经过皇家墓园。皇家墓园和宫廷一样，都是由苍白如雪的水泥打造而成，墓园内微微透出光亮。随着夜色降临，墓园的灯光变得格外阴森恐怖。崎岖的小径长满高大的树木，狐蝠飞离了树枝，在掠过水池的水面时发出轻响。它们倒挂在树上一整天，想必早就口渴不已。印度夜晚的气氛越来越浓厚：到处都是青蛙、持续燃烧的牛粪，一群迟归的犀鸟飞过天际。犀鸟在薄暮间振翅而过的模样，有如长了翅膀的骷髅。空气中有一股死亡气息，但是没有悲伤，仿佛命运和欲望早已做了妥协，人们的心只能默默顺从这一切。

欧洲宾馆坐落于水面之上两百英尺，矗立在丛林外的山脊上，那山脊上满是岩石与树木。当阿齐兹抵达欧洲宾馆时，下方的水面看起来有如一片紫灰色的薄膜，而那艘小船已经不见踪影。一名警卫在欧洲宾馆的警卫室打瞌睡，虽然宾馆里面没有人在，但是依然灯火通明。阿齐兹从一个房间走到另一个房间，一方面出于好奇心，另一方面则是心怀恶意。钢琴上放了两封信，他拿起那两封信，快速地阅读完毕。他不觉得自己的行为可耻，因为印度人从来不认为偷看别人的信件是侵犯隐私的坏事。再说，麦克布莱德先生之前也曾把他所有的信件拿走，并且散布书信的内容。在这两封信当中，有一封的内容比较有趣——是希斯洛普先生写给菲尔丁先生的信——这封信让他看清菲尔丁先生的想法，也加深他对这个昔日友人的仇视。信中的内容有一大部分是关于拉尔夫·摩尔，这个年轻人显然相当愚蠢。"请在你方便的时候将这封信转交给我弟弟。我写这封信给你，因为我知道我弟弟肯定会不守规矩。"然后希斯洛普先生又写道："我相当同意——人生苦短，无须把痛苦哀伤看得那么重。我很高兴你如今在某种程度上也同意压迫印度人是正确的决定，我们需要更多人的支持。希望下次史黛拉来找我的时候，你也能够与她同行。我虽然是个单身汉，但是我一定会好好招待你们——我们早就应该聚一聚了。我母亲过世之后，我妹妹与你结婚，当时我因为情绪低落，表现出来的态度相当糟糕，但现在应该是我们握手言欢的时候了。如你所言——我们双方都有不对的地方。你如此贤明，我很替你的后代子孙开心。下回如果你们写信给阿黛拉，请代替我向她致意，因为我也想与她化解过去的不愉快。你们现在不在英属印度的土地上，实在非常幸运，因为这里的麻烦事一件接着一件发生，而且由于舆论形成的压力，英国人根本无法插手干预。

在这个地方住得越久，越觉得所有的事情都彼此相关。我个人认为，印度人全都是狡猾的家伙。"

那个可恶的红鼻年轻人！远处的水面上隐约传来声响，让阿齐兹稍稍分心了一下。游行已经开始了。第二封是奎斯特德小姐写给菲尔丁夫人的信，信中也有一两件有趣的事。奎斯特德小姐表示希望拉尔夫在印度旅游期间可以玩得尽兴，起码一定要比她当初开心。而且奎斯特德小姐显然还给了拉尔夫一些钱作为旅费——"那些钱是我的一点小心意，是我这辈子永远还不清的债。"奎斯特德小姐认为自己在印度欠了什么债吗？阿齐兹不太明白奎斯特德小姐的意思。奎斯特德小姐接着又关心起拉尔夫的身体健康状况。这封信中不断提及史黛拉和拉尔夫，有时也提到菲尔丁先生与希斯洛普先生的名字，态度显得既友善又理智。阿齐兹没有办法表现出这种宽大的胸怀，或许只有在自由国度成长的女性，谈吐才能如此泰然自若，这点让阿齐兹感到相当嫉妒。奎斯特德小姐、菲尔丁先生、希斯洛普先生、史黛拉与拉尔夫这五个人似乎努力化解他们之间的小误会，以便凝聚彼此的向心力，然后再一起对抗外敌。就连希斯洛普先生也愿意放下身段，加入大和解的阵容，难怪英国人的力量如此强大。这让阿齐兹突然怒火中烧，忍不住用力捶打钢琴的琴键。三个琴键同时发出琴音，混合成一种惊人的噪音。

"噢，噢，是谁在那边？"突然有个紧张但有礼貌的声音从阿齐兹身后传来。阿齐兹以前听到过这个声音，但是一时之间想不起来是在哪里。一个身影从隔壁阴暗的房间走来，于是阿齐兹连忙回答："我是本邦的医生，我来探望一位受伤的英国男孩。"他顺手将那两封信塞进自己的口袋，并且为了假装自己走进欧洲宾馆的心态纯良，故作自然地随意按着琴键。

走过来的人是拉尔夫·摩尔。

阿齐兹觉得拉尔夫这个年轻人长得很奇怪：个子很高，外表看起来比实际年龄成熟，大大的蓝色双眸透露出焦虑，而且一头乱发显然疏于整理。他的模样和平常那种体面的英国人相当不同。站在医生的立场，阿齐兹认为这可能与他母亲是高龄产妇有关。但如果站在诗人的角度，他倒觉得这个年轻人长得很好看。

"因为我忙着工作，所以没有办法提早送药过来。你被蜜蜂叮伤的患部，现在情况还好吗？"阿齐兹以一种高高在上的口吻问拉尔夫。

"我——我刚才在休息，因为他们认为我最好多休息。他们很担心我的伤口。"

拉尔夫·摩尔有点羞怯。他显然是初次来到印度，还在适应环境，所以带着一种不开心的复杂情绪。阿齐兹以威吓的口吻说："过来我这边，让我替你检查伤口。"因为这里只有他们两个人，所以他可以像卡伦德少校虐待努尔丁的方式，粗暴地替拉尔夫看诊。

"你今天早上说——"

"就算是最优秀的医生也可能判断错误。请你过来这里，让我在灯光下替你检查，我没有多少时间可以浪费。"

"哎哟——"

"怎么了？你在祷告吗？"

"你的动作太粗鲁了。"

阿齐兹开始替拉尔夫检查伤口。这个与众不同的年轻人说得没错，他刚才的动作确实粗暴了一点。阿齐兹把双手放到背后，怒道："我的动作粗不粗鲁，跟你有什么关系？你的话太奇怪了。我是一个有执照的正牌医生，我不可能伤害你。"

"我不怕痛。你只是动作粗鲁，没有弄痛我。"

"我没有弄痛你？"

"我并不觉得很痛。"

"如果你的伤口不痛，那可真是个好消息。"阿齐兹轻蔑地说。

"但是你看诊的动作这么粗鲁，对病患来说很残忍。"

阿齐兹沉默了一会儿，才说："我带了一些药膏来给你，如果你这么容易大惊小怪，我不知道如何替你敷药。"

"请你把药膏留下来，我自己敷药即可。"

"没办法，我必须把药膏带回医院的药房。"阿齐兹说完之后就将身子往前倾，桌子另一头的拉尔夫见状立刻往后退。

"你到底要不要我替你治疗？还是你希望找个英国医生来替你诊治？阿西尔格尔那边有一个英国医生，但是阿西尔格尔距离这里大约四十英里远，而且林纳德水坝已经溃堤。你明白自己的处境了吗？或许我应该找菲尔丁先生谈一谈你的情况，我觉得你现在的行为举止实在非常荒谬。""他们搭船出去了。"

拉尔夫回答，并且环顾四周，仿佛希望有人能够出来帮帮他。

阿齐兹装出一脸惊讶的表情。"我希望他们不是往马乌的方向去。因为今天晚上的庆典活动，外面所有的人几乎都陷入疯狂。"似乎是为了证实他的话，一阵抽泣声传来，仿佛一个巨人张开了嘴唇。此刻外面的游行队伍已经接近监狱。

"你不应该这样对待我们。"拉尔夫说。

阿齐兹闻言收敛了一些。拉尔夫的口气虽然还是有一点胆怯，但是气势很强。

"我对你们做了什么？"

"阿齐兹医生，我们又没有伤害你。"

"啊哈！原来你知道我的名字。是的，我是阿齐兹。你说得没错，你们的好朋友奎斯特德小姐在马拉巴岩洞确实没有伤害我。"

这时本邦的礼炮礼枪全都一齐对空发射，隆隆声响掩盖了阿齐兹最后那句话。从监狱花园发射的烟火，是犯人获得释放的信号。被释放的犯人开心地亲吻献唱乐团团员们的脚，家家户户也纷纷撒出玫瑰花瓣，并且把神圣的香料和椰子端放在屋前……这个时候游行仪式已经进行了一半，神明的力量仿佛扩张了庙宇的范围，并且愉快地在此停下。当游行队伍经过欧洲宾馆前方时，信众们谈论救赎的说话声飘进宾馆内，但是吵闹的声音混杂在一起，反而让人感到困惑。阿齐兹与拉尔夫受了一点惊吓，两人一同走到阳台，随即因为游行队伍发出的光芒而心醉神迷。堡垒上的铜制礼炮礼枪持续发射着，在闪烁的光影下，欧洲宾馆仿佛也跟着舞动起来，就连宫廷也像准备展翅高飞。位于下方的水池，以及位于高处的山脉与天空，目前似乎还没有参与这场盛会，这些地方只被微弱的灯火照亮，信众的歌声也只能隐约传到这些形体不明的远方。为了让赞美神明的歌声更加朗朗上口，歌词一再重复，献唱的乐团团员不断颂唱神明的名字。

> 拉妲克利须那[1]，拉妲克利须那，拉妲克利须那，拉妲克利须那，克利须那拉妲，拉妲克利须那，拉妲克利须那，拉妲克利须那……

信众们的歌声把欧洲宾馆的警卫吵醒了，那警卫原本把头倚在铁矛上打瞌睡。

"我该回去了。晚安。"阿齐兹对拉尔夫说，并且伸出手与拉尔夫握手，完全忘了他们两人不是朋友。阿齐兹的心思已经飘向马拉巴岩洞事件发生之前的种种过往——那些美好的往事。拉尔夫握住阿齐兹的手时，阿齐兹才突然记起英国人的可憎之处。于是他又漠然地问拉尔夫："你现在还觉得我对你们的态度不够友善吗？"

"不觉得。"

"你真是一个奇怪的孩子，为什么你又不觉得了？"

1　拉妲克利须那（Radhakrishna）：拉妲是女神的名字，克利须那是神的名字。

"一点都不奇怪。别人的态度友善或不友善，我可以马上分辨出来。"

"你可以判别一个刚认识的陌生人是不是你的朋友吗？"

"可以。"

"那么你应该是个东方人吧？"阿齐兹一面说，一面松开拉尔夫的手。阿齐兹不自觉地抖了一下，因为他还记得自己曾在清真寺对摩尔夫人说过相同的话。就是因为那次的相遇，才会有后来发生的这一切。不过，经过这么多磨难之后，他觉得自己终于逃脱了那些可怕的情感纠缠，重新获得自由。他绝对不要再与英国人交朋友了。他一切的苦难都来自清真寺与马拉巴岩洞，所有的一切都是清真寺与马拉巴岩洞造成的。但是阿齐兹又要让旧事重演了：他把穆罕默德·拉蒂夫的神奇药膏交到拉尔夫手中。"你收下吧，擦药的时候记得想起我，这个药膏我就不带回去了。因为你是摩尔夫人的儿子，我应该送礼物给你，但是现在我手边只有这个东西。"

"是的，我是她的儿子。"拉尔夫小声地回答。

原本隐藏在阿齐兹心中的情绪，这时突然全部涌现出来。

"但你也是希斯洛普先生的弟弟，可惜。所以印度人与英国人终究没有办法成为朋友。"

"我明白。印度人现在还没有办法与英国人成为朋友。"

"你母亲曾经向你提过我吗？"

"是的。"拉尔夫的语气突然变得不太一样，就连身体的姿态也不同了，然而阿齐兹不明白其中的原因。"她在信里面提过，在信里面提过。我母亲很喜欢你。"

"嗯，你母亲是我在这个世界上最好的朋友。"阿齐兹说完之后又沉默了一会儿，因为他不明白为什么自己忽然满心感激。一生仁慈的摩尔夫人，现在还能为阿齐兹做些什么？然而他仔细想想，摩尔夫人根本什么都没做。当初摩尔夫人没有站出来为他辩白，也没有到监狱探望他，但是她在他心中仍然占有最重要的位置，他永远喜欢摩尔夫人这位好朋友。

"现在是印度的雨季，是印度一年当中最好的季节。"阿齐兹说。外面的游行灯火投射出光亮，映照在随风飘动的窗帘上，看起来有如刺绣图案。"我真希望你母亲也能体验一下印度的雨季，因为我们在这个季节都会特别开心，无论男女老少。现在外面那些人正以吵闹的噪音表达心中的喜悦，虽然我们不懂他们为什么要这么做。水池里已经蓄满了水，所以人们高兴地狂舞，印度就是这个样子。我多么希望你和那些英国官员没有任何瓜葛，这么一来我就可以带你去参观我的国家。无奈事与愿违。但或许我可以带你去搭船，利用短短的三十分钟左右，看看外面的游行。"

阿齐兹与英国人的感情纠缠是否又要重新上演了？他的心此刻如此充实，已经来不及回头了。他现在必须偷偷溜进暗夜中，向摩尔夫人的儿子表达他的心意。他知道船桨藏在什么地方——那些船桨被印度人刻意藏匿起来，以免住在欧洲宾馆的客人自行划船外出。阿齐兹把另外一套船桨也一起带出门，因为他们可能在河上遇见菲尔丁夫妇搭乘的另一艘船。菲尔丁夫妇以长杆代替船桨出游，这么做可能会遇上麻烦，因为河面上已经开始起风。阿齐兹和拉尔夫上船之后，阿齐兹的心情突然变得非常轻松。他这个人总是这样，只要做出一个善意的举动，就会接二连三地继续做下去。不到一会儿的时间，阿齐兹的热情就像滔滔江水一般，不断涌泻而出。他开始尽地主之谊，为拉尔夫介绍马乌的一切，并且假装自己非常了解这场疯狂的游行。随着游行仪式的进行，信众点亮的灯火越来越多，发出的声音也越来越嘈杂。阿齐兹不太需要划动船桨，因为凉爽的强风正把他们吹往目的地的方向。水底的枯枝轻轻搔过船底。他们在途中经过一座小岛，惊动原本停歇在小岛上的白鹤。小船行驶在八月才能短暂出现的洪水上，让人误以为这样的水势会永远存在。

这艘小船没有舵，拉尔夫沉默地缩在船尾，手里拿着另一套船桨，没有追问阿齐兹任何问题。

天空中闪现一道光芒，紧接着又有另一道光芒，在原本乏味无趣的天际，划出小小的红色亮痕。

"那个人是邦主吗？"拉尔夫突然问阿齐兹。

"什么——你说什么？"

"你把船划回去看就知道。"

"可是根本没有什么邦主——明明什么都没有啊——"

"你把船往回划，就能看见我说的邦主。"

风势越来越强，阿齐兹发现要把船划回去相当困难，但他还是定睛在欧洲宾馆发出的小亮光，然后用力划动几下。

"你看那边……"

在一片黑暗中，一位邦主穿着闪闪发亮的华服，静坐在一个伞盖下方……

"我没有办法告诉你那是什么东西。"阿齐兹小声地说，"因为邦主其实已经过世了。我想我们应该马上回欧洲宾馆去。"

他们就在皇家墓园附近，因此可以穿过树林看见埋葬邦主之父的圆亭陵墓。或许拉尔夫看见的是邦主父亲的雕像。阿齐兹以前就听说过那尊雕像——那尊雕像非常逼真，而且造价不菲——虽然他经常在这里划船，可是从来没有亲眼见过，因为人们只能从特定角度看见过那尊雕像。在拉尔夫的指引下，阿齐兹才划到能够瞥见邦主之父雕像的位置。但是阿齐兹随即又匆匆忙忙地把小船划开，因为他突然觉得拉尔夫反而成了向导，不像是客人。阿齐兹问拉尔夫："我们是不是应该回去了？"

"但是我还没有看清楚这场游行啊。"

"我觉得我们最好不要太靠近游行队伍——因为他们有一些奇怪的习俗与禁忌，对你也许会有不好的影响。"

"只要再靠近一点点就好。"

阿齐兹最后还是顺着拉尔夫的意思，因为他心里记得拉尔夫是摩尔夫人的儿子。阿齐兹这时才发现，自己的心早已在不知不觉中向着拉尔夫。"拉妲克利须那，拉妲克利须那，拉妲克利须那，拉妲克利须那，克利须那拉妲。"颂赞的歌声持续传来，但是在歌声的间歇中，阿齐兹觉得自己仿佛听见他在昌

463

迪拉布尔受审时的呼救声。

"摩尔先生，请你不要告诉任何人关于邦主已经过世的消息，这件事目前为止仍须保密，我刚才不应该告诉你，因为我们决定等庆典结束之后再公布这件伤心事，以免破坏原本的欢乐气氛。你希望我们朝着游行队伍靠近一些吗？"

"是的。"

灯火所发出的光亮已经开始照亮河岸另一头，阿齐兹尽量让小船避开游行发出的光照。信徒们持续发射烟火与礼炮礼枪。突然之间，克利须那的轿子竟然从一面残破的砖墙后方出现，并沿着被灯火照亮的台阶往下走到河边。在神轿两旁颂唱的信徒，也跟着跌跌撞撞地走下台阶。其中一位女子特别醒目，因为这位年轻女圣徒的外表狂野美丽，头发上插满了鲜花。她不停赞美神明，但是没有具体赞美神明的特定属性——因为她非常了解神明。其他人在赞美神明时，虽然也没有具体赞美神明的特定属性，但是都把神明想象成身体的某种器官，或是天空的某种表征。

信徒们快步冲到河岸边，站立在波动的河水中。圣餐也已经准备妥当，想吃的人就可以去品尝。戈德博尔教授发现了阿齐兹和拉尔夫搭乘的小船，他们的船正顺着强风而行。戈德博尔教授朝着他们挥手，但阿齐兹不知道这一举动究竟出于愤怒还是欣喜。河岸上伫立着马乌的世俗权力象征——大象、大炮、人群——而在这些之上，则是正逐渐形成的暴风雨，但目前影响的范围还仅限于天空最上层。一阵阵强风袭来，在黑暗中夹带着闪光；大雨也开始落下，先来自北边，停了一会儿之后，又自南边而来，从低空降下。献唱的信众就这样与风雨搏斗，他们的歌声在风雨中听起来相当可怕。狂风暴雨似乎准备把神明打落神轿，让神明随风而去。神明是不容摔落的，然而狂风暴雨每年都来作怪——小型的冈帕帝[1]神像、装着生长才十天的谷物的篮子、穆哈兰姆月节的小祭品、替罪羊、谷壳、道路的象征物，都落入暴雨中。这趟游行并不好走，起码在此刻并不好走，在这个地方不好走，没有人明白为什么会遇上这样的天气，只知道一切都变得不容易。即将被风雨打落的神明，就是万事皆难以理解的表象。

放置在圣盘上的戈库尔村模型再度现身。它是银质神像的替身，神像永不离开鲜花笼罩的神坛。这个模型将代替神像被毁灭。一名侍从将戈库尔村模型捧在手中，然后扯去模型上的蓝白双色饰带。这名侍从全身上下一丝不挂，他的肩膀宽阔、腰部窄细，展现出印度人当中最优异的体格。而他的职责，是关闭救赎之门。他走进阴暗的水中，将圣盘推至身体前方，任凭模型里的人偶从椅子上滑落，在雨水冲刷下化成一坨泥巴。甘沙王人偶与主神父母的人偶混合为一，变成小而坚硬的黑色泥块。突然有一道水波涌来，远方传来一声英国人的呐喊："小心！"两艘小船相撞了。

小船上的四个人都伸出双手，试图在撞击的摇晃中抓紧

---

1 冈帕帝（Ganpati）：身材肥胖的象头神，主司学习，并为人们带来成功。

船身。那两艘小船的船身分别有船桨与长杆突出其外，看起来宛如神话中的怪物在旋风中打转。印度教的信徒们见状纷纷发出吼叫，不知道是因为生气还是觉得好笑。小船上的四个人无助地朝着站在水中的侍从漂去，但是那名侍从站在原处动也不动，俊美黝黑的脸庞上没有任何表情。当他手中模型里的最后一块泥巴被雨水淋化时，载着那四人的两艘小船撞上了圣盘。

虽然只是轻微而且短暂的撞击，但是坐在最前方的史黛拉先跌入菲尔丁先生的怀中，然后又往前飞扑在阿齐兹的身上。因为史黛拉的缘故，两艘小船都翻覆了，船上的四人落入温暖的浅水中，引来印度教信众如雷贯耳的喧嚣声。船桨、圣盘、罗尼与阿黛拉所写的信，全部散落在水面上。礼炮持续响着，鼓声不停传来，大象也开始怒吼。然而，一声突如其来的巨大雷鸣，掩盖了所有的声音。没有伴随闪电的隆隆雷鸣就像大木槌敲打在圆形屋顶上的巨响，声音非常惊人。

这一刻对印度教的信徒而言，可谓最高潮的时刻。雨水把所有人和所有东西都淋得湿透，神轿上的金布以及价值昂贵的圆形旗帜也因此全毁。有些火炬熄灭了，烟火无法点燃，颂赞的歌声越来越弱。圣盘被传回戈德博尔教授手中，他拿起盘子上残留的一块黏土，不经由特别仪式就直接随意涂抹在自己的额头上。任何可能发生的事情都发生了。当那些意外闯入游行的英国人上岸之后，印度教的信众们就各自散开，三两成群地走回镇上，神像也被送回宫廷。隔天，神明会有一次死亡的经历，信众届时会将红色与绿色的帷幕挂在神坛前，颂赞的歌声持续得更久……这些宗教仪式简直是乱七八糟……但还是有些信徒不甚满意，也有人觉得过程平淡无奇，各种不同的情绪纠结在一起……"神就是爱。"如果人们回头想想过去二十四小时所发生的种种——那场伟大但令人印象模糊的庆典，恐怕没有人能清楚说出庆典的核心精神是什么，就像没有人知道云的心究竟在什么地方。

第三十七章

　　阿齐兹与菲尔丁先生重修旧好，但是他们心里都很清楚，将来不可能再和对方见面，于是两人决定同游马乌丛林，当成最后一次与老朋友旅行的纪念。洪水大部分已经退去，邦主的死讯也已经公布，依照社交礼仪，住在欧洲宾馆的客人必须在隔天一早离开。菲尔丁先生这次到马乌拜访，不仅在观赏游行庆典时落水，又遇上邦主过世，可谓诸事不顺。菲尔丁先生在这趟旅行中几乎没有机会与戈德博尔教授碰面——以前戈德博尔教授一天到晚说要带菲尔丁先生去参观英王乔治五世中学，这也正是菲尔丁先生此次拜访马乌的主要目的。然而等菲尔丁先生真的来到马乌，戈德博尔教授却以各式各样的理由避不见面。这天下午，阿齐兹才说出戈德博尔教授无法带菲尔丁先生参观英王乔治五世中学的真实原因——那所学校已经被改建为谷仓，但是担任教育部长的戈德博尔教授不好意思向他的老长官菲尔丁先生坦承这个事实。毕竟政府去年才刚成立英王乔治五世中学，报纸上的相关报道都还让人记忆犹新。阿齐兹有个愿望：他希望在这所学校被世人完全遗忘之前，设法让它重新开办，并趁着原本的学生长大成人之前，把他们全部带回学校

468

上课。菲尔丁先生不看好这个主意，他认为阿齐兹到最后只会白忙一场。现在的菲尔丁先生不像从前那么随心所欲，但是他仍然致力于教育推广的工作，因为他的收入以及家人的生活全都靠他教书。菲尔丁先生知道大部分的印度人都认为接受教育不能为他们带来实质上的益处，此刻听阿齐兹告知学校被废的事实，更感到无比惋惜，于是他开始抱怨印度的种种政策，阿齐兹只好忙着安抚他的情绪。这两个老朋友的大和解相当成功。在经历可笑的翻船事件之后，他们之间已经没有任何荒谬的误会，也没有不愉快的心结。菲尔丁先生与阿齐兹开心地畅谈从前的种种往事，仿佛一切都不曾改变。他们骑马经过树林与巨大的石堆，来到一片洒满阳光的开阔平原，眼前有绿草如茵的斜坡与色彩鲜艳的蝴蝶，还有一条眼镜蛇慵懒地爬过他们面前，最后消失在释迦树丛里。天空中有白色的云朵，地面上有白色的水池，远方的山脉则呈现一片淡紫色。这里的风景宛如英国的公园，但也让人产生一种奇怪的感觉。菲尔丁先生与阿齐兹勒住马缰，以免打扰眼镜蛇通行。阿齐兹拿出一封他写给奎斯特德小姐的信，一封他用来表达善意的信。他想为两年前发生的那件事感谢奎斯特德小姐，因为他终于想通，一直被他仇视的奎斯特德小姐，当年其实没有做错任何事。"我和你们这些朋友一起跌落水中时，突然想到了奎斯特德小姐。我觉得她其实非常勇敢，所以我打算把这样的想法告诉她，虽然我的英文表达能力不够好，但是我尽量写出心中最真实的感受。另外，多亏有您帮忙，我才能摆脱牢狱之灾，在这儿与我的孩子们一起生活。我相信您是真的对我好，我应该叫我的孩子向您表达最深的谢意与敬意。"阿齐兹对菲尔丁先生说。

"我相信奎斯特德小姐收到这封信之后一定会很开心。我很高兴你终于明白她当时需要鼓起多大的勇气，才能站出来说明真相。"

"我希望自己能够多做善事，永远不要再想起马拉巴岩洞发生的一切。我真的太鲁莽了，竟然误会您到马乌来的目的，是为了拿走我的钱，简直就和当年在马拉巴岩洞发生的那场错误一样荒谬。"

"阿齐兹，我希望你能和我的妻子聊一聊。她也觉得大家应该完全忘掉马拉巴岩洞那件事。"菲尔丁先生表示。

"她为什么这么认为？"

"我也不知道。或许她会亲自告诉你吧。她没有向我多做解释。我的妻子经常有一些我不明白的想法——我说真的！每当我独处的时候，我都觉得她那些想法非常可笑；但是当我和她在一起时，也许因为我太爱她了，所以我又会产生不同的感受，毕竟爱情使人盲目。她喜欢凡事追根究底，但你、我和奎斯特德小姐并非如此，我们只想好好过日子。不过，你又超越我和奎斯特德小姐一步——你是一个受人赞赏的家伙。总之，我妻子的心思与我们不一样。"

"您这番话有言外之意吗？您认为史黛拉对您不忠？您这么说让我感到相当担心。"

菲尔丁先生沉默了一会儿。其实他并不满意自己的婚姻生活，不过他现在又产生热情了——在走完他的中年岁月之前，他准备尽情燃烧最后一回。菲尔丁先生知道他妻子对他的爱远不如他对她的爱，其实他也不喜欢自己一直痴缠妻子的行为。然而来到马乌之后，情况变得不同了，菲尔丁先生与史黛拉之间的互动又变得不错——这对于修复夫妻关系有莫大的助益。如果从神学的角度来看，也可以说他们的婚姻已经受到神明的祝福。因此菲尔丁先生肯定地告诉阿齐兹，史黛拉对他非常忠实，而且越来越忠实。为了解释这件连自己也不太清楚该如何说明的事，菲尔丁先生模糊地补充表示：每个人的看法都不相同。"如果你不想和史黛拉聊聊马拉巴岩洞的事，要不要对拉尔夫说呢？他是一个聪明的孩子，虽然对于某些隐喻，拉尔夫的理解能力不像史黛拉那么敏锐，但是史黛拉通晓的事情，拉尔夫也都明白。"

"麻烦您转告拉尔夫，我没有话要对他说，但他确实是一个聪明的孩子，我愿意永远当他的印度朋友。我很感激他，因为是他帮助我们两人重建友谊，让我们有机会好好互道珍重。我们确实应该道别了，虽然一想到我们即将告别，气氛可能会令我们黯然神伤，破坏了我们这趟出游的兴致。"

"不会的，我们不要去想这件伤心事。"菲尔丁先生心里也认为，这将是他们两人最后一次自由自在地交谈。虽然他们之间的那些愚蠢误会都已经解释清楚，但由于双方的身份地位不同，两人恐怕很难再有机会聚首。菲尔丁先生已经娶了一个英国女孩，并且正式与英属印度切割，在生活方面开始有诸多限制。每当他回想起自己以前潇洒率性的英雄行径，也不免暗暗吃惊。如果今天他遇上一个官司缠身的印度人，他还会为了力挺这个印度人而对抗自己的同胞吗？与阿齐兹为友的那段过往，是他一生的纪念，也是一项战利品。虽然他和阿齐兹都以彼此的友谊为傲，不过这两个老朋友终究必须分开。

现在是他们两人共处的最后时光，为了让这个下午留下美好回忆，菲尔丁先生聊起他最亲爱的妻子。他说："我太太认为马乌是一个好地方，因为这里让她的心情平静下来——之前她和拉尔夫饱尝动荡之苦，她认为这个地方可以抚慰她的心灵，并且解决她所有的疑难杂症。"菲尔丁先生与阿齐兹两人又沉默了一会儿，聆听潺潺流水发出有如亲吻的声音。然后菲尔丁先生又问阿齐兹："你了解神明克利须那的庆生祭典吗？"

"亲爱的朋友，这个祭典的正式名称是'戈库尔庆典'，所有的官员可以因此放假一天。但这个祭典与我们的友谊有什么关系吗？"

"我知道克利须那是在戈库尔村出生的——嗯，应该是在戈库尔村出生的吧？反正戈库尔村和另外一个村子，两者就像耶稣诞生地伯利恒与耶稣成长地拿撒勒，两个地方的村民都认为自己的村子才是克利须那的出生地，而另一处则是他的成长地。我希望能进一步了解这个祭典的精神——如果在祭典背后有所谓的精神含义。"菲尔丁先生表示。

"您找我讨论印度教徒的庆典，根本没有任何意义，因为我虽然与他们共同生活，却没有从他们身上学到任何事物。有些事情我以为不会打扰到印度教徒，但其实已经造成他们的困扰；有些事情我以为会让印度教徒不高兴，但结果他们一点都不在意。或许他们会因为我不小心撞倒他们的模型屋而解雇我，但也许他们会因此给我双倍的薪资。一切就等时间来告诉我结果。您为什么对印度教徒如此好奇？"

"我也说不上来。我从来不了解印度教徒，也不喜欢他们，顶多偶尔从戈德博尔教授那里听闻一些关于他们的事。戈德博尔教授这个老家伙是否仍经常把'来！来！'挂在嘴边？"

"噢，我想大概是吧。"

菲尔丁先生轻叹了一口气。他张开嘴巴，然后又闭上，最后半带着笑容说："我真的没有办法解释我的感觉，因为这是一种文字无法形容的感受。我不知道为什么我太太和她弟弟非常喜欢印度教，但是他们明明对印度教的仪式完全不感兴趣。他们不肯告诉我原因，因为他们知道我认为他们某些行为相当怪异，所以不好意思与我分享他们的想法。这也是我希望你找他们聊一聊的理由，毕竟你是印度人。"

阿齐兹不想回应菲尔丁先生，他也不想再见到史黛拉和拉尔夫，而且他知道这两个人同样不希望再见到他。阿齐兹对他们的秘密完全不感兴趣，并认为菲尔丁先生提出这样的要求相当不得体。这时阿齐兹突然听见某种声音——他不是看见某个东西，而是听见某种声音——这个声音促使他拿出写给奎斯特德小姐的那封信，重新阅读一次。他不是说自己有事情想要告诉她吗？于是他拿出笔，在信上补了一句："从今以后，在我的心中，我会把你的名字与神圣的摩尔夫人放在相同位置。"阿齐兹写完之后，原本美丽的风景突然有了变化，草原上的蝴蝶往四处飞散而去。他又想起一首关于麦加的诗——《和谐的天房》——描述的是一群朝圣者如愿见到圣人，然后便死在荆棘丛里。然后他想到他的妻子，以及最近身边发生的诸事——让他人生大逆转的种种。他觉得这一切既可诉诸感官的认知，也可诉诸神秘的宗教，非常切合他崇尚的精神生活。最后这些全都天崩地裂，被安静收藏起来。

最后阿齐兹终于从思绪中回过神，发现自己正和亲爱的友人菲尔丁先生一起在丛林里骑马。

"噢，别再说这些事了。"阿齐兹表示，"别让这些愚蠢的问题毁了我们最后相处的时光。我们别管克利须那了，多聊一些有意义的事情吧。"

于是，在返回马乌的路上，他们两人不断讨论着政治问题。自从离开昌迪拉布尔之后，阿齐兹与菲尔丁先生的个性都变得更加坚强，而且事实证明，这趟小旅行对他们双方而言都非常愉快。虽然他们即将分离，但是他们信任彼此——或许正因为他们即将分离，所以才能彼此信任。菲尔丁先生表示："就长远的角度而言，礼貌并没有任何用处。"他的意思是，不能因为大英帝国表现得太过粗暴无礼，印度人就主张把英国人全部赶走。但是阿齐兹反驳他的意见，说："很好，但印度人对英国人而言没有任何用处。"并且以一种貌似憎恶的眼神瞪着菲尔丁先生。然后菲尔丁先生又说："如果没有英国人，印度人就会马上衰败。你看看英王乔治五世中学，你看看你自己！你忘了医学的专业，反而回归迷信。你看看你写的诗！"——"我写的诗很好。我即将在孟买出版诗集。"——"恭喜你，但请问你的诗集里都是什么样的诗？你认为印度的女性应该获得解放，如此一来印度才能获得解放。你为什么不先以身作则呢？你可以先解放你的妻子，看看谁来替艾哈迈德、卡里姆与贾米拉洗脸，那将会是很有趣的情况。"

阿齐兹突然激动起来，踩着马镫挺立身子，并且拉拉马头，希望马儿能够用后腿站立，因为这样能让他觉得自己置身于战场。他大声地说："你们这些英国人快滚回去吧！无论是特顿或是柏顿，全部都给我滚。我们十年前还想去理解你们——可惜现在已经太晚。我们之所以愿意与你们见面、出席你们的委员会，全都只是基于政治考量，请不要以为我们喜欢你们。"阿齐兹的马乖乖地以后腿站立起来。"滚开、滚开，我叫你们滚开！为什么我们要一直受你们折磨？以前我们怨恨你们，但现在我们责备自己，因为我们已经学聪明了。我们会一直保持沉默，直到英国在下一场欧洲战争中陷入困境——啊哈，啊哈！到时候，就是我们抬头的时机了。"阿齐兹停顿了一会儿。虽然周遭的风景美好得像在微笑，但是感觉又像一块沉重的墓碑，无情地压迫着印度人的希望。他们骑马经过一间祭祀神猴哈奴曼的庙宇——神爱世人，因此化身为猴。[1] 然后

1　哈奴曼（Hanuman）：印度猴神。作者福斯特在1912年10月28日的印度日记中写道：印度庙宇里经常可见低着头的猴子雕饰物。"神爱世人"摘自《圣经·约翰福音》第三章第十六节。

他们又经过祭祀湿婆的庙宇，这座庙宇令人心生色欲，但是在其永恒不变的外表下，它所呈现的淫秽与人类的血肉之躯并无关联。马儿从蝴蝶与青蛙身旁穿过；灌木丛间耸立着高大的树木，其叶片大如餐盘。日常生活的点点滴滴再次浮现于他们脑海中，寺庙此时差不多要关闭了。

"你希望谁来取代英国人？日本人吗？"菲尔丁先生嘲弄般地问，并且拉住缰绳。

"不，我希望是阿富汗人，因为他们是我的祖先。"

"噢，但是你的印度朋友们喜欢被阿富汗人统治吗？他们恐怕不会喜欢吧？"

"这点我们可以慢慢沟通——由我们东方人自己开会协调。"

"我相信你们一定会好好沟通。"

"有一个老掉牙的故事，内容是'印度人喜欢抢劫男人、强暴女人，一路从白沙瓦到加尔各答做尽坏事。'我猜你们英国人一定是叫某些无名小卒到处宣传这个故事，并且每星期都在《先锋报》刊登这样的内容，以便吓唬这里的居民，让他们恳求你留下来维持治安。你知道我在说什么。"其实阿齐兹与住在马乌的阿富汗人根本合不来。他突然发现自己的坐骑走到了绝境，于是赶紧拉住马儿，让马儿再度以后腿站立，并且维持着这样的姿势，直到他突然想起自己也该拥有属于自己的祖国，于是他大声地说："印度应该成为一个独立的国家，这片土地不应该由任何外国人统治！印度教徒、伊斯兰教徒、锡克教徒与其他所有的印度人应该团结起来！万岁！印度万岁！万岁！万岁！"

印度成为独立完整的国家！这将是多么美好的事！在乏味的十九世纪，印度将成为最后一个独立国家，虽然步履蹒跚，但还是在这个世界中找到属于自己的定位。唯一可与印度相提并论的，是神圣罗马帝国。或许印度可以和危地马拉或比利时列为相同等级。菲尔丁先生闻言忍不住嘲笑阿齐兹，让阿齐兹气得跳脚，不知应该如何反击。所以他只好大喊："总而言之，我们就是反对英国人，这是毋庸置疑的。我认为你们这些英国人最好快离开印度。我们印度人也许彼此仇视，但我们最痛恨的还是你们英国人。就算我没办法赶你们走，艾哈迈德长大之后会赶你们走，克林姆长大之后也会赶你们走，无论需要五十年还是五百年才能摆脱你们，我们终究会把你们这些英国人驱逐至海上。到那个时候——"阿齐兹气呼呼地骑马奔至菲尔丁先生面前，"——到那个时候，我们才能够成为朋友。"阿齐兹几乎贴到菲尔丁先生的脸颊上，说出这样的结论。

"为什么我们不能现在就当朋友呢？"菲尔丁先生问，同时热情地握住阿齐兹的手，"我希望我们现在就是朋友，我知道你也这么希望。"

然而这两人所骑乘的马儿并不希望他们现在就成为朋友——因为这两匹马儿各自转身。这片土地也不希望他们此刻为友，因为满地的石头让他们的马儿无法并肩而行。当马乌出现在他们眼前之际，他们看见的庙宇、水池、监狱、宫廷、鸟儿、腐尸，亦不希望他们马上成为朋友。数以百计的事物仿佛都发出声音对他们说："不行，你们目前还不能成为朋友。"就连天空仿佛也对他们说："不行，你们不能在这片土地上成为朋友！"

E. M. 福斯特年表

一八七九年　　一月一日出生于伦敦。父亲为建筑师，是福音派教徒，十分强调一个人的道德责任感；母亲个性随和、宽容。

一八八〇年　　一岁，丧父。

一八八三年　　四岁，随母迁居，展开十年的快乐童年生活。

一八九三年　　十四岁，迁至伦敦南区，进入英国公学就读，这段经历不甚愉快，也使他开始对英国中上阶层逐渐产生反感。

一八九七年　　十八岁，进入剑桥大学国王学院（King's College, Cambridge），初攻古典文学，后专修历史。加入秘密性社团剑桥使徒（The Apostle），在此结识后来成为经济学家的约翰·凯恩斯（John Maynard Keynes）。开始写小品文向校内杂志投稿，并参加各种讨论会，得师友指点创作之路。

一九〇一年　　二十二岁，大学毕业，取得学士学位，与母同游欧洲大陆，在意大利停留六周，对该国歌剧印象深刻。十分喜爱意大利与希腊等国的自由气息，对英国僵固的社会文化更加不满。

一九〇三年　　二十四岁，第一篇短篇小说《恩培多克勒旅馆》(*Albergo Empedocle*) 发表于文学期刊 *Temple Bar*。

一九〇五年　　二十六岁，《天使不敢涉足的地方》(*Where Angles Fear to Tread*) 出版。

一九〇七年　　二十八岁，《最长的旅行》(*The Longest Journey*) 出版。

一九〇八年　　二十九岁，《看得见风景的房间》(*A Room with a View*) 出版。

一九一〇年　　三十一岁，《霍华德庄园》(*Howards End*) 出版。

一九一一年　　三十二岁，短篇集《天国的公共马车》(*The Celestial Omnibus*) 出版。

一九一二年　　三十三岁，初次赴印度游历。

一九一三年　　三十四岁，动笔创作《莫瑞斯》(*Maurice*)，这部小说直到一九七一年才得以出版。

一九一四年　　三十五岁，第一次世界大战爆发，志愿参加红十字会工作，服务于埃及亚历山大 (Alexandria)，至一九一九年回国。

一九二〇年　　　四十一岁，短篇《塞壬的故事》(*The Story of the Siren*) 出版。

一九二一年　　　四十二岁，《亚历山大：历史与向导》(*Alexandria: A History and a Guide*) 出版。二次赴印度。

一九二三年　　　四十四岁，《灯塔》(*Pharos and Pharillon*) 出版。

一九二四年　　　四十五岁，《印度之旅》(*A Passage to India*) 出版，获詹姆斯·泰特·布莱克纪念奖 (James Tait Black Memorial Prize)。此后未曾再创作小说。

一九二七年　　　四十八岁，应剑桥大学之聘，以《小说面面观》为题发表一系列演讲，后集结成书 (*Aspects of the Novel*)。

一九二八年　　　四十九岁，短篇集《永恒的瞬间》(*The Eternal Moment*) 出版。

一九三四年　　　五十五岁，四月出版 G. L. 迪金森 (Goldsworthy Lowes Dickinson) 之传记。七月应伦敦西南一小镇教会之请，编写野外剧 *The Abinger Pegeant*，以募集教区基金。

一九三六年　　　五十七岁，杂文集《阿宾哲收获集》(*Abinger Harvest*) 出版。

一九三九年　　　六十岁，第二次世界大战开始，发表《我的信念》(*What I Believe*)。

一九四四年　　　六十五岁，任国际笔会会长。

一九四五年　　六十六岁，第二次世界大战结束，第三度
　　　　　　　赴印。

一九四六年　　六十七岁，任剑桥大学驻校作家。

一九四七年　　六十八岁，首度访美。

一九五〇年　　七十一岁，剑桥大学授予其名誉博士学位。

一九五一年　　七十二岁，《为民主喝彩两声》（*Two Cheers for
　　　　　　　Democracy*）出版，歌剧《比利·巴德》（*Billy
　　　　　　　Budd*）于十二月出版，次年四月演出。

一九五三年　　七十四岁，《提毗山》（*The Hill of Devi*）出版。

一九五六年　　七十七岁，出版玛丽安·桑顿（Marianne
　　　　　　　Thornton）之传记。

一九六〇年　　八十一岁，为劳伦斯的《查泰莱夫人的情人》
　　　　　　　出庭辩护。

一九六九年　　九十岁，各界祝贺其生日。

一九七〇年　　九十一岁，六月七日去世。

图书在版编目（CIP）数据

印度之旅：插图珍藏版 /(英) E.M.福斯特著；
(日) 吉田博绘；李斯毅译. -- 北京：九州出版社，
2023.11（2024.5重印）

ISBN 978-7-5225-2036-0

Ⅰ. ①印… Ⅱ. ①E… ②吉… ③李… Ⅲ. ①长篇小
说—英国—现代 Ⅳ. ①I561.45

中国国家版本馆CIP数据核字(2023)第145659号

本书中译本由联经出版事业公司委任安伯文化事业有限公司代理授权

印度之旅（插图珍藏版）

作　　者	［英］E.M.福斯特 著　　［日］吉田博 绘　　李斯毅 译
责任编辑	周　春
出版发行	九州出版社
地　　址	北京市西城区阜外大街甲35号（100037）
发行电话	（010）68992190/3/5/6
网　　址	www.jiuzhoupress.com
印　　刷	河北中科印刷科技发展有限公司
开　　本	880毫米×1230毫米　　32开
印　　张	16
字　　数	311千字
版　　次	2023年11月第1版
印　　次	2024年5月第2次印刷
书　　号	ISBN 978-7-5225-2036-0
定　　价	118.00元